Susanne Rößner
Nur einen Sommer lang

PIPER

Zu diesem Buch

Völlig unerwartet erhält die Berlinerin Laura eine verwirrende Nachricht: Die angeblich ehemals beste Freundin ihrer verstorbenen Großmutter hat ihr eine Alm am Schliersee vermacht. Sie muss jedoch erst ein halbes Jahr dort leben, bevor das Erbe in Kraft tritt. Laura weiß nicht, was sie davon halten soll, denn weder kennt sie die mysteriöse Verstorbene, noch weiß sie, was sie dort in den Bergen verloren haben soll. Erst das gute Zureden ihrer Freunde überzeugt sie schließlich, dem Ganzen zumindest eine Chance zu geben, und so macht sie sich auf nach Bayern. Dort angekommen muss Laura schnell feststellen, dass sie nicht allen Bewohnern willkommen ist. Der Grund ist ein lange zurückliegender Nachbarschaftsstreit, der den gesamten Ort bis heute in zwei Lager teilt. Ihr ärgster Widersacher ist der junge Tierarzt Anton, der allerdings eine gewisse Faszination auf Laura ausübt …

Susanne Rößner lebt nach drei Jahren im Ausland (Italien und USA) heute wieder in ihrer Heimatstadt München. Als berufliches Multitalent hat sie sich unter anderem als Werbekauffrau, Assistentin eines Magiers, Geschäftsleitungsassistentin, Key Account Managerin und Tauchlehrerin engagiert.

Susanne Rößner

Nur einen Sommer lang

Roman

PIPER
München Berlin Zürich

Mehr über unsere Autoren und Bücher:
www.piper.de
Aktuelle Neuigkeiten finden Sie auch auf Facebook, Twitter und YouTube.

MIX
Papier aus verantwortungsvollen Quellen
FSC® C083411
FSC www.fsc.org

Originalausgabe
März 2016

Umschlaggestaltung und -abbildung: Bürosüd°, München
Satz: Fotosatz Amann, Memmingen
Gesetzt aus der Bembo
Druck und Bindung: CPI books GmbH, Leck
Printed in Germany ISBN 978-3-492-30902-8

Prolog

Der seltsame Vertrag wurde an einem jener seltenen Tage unterzeichnet, die schon früh im Jahr den Beginn des Frühlings ankündigen. Obwohl es erst Anfang Februar war, hatten die Temperaturen die Fünfzehn-Grad-Marke bereits am späten Vormittag überschritten und die Menschen rieben sich verwundert die Augen, streckten ihre Hände der Sonne entgegen und fühlten wohlig, wie die Strahlen nicht nur die Haut, sondern auch ihre Herzen wärmten. Das Wetter hatte seit Tagen ein Einsehen mit den ausgehungerten Menschen, die nach einem wahrlich scheußlichen Winter nichts mehr wünschten, als dass das monatelange Grau einem blauen Himmel wich.

Der Vertrag war im Laufe unzähliger Tage und Ideen auf vierzehn Seiten angewachsen. Nach mehreren Änderungen und Überarbeitungen war er nun endlich fertig aufgesetzt und der Anwalt servierte seiner Mandantin Champagner, ungeachtet der frühen Tageszeit. Und fragte, ob sich die Mandantschaft wirklich sicher sei mit dem, was Gegenstand des außergewöhnlichen Papiers war.

Das sei sie durchaus, bekam er zur Antwort. Und darüber hinaus solle er sich, bitte, keine Gedanken machen.

Nun sind Verträge, ihrem Sinne nach, in erster Linie dafür da, dass sich dazu Gedanken gemacht werden. Der Anwalt war von der eleganten, resoluten Frau seit einer halben Ewigkeit mit der Abwicklung verschiedenster Dinge betraut und im Laufe der Jahre war eine Art Freundschaft entstanden. Insgeheim war er stolz und froh, dass sein Rat jederzeit willkommen war. Ratschläge, die oft weit über das hinausgingen, was zwischen Anwalt und Mandant in der Regel üblich war. Doch diesmal war sein Rat nicht gefragt. Und schon gar nicht seine Meinung.

Erstes Kapitel

Arm in Arm spazierten die beiden Frauen durch die Frühjahrssonne. Sechshundert Kilometer und wenige Wochen von dem Ort und Tag entfernt, an dem die Tinte einer schwungvollen Unterschrift nach dem zweiten Glas Dom Pérignon langsam getrocknet war. Einer Unterschrift, die das Leben der einen grundlegend verändern sollte.

Das Hoch, das sich anfangs nur zögerlich von Süden her nach Norddeutschland ausgeweitet hatte, hatte sich zu einer stabilen Wetterlage entwickelt, und so kam es, dass nicht nur in München, sondern ausnahmsweise auch zeitgleich in Berlin eitel Sonnenschein herrschte.

Auch die beiden Freundinnen waren der einhelligen Meinung, dass die Wärme und das Licht Balsam waren für das gesamte Wohlbefinden. Sie hatten den halben Tag im Freien verbracht, hatten einen langen Spaziergang am Wannsee unternommen und saßen anschließend bei Kaffee und Kuchen am Ku'damm.

Eineinhalb Stunden und zwei Aperol Spritz später schüttelte Laura ihre langen blonden Locken. »Kommst du noch mit zu mir?«, fragte sie. Helene war ihre älteste Freundin und das komplette Gegenteil der gertenschlanken, eins sechsundsiebzig großen Laura Wagner. Mit gerade mal einem Meter vierundfünfzig reichte Helene Laura nur bis zur Brust, wenn diese hohe Schuhe trug. Was meist der Fall war. Helene dagegen liebte Sneakers, Boots, Flipflops – und auf jeden Fall lieber bequem als schick.

Helene sah auf die Uhr. »Schade, dass es so früh dunkel wird. Ich könnte ewig hier sitzen. Aber ja, auf einen Sprung komme ich noch mit.«

Vor dem leicht heruntergekommenen Wohnhaus, dessen einst gelber Anstrich mit den Jahren eine schmutziggraue Farbe angenommen hatte, stand ein großer Umzugswagen und versperrte die Zufahrt zur Hofeinfahrt.

»Mist«, seufzte Laura und stellte ihren roten Golf kurzerhand ins Halteverbot. »Erinnere mich später noch daran, dass ich den Wagen umparke.«

In der Wohnung warf sie die Post auf den Küchentisch und lief ins Bad. Der kleine Stapel schaffte es nicht, der Schwerkraft zu widerstehen, und landete mit einem lauten Platsch auf dem Boden. Helene bückte sich, sammelte Briefe und Wochenblattbeilagen zusammen und stutzte, als sie einen Umschlag aus schwerem Büttenpapier in der Hand hielt.

»Du hast Post von einem Anwalt«, sagte sie, als Laura zurück in die Küche kam.

»Zeig her.« Laura nahm ihr das Kuvert aus der Hand und seufzte: »Die schon wieder!«

»Was meinst du damit?«, fragte Helene neugierig. »Was wollen die denn von dir?«

»Keine Ahnung. Das ist schon der dritte Brief, den sie mir innerhalb kürzester Zeit geschickt haben. Ich habe aber keine Lust, mir bei dem schönen Wetter die Laune verhageln zu lassen.«

»Ich verstehe nicht, wie du die Dinger so lange liegen lassen kannst!« Mittlerweile hatte Helene auch die beiden anderen Briefe entdeckt, die Laura mit einem Magneten an ihren Edelstahlkühlschrank gepinnt hatte. Nachdenklich rieb sie sich die Nase. »Mich hätte die Neugier schon längst zerrissen.«

Unschlüssig drehte Laura den Umschlag in ihren Händen. *Kanzlei Brechtinger & Partner* war in schön ziselierter Schrift aufgedruckt; ihr Name und ihre Adresse dagegen waren mit langen, eleganten Schwüngen von Hand geschrieben.

»Eigentlich will ich gar nicht wissen, was drinsteht«, sagte sie mit Unbehagen. »Post von einem Anwalt? Das kann doch nur Ärger bedeuten.«

»Hast du dich in letzter Zeit mit jemandem angelegt? Gestritten?«

Laura schüttelte den Kopf. »Nicht, dass ich wüsste.«

»Ach komm. Mach auf das Ding. Es ändert doch eh nichts. Wenn es wirklich eine Anzeige ist, machst du es nur noch schlimmer, wenn du es hinauszögerst. Die Augen zu verschließen macht es jedenfalls ganz sicher nicht besser.«

»Das weiß ich doch alles«, sagte Laura mit einem schiefen Lächeln. »Aber ich kann immer noch behaupten, dass ich im Urlaub war. Kann mir ja keiner verbieten.«

»Ich fass es nicht. Mensch, Laura. Was ist denn mit dir los? Dass du so den Kopf in den Sand steckst, das kenn ich gar nicht von dir.«

»Es ist nur, weil ...« Laura zog die Schultern nach oben. »Eine Kollegin hat mir erzählt, dass ihre Tochter vor ein paar Monaten auch Briefe von einem Anwalt bekommen hat. Das Mädel hat die Briefe einfach versteckt, aber eines Tages kam Sabrina vor ihr nach Hause und hat eines der Schreiben aus dem Briefkasten gezogen.«

»Und? Was stand drin?«

»Es war eine Vollstreckungsandrohung. Mia hatte ihre Fahrkarte vergessen, ist erwischt worden und hat nie bezahlt. Irgendwann hat die Bahn das ihrem Anwalt übergeben.«

Helene schüttelte über so viel Dummheit den Kopf. »Dir ist schon klar, was du da gerade sagst? Dass du dich genau wie ein Kind verhältst. Wie ein kleines Schulmädchen.«

»Ja, verdammt. Und wenn schon. Ich will es einfach nicht wissen. Ich krieg es ja nicht mal auf die Reihe, meine Steuererklärung vor der dritten Erinnerung vom Finanzamt zu machen.«

»Du hast also Schiss.«

»Ja, hab ich«, gab Laura unumwunden zu.

»Und nun? Willst du warten, bis der Gerichtsvollzieher vor der Tür steht?«

»So weit wird es schon nicht kommen.«

Eine halbe Stunde später hatte Laura den Umschlag immerhin aufgeschlitzt. Helene hatte sich dazu bereit erklärt, bei ihr zu bleiben. Wenn es sein musste, auch die ganze Nacht.

»Na los, jetzt mach endlich. Du machst mich noch ganz irre.« Der überaus strukturierten Helene bereitete es ein schier körperliches Unbehagen, wenn Dinge nicht konsequent zu Ende gebracht wurden.

Laura holte tief Luft und zog das Schreiben so heftig aus dem Umschlag, dass die gesamte rechte Ecke abriss.

»Kanzlei für Erbrecht in München«, las sie vor, als sie die beiden Teile aneinanderhielt.

»Erbrecht?«, echote Helene und machte große Augen. Seit Lauras Großmutter vor ein paar Monaten eines Nachts friedlich der diesseitigen Welt entschlummert war, war die dreiunddreißigjährige Versicherungsangestellte nach eigenem Wissen mutterseelenallein auf dem Planeten.

»Was steht da sonst noch?«

Laura ließ den Brief sinken. »Nur dass ich mit einer Kanzlei in Berlin Kontakt aufnehmen soll.«

Drei Tage später sah sich Laura verstohlen in den Räumen der Rechtsanwaltskanzlei Fackler & Söhne um. Sie hatte auf einem zierlichen Stuhl Platz genommen, der einsam und allein vor einer breiten Wand stand. Dahinter eine beige und goldfarbene Tapete, deren Muster bereits vor dreißig Jahren aus der Mode gekommen war. Altbackener Mief. Vermutlich musste das in einer Klitsche so sein, die sich mit den Hinterlassenschaften vererbungswütiger Analphabeten beschäftigte. Wer sonst würde sich auch einen Anwalt suchen, um der Welt seinen letzten Willen kundzutun.

Zufällig streifte ihr Blick ihren rechten Schuh, auf dem unübersehbar ein daumengroßer Schmutzfleck prangte. Sie stand auf und wollte die Toilette suchen, als im Nebenraum eine Tür aufging. Schnell hob sie das rechte Bein und rieb den Schuh an ihrer linken Wade. Ein kurzer Kontrollblick zeigte ihr, dass die Seidenstrumpfbehandlung begann, Erfolg zu zeigen. Sie rieb weiter, und als sich die Tür öffnete, stand sie da wie ein Storch.

»Bitte setzen Sie sich.« Ein himmelblaues Augenpaar hinter einer goldumrandeten Brille musterte sie freundlich. Sicher der alte Fackler, dachte sie. Für einen der Söhne war er nicht mehr jung genug.

»Wie Sie dem Schreiben meiner Kollegen Brechtinger & Partner entnommen haben, vertreten wir die Angelegenheit lediglich, da man Ihnen den Weg nach München ersparen wollte. Vorerst zumindest.«

Laura rutschte nervös auf ihrem Stuhl hin und her, bis sie schließlich nur noch auf der Kante saß.

»Um welche Angelegenheit geht es hier eigentlich?«

»Um das Erbe Ihrer Tante.«

Laura stutzte einen Moment. Dann schüttelte sie den Kopf. »Ich habe keine Tante. Und schon gar keine, die mir etwas vererben würde. Das muss ein Missverständnis sein.«

Als Laura sich von dem Schock erholt hatte, hatte sie als Erstes Helene angerufen. Und die hatte dafür gesorgt, dass die wirklich engen Freunde, die Laura hatte, mit Bier und Chips um sieben Uhr abends vor ihrer Tür standen, um ihr Beistand zu leisten.

»Das ist doch Wahnsinn!« Darin waren sich Helene und Helge einig. »Ein Flugticket nach München und zurück für siebenhundert Euro? Wer kauft denn so was?«

»Für das Geld kannst du genauso gut nach New York fliegen. Da siehst du wenigstens was von der Welt.«

»Fackler sagt, dass es nur deshalb so teuer ist, weil es ein Businessclassticket ist und storniert oder umgebucht werden kann. Schließlich hatten sie die Hoffnung beinahe aufgegeben, dass ich überhaupt noch erscheine.«

»Trotzdem.« Helge steckte sich eine Handvoll Erdnüsse in den Mund. »Irgendwas stimmt da nicht. Du hast keine Verwandten und plötzlich taucht eine ominöse Tante auf, die dir was vererben will? Sei bloß vorsichtig.«

»An was ist die alte Dame denn gestorben?«, fragte Gabi neugierig.

Laura zuckte die Schultern. »Keine Ahnung. Ich habe nach wie vor keinen Schimmer, wer das überhaupt sein soll. Und ich habe den ganzen Nachmittag in den Sachen meiner Oma gekramt, aber keinen einzigen Hinweis darauf gefunden, dass es da noch jemanden gab.«

Da Lauras Mutter bei ihrer Geburt gestorben war, hatte die Großmutter das hilflose Wesen bei sich aufgenommen und mit bedingungsloser Güte großgezogen. Der launische Teenager, der sich später aus dem entzückenden Sonnenschein entwickelte, hatte ihr die Liebe nicht immer gedankt. Doch das war alles Schnee von gestern und in den letzten zehn Jahren war das Verhältnis zwischen Laura und ihrer Großmutter wieder von einer innigen Herzlichkeit geprägt gewesen.

»Hast du dir schon überlegt, was du machst?«

Laura nickte. »Ich habe gleich nach dem Termin bei Fackler meinen Chef angerufen und mir nächste Woche zwei Tage freigenommen. Am Dienstag nehme ich den ersten Flug nach München und höre mir an, was in dem Testament steht. Was bleibt mir sonst schon übrig?«

Zu fortgeschrittener Stunde hatte Laura ihre Freunde daran erinnert, dass sie vor einiger Zeit das Gefühl gehabt hatte, verfolgt zu werden.

»Wieso kommst du jetzt wieder darauf?« Helene blickte alarmiert in die Runde. »Ich dachte, die Sache ist längst vorbei? Oder hat das wieder angefangen? Habt ihr davon was gewusst?«

»Nein«, unterbrach Laura sie. »Ich habe niemandem mehr davon erzählt. Es hat eine Zeit lang aufgehört, aber hin und wieder habe ich noch immer den Verdacht, dass ich beobachtet werde. Ich habe es euch nur nicht erzählt, weil ihr sonst wieder gesagt hättet, dass ich nicht mehr alle Tassen im Schrank habe.«

»Schatz, das denken wir sowieso. Und spätestens seit wir wissen, dass du nächste Woche ins tiefste Bayern fliegst, ist das keine bloße Vermutung mehr.« Helge schüttelte sich allein beim Gedanken an den Flug. »Bist du dir sicher, dass du dich da unten überhaupt verständigen kannst?«

Helene kicherte. »Sprechen die denn da kein Deutsch?«

Gabi verdrehte die Augen. »Ihr seid bescheuert. München ist die schönste Stadt Deutschlands. Was glaubt ihr denn, weshalb alle Welt da hinziehen will? Und ich rede nicht von Multikulti wie hier in Berlin.« Sie ließ sich in das weiche grüne Sofa sinken. »Also wenn du nicht fliegen willst, dann schenk mir das Ticket. Und dein Erbe gleich dazu.«

Da sie früh genug eingecheckt und damit die freie Auswahl gehabt hatte, hatte sich Laura für einen Fensterplatz entschieden. So versperrte ihr kein Sitznachbar den Blick auf den Alpenhauptkamm, der, wie sie zugeben musste, tatsächlich majestätisch war. Leider war das Vergnügen viel zu schnell wieder vorbei, Felder und der Münchner Speckgürtel rückten in ihr Blickfeld und Minuten später setzte das Fahrwerk des Airbus mit einem Ruck auf der Landebahn auf.

»Willkommen am Flughafen Franz Josef Strauß in München …«

Nur die Bayern können auf die Idee kommen, einen ganzen Flughafen nach einem korrupten Politiker zu benennen, dachte Laura kopfschüttelnd. Seilschaft, so nannte man das wohl hier.

Sie schnappte ihren kleinen Koffer vom Band und lief nach draußen, wo ein Fahrer sie mit einem Schild erwartete, auf dem ihr Name stand.

»Wir haben Sie im Hotel Opéra eingebucht.« Dr. Alfred Brechtingers Tonfall räumte jeden Zweifel darüber aus, ob es denn notwendig war, dass sie über Nacht in der bayerischen Landeshauptstadt blieb. Ihren Vorschlag, die letzte Maschine zurück nach Berlin zu nehmen, hatte er schon am Telefon für völlig unrealistisch gehalten. »Sie werden Zeit brauchen, um Ihre Fragen zu stellen.«

»Wofür denn Zeit?« Helene hatte kein Verständnis für eine derartige Umstandskrämerei gehabt und spöttisch einen Rauchkringel in die Luft geblasen. »Du hörst dir an, was die alte Dame dir vererbt hat, dann fliegst du wieder heim.«

»Ach, lass sie doch.« Helge hatte mehr Zutrauen in den Verstand der Anwälte. »Vielleicht ist es ja kompliziert. Und bevor sie noch mal hinfliegen muss … Außerdem«, drehte er sich zu Laura um. »Ist dir klar, dass du ein Erbe auch ablehnen kannst, ja? Unterschreib bloß nichts. Sonst sitzt du am

Ende mit einem Haus da, das bis unter die Dachkante verschuldet ist.«

Nun saß sie wieder auf einem Stuhl und wartete. Und doch war die Kanzlei Brechtinger & Partner so ganz anders als die ihrer Berliner Kollegen. Allein schon die Fahrt hierher hatte ihr den Atem verschlagen. Sie wusste nicht, ob ihr Fahrer den Weg bewusst gewählt hatte, aber er hatte ihr ein München präsentiert, in das sie sich auf Anhieb hätte verlieben können. Sie war schon von dem bereits mehr als zwanzig Jahre alten und trotzdem hypermodernen Flughafen beeindruckt gewesen. Dann ging die Fahrt an der futuristischen Allianz Arena vorbei, die wie ein Raumschiff zwischen den Äckern Fröttmannings stand. Danach waren sie die quirlige Leopoldstraße mit all den Straßencafés entlanggefahren, die nach der Umrundung des Siegestores in die altehrwürdige Ludwigstraße mit ihren prachtvollen Universitätsbauten überging. Schließlich bogen sie vor der Feldherrnhalle rechts in die Brienner Straße ab, die mit mondänen Geschäften glänzte und sich nach dem Karolinenplatz urplötzlich in eine ruhige Prachtstraße mit den schönsten alten Gebäuden verwandelte, die man sich nur vorstellen konnte. Der Fahrer hielt am Straßenrand, stieg aus und öffnete ihr die Tür. Staunend trat Laura auf den Bürgersteig vor der stuckverzierten Fassade, die neben der Kanzlei Brechtinger & Partner noch zwei weitere Anwaltskanzleien und eine Schönheitsklinik beherbergte. Noch mehr überraschte sie aber das Innere der Kanzlei. Modern mit bequemen Loungemöbeln, hohen glanzlackierten Vasen mit Korkenzieherhaselnusszweigen und bunten Gemälden an der Wand. Nüchtern, aber sehr schick. Scheinbar hatten die vererbungswütigen Münchner eine völlig andere Vorstellung vom Ambiente einer Erbrechtskanzlei als die Berliner.

»Frau Wagner. Willkommen.« Wieder eine Brille, diesmal ohne Rand. Dr. Brechtinger wies seine Sekretärin an, Kaffee und Wasser zu bringen, und hieß seine Besucherin, Platz zu nehmen. Er beschränkte sich auf Smalltalk und redete über das Wetter, bis der Cappuccino kam, der in einer perfekt zum Ambiente der Kanzlei passenden, hohen, schmalen Tasse serviert wurde. Und selbst die Kekse, die auf einem edlen Teller lagen, wirkten elegant.

»Es ist so, der Fall ist nicht ganz einfach«, setzte Brechtinger an. »Was wissen Sie über die Erblasserin?«

»Frau Herzog? Überhaupt nichts. Bis vor vier Tagen kannte ich noch nicht mal ihren Namen.«

»Gut.« Brechtinger sortierte das Papier vor sich in drei gleich hohe Stapel und gab sich einen Ruck. »Frau Herzog war die engste Freundin Ihrer Großmutter.«

»Was?«, fragte Laura entgeistert. »Entschuldigen Sie, aber das ist Blödsinn. Das wüsste ich, meine ich.«

Der Anwalt musterte sie über seine Brille und lächelte leicht. »Auch Erwachsene haben Geheimnisse voreinander.«

»Ja sicher. Klar. Wenn sie einander betrügen. Aber meine Oma war nun mal meine Oma und nicht mein untreuer Mann. Das ist einfach Quatsch, sie hat mir immer alles erzählt. Ich hätte das ganz sicher gewusst.«

Ohne ein weiteres Wort nahm Brechtinger ein Foto aus einem Umschlag und schob es über den Tisch. Es war eine Schwarz-Weiß-Aufnahme aus den Nachkriegsjahren und zeigte zwei junge Mädchen, die Arm in Arm vor einem dunklen Ford Pilot posierten.

Laura betrachtete das Foto eine ganze Weile. Ihre Mundwinkel zuckten. »Die rechte könnte meine Großmutter sein.«

»Es ist Ihre Großmutter. Daneben ist ihre beste Freundin. Klara Herzog.«

»Ich kann das einfach nicht glauben«, sagte Laura leise. »Wieso hat sie mir nie davon erzählt? Und warum hatten die beiden keinen Kontakt mehr?«

»Sie hatten vor vielen Jahrzehnten eine Auseinandersetzung. Einen derart bösen Streit, dass sie danach nie wieder miteinander gesprochen haben.«

Als Laura eine Stunde später die Kanzlei verließ, fühlte sie sich so ausgelaugt wie nach einem Marathonlauf unter sengender Tropensonne. Mit Mühe schleppte sie sich in ihr Hotel, stolperte aus ihren Schuhen und stellte sich so lange unter die heiße Dusche, bis sich ihre Haut anfühlte, als könnte sie sie wie eine Schlange abstreifen. Nachdem sie sich abgetrocknet und mit der luxuriösen Lotion eingecremt hatte, die als Aufmerksamkeit des Hauses auf dem Waschbecken stand, zog sie Jeans, ein farbenfrohes T-Shirt und rote Sneakers an und lief die mondäne Maximilianstraße entlang bis zur Fußgängerzone. Dort setzte sie sich ins Spatenhaus und bestellte bei einer dicken Bedienung in einem prächtigen Dirndl ein paar Weißwürste und Brezen.

»Weißwüaschd um de Zeid? Wo bisdn du nachad her? Kimsd von de Breissn, oda? Des gibds bei uns ned. Jednfois ned nachm Zweifeleiddn.«

Lieber Himmel! Laura verstand kein Wort. Entgeistert sah sie dem Dragoner hinterher, als ein älterer Herr sie vom Nebentisch ansprach.

»Der Brauch wollte es früher, dass Weißwürste vor zwölf Uhr mittags gegessen wurden. Das rührt noch aus der Zeit, als es keine Kühlschränke gab. Viele Wirtshäuser halten sich noch immer daran. Aus Tradition.«

Ach so. Schade. Gabi hatte ihr aufgetragen, die Dinger zu probieren. Aber vormittags war das wohl kaum machbar. Da stand frisches Obst mit Haferflocken und Joghurt auf ihrem Speiseplan.

»Das Spatenhaus gehört aber nicht dazu, keine Sorge, Sie bekommen Ihre Weißwürste gleich. Im Laufe der Zeit wurde diese strenge Regel nämlich deutlich aufgeweicht, schließlich gibt es mittlerweile selbst im schönen Bayern

Kühlungen.« Ihr Nachbar lächelte. »Die Vroni wollte Sie nur aufziehen. Das macht sie gern bei Gästen, die ganz offensichtlich neu in München sind.«

Laura musste über sich selbst lachen. Im ersten Augenblick war sie von dem breiten Bayerisch der Bedienung so überrascht gewesen, dass sie spontan daran zweifelte, dass es ihr jemals gelingen würde, den Dialekt der Einheimischen zu verstehen. Aber der nette Herr hatte sie eines Besseren belehrt. Es würde immer jemand geben, der ihr zur Seite sprang, da war sie sich sicher. Während sie auf ihr Essen wartete, beobachtete sie durch das Fenster, an dem sie saß, die Passanten, die auffallend gut gekleidet die Fußgängerzone entlangflanierten. Später bummelte sie durch die Stadt zum Marienplatz und bewunderte das riesige neugotische Rathaus, besuchte dessen Vorgänger, in dem jetzt ein Spielzeugmuseum untergebracht war, und lief die dreihundertsechs Stufen auf den Turm der ältesten Pfarrkirche Münchens hinauf. Auf der Aussichtsplattform des Alten Peter drängten sich unzählige Schaulustige, und Laura musste sich gedulden, bis sie einen Platz ganz vorne fand. Beim Blick nach Süden wurde ihr fast schwindlig. Die Berge waren in der glasklaren Luft zum Greifen nah. Sie spürte ein Ziehen in der Magengrube, eine Sehnsucht, dort oben zu sein, auf einem der Gipfel, die sich so malerisch am Horizont abzeichneten.

Als ihr Blick nach unten wanderte, sah sie eine Unzahl großer Marktschirme, einen kleinen Biergarten mittendrin und viele Menschen, die durch die Stände schlenderten. Das musste der Viktualienmarkt sein!

Als sie zurück in ihr Hotel kam, warteten drei Nachrichten auf der Mailbox ihres Handys, das sie in der ganzen Aufregung im Zimmer vergessen hatte, als sie zu ihrem Spaziergang aufgebrochen war. Gabi, Helge und allen voran Helene baten um Rückruf, da sie allesamt neugierig waren, was es denn nun mit dem ominösen Erbe auf sich hatte.

»Nein, ich weiß noch gar nichts«, seufzte Laura tief. »Aber ganz ehrlich, es war auch so schon verwirrend genug.«

»Das heißt, der Anwalt hat dir nur erzählt, dass sich deine Großmutter mit ihrer Freundin zerstritten hatte und dass dein Großvater dabei eine Rolle gespielt hat?« Helge hatte die Hälfte von Lauras Ausführungen verpasst, da er im Bad gewesen war, als sie zurückrief.

»So ungefähr. Meine Oma hatte sich angeblich nach dem Krieg in einen Almbauern verliebt und war von ihm schwanger. Als sie zurück …«

»Moment«, unterbrach Helene sie. »Wieso in einen Almbauern? War sie denn jemals in Bayern?«

»Zumindest behauptet Brechtinger das. Ihre Eltern sollen sie im Krieg nach Bayern geschickt haben, weil es dort sicherer war als in Berlin.«

»Und das hat sie dir nie erzählt?«

»Anscheinend gibt es noch mehr, das sie mir nie erzählt hat. Jedenfalls schwirrt mir der Kopf von den Geschichten, die Brechtinger mir aufgetischt hat. Ich kann das alles noch nicht einordnen.« Laura seufzte erneut. »Je nachdem, was Brechtinger mir morgen noch so alles auftischt, werde ich gegebenenfalls anschließend meinen Chef anrufen und fragen, ob ich noch mehr Urlaub bekomme. Dann buche ich den Flug um und bleibe noch ein oder zwei Nächte. Ich habe das Gefühl, dass ich hier mehr Zeit brauchen werde, als ich dachte.«

Später setzte sich Laura mit einer dicken Jacke und einem Glas Rotwein auf den kleinen Balkon ihres Zimmers und hypnotisierte die Lichter der Stadt, bis alles vor ihren Augen verschwamm. Einer spontanen Eingebung nachgebend hatte sie sich eine Schachtel Marlboro light gekauft, obwohl sie das Rauchen bereits vor vier Jahren aufgegeben hatte. Ihre Großmutter die Geliebte eines Bergbauern. Schwanger. Ohne mit ihm verheiratet zu sein. Und das Mitte des letzten Jahrhunderts. Ziemlich mutig. Und sehr dumm. Laura öffnete die Packung, zog eine Zigarette heraus und hob ihr Glas gen Himmel und prostete der Verstorbenen zu. Als die Tränen kamen, spürte sie, dass ein weiteres Gefühl Raum gewann. Enttäuschung. Über die Frau, der sie alles anvertraut hatte, von ihrem ersten Kuss bis hin zur ohnmächtigen Peinlichkeit, als sie mitten im Schulschwimmunterricht ihre erste Periode bekam und die ganze Klasse über sie gelacht hatte. Diese Frau, die so lange ihre engste Vertraute gewesen war, hatte ihr im Gegenzug ein ganzes Leben vorgelogen.

»Mein Großvater war ursprünglich aus Ostberlin. Zum Glück hatten sich meine Großeltern dafür entschieden, sich im Westteil der Stadt niederzulassen, bevor die Mauer gebaut wurde.«

»Ihr Großvater entstammte einer wohlhabenden Münchner Familie, die am Schliersee umfassende Ländereien besaß. Damit er nicht am Krieg teilnehmen musste, wurden er und seine Geschwister in die Berge geschickt, wo man sie nicht finden konnte.«

»Meine Großeltern kannten sich nur kurz und wollten später heiraten. Es war die große Liebe. Sie hatten nur einmal vorehelich gesündigt, Oma wurde schwanger und dann haben sie die Hochzeit vorgezogen.«

»Ihre Großeltern kannten sich seit Jahren. Ihr Großvater hat die Unschuld und Unwissenheit ihrer Großmutter ausgenutzt und sie geschwängert. Er hatte nie vor, sie zu heiraten.«

So war es schier endlos weitergegangen. Alles, was Laura von ihrer Großmutter gewusst hatte, waren Lügen. Die alte Dame hatte ihr halbes Leben frei erfunden; Geschichten, die zu traurig und romantisch waren, um letztlich auch wahr zu sein.

»Und was war mit ihrer Freundin? Klara Herzog?«

»Die Frauen waren beide in den gleichen Mann verliebt. Er hat sie gegeneinander ausgespielt. Irgendwann waren beide von ihm schwanger und das ließ sich nicht lange verheimlichen. Und darüber zerbrach eine Freundschaft.«

»Wie bescheuert«, murmelte Laura. »Statt den Kerl zum Teufel zu jagen, der sie beide verarscht hat, haben sie sich gegenseitig die Augen ausgekratzt.« Sie schnäuzte sich. »Und was war dann?«

»Klara Herzog hatte für damalige Verhältnisse mehr Glück: Sie verlor das Kind, bevor es für jedermann ersichtlich wurde. Ihre Großmutter ging zurück nach Berlin und schenkte einem Mädchen das Leben.«

»Meiner Mutter.«

»Ihrer Mutter«, bestätigte Brechtinger.

»Und die beiden hatten nie wieder Kontakt?«

»Klara Herzog hat etwa fünfzig Briefe nach Berlin geschrieben, die alle ungeöffnet zurückkamen. Ihre Großmutter hat ihr den vermeintlichen Verrat nie verziehen.«

Sie steckte sich die Zigarette zwischen die Lippen und wunderte sich, wie seltsam sich das nach den paar Jahren Abstinenz anfühlte. Schließlich gab sie sich einen Ruck, ließ das Feuerzeug aufschnappen, nahm einen vorsichtigen Zug und bereute es im selben Augenblick, als ein Hustenanfall nebst einem ausgesprochen widerlichen Geschmack folgte. Angeekelt drückte sie den Glimmstängel sofort im Aschenbecher aus, im Grunde heilfroh, dass sie dem Vergnügen rein gar nichts mehr abgewinnen konnte. Besser, das Vorhaben sofort wieder aufzugeben, als ihm die Chance zu bieten, wieder einen genussvollen Platz in ihrem Leben einzunehmen.

Als ihr nach dem zweiten Glas Wein zu kalt wurde, kickte sie ihre Sneakers von den Füßen, stolperte beim Aufstehen über den kleinen Balkontisch und wäre fast über das Geländer gestürzt. Einer ihrer Schuhe übernahm das stellvertretend für sie und sie konnte ihm nur schreckstarr zusehen, wie er in Zeitlupe hinabsegelte und in einem immergrünen Gewächs auf der kleinen Terrasse im Erdgeschoss hängen blieb.

Zweites Kapitel

Am nächsten Morgen wünschte sie den Wein zur Hölle. Ihre Augen hatten die Form von Walnüssen und der Geschmack in ihrem Mund war selbst nach fünf Minuten Zähneputzen nicht entscheidend besser geworden. Nach einer unbeholfenen Restauration des fremd wirkenden Gesichts schlüpfte sie in die Jeans vom Vorabend, zog eine frische, bunt gemusterte Bluse aus ihrem Koffer und begab sich auf die Suche nach ihrem Schuh. Ihr Plan war es, an der Rezeption vorbeizuschleichen und den abtrünnigen Sneaker unbemerkt aus dem Gebüsch zu ziehen, als hätte sich der Vorfall nie ereignet.

»Frau Wagner?« Der Concierge hatte seine Augen einfach überall. Diskret schob er eine halb geöffnete Tüte über den Tresen. »Ist das Ihrer?«

Laura wurde rot und bedankte sich. Sie lief nach oben, führte das Paar wieder zusammen und nahm im Frühstücksraum eine leichte Mahlzeit zu sich, bevor sie sich zu Fuß auf den Weg in die Kanzlei machte.

»Haben Sie gut geschlafen?«, fragte Brechtinger, als er die Tür zu seinem Büro öffnete und ihr den Vortritt ließ.

»Geht so«, murmelte Laura. »Nach dem, was Sie mir gestern eröffnet haben, werde ich nie wieder unbeschwert schlafen können.«

Brechtinger lachte. »Sie werden darüber hinwegkommen. Im Grunde geht es doch nur darum, dass Sie verstehen müssen, dass Ihre Großmutter die ganzen Lügen nicht für Sie erfunden hat, sondern für sich selbst.«

»Wieso denn das?«

»Weil nicht jeder Mensch so einfach mit dem klarkommt, was er erlebt hat«, sagte er sanft. »Ich glaube, Ihre Oma wollte die Verletzung, die sie erfahren hat, einfach nur verdrängen. Und das funktioniert besser, wenn man die Wirklichkeit durch eine andere ersetzt. Der menschliche Geist ist so gestrickt, dass er sich die falsche Realität irgendwann zu eigen macht.«

»Sie meinen, dass sie von der erfundenen Geschichte überzeugt war? Dass sie ihre Bayernliaison völlig vergessen hat?«

»Vergessen vielleicht nicht«, sagte der Anwalt. »Aber völlig verdrängt.«

»Aber dann hätte sie den Kontakt zu Frau Herzog doch wieder zulassen können!«

»Ganz im Gegenteil. Denn dann hätte sie sich bei jedem Gespräch erneut ihrer Vergangenheit stellen müssen. Und das konnte oder wollte sie offenbar nicht.«

Laura schüttelte den Kopf und blickte betreten zu Boden. Dann wischte sie die Gedanken beiseite. »Können wir jetzt bitte zum Anlass meines Besuches kommen? Ich würde zwar gern noch ein oder zwei Tage in München bleiben, ich weiß aber nicht, ob mein Chef das genehmigt. Besser, wir bringen jetzt gleich alles hinter uns, dann kann ich zurück nach Hause fliegen, falls ich keinen weiteren Urlaub bekomme.«

»Da Frau Herzog nach dem Abort kinderlos blieb und ihr späterer Mann bereits vor fünfzehn Jahren verstorben ist, hat sie Sie als ihre Haupterbin eingesetzt.«

»Haupterbin?«, echote Laura. »Aber sie kannte mich doch überhaupt nicht!«

»Sie wusste genug von Ihnen, dass sie ihr Vermögen in guten Händen glaubte.«

»Einen Augenblick.« Laura schob die Hände abwehrend nach vorne. »Sie sagen, dass es keinen Kontakt zwischen ihr und meiner Großmutter gab. Woher hätte sie also von mir wissen können?«

»Sehen Sie …« Unschlüssig schob der Anwalt die Papierstapel auf seinem Tisch ein paar Mal hin und her, bevor er zu einer Antwort ansetzte. »Frau Herzog hat nicht nur Briefe an Ihre Großmutter geschrieben, sie war über verschiedene Quellen immer auf dem Laufenden, was da oben in Berlin los war. Sie wusste vom Tod Ihrer Mutter und hat auch damals sofort geschrieben und ihre Hilfe angeboten. Aber wie alle anderen Briefe kam auch das Kondolenzschreiben ungeöffnet zurück. Und später hat sie auch Sie überprüfen lassen.«

»Sie hat was?« Laura war entsetzt. »Wie denn das?«

»Erinnern Sie sich, dass Sie vor zwei Jahren eine Zeit lang das Gefühl hatten, dass Sie verfolgt wurden?«

Mit einem Ruck setzte sich Laura kerzengerade hin. »Woher wissen Sie das denn schon wieder?«

»Wir haben im Namen von Frau Herzog eine Detektei engagiert, die Sie eine Weile beobachten sollte. Leider war deren Privatermittler dabei nicht besonders geschickt. Jedenfalls haben Sie ihn irgendwann bemerkt. Darauf haben wir die Aktion abgebrochen.«

»Das ist doch die Höhe!« Lauras Wangen glühten vor Zorn. »Ich dachte damals schon, dass ich den Verstand verliere. Und meine Freunde waren der gleichen Meinung. Sie haben mir geraten, einen Psychologen aufzusuchen, weil ich unter Verfolgungswahn litte.«

Brechtinger machte ein betretenes Gesicht. »Es tut mir

leid, dass das passiert ist, und ich möchte mich in aller Form dafür entschuldigen. Es war natürlich nie geplant, dass Sie sich dabei bedroht fühlen sollten. Eigentlich hätten Sie es noch nicht mal bemerken sollten, aber wie gesagt, leider hat der beauftragte Detektiv die Sache ziemlich schlampig gehandhabt. Deswegen haben wir jegliche weiteren Aktionen sofort gestoppt. Es ging ja auch nur darum, ob wir Frau Herzog zuraten konnten, Sie als Erbin einzusetzen oder doch lieber die katholische Kirche.«

»Und zu welchem Ergebnis sind Sie gekommen?«

Der Anwalt öffnete die Hände in einer weiten Geste. »Sie sitzen hier, oder?«

Laura gab ihm keine Antwort. Tausend Gedanken schossen durch ihren Kopf. »Haben Sie damals auch meine Wohnung durchsuchen lassen?«, fragte sie schließlich.

»Wo denken Sie hin?«, fragte Brechtinger empört. »Wir haben Sie nur beobachten lassen. Mit wem Sie Umgang haben, was Sie in Ihrer Freizeit unternehmen, ob Sie Drogen nehmen, ob Sie zuverlässig sind oder krankfeiern, nur weil Sie mal keine Lust haben, morgens aufzustehen.«

Na prima. Ganz großes Kino. Zufrieden lehnte sich Laura zurück. »Ich finde, eine vernünftige Drogenkarriere sollte sich ausschließlich innerhalb der eigenen vier Wände abspielen, denken Sie nicht?«

Brechtinger zog eine Augenbraue nach oben. Dann grinste er. »Wenn Sie der Meinung sind, dass Sie damit jetzt noch beginnen wollen –«

»Wieso jetzt? Zu Hause kiffe und kokse ich seit Jahren.«

»Dann sollten Sie das Geheimnis Ihrer Gene dringend der Wissenschaft zur Verfügung stellen.«

Als Laura nicht darauf antwortete, fuhr er fort: »Bei jedem Menschen außer Ihnen schlägt sich der Drogenkonsum in den Haaren nieder. Da das bei Ihnen nicht der Fall ist, scheint ein Geheimnis in Ihrem Körper zu schlummern, das

Sie spielend zu Geld machen könnten. Ich rate Ihnen, sich an den Profiradsport zu wenden. Dort würden Sie reich werden.«

Laura wusste nicht, ob sie lachen oder schreien sollte. Schließlich überwog ihre Wut den Witz Brechtingers.

»Sie haben meine Haare untersuchen lassen? Wissen Sie was, ich habe die Nase gestrichen voll. Erstens glaube ich, dass das illegal ist, zweitens verliere ich allmählich die Lust an diesem angeblichen Erbe.« Sie stand auf. »Vielleicht suchen Sie sich besser doch jemand anderen. Aber wenn ich wählen dürfte, dann schenken Sie den Plunder irgendwelchen Hochwasseropfern. Oder bedürftigen alten Menschen. Aber lassen Sie mich in Ruhe.«

Fünf Minuten nach Lauras rauschendem Abgang saß Dr. Brechtinger noch immer beeindruckt hinter seinem prachtvollen Schreibtisch. Als sein Staunen einer gewissen Bewunderung wich, schüttelte er sich und griff nach dem Telefonhörer. Nachdem er einige Belanglosigkeiten ausgetauscht hatte, sagte er: »Es ist komplizierter, als wir dachten.«

Brechtinger erwischte Laura, als sie mit ihrem Koffer an der Rezeption stand und die Rechnung begleichen wollte. Er trat von hinten an sie heran, streckte seine Hand mit einer Visitenkarte über den Tresen und sagte zu der Rezeptionistin: »Schicken Sie die Rechnung an meine Kanzlei.«

Als Laura herumfuhr und ihm die Meinung geigen wollte, fasste er sie am Arm und schob sie Richtung Ausgang. »Nicht hier. Schenken Sie mir das Vergnügen und trinken Sie ein Glas Wein mit mir.«

»Ihre Tante bestand darauf, dass Sie alles erfahren«, sagte er, als zwei Gläser Rosé vor ihnen standen. »Auch das mit der Überprüfung der Haarprobe. Sie ahnen, wie die Detektei an Ihre Haare gekommen ist?«

Laura überlegte kurz, dann nickte sie. Es hatte vor einiger

Zeit einen eigentlich harmlosen Vorfall gegeben, der ihr aus irgendeinem Grund im Gedächtnis haften geblieben war. Sie war mit Freunden in einem Restaurant am Ku'damm gewesen. Auf der Toilette hatte eine fremde Frau sie um Hilfe gebeten, ihren Turnschuh zu binden. Angeblich hatte sie Rückenprobleme. Als Laura sich bückte, hatte sich das Armkettchen der Unbekannten in ihren Haaren verfangen und ihr dabei einige ausgerissen. Das Ganze war ihr damals schon komisch vorgekommen, doch jetzt wurde ihr klar, dass sie hereingelegt worden war. Und da wunderte sich der Schnösel von einem Anwalt, dass sie sauer war.

»Gut. Wie gesagt, Ihre Tante …«

»Hören Sie auf, Frau Herzog so zu nennen. Ich kannte die Frau nicht und meine Tante war sie schon gleich zweimal nicht.«

Brechtinger verzog den Mund. Das hier glich der wortwörtlichen Widerspenstigen Zähmung. »Also schön. Frau Herzog wollte, dass Sie alles wissen. Keine Geheimnisse. Ihr war klar, dass Sie bockig werden würden. Aber sie war der Überzeugung, dass es besser wäre, wenn Sie es sofort erfahren als später. Sehen Sie es als Kompliment an. Sie wusste, dass Sie Charakter besitzen.«

Toll. Schönen Dank auch. Laura biss sich auf die Unterlippe. Wie sollte man jemanden erwürgen, der einem gerade ein Kompliment gemacht hatte?

Als der Kellner jedem ein zweites Glas Wein brachte, war der größte Teil von Lauras Wut verraucht. Dass sie sich zwanzig Minuten später von Brechtingers schönen Worten hatte einlullen lassen, ärgerte sie fast schon wieder.

»Ruhen Sie sich eine Stunde aus. Und dann kommen Sie noch mal in mein Büro.«

»Haben Sie sonst nichts zu tun? Ich meine, außer Babysitter für mich zu spielen?«

Er lachte. »Ich habe Ihrer Tan… Frau Herzog versprochen, dass ich mir für Sie die Zeit nehme, die es braucht. Und so wie es aussieht, braucht es noch.«

Zwei Stunden später saß Laura erneut in den gediegenen Räumen der Kanzlei Brechtinger & Partner. Zum wiederholten Male fragte sie sich, wo seine Partner waren. Und ob es überhaupt welche gab. Auch wenn das Büro riesig war und Platz für geschätzte zehn Personen bot, war außer dem Chef und seiner geisterhaften Sekretärin kein Mensch zu sehen.

Diesmal schob Brechtinger ihr gleich zu Anfang eine Liste über den Tisch, bat sie aber, seine Erklärungen abzuwarten, bevor sie die Mappe aufschlug.

Er begann, das Testament der alten Dame vorzulesen: »... im Vollbesitz meiner geistigen Kräfte ... vererbe ich ... Frau Laura Wagner folgenden Besitz:

ein Perlenarmband
eine dazugehörige Halskette
die Fotosammlung aus den Jahren 1943 bis 1955 ...«

Der Anwalt fuhr fort, Kleinigkeiten aufzuzählen, bis Laura sich fragte, was das sollte. So viel Aufwand wegen einem bisschen alten Kram? Das hätte ihr auch der Berliner Anwalt, Fackler, vorlesen können.

Als Brechtingers Tonfall sich plötzlich änderte, schreckte sie hoch. Eine Option? Was für eine Option denn? Sie bat ihn, den Satz zu wiederholen.

Unergründlich musterte er sie über den nicht vorhandenen Rand seiner Brille hinweg. Dann räusperte er sich und wiederholte: »Auf folgenden Besitz erhält Frau Wagner eine Erbrechtsoption. Bevor das Erbe als solches jedoch in Kraft tritt, sind nachfolgende Bedingungen zu erfüllen. Sollten diese nicht oder nur teilweise von der Erbnehmerin erfüllt werden, verfällt die Option und das Erbe fällt zur weiteren

Verwaltung an die Kanzlei Brechtinger & Partner. Über die weitere Verwendung der nachgenannten Besitztümer habe ich in einem gesonderten Testament verfügt.«

Brechtinger blickte von dem Schreiben in seiner Hand auf und vergewisserte sich, dass Laura alles verstanden hatte. »So weit alles klar?«

»Nein.«

»Nein?« Fragend sah er sie an.

»Sie reden ständig von Optionen und Bedingungen. Mich würde interessieren, ob das überhaupt legal ist.«

»Selbstverständlich ist es das. Der Gesetzgeber erlaubt es, dass Sie – in gewissen Grenzen – Ihren Besitz hinterlassen können, unter welchen Bedingungen und auch wem Sie möchten.«

»Das heißt, ich könnte einem Freund eine Million Euro vererben, vorausgesetzt er lebt ein Jahr lang ausschließlich von dem, was er in Mülltonnen findet?«

»Nein.«

»Wieso denn nicht? Sie sagten doch gerade –«

»Dass der Gesetzgeber dem gewisse Grenzen setzt. Aber Ihr Vorschlag ist unmoralisch und daher nicht legal.«

»Aha. Aber …«

»Nun hören Sie sich doch erst mal an, was hier steht. Vielleicht gibt es ja gar keinen Grund, jetzt schon in Panik zu verfallen.«

»Ich habe keine …« Laura unterbrach sich selbst. Dann nickte sie. »Also gut. Ich höre.«

Im Laufe von Brechtingers Ausführungen wurden Lauras Augen immer größer. Als er schließlich endete, saß sie zusammengesunken und wie betäubt in ihrem Stuhl. Schließlich hob sie den Kopf. »Und das nennen Sie moralisch?«

»Sicher.« Brechtingers Augen funkelten belustigt. »Ich mache das schon seit knapp dreißig Jahren. Und wie Sie sehen, geht es mir nicht schlecht dabei.«

»Für mich ist das keinen Deut besser als die Mülltonnenoption.« Allein beim Gedanken daran wurde ihr schwindlig. »Wo muss ich unterschreiben?«

Das Funkeln ging in ein breites Grinsen über. »So schnell haben Sie sich entschieden? Obwohl Sie es als unmoralisch empfinden?«

»Sie verstehen mich falsch. Ich werde das Erbe ablehnen. Und zwar jetzt sofort.«

Brechtinger lehnte sich in seinem nach teurem Leder riechenden Sessel zurück und musterte sein Gegenüber nachdenklich.

»Tut mir leid. Das geht nicht.«

»Was? Blödsinn. Natürlich kann ich ablehnen.«

»Generell haben Sie natürlich recht. In diesem Fall gibt es jedoch eine Klausel, dass Sie frühestens drei Monate nach der Verlesung ablehnen können.«

»Was für eine Scheiße.« Laura kochte. »Kann ich wenigstens das ablehnen? Wegen Nötigung?«

Der Anwalt schüttelte den Kopf. »Bedaure.«

Erschüttert hatte Laura die Unterlagen eingepackt und war mit dem Taxi in ihr Hotel gefahren. Die Idee, ein oder zwei weitere Tage in München zu bleiben, hatte sie nach dem unerfreulichen Telefonat mit ihrem Chef sofort wieder ad acta legen können, deswegen wies sie den Fahrer an, gleich auf sie zu warten. Als sie schließlich am Flughafen am Check-in-Schalter stand, erfuhr sie, dass sie für die Sechzehn-Uhr-Maschine gerade mal zehn Minuten zu spät war und der nächste Flieger erst um siebzehn Uhr fünfundzwanzig ging. Sie sah auf die Uhr. Knapp zwei Stunden. Mist. Sie schlenderte eine Weile durch die Geschäfte auf Ebene vier, kaufte sich in einem der vielen kleinen Restaurants einen Latte macchiato und suchte sich einen Platz am Fenster, von wo aus sie dem Treiben auf dem Vorfeld zusehen konnte. Dann rief sie Helene an.

»Bitte trommle die Feuerwehr zusammen. Um halb acht bei mir. Ich werde sonst verrückt.«

»Brechtinger lebt auf einer Alm?«

»Quatsch. Er wollte damit sagen, dass er schon seit seiner Geburt in Bayern lebt.«

Helge, der wie immer, wenn es aufregend wurde, aufs Klo musste, hatte den Anfang nicht mitbekommen. Erst als Laura ihm versicherte, dass er noch nichts Interessantes verpasst hatte, beruhigte er sich und quetschte sich zwischen Gabi und Helene auf die Couch.

Laura hatte sich eines ihrer bunten Kissen geschnappt und sich vor den Freunden auf dem Boden niedergelassen. Sie trank ein Glas Rotwein zur Hälfte aus, dann war sie bereit für ihren Bericht.

»Ich weiß gar nicht, wo ich beginnen soll. Es ist völlig absurd und abstrus.« Sie schwenkte den Rotwein so heftig, dass ein Schwall über den Rand auf den Boden schwappte. Nachdem sie die Lache mit einer Serviette aufgewischt hatte, fuhr sie fort.

»Wenn ich das Erbe annehmen will, muss ich für mindestens ein halbes Jahr nach Bayern ziehen.«

»WAS?« Die Nachricht schlug ein wie eine Bombe und drei aufgerissene Augenpaare blickten sie entgeistert an. Laura tat es unendlich gut, dass die Nachricht ihre Freunde genauso erschütterte wie sie selbst. Erst nachdem sie fünf Minuten teils entsetzt, teils aufgeregt durcheinandergeredet hatten, kehrte allmählich wieder Ruhe ein.

»Es ist so: Meine, ich nenn sie jetzt mal Tante, hat mir eine Alm vererbt. Im Valeppgebiet. Falls euch das ein Begriff ist.«

Bis auf Gabi schüttelten alle den Kopf. Die allerdings war gleich begeistert. »Wahnsinn. Das ist eine der schönsten Gegenden überhaupt. Zwischen Schliersee, Tegernsee und Spitzingsee. Mensch, Laura, das ist ja ein Traum!«

Laura sah ihre Freundin entgeistert an. »Spinnst du? Ein Albtraum meinst du wohl. Was soll ich denn ein halbes Jahr in den Bergen? Ich hasse die Berge.«

»Blödsinn. Du warst doch noch nie da.«

»Eben. Weil ich es scheußlich finde. Und ich habe vor, das Erbe abzulehnen.«

»Das kann nicht dein Ernst sein. Wieso siehst du es dir nicht einfach mal an, bevor du dich endgültig entscheidest?«

»Das mit der Entscheidung wird sich sowieso noch eine Weile hinziehen.« Laura erzählte in knappen Worten von der Frist, die ihr auferlegt worden war.

»Ja, aber dann ist das doch eine super Gelegenheit, das auszuprobieren«, fand schließlich auch Helge. »Außerdem bist du doch sowieso todunglücklich in deinem Job. Was hast du denn zu verlieren?«

»Ich finde, Laura sollte uns erst einmal erzählen, was denn nun genau in dem Testament steht«, unterbrach Helene. »Was hat das mit der Alm und dem halben Jahr auf sich?«

»Ich erbe die Alm unter der Voraussetzung, dass ich vorher ein halbes Jahr dort lebe. Laut Brechtinger soll ich die Chance haben, mich dort einzuleben. Wenn es mir gefällt, dann gehört sie mir; wenn ich vorher das Handtuch werfe oder nach dem halben Jahr sage, dass ich zurück nach Berlin will, dann geht es an die Kirche, ein Tierheim oder an den Flohzirkus, was weiß ich.«

»Boah«, Helene schüttelte entrüstet den Kopf. »Das grenzt ja an Erpressung.«

»Blödsinn«, sagte Helge. »Vermutlich war die Alm Tantchens Ein und Alles. Sie wollte mit der Klausel nur sichergehen, dass Laura die Hütte nicht gleich verramscht.«

»Mag schon sein. Aber was soll Laura denn in Bayern? Ihre Freunde sind hier, ihre Arbeit, ihr Umfeld. Soll sie am Arsch der Welt auf einem Berg hocken und sich vor Einsamkeit die Augen ausheulen?«

Helge hob die Hand. »Veto, das Jobargument lass ich nicht gelten. Die Stelle ist keinen Pfifferling wert. Laura ist bloß zu träge, sich etwas anderes zu suchen, sonst hätte sie den Job schon längst an den Nagel gehängt. Und ihr Umfeld? Na ja, wir wissen schließlich alle, was für famose Nachbarn Laura hier hat.«

Mit einem dreistimmigen »Ahhh« gaben die Frauen ihm recht. Das Nachbarpärchen aus der Wohnung gegenüber hatte in etwa so viel Charme wie ein hochakuter, juckender Ausschlag am Hintern. Die Frau war eine regelrechte Hexe, mindestens zwanzig Jahre jünger als ihr betagter Gatte, sie stritten sich regelmäßig, dass die Wände wackelten, und überdies waren die beiden sozial so kompetent wie eine Dose Katzenfutter. Dies war Helges Beschreibung der beiden und damit hatte er wirklich den Nagel auf den Kopf getroffen.

»Wir können nur beten, dass wir nie so verbiestert werden wie diese Trulla, sollte uns Fortuna je hold sein und uns feste Beziehungen bescheren«, sagte Laura und erntete ein dreifaches Nicken. »Ich habe keine Ahnung, was solche Menschen antreibt. Ist es Neid, Langeweile oder sind die einfach nur strohdumm?«

»Ich denke, es ist von allem etwas«, sagte Helge. »Jedenfalls sind die beiden ein gutes Argument für die Alm. Da kannst du wenigstens sicher sein, dass du keine bekloppten Nachbarn hast.«

»Stimmt«, gab Helene ihm recht und sah Laura an. »Wie soll das überhaupt funktionieren? Wovon sollst du leben, falls du annimmst? Ich kann mir nicht vorstellen, dass man auf dem Berg eine Versicherungskauffrau braucht.«

»Das ist das eigentlich Verrückte daran«, antwortete Laura. »Ich bekomme während des Experiments eine monatliche Apanage, die mir mein Auskommen sichert. Davon kann ich meinen Lebensunterhalt bestreiten. Inklusive der Miete, die diese Bude hier in Berlin kostet, damit ich die Wohnung nicht kündigen muss.« Verlegen fügte sie noch hinzu: »Die zahlen das sogar, falls ich abbreche. So lange, bis ich einen neuen Job habe. Na ja, fast. Höchstens eineinhalb Jahre über das Experiment hinaus.«

Helge stieß einen Pfiff aus. »Aber das ist doch der Wahnsinn. Wie geil ist das denn! Ich versteh überhaupt nicht mehr, was du noch überlegst. Das ist ja völlig ohne Risiko.«

»Ich finde auch, dass es sich gut anhört«, sagte Helene mit zittriger Stimme. »Versteh mich nicht falsch, ich hab echt keinen Bock darauf, dass meine beste Freundin nach Bayern in die Provinz zieht, aber …« Sie schluckte und begann zu weinen, »es ist eine einmalige Möglichkeit. So was kommt nie wieder.«

»Aber …« Nun stiegen auch Laura die Tränen in die Augen. »Was soll ich denn da so lange machen? Ohne euch, ohne Job? Ich geh doch dort ein vor Langeweile.«

»Quatsch«, sagte Gabi energisch. »Erstens kannst du dort wandern und Rad fahren. Du kaufst dir ein Mountainbike und im Winter gehst du zum Skifahren. Mensch, Laura, wenn es ginge, ich würde sofort mit dir tauschen.«

»Ich kann aber nicht Ski fahren.«

»Dann lernst du es eben. Eine bessere Gelegenheit bekommst du nie. Wann, wenn nicht auf der Alm?«

Nun fing Laura endgültig an zu heulen.

Helge verstand die Welt nicht mehr. »Was gibt es denn da zu flennen? Du hast doch noch gar nicht zugesagt!«

»Ich weiß nicht«, Laura wischte sich mit dem Handrücken über das Gesicht. »Ich komme mir so hilflos vor.«

»Ach Schatz, komm her!« Mit einem bösen Blick an Helge zog Helene ihre Freundin in die Arme. »Typisch Mann«, fauchte sie, geflissentlich darüber hinwegsehend, dass Helge ausgesprochen sensibel war. »Kein Gefühl, keine Empathie. Mach dir nichts draus.«

Als die Tränen nachließen, befreite sich Laura aus Helenes Umarmung. »Und was soll ich tun, wenn ich nicht wandern oder Skilaufen gehe?«

»Ach Gott.« Entsetzt schlug Gabi die Hände vor den Mund. »Warte mal. Ist die Alm etwa bewirtschaftet? Mit Kühen und so?«

»Ich glaube nicht. Brechtinger hat gesagt, dass ein paar Wege in der Nähe vorbeiführen. Er meinte, wenn ich dazu Lust habe, kann ich Wegweiser aufstellen und nach Lust und Laune Wanderer bewirten.«

»Braucht man dazu keine Genehmigung?«

»Ich soll ja nichts verkaufen. Brechtinger meint, dass es in den Bergen sehr freundschaftlich zugeht. Und der Hof soll wunderschön sein. Er hat erzählt, dass die Leute oft stehen bleiben und fragen, ob sie sich umsehen dürfen. Wenn ihr die Leute sympathisch waren, hat meine Tante dann wohl öfter zu Kaffee und Kuchen eingeladen.«

»Wahnsinn!« Gabi fühlte einen Stich von Neid in sich. Energisch schob sie ihn schnell wieder beiseite. »Also, ich muss sagen, ich finde das einen Traum. Ohne Wenn und Aber.«

Laura musste über Gabis Euphorie lachen. »Ja ja. Du würdest dir zwei Zöpfe binden und wie Heidi Geißen hüten.«

»Im Dirndl. Das hast du vergessen.« Helenes Augen leuchteten.

Mit einem Mal sagte keiner mehr etwas und drei Augenpaare waren musternd auf Laura gerichtet.

»Was ist los?«, fragte die. »Was seht ihr mich so an?«

»Ich muss das ausprobieren. Sofort.« Helene sprang wie von der Tarantel gestochen vom Sofa, rannte ins Bad und kam mit Kamm und Bürste zurück.

Nach anfänglichem Protest ließ Laura ihnen den Spaß. Helene und Gabi entwirrten die langen blonden Locken und flochten ihr zwei lockere Zöpfe, die sie nach vorne über

Lauras Brust legten. Ein paar vorwitzige Strähnen, die verspielt ins Gesicht fielen, gaben ihr einen sehr mädchenhaften und gleichzeitig sexy Touch.

»Die Schminke muss ab«, befand Gabi. »Das ist viel zu businessmäßig.«

»Hammer«, befand Helge, nachdem Laura mit blankgeschrubbtem Gesicht wieder vor ihnen saß. »Süß und sexy. Die perfekte Mischung aus Lolita und Heidi.«

»Jetzt noch ein Dirndl. Dann kannst du Bayern unsicher machen.«

»Hört auf! Ich will da doch gar nicht hin«, wehrte Laura ab. Allerdings klang es nicht mehr ganz so überzeugt.

»Du hast doch überlegt, was du machen könntest, wenn du mal nicht wandern oder biken gehst. Oder Ski fahren«, ignorierte Gabi Lauras Einwand. »Ich habe da schon eine Idee.«

»Und die wäre?«

»Ich habe – wir haben«, verbesserte sie sich rasch, »dir doch schon oft gesagt, dass du toll schreiben kannst. Egal, wie viel Stress ich in der Arbeit habe, sobald eine Mail von dir kommt, nehme ich mir die Zeit, sie zu lesen. Weil ich dabei immer lachen muss, und hinterher hab ich garantiert gute Laune.«

»Stimmt«, pflichtete Helene ihr bei. »Und die Berichte, die du von deinen Reisen schreibst, sind auch genial. Du sitzt im hintersten Winkel Thailands oder Laos' und ich habe trotzdem das Gefühl, als würde ich deine Abenteuer live miterleben.«

Laura wurde rot vor Freude über die Komplimente ihrer Freunde. »Danke. Ihr seid echt süß. Aber was meinst du damit?«, fragte sie Gabi. »Ich kann euch doch nicht jeden Tag drei Seiten lange Mails schreiben. So viel werde ich sicher nicht erleben, und wenn ich das fünfte Mal einen Berg beschrieben habe, ist das auch langweilig und das wollt selbst ihr nicht mehr lesen. Da müsste ich schon Geschichten erfinden.«

»Genau das meine ich«, sagte Gabi bestimmt. »Erfinde eine Geschichte. Und wenn du schon dort bist, dann eine, die in den Bergen spielt. Schreib ein Buch!«

Als ihre Freunde nach Hause gegangen waren, saß Laura noch eine Stunde auf dem Sofa und brütete vor sich hin. Was Gabi zum Schluss gesagt hatte, brachte es ziemlich genau auf den Punkt: »Du hast Angst vor Veränderung.«

Und das wäre nicht nur eine harmlose Neuerung, sondern ein radikaler Schnitt, der ihr ganzes Leben umkrempeln würde.

Drittes Kapitel

Zwei Tage später hatte sie ihren Arbeitsvertrag durchgelesen und festgestellt, dass sie nur noch vier Tage Zeit hatte, um fristgerecht zum Ende des Quartals zu kündigen. In der Konsequenz hieße das, dass sie nach Abzug ihrer noch verbleibenden Urlaubstage am siebzehnten März ihren letzten Arbeitstag hätte.

Sie verfluchte das schlechte Timing. Damals hatte sie es als Segen empfunden, sehr schnell wieder aus der Nummer herauszukommen, falls es ihr nicht gefallen würde. Jetzt hätte sie einiges darum gegeben, wenn mehr Zeit zum Überlegen wäre. Sie wusste aber auch: Wenn sie jetzt nicht aufgab, würde sie sich in drei Monaten erneut die gleiche Frage stellen. Aber dann käme sie mit dem Experiment mitten in den Winter und dazu hatte sie nun wirklich überhaupt keine Lust.

Nach weiteren abendfüllenden Diskussionen mit ihren Freunden stand am Vorabend des siebenundzwanzigsten Februars ihr Entschluss fest. Und als sie am nächsten Morgen ihre Kollegen im Büro ansah, war sie sich mit einem Mal völlig sicher, dass die Entscheidung die einzig richtige war. Wenn man es in drei Jahren nicht schaffte, mit den Personen warm zu werden, mit denen man notgedrungen fünf Tage die Woche verbrachte, würde sich daran auch in den nächsten Jahren nichts mehr ändern. Ja, sie würde niemanden hier vermissen. Und auch das Zimmer mit dem kleinen Fenster, das auf einen hässlichen Hinterhof führte, das sie sich dazu mit einer Kollegin teilte, die der Ansicht war, einmal Duschen pro Woche wäre genug, würde ihr nicht fehlen.

Dazu hatte Brechtinger Wort gehalten und ihr Fotos von der Alm geschickt. Gabi war von den Bildern so begeistert, dass sie schon überlegte, ob sie ebenfalls kündigen und mit ihrer Freundin nach Bayern ziehen sollte. Leider galt das Fangnetz nur für Laura und Gabi konnte es sich nicht leisten, ihre Berliner Wohnung und ihre Krankenversicherung ohne ein festes Einkommen zu halten.

»Aber besuchen werde ich dich, sooft es geht«, versprach sie. »Das heißt, wenn du mich haben willst.«

Spätestens als ihr Chef sie mit undurchdringlichem Blick musterte und ihr zu verstehen gab, dass sie seiner Meinung nach nicht mehr alle Tassen im Schrank hatte, machte sich ein kleines Fünkchen Erleichterung breit. Laura war sich zwar nicht sicher, ob er nicht doch irgendwie recht hatte, aber die Aussicht auf ein halbes Jahr selbstbestimmtes Leben gewann zusehends an Reiz.

»Abenteuer, ich komme!«, murmelte sie, als sie seine Tür ein letztes Mal hinter sich schloss.

Es war eine interessante Erfahrung, die Laura in den nächsten Wochen machte. Plötzlich nahm sie ihre Umgebung deutlicher und intensiver als bisher wahr. Straßen, Plätze, Häuser, an denen sie seit Jahren tagtäglich vorbeigekommen war; Orte, die sie bisher kaum bemerkt hatte – mit einem Mal war es, als ob sie alles mit einem anderen, deutlicheren Bewusstsein wahrnahm. Und unwillkürlich begann sie das, was sie sah, mit dem zu vergleichen, was sie bisher hauptsächlich von Bildern kannte. Bayern. Die Berge. Und was auf den Fotos so idyllisch und malerisch aussah, machte ihr in Wirklichkeit doch Angst.

Und so schnell, wie sie ihre Entscheidung hatte treffen müssen, waren auch die letzten Wochen in der Arbeit verflogen. Sie hatte sich mit einem kleinen Umtrunk von ihren Kollegen verabschiedet, die in der letzten Zeit merklich auf Distanz gegangen waren und die Skepsis ihres Chefs zu teilen schienen. Oder es war tatsächlich so, wie Gabi gesagt hatte: Die waren alle nur neidisch.

Mit Brechtinger hatte sie vereinbart, dass sie auf ihrem Weg in die Berge eine weitere Nacht in München verbringen und er sie am nächsten Morgen in ihr neues Heim begleiten würde. Und dann machte sie sich ans Packen. Schnell musste sie feststellen, dass es gar nicht so einfach war, alles Nötige für ein halbes Jahr zusammenzusuchen. Doch nach einigem Hin und Her hatte sie einen Entschluss gefasst: Sie würde nur so viel mitnehmen, wie ihr roter Golf locker fassen konnte. Den Rest würden ihre Freunde mitbringen, sobald sie zu Besuch kamen. Da die Alm Brechtingers Worten zufolge voll möbliert war, hatte sie darauf verzichtet, eine Spedition zu beauftragen. Alles an sperrigem Inventar würde in Berlin bleiben, wichtig waren in erster Linie Kleidung, Schuhe und ein paar persönliche Dinge, an denen ihr Herz hing.

An Lauras Abreisetag trafen die Freunde bereits am frühen Morgen bei ihr ein und halfen dabei, die Wohnung auf ein halbes Jahr Leerstand vorzubereiten. Gabi und Helene teilten die Pflanzen unter sich auf und anschließend war das Wohnzimmer merkwürdig kahl. Die Wand hinter dem antiken Schrank wirkte nackt, nachdem die fünf in voller Blüte stehenden Orchideen verschwunden waren, und der Platz neben dem Esstisch wirkte bei Weitem nicht mehr so gemütlich, nachdem das Rieseneinblatt fehlte.

»Ich lasse die warmen Klamotten bis auf eine dicke Jacke alle hier«, beschloss Laura. »Wer weiß, ob ich wirklich bis zum Herbst durchhalte. Und falls ja, könnt ihr mir die Sachen mitbringen, wenn ihr mich besuchen kommt.«

Es war ein komisches Gefühl, als sie die Tür ein letztes Mal hinter sich schloss. Sie kämpfte mit den Tränen, als sie den Schlüssel herumdrehte. Sobald sie auf dem Gehsteig stand, hatte sie den Kampf vollends verloren.

»Ach Süße, nicht weinen! Wir kommen doch schon bald auf Besuch.« Helene nahm sie fest in den Arm und drückte sie lange. Bis sich die Freunde ausgiebig verabschiedet hatten, weinten alle drei Frauen und auch Helge war anzusehen, wie schwer ihm der Abschied fiel.

Die ersten drei Stunden auf der Fahrt nach München waren die reinste Hölle. Laura hatte sich in ihrem ganzen Leben noch nie so einsam gefühlt. Immer wieder kamen ihr die Tränen und mehr als einmal war sie nah dran, umzukehren. Als im Radio dann auch noch Richard Marx' Uraltschnulze »Right Here Waiting« lief, war es mit ihrer Beherrschung vorbei. Gottlob kam nach zwei Kilometern ein Rastplatz. Als sie wie ein Häufchen Elend zusammengesunken hinter dem Steuer saß, klingelte prompt das Telefon. Helene. Laura räusperte sich und versuchte, normal zu klingen, als sie das Gespräch annahm.

»Ich hatte gerade das Gefühl, dass es dir beschissen geht. Hab ich recht?«

»Seit wann kannst du Gedanken lesen?«, schluchzte Laura

in ihr Handy. »Ich fühle mich gerade so, als ob ich der einsamste Mensch auf dem ganzen Planeten wäre.«

Helene lachte. »Das glaube ich dir aufs Wort. Aber lass den Kopf nicht hängen. Ich bin mir sicher, dass du das packst!«

Nach acht Stunden Fahrt und zwei längeren Pausen erreichte Laura schließlich die bayerische Landeshauptstadt. Nun war sie froh, dass Brechtinger ihr ihren ursprünglichen Plan ausgeredet hatte, das ganze Unterfangen in einem Gewaltakt durchzuziehen. Die Fahrt in einem Rutsch hinter sich zu bringen, nur unterbrochen durch einen Stopp, um sich in München den Schlüssel für die Alm abzuholen, war im Grunde eine Schnapsidee gewesen. Sie hatte gerade sowieso alle Zeit der Welt und wieso sollte sie sich selbst das Leben schwer machen, indem sie sich bei völliger Dunkelheit inmitten der unbekannten Berglandschaft auf die Suche nach einer einsamen Hütte begab? Nein, besser sie verbrachte eine weitere Nacht in dem netten Hotel, das sie schon von ihrem letzten Besuch kannte, stärkte sich in aller Ruhe bei einem opulenten Frühstück, vorausgesetzt, sie bekäme überhaupt einen Bissen hinunter, und machte sich dann bei Tageslicht auf den Weg.

Sie hatte sich vorsorglich ein Navigationsprogramm auf ihr Handy geladen, sonst hätte sie weder das Hotel und erst recht nicht Brechtingers Kanzlei am nächsten Morgen, nach einer mehr oder weniger schlaflosen Nacht, jemals wiedergefunden.

Brechtinger begrüßte sie herzlich, hatte aber eine schlechte Nachricht für sie: »Ich kann Sie leider nicht begleiten. Mein Partner ist erkrankt und ich muss mittags für ihn aufs Gericht. Aber Sie schaffen es doch auch alleine?«

Laura sah ihn mit großen Augen an und versuchte vergeblich, die Tränen zurückzuhalten. »Ich weiß es nicht«, gestand sie ihm schließlich.

»Das ist alles ein bisschen viel für Sie, oder?«, fragte er mitfühlend. »Kommen Sie, setzen Sie sich zu mir an den Kamin. Ich erzähle Ihnen ein bisschen was.«

Eine Stunde später musste Laura zugeben, dass Brechtinger echt cool war. Für einen Anwalt jedenfalls. Er hatte ihr von seiner Sekretärin einen Tee brühen lassen, der eine eigenartig beruhigende Wirkung auf sie hatte, hatte ihr ein paar Anekdoten über seine Erfahrungen in den Bergen erzählt, und als sie die Schlüssel von ihm entgegennahm, war sie fast davon überzeugt, dass das Leben im Gebirge eine Wunderkur für Gemüt und Körper war.

»Haben Sie noch Fragen?«, wollte Brechtinger wissen, als er ihr die Hand zum Abschied reichte. »Sie können mich auch jederzeit anrufen, wenn Ihnen noch was einfällt.«

Laura musste nicht lange überlegen. »Ich wüsste gerne, wo Frau Herzog beerdigt ist. Dann könnte ich ab und zu an ihr Grab gehen.«

»Das ist leider nicht möglich«, sagte Brechtinger bedauernd. »Frau Herzog fand den Gedanken an ein ungepflegtes Grab schrecklich, und da sie keine Nachkommen hatte, wusste sie nicht, ob sich jemals jemand darum kümmern würde. Deshalb hat sie beizeiten entschieden, sich verbrennen und die Urne in einem Friedwald in Norddeutschland beisetzen zu lassen. Sie wollte auch nicht, dass ihre Freunde sich verpflichtet fühlen, auf das Grab zu gehen, deswegen wollte sie so weit wie möglich weg vom Schliersee.«

Als Laura die Kanzlei schließlich verließ, war es bereits später Vormittag. Ihre Überlegung, in München noch zu Mittag zu essen, legte sie ad acta, als sie vor ihrem Wagen stand. Hunger hatte sie keinen, außerdem wollte sie nun endlich die Alm in natura sehen.

»Sie können es sich aussuchen«, hatte Brechtinger ihr erklärt. »Entweder Sie fahren über den Tegernsee oder über Schliersee und Spitzingsee in die Valepp. Auf der ersten

Variante kommen Sie durch Tegernsee und Rottach-Egern und können sich ansehen, wie exklusives und mondänes Leben in den Bergen ausschaut, die zweite Variante ist wesentlich beschaulicher und unspektakulärer.«

Da Laura sich im Moment weder mondän noch repräsentativ genug für die Reichen und Schönen dieser kleinen Welt fühlte, wählte sie die zweite Route. Sie fuhr die A8 in Richtung Salzburg, nahm die Ausfahrt Weyarn und fuhr über Miesbach den Bergen entgegen, die sich im Zwielicht sanft im Hinterland erhoben. Obwohl die Strecke nicht wirklich weit war, hielt Laura immer wieder an, bestaunte das Panorama und machte Fotos, die sie per WhatsApp an ihre Freunde schickte. Zudem meinte es der Wettergott wirklich gut mit ihr. Die Reaktion der Beglückten kam auch prompt. *Boah, wie geil,* schrieb Helge. *Du wartest besser auf mich, ich sitze schon im Flieger,* kam von Gabi. Und Helene war sich sicher, dass Laura den grandiosen Anblick als göttliches Zeichen dafür sehen sollte, dass ihr Leben nun eine glückliche Wendung nehmen würde.

Die Hauptstraße durch Hausham allerdings war dann nur als scheußlich zu bezeichnen und Laura begann zu zweifeln, ob Gott mit einer derartigen Verschandelung seiner ansonsten doch recht geglückten Architektur einverstanden war. Linker Hand standen ein aufgelassener Förderturm und eine alte Fabrikhalle, ein Supermarkt reihte sich an den anderen und rechts verliefen endlos lange Bahngleise. Sie konnte nur hoffen, dass das noch drei Kilometer entfernte Schliersee besser war. Fast bereute sie nun, nicht doch die Tegernsee-Route gewählt zu haben.

Schliersee selbst entschädigte sie ein wenig für den schlechten Eindruck, den Hausham ihr vermittelt hatte. Wie Brechtinger schon gesagt hatte, war der Ort, der sich den Namen mit dem See teilte, unspektakulär. Etwas verzopft und altbacken, aber immerhin nicht scheußlich. Sie parkte in einer Nebenstraße und schlenderte einen kleinen Weg zur Vitalwelt entlang, ließ das Schwimmbad rechts liegen und lief zum See. Und hier tat sich die ganze Pracht der Gegend vor ihr auf. Und dieser Blick war mehr als nur überwältigend! Eingebettet in sanft ansteigende Berghänge, die noch von Schnee bedeckt waren, auf dem die Sonne glitzerte, lag der Schliersee vor ihr ruhig in seinen Ufern. Links schmiegten sich die Häuser des Ortes malerisch an einen flachen Hügel, rechts herum verlief ein schmaler Weg am unbebauten Westufer entlang. Und mitten im See lag eine bewaldete kleine Insel.

Laura lief zurück zu dem kleinen Andenkenladen und kaufte sich eine Wanderkarte der Gegend. Am See suchte sie sich eine Bank, knipste mit ihrem Handy eifrig das Postkartenpanorama und versuchte vergeblich, anhand der Karte zu identifizieren, was vor ihr lag.

»Du kimmst ned ausm Gei, wos?«

Verständnislos blickte Laura den alten Mann in Tracht an, der sich, ohne zu fragen, neben sie gesetzt hatte. »Wie bitte?«

»Sie sind nicht von hier?«, versuchte er sich erneut in etwas gestelztem Hochdeutsch.

»Nein«, sie schüttelte den Kopf. »Aus Berlin.«

»Zeigen Sie mal«, forderte er sie auf und nahm ihr die Karte aus der Hand, ohne abzuwarten, ob ihr das auch recht war. Dann deutete er abwechselnd auf die Karte und die Berge.

»Da ganz links hinter den Häusern, das ist der Schliersberg. Danach kommt das Auracher Köpfl. Vor uns liegen Miesing und Jägerkamp, um die Kurve nach rechts, das sind Spitzingsattel, Brecherspitz, Dürnbachwald und Bodenschneid. Mitten im See liegt die Insel Wörth. Das Restaurant dort kann man für Veranstaltungen mieten und mit dem Boot hinüberfahren.«

»Hier ist aber noch mehr eingezeichnet«, stellte Laura fest. »Wo ist die Rotwand?«

»Die können Sie von hier nicht sehen, die liegt hinter der Brecherspitz.« Er strich sich mit der Hand über seinen prächtigen, nach oben gezwirbelten Schnurrbart. »Machen Sie hier Urlaub?«

»Ich weiß es noch nicht so genau«, antwortete Laura. »Ich habe vor, sechs Monate zu bleiben. Und wenn es mir gefällt, auch länger.«

Kam es ihr nur so vor oder veränderte sich seine gesamte Körperhaltung bei ihren Worten?

»So lange?«, fragte er schließlich. »Das ist aber ungewöhnlich.«

»Ich soll eine Hütte erben. Falls es mir hier gefällt und ich bleiben will.«

»Eine Hütte, aha«, wiederholte er. »Wo denn?«

»Im Valepp.«

»In der.«

»Wie bitte?«

»Auf oder in *der* Valepp. Nicht in *dem*.« Nicht nur seine Körpersprache, auch der bisher freundliche Ton hatte sich spürbar verändert. Und nun stand er abrupt auf, tippte sich mit zwei Fingern an seinen Hut, den ein prächtiger Gamsbart zierte, und verabschiedete sich mit einem frostigen »Servus«.

Entgeistert blickte Laura ihm nach, wie er mit steifen Schritten in Richtung Ort verschwand. Ihr dämmerte, dass Fremde hier nicht so gerne gesehen waren, wie man anfangs vermutete. Zumindest dann nicht, wenn sie länger zu bleiben gedachten.

Im Tengelmann packte sie einen Wagen randvoll. Brechtinger hatte ihr gesagt, dass sie damit rechnen sollte, dass weder etwas zu essen noch zu trinken in der Speisekammer war. Anschließend fuhr sie weiter Richtung Süden an Neuhaus vorbei und bog nach rechts in die Spitzingstraße. Eine schier endlos lange Rampe und einige Kurven später passierte sie den Spitzingsattel, fuhr durch einen kurzen Tunnel und dann lag der kleine idyllische See vor ihr. Links führte eine antiquiert aussehende Gondelbahn auf den Taubenstein und ein paar Hundert Meter weiter kam sie an ein paar Häusern, einem Hotel und einer kleinen Kapelle vorbei. Sie folgte dem Wegweiser nach links und stand vor einer geschlossenen Schranke. Es dauerte eine Weile und mehrere Vorstöße, bis sie verstanden hatte, wie die Schranke mithilfe der Chipkarte, die Brechtinger ihr anvertraut hatte, zu öffnen war. Während ihrer ersten erfolglosen Versuche sah sie an der Hauswand des Gebäudes, das in vergangenen Zeiten offensichtlich als eine Art Pförtnerhäuschen gedient hatte, einige seltsame Kästen. Da sie sowieso der einzige Mensch war, der in die gesperrte Straße einfahren wollte, ließ sie ihren Wagen kurzerhand vor der Absperrung stehen und ging zu dem Haus, um sich die Fächer näher anzusehen. Eine Weile stand sie unschlüssig davor und wunderte sich. Dann überzog ein Lächeln ihr Gesicht, als sie auf einem den Namen *Klara Herzog* entdeckte. Das war also ihr Briefkasten. Offensichtlich musste man sich hier seine Post abholen, da der Briefträger die einzelnen Höfe in der Valepp nicht anfuhr.

Nachdem sie die Schranke wieder geschlossen hatte, folgte sie der schmalen Straße nach unten und bog nach vierhundert Metern rechts in eine einspurige Forststraße ein, die wieder bergauf führte. Als sie über eine kleine Kuppe kam, glitzerte unter ihr der Tegernsee. Wunderschön. Das Einzige, was ihr ein mulmiges Gefühl bereitete, war der viele Schnee, der neben dem Weg zu großen Haufen zusammengeschoben war und auch noch viele Stellen des Forstweges bedeckte. Besonders da, wo die Sonne nicht hinkam, türmten sich wahre Eisberge auf. Und je weiter sie nach oben blickte, desto weniger war abgeschmolzen. Eigentlich logisch, dachte sie. Trotzdem hoffte sie, dass es bis zu ihrer Alm nicht mehr weit war, sonst hätte sie ohne Schneeketten vermutlich nicht den Hauch einer Chance, dort hochzukommen. Sie fuhr weiter, bis zum Glück schon bald ein kurzer Stich nach rechts abzweigte, der unmittelbar an einem Gatter endete und ein Schild das Gelände dahinter als Privatbesitz auswies. Sie zog die Handbremse, stieg aus und sah sich um. Dann griff sie nach dem Schlüsselbund auf dem Beifahrersitz, den ihr Brechtinger mitgegeben hatte und der sich schon bei ihrem Briefkasten als hilfreich erwiesen hatte. Der zweite Schlüssel passte in das Vorhängeschloss am Tor, das irgendjemand vor Kurzem geölt haben musste, so butterweich ließ er sich drehen. Dummerweise schwang das breite Tor aber nach außen auf und sie musste ihren Wagen ein Stück zurücksetzen, um es weit genug öffnen zu können. Gerade als das Gatter an einem dafür vorgesehenen Pfahl einrastete und sie um ihr Auto herumgehen wollte, kam ein dunkler Geländewagen viel zu schnell von unten angebraust. Nur mit Mühe schaffte es der Fahrer, den BMW vor ihrem Golf zum Stehen zu bringen. Unmittelbar darauf drückte er auf die Hupe und gestikulierte wild. Laura brauchte nur wenig Fantasie, um sein Gefuchtel als gezeigten Vogel zu erkennen. Deswegen blieb sie demonstrativ stehen und stemmte die Fäuste in die Seite. Der Idiot musste einer ihrer Nachbarn sein, wer sonst sollte sich schon in diese Einsamkeit verirren.

Langsam ging sie um den Wagen herum, bis sie auf der Höhe des Beifahrerfensters stand. »Gibt es ein Problem?«, fragte sie freundlich.

»Sie sind das Problem. Schaffen Sie Ihre Karre aus dem Weg!«

Laura musterte den Fremden lange, ohne ein Wort zu sagen. Blitzblaue Augen in einem verdammt attraktiven Gesicht. Dreitagebart, verwuschelter Kurzhaarschnitt. Schade.

Wenn das wirklich ihr Nachbar war, dann war er leider ein Trottel. Wie sollte sie denn auf ihr Grundstück gelangen, ohne für zwei Minuten zu halten und das Tor zu öffnen? Schließlich konnte sie ihren Wagen schlecht auf einem Baum parken, damit der gnädige Herr freie Fahrt hatte, wenn er einmal am Tag des Weges kam.

Demonstrativ langsam ging sie zurück zu ihrem Auto, stieg lässig ein, rückte den Spiegel zurecht und kontrollierte ihren Lippenstift, bevor sie sich dazu herabließ, den Zündschlüssel zu drehen. Als sie endlich den Weg freigemacht hatte, gab der Miesepeter Gas und hupte zum Abschied. Ein Vollidiot, wie er im Buche steht. Wirklich schade.

Nachdem sie das Tor hinter sich wieder geschlossen hatte, fuhr sie den Weg entlang, der über eine kleine Kuppe führte und unmittelbar dahinter den Blick auf ihre Alm freigab.

Sie stellte den Motor ab, blieb im Auto sitzen und musterte das Gebäude, das das nächste halbe Jahr ihr Zuhause sein sollte. Auf den Fotos, die Brechtinger ihr gezeigt hatte, waren überall Blumen gepflanzt und vom Balkon im ersten Stock ergoss sich ein wahres Blütenmeer. Jetzt sah das Ganze weniger einladend aus. Die Fensterläden waren geschlossen und die Wiese um das Haus war dort, wo der Schnee geschmolzen war, mehr braun als grün. Auch die vielen Krokusse, die bereits den Weg ans Licht gefunden hatten, konnten nicht darüber hinwegtäuschen, dass ihr noch eine Menge Arbeit bevorstand, bis das Ganze so bezaubernd aussah wie auf den Bildern.

Sie trug ihre Einkäufe ins Haus, stellte sie in die gemütliche Wohnküche und hantierte anschließend mit den Fensterläden. Die frische, frühsommerlich warme Luft strömte durch die geöffneten Fenster herein und vertrieb im Nu die abgestandene Luft und die klamme Kälte, die sich bis in die hintersten Ritzen breitgemacht hatte.

Die Inspektion ihres neuen Zuhauses brachte durchwegs

Erfreuliches zutage. Eine Oberleitung führte vom Tegernseer Tal zum Haus und versorgte es mit Strom. Ein kleiner Schuppen, der sich an das Haupthaus schmiegte, barg ein Ungetüm, in dem Laura einen Generator vermutete. Sie prüfte, dass der Tank und die fünf Kanister daneben voll mit Diesel waren, und nahm sich vor, sich mit dem Gerät vertraut zu machen, bevor der erste Sturm die Stromversorgung lahmlegen konnte.

Im ersten Stock gab es zwei Schlafzimmer und ein großzügiges Bad. Letzteres war überraschend modern; offensichtlich war es in den letzten Jahren vollständig erneuert worden. Von einer riesigen schwellenlosen Dusche und der großzügigen Badewanne hatte man durch ein großes Fenster einen atemberaubenden Ausblick auf das kleine Tal. Ein wunderschöner Waschtisch, schicke Armaturen und eine Handtuchheizung ließen eher auf junge Bewohner schließen als auf eine ältere Dame. Und neben der Tür war auf Augenhöhe ein kleines Kästchen angebracht, das verdächtig nach einem Regler für eine Fußbodenheizung aussah. Das ebenfalls moderne WC mit einem selbstabsenkenden Toilettendeckel verbarg sich diskret in einem Nebenraum, der ein kleines Fenster hatte. Sehr angenehm.

Laura entschied sich für das kleinere der beiden Schlafzimmer, weil ihr der Schnitt besser gefiel und sie das große Himmelbett herrlich romantisch fand. Der größere der beiden Räume eignete sich bestens als Gästezimmer. Insgeheim hoffte sie, dass es nicht allzu lange leer stehen musste, bevor ihre ersten Besucher kamen.

Sie ging in die Küche, öffnete alle Schränke und inspizierte den Inhalt. Staunend schüttelte sie den Kopf. Entweder hatte Klara Herzog gerne Großgesellschaften verköstigt oder sie hatte bei der Auflösung eines Haushaltswarengeschäftes groß abgeräumt. Alle Geschirrteile waren vierundzwanzigfach vorhanden. Sie nahm einen tiefen Teller und den dazugehörigen Essteller aus dem Schrank und drehte sie um. Cera von Villeroy & Boch. Nicht schlecht. Und wie auch das Bad unerwartet modern für eine alte Dame.

Nachdem sie die Inspektion der Küche beendet hatte, überlegte Laura, was sie mit dem Rest des Tages anfangen sollte. Sie hatte sich fünf Bücher eingepackt, für den Anfang. Und ihren Laptop natürlich. Aber zuerst musste sie ihre Freunde anrufen und Bescheid sagen, dass sie gut und sicher in ihrem Abenteuer angekommen war.

Sie kramte in ihrer Handtasche, bis sie ihr Handy gefunden hatte, entsperrte das Display und schaute enttäuscht. Kein Empfang. Laura runzelte die Stirn. Konnte es sein, dass ihr Haus derart am Ende der Welt lag, dass es kein Mobilfunknetz gab? Ein Telefon hatte sie im Haus auch noch nicht entdeckt. Sie erinnerte sich, dass auf dem Hausdach mehrere Richtantennen angebracht waren. Logisch. Im Wohnzimmer stand schließlich ein Fernseher.

Sie trat vor das Haus und besah sich den Antennenwald. Zu dumm, dass sie keine Ahnung hatte. Brauchte man für einen Fernseher wirklich drei Antennen? Sie wischte über das Display ihres iPhones und entsperrte den Code. Auch hier draußen: nichts. Sie lief zurück und schaltete das TV-Gerät ein. Außer einem Ameisenrennen und dem Hinweis: »Kein Signal« war ihm nichts zu entlocken. Sie wanderte durch die Räume und stand schließlich vor einer Ansammlung merkwürdiger Kästen, die an die Rückwand der Waschküche geschraubt waren. Unschlüssig begutachtete sie die Geräte, bis sie merkte, dass alle Schalter auf Off standen. Sie kippte den ersten nach oben, als plötzlich eine Glühbirne über ihrem Kopf aufleuchtete. Strom! Gut, dass sie den Schalter gefunden hatte, bevor ihr überhaupt aufgefallen war, dass sie elektrisch auf dem Trockenen saß. Sie schaltete das nächste Gerät ein. Nichts passierte. Ein Blick auf das iPhone verriet ihr, dass sich auch da nichts tat. Aber immerhin ging auch das Haus nicht in Flammen auf. Sie betätigte den nächsten Schalter und hörte plötzlich eine Stimme hinter sich. Erschrocken fuhr sie herum und schlug sich den Kopf an einem Brett an, auf dem einige angebrochene Waschmittelvorräte standen.

Vorsichtig rieb sie sich über die kleine Beule und trat leise an die Tür, hinter der sich der unerwartete Besucher aufhielt. Sie spähte in den Raum und musste über sich selbst lachen. Sie hatte den Verstärker für den Fernsehempfang gefunden.

Als sie das letzte Gerät aktiviert hatte, gab ihr Handy endlich dreimal ein vertrautes Piepsen von sich. Erleichtert sah sie, dass die Balken vollen Ausschlag zeigten. Sie öffnete die SMS und sah, dass es Benachrichtigungen über drei Anrufe waren. Helene und Gabi! Auf gut Glück versuchte sie als Erstes, Helene zu erreichen.

»Menschenskind, wo steckst du bloß? Wir haben uns schon die größten Sorgen gemacht!«

Wie sich herausstellte, saßen die beiden Frauen in Helges Wohnzimmer und ließen sich von ihm mit Pasta all'Arrabbiata verköstigen. Und reichlich Wein gab es offensichtlich auch dazu. Laura spürte, wie sich ein Gefühl von Einsamkeit in ihr breitmachte. Sie vermisste ihre Freunde. Die saßen jetzt beisammen, genossen den lauen Abend, während sie, als vermutlich einziger Mensch der Welt, einsam und alleine war und inmitten eines verdammt großen Haufens Schnee saß. Und das zu allem Übel inmitten der bayerischen Berge, wo sie kein Schwein kannte und die, denen sie begegnete, sich verhielten, als hätte sie eine ansteckende Krankheit.

Als Gabi fröhlich in den Hörer rief, ob sie sich schon gut eingelebt hatte, wischte sich Laura eine Träne aus dem Augenwinkel. Ihre Freunde mit ihren Sorgen zu belasten, das war das Letzte, was ihr in den Sinn kam. Zumindest im Augenblick; sollten die ihren schönen Abend ruhig mal genießen. Mit Mühe biss sie die Zähne zusammen und schaffte es gerade noch, ein Schluchzen zu unterdrücken. Schnell und fast schon trotzig wünschte sie Helene einen schönen Abend und legte auf.

Eine Weile saß sie so da. Die Füße auf das Sofa gezogen, hielt sie mit beiden Händen ihre Knie umschlungen und legte den Kopf darauf. Erst als sie von tiefen Schluchzern geschüttelt wurde, ließ sie ihre Beine los und ließ sich seitlich in die Kissen sinken.

Eine Stunde später hatte sie genug vom Selbstmitleid, tapste ins Bad und musterte die verheulte Gestalt, die ihr gegenüberstand.

»Scheiße, so funktioniert das nicht«, moserte sie ihr Spiegelbild an. »Willst du dich die nächsten sechs Monate in Einsamkeit und Seelenschmerz baden?« Vorsichtig rieb sie an dem, was wie verschmierte Wimperntusche unter ihrem rechten Auge lag. Als sich die Stelle bereits zu röten begann, musste sie einsehen, dass sie nicht gegen Schminke, sondern gegen Augenringe kämpfte.

»Also?«, fragte sie ihr Gegenüber. »Entweder wir blasen das hier schnellstens wieder ab oder wir stellen uns den Dämonen und versuchen, dem Ganzen etwas Gutes abzugewinnen.« Ein halbes Jahr rumzuheulen, war sowieso nicht zielführend. Was sollte sie auch mit einem Haus, das ihr danach zwar gehörte, das sie aber wie die Pest hasste!

Insgeheim schloss sie einen Pakt mit sich selbst. Zwei Wochen. Wenn sie innerhalb dieser Zeit dem Plan nichts abgewinnen konnte, würde sie auf das Erbe pfeifen und das Handtuch werfen.

Viertes Kapitel

Am nächsten Morgen machte sie sich daran, ihre Koffer auszupacken und die Vorräte in die Speisekammer zu räumen. Als Letztes nahm sie sich die Untiefen ihrer Handtasche vor und fand einen Umschlag, den sie völlig vergessen hatte. Brechtinger hatte ihn ihr gegeben und gesagt, dass er eine Liste von Geschäften und Personen enthielt, die er ihr empfehlen konnte. Unschlüssig drehte Laura ihn minutenlang in der Hand. Sie konnte nicht sagen, woran es lag, aber allein das Vorhandensein dieser Liste kam ihr seltsam vor. Weshalb sollte sie nicht ihre eigenen Erfahrungen machen, wo es ihr gefiel und wo nicht? Sie zog ein Blatt aus dem Umschlag und entdeckte die Namen von je einem Friseur, Metzger, Blumenhändler. Blumenhändler? Sie hatte keine Ahnung, wofür sie den jemals brauchen sollte. Schließlich hatte sie nicht vor, große Gesellschaften zu geben, die die Anwesenheit von Tischschmuck erforderten. Kopfschüttelnd las sie weiter. Als sie zum Ende kam, hatte sie das schale Gefühl, manipuliert zu werden. Und genau das war etwas, das sie auf den Tod nicht ausstehen konnte.

Sie wischte den groben Holztisch vor dem Haus mit einem Lappen sauber und zupfte Moos von der gemütlichen Bank, das sich dort großflächig breitgemacht hatte. Dann holte sie einen großen Sonnenschirm und Sitzkissen, die sie in einer Rumpelkammer entdeckt hatte, klopfte den Staub heraus und deckte für ein kleines Frühstück ein. Nachdem sie die Kaffeemaschine angestellt und Milch in einem Kännchen auf den Herd gestellt hatte, ließ sie etwas rohen Speck in einer Pfanne aus, schlug zwei Eier darüber und schnitt zwei Scheiben Brot von einem Kanten, den ihr die Bedienung im Supermarkt empfohlen hatte. Sie musste ihr recht geben: Obwohl das Brot bereits einen Tag alt war, roch es wunderbar frisch und würzig. Sie stellte alles auf ein Tablett und setzte sich in den Schatten unter den Schirm. Während sie die Landschaft betrachtete, die sich vor ihr auftat, spürte sie, dass sie einen Bärenhunger hatte. Kein Wunder, schließlich hatte sie am Vorabend vor lauter Selbstmitleid auf ein Abendessen verzichtet.

Obwohl sie noch keinen ganzen Tag im Tal war, musste sie bereits die ersten Vorurteile über Bord werfen. Die Berge hatten so gar nichts Bedrohliches, wie sie immer befürchtet hatte. Vor ihr lag eine große Wiese, die zu ihrem Haus gehörte und vermutlich in ein paar Wochen üppig blühen würde, dahinter ging es in einem sanften Auf und Ab einige Hundert Meter in das Tal hinein, bevor sich eine Reihe von Gipfeln majestätisch in den Himmel erhob. Ein Wildbach, der aus den Bergen kam, rauschte nur wenige Meter von ihr entfernt am Haus vorbei und brachte kühle Luft mit sich, was im Moment zwar noch eine Jacke erforderlich machte, im Sommer aber vermutlich ein Segen war. Laura musste zugeben, dass es wunderschön war. Ein Postkartenidyll. Und so ganz anders als alles, was sie bisher gesehen hatte.

Sie trank ihre zweite Tasse Kaffee, als sie die Gleitschirmflieger bemerkte, die über ihr kreisten und die aufströmenden Winde an den Hängen nutzten. Wie spielerisch das aussah. Genauso frei und leicht wie die vielen Vögel, die sich den Himmel mit den beiden Menschen teilten.

Wenig später kamen zwei Mountainbiker den Forstweg hoch, der an ihrer Auffahrt vorbeiführte. Einer, der sie entdeckte, winkte kurz herüber, bevor er weiter in die Pedale trat und unerschrocken durch die Schneefelder fuhr, die auf der Straße lagen. Das sah nun wieder verdammt anstrengend aus. Trotzdem konnte sich Laura vorstellen, dass es Spaß machen musste. Vielleicht konnte sie unten im Ort eines mieten, bevor sie Geld für etwas ausgab, das ihr eventuell dann doch nicht gefiel.

Der nächste Biker kam mit einem Affenzahn bergab aus der anderen Richtung. Obwohl er einen Helm trug und nicht zu ihr herübersah, erkannte sie ihn sofort. Es war der unfreundliche Fahrer des Wagens, der sie am Vortag von der Straße hupen wollte. Sie verzog das Gesicht und streckte ihm in einem Anfall von Albernheit die Zunge heraus. Dass der Trottel ebenfalls dem Radsport verfallen war, war schon fast wieder ein Grund, es bleiben zu lassen. Dann lachte sie über sich selbst. »Vermutlich isst und trinkt er auch jeden Tag. Willst du das deshalb auch aufgeben?«, fragte sie sich. »Und wenn du nicht sofort damit aufhörst, Selbstgespräche zu führen, dann stecken sie dich eh bald in die Klapsmühle.« Sie seufzte. Okay. Keine Monologe mehr. Aber an die Ruhe musste sie sich erst gewöhnen. Ein größerer Kontrast zu ihrer lauten und hektischen Heimatstadt war wohl kaum möglich.

»Guten Morgen!«

Vor Schreck ließ Laura ihren Kaffeebecher fallen und schrie auf, als sich der kochend heiße Inhalt auf ihr Bein ergoss.

»Wir wollten Sie nicht erschrecken«, entschuldigte sich der größere der beiden Wanderer, die von ihr unbemerkt um das Haus herumgekommen waren. »Wir wollten nur unsere Wasserflaschen füllen.«

»Wie kommen Sie überhaupt hier herein?«, fragte Laura, als sie ihren ersten Schreck überwunden hatte.

»Von hinten über die Wiese. Deswegen haben Sie uns wohl nicht gesehen.«

»Ja ja«, ungeduldig winkte Laura ab. »Das ist mir schon klar. Ich frage mich nur, ob das hier üblich ist, dass man Zäune und Grenzen ignoriert und einfach auf ein fremdes Grundstück spaziert.«

Verständnislos blickte der Mann sie an. »Auf dem Schild steht nur, dass die Durchfahrt mit dem Auto verboten ist. Außerdem ist das doch hier ein Wanderweg. Na ja, fast«, verbesserte er sich und deutete auf einen schmalen Streifen, der fünfzig Meter weiter in östlicher Richtung über das Grundstück führte und sich bei näherem Hinsehen als Trampelpfad erwies.

Nun war Laura an der Reihe, verwirrt zu schauen. Über ihre Wiese führte also ein Wanderweg. Na toll!

»Ich weiß gar nicht, was du hast.« Helene seufzte und Laura konnte fast sehen, wie ihre Freundin am anderen Ende den Kopf schüttelte. »Einerseits fällt dir die Decke auf den Kopf und du beschwerst dich darüber, dass dein Haus am Ende der Welt liegt und du deshalb schon mit deinen Möbeln sprichst, andererseits passt es dir aber auch wieder nicht, dass es nicht so einsam ist, wie du erwartet hast.«

Schließlich musste Laura über sich selbst lachen. »Du hast ja recht«, sagte sie. »Es ist nur irgendwie seltsam, wenn plötzlich wildfremde Menschen in deinem Garten stehen. Wenn man bei einigen Hundert Hektar überhaupt noch von einem Garten reden kann.«

Und genau das war das nächste Problem. Die Wiese musste den Sommer über gemäht werden und dafür brauchte sie Hilfe. Der Rasenmäher im Schuppen eignete sich allerhöchstens für den kleinen Bereich um das Haus herum. Den Rest musste ein Profi erledigen. Einen Moment lang schielte Laura in den Umschlag, den Brechtinger ihr gegeben hatte. Die Verlockung, es sich einfach zu machen, war groß. Letztlich siegte aber dann doch ihre Sturheit. »Wär doch gelacht, wenn ich es nicht alleine schaffen würde, mir die Leute zu suchen, die ich brauche«, ertappte sie sich bei einem neuerlichen Selbstgespräch. Und beschloss, sofort auf die Suche zu gehen. Schließlich wusste man nie, ob die besten Handwerker und Gärtner nicht schon ausgebucht waren, wenn sie gebraucht wurden.

Nachdem sie im Haus für Ordnung gesorgt hatte, setzte sie sich ins Auto und fuhr in Richtung Schliersee.

»Können Sie mir sagen, wo ich jemanden finde, der mir meine Wiese mäht?«, fragte sie. Sie war an dem heruntergekommenen Bauernhof schon vorbei gewesen, als sie entdeckte, dass ein Mann in Arbeitshosen am Zaun stand. Kurzerhand legte sie den Rückwärtsgang ein, parkte in seiner Einfahrt und ging auf ihn zu.

Der Bauer musterte zuerst ihr Autokennzeichen, dann sie. »Wo ist denn Ihre Wiese?«, bemühte er sich schließlich in hölzernem Hochdeutsch.

»Ich habe den Herzoghof geerbt«, entgegnete sie. »Und dafür suche ich jemanden, der …«

Für einen Moment dachte sie, dass ein wütender Funke in seinen Augen angesprungen war. Vermutlich war es aber nur die Sonne, die ihn die Augen zusammenkneifen ließ. Doch dann drehte er sich wortlos ab und ging zur Scheune.

Fassungslos sah Laura ihm nach. Kurz bevor er außer Sichtweite kam, rief sie ihm hinterher: »Von Höflichkeit halten Sie wohl nichts, was?«

Der Bauer blieb stehen, als wäre er gegen eine unsichtbare Wand geprallt. Dann drehte er sich mit einem Ruck um und kam zu ihr zurück. Nun war sich Laura sicher, dass der drohende Ausdruck keine Einbildung gewesen war. Er baute sich dicht vor ihr auf und beugte sich ein Stück zu ihr hinab.

»Verschwinden Sie von hier. Und zwar schnell, bevor ich die Hunde auf Sie hetze. Hausfriedensbruch, Sie verstehen?«

Kein Wort, um ehrlich zu sein. Trotzdem hatte er sein Ziel erreicht und Laura sah zu, dass sie schleunigst das Grundstück verließ.

»Und lassen Sie sich nie wieder hier blicken, verstanden?«

Fünf Minuten später saß sie in ihrem Auto und kämpfte gegen die Tränen. Was zum Teufel war es, das den Bauern derart hatte überreagieren lassen? Schließlich hatte sie ihm nichts getan, was eine solche Reaktion rechtfertigte.

Als sie zwanzig Minuten später auch aus der Dorfmetzgerei gewiesen worden war, ohne bedient worden zu sein, war es mit ihrer Beherrschung vorbei. Sie lief zum See und setzte sich auf den Rand eines großen Blumenkübels, da weit und breit keine freie Bank zu sehen war. Dass ihr von dem Geschäft in einigem Abstand eine Frau in einem dunkelgrünen Dirndl gefolgt war, nahm sie nicht wahr.

Die Fremde blieb zehn Meter entfernt stehen und beobachtete die zusammengesunkene Gestalt auf dem Trog eine Weile. Erst als sie sah, dass die Tränen versiegt waren, ging sie auf Laura zu.

»Darf ich mich zu Ihnen setzen?«

Verwundert blickte Laura auf. »Ich glaube, das wird zu eng.«

»Dann lassen Sie uns ein Stück am See entlanggehen.«

Laura verstand überhaupt nichts mehr. Bisher wollte keiner der Einheimischen mit ihr zu tun haben und nun wollte eine wildfremde Frau mit ihr spazieren gehen?

»Franziska Hauser«, stellte die sich schließlich vor. »Sie sind Laura Wagner, richtig?«

»Stimmt. Woher wissen Sie das?«

»Nachdem ich Ihr Kennzeichen gesehen habe, bin ich Ihnen gefolgt und habe beobachtet, wie Sie in die Metzgerei gingen. Als der alte Drachen Sie hinausgeworfen hat, war ich mir sicher, dass Sie es sind.«

»Aha. Und was wollen Sie von mir?«

»Da vorn wird gerade eine Bank frei. Setzen wir uns doch ein paar Minuten.« Franziska Hauser deutete auf einen älteren Herrn, der seiner Begleiterin gerade die Hand bot, um ihr aufzuhelfen. »Ich kenne Ihre Tante. Kannte«, verbesserte sie sich umgehend. »Und ich kenne die Leute, die hier leben. Wissen Sie, die sind gar nicht so verkehrt. Dass sie sich Ihnen gegenüber so dämlich verhalten, hat mit einer Loyalität bis über den Tod hinaus zu tun. Im Grunde ist das fantastisch. Weil Sie sich auf die Menschen verlassen können. Hier gilt ein Handschlag noch mehr als ein Vertrag, in dem ein gewiefter Rechtsanwalt doch noch immer eine Lücke finden würde.« Sie kickte einen kleinen Kieselstein in den See. »Nur manchmal geht dieser Zusammenhalt in eine sture Verbohrtheit über. Ungeachtet der Menschen, die es trifft.«

»Das ist ja schön und gut. Aber was hat das mit mir zu tun? Und welche Rolle spielen Sie in der Sache?«

»Haben Sie heute Abend schon was vor?«, fragte Franziska Hauser, ohne Lauras Frage zu beantworten. »Wenn nicht, lade ich Sie zu mir nach Hause zum Essen ein. Dann erzähle ich Ihnen alles, was Sie wissen wollen.«

»Gern«, sagte Laura. »Da ich hier offensichtlich nur im Supermarkt bedient werde, habe ich eh ein Problem, etwas Frisches zum Essen zu bekommen.«

»Gut, dann um sieben.« Franziska stand auf und zog einen mit kleinen akkuraten Buchstaben beschrifteten Zettel aus der Seitentasche ihres Dirndls. »Da wohne ich. Ist ganz leicht zu finden.« Sie streckte Laura die Hand hin. »Und übrigens, ich bin die Franzi. Wenn's recht ist.«

»Ja, Franzi, das ist es.« Laura sah sich den Zettel in ihrer Hand genauer an. »Du hast das schon vorher geplant, stimmt's?«

Da Laura Brechtingers Zettel zu Hause vergessen hatte, verzichtete sie darauf, sich auch noch in weiteren Geschäften vor die Tür setzen zu lassen. Sie wanderte durch den

Supermarkt auf der Suche nach etwas, das sie Franzi mitbringen konnte. Leider war das Sortiment mehr als überschaubar. Es gab zwar Weine in Rot und Weiß, aber keiner erweckte den Anschein, als eignete er sich als Geschenk. Und die Blumen an der Kasse hatten bereits bessere Tage gesehen. Schließlich entschied sich Laura für eine Flasche Prosecco Blu.

Franzi hatte recht gehabt. Der Hof, in dem sie lebte, war leicht zu finden und lag zudem von Lauras Alm aus gesehen vor dem Schliersee. Zwanzig Minuten vor sieben sprang sie in eine ausgewaschene Jeans und eine karierte Bluse, setzte sich in ihr Auto und kam fünf Minuten zu früh.

»Hat dir dein Anwalt denn keine Informationen gegeben, wem du hier vertrauen kannst?«, fragte Franzi, während sie einen bunten Salat mit Essig und Öl mischte.

»Doch, das hat er. Sogar eine ganze Liste. Aber ich fand es reichlich albern.« Laura stibitzte eine Olive aus dem Salat. »Ich hab mich dabei behandelt gefühlt wie ein kleines Kind. Als wäre ich nicht alt genug, selbst herauszufinden, wo ich mein Brot oder mein Fleisch kaufen kann.«

Franzi lachte. »Ich glaube kaum, dass der Rechtsverdreher an deinen geistigen Fähigkeiten gezweifelt hat. Aber er hätte dich zumindest darüber aufklären können, weshalb diese Liste überhaupt existiert.«

»Das finde ich auch. Aber deswegen sitzen wir ja nun hier. Also?«

»Die Geschichte geht zurück bis ins Jahr neunzehnhundertdreiundvierzig. Damals hat deine Großmutter hier gelebt. Sie und Klara Herzog waren –«

»Moment«, unterbrach Laura sie. »Das hat Brechtinger schon erzählt. Ich glaube das aber immer noch nicht so recht. Soweit meine Oma es mir erzählt hat, hat sie immer in Berlin gelebt. Sie war noch nicht mal auf Urlaub hier.«

Franzi schüttelte den Kopf. »Ich kenne zwar nicht jedes kleinste Detail der Geschichte, aber hier im Ort wurde schon früher viel darüber geredet. Und als bekannt wurde, dass Klara Herzog gestorben ist, wurde der ganze Tratsch wieder aufgewärmt. Ich glaube, fürs Erste ist es besser, wenn du mich einfach reden lässt. Später können wir immer noch einzelne Teile zurechtrücken.«

»Ja, aber ...«

»Nein. Lass mich erzählen. Wie es aussieht, hat dir deine Großmutter einiges verschwiegen. Du wusstest ja auch nichts von deiner Tante, richtig?«

Stumm schüttelte Laura den Kopf.

»Siehst du? Also setz dich hin und hör zu.« Franzi schenkte Wein nach und nahm einen weiteren Anlauf.

»Im Krieg war deine Oma also hier. Ihre Eltern waren wohl der Meinung, dass es in Berlin nicht mehr sicher war. Sie hat hier bei ihrer Tante und ihrem Onkel gewohnt und Klara Herzog war eine entfernte Cousine. Die Mädchen haben sich immer gut verstanden und sind wie Schwestern aufgewachsen. Nach dem Krieg lag Berlin in Schutt und Asche und deine Urgroßeltern wollten zuerst alles wieder aufbauen, bevor sie ihre Tochter zurückholten. Dann ist dein Urgroßvater schwer erkrankt und so vergingen einige Jahre, in denen Agathe hierbleiben musste. Und obwohl sie quasi ohne Eltern aufwuchs, hatte sie hier in den Bergen eine schöne und unbeschwerte Kindheit und Jugend. Und dann hat sie einen Mann kennengelernt. Sie war fünfzehn, er um einiges älter. Deshalb hat er ihr eingebläut, niemandem davon zu erzählen. Sie müssten warten, bis sie volljährig wäre, und dann würde er sie heiraten.«

Franzi gab Laura einen Moment, um das Gehörte sacken zu lassen. Schließlich fuhr sie fort:

»Irgendwann hat Agathe herausgefunden, dass ihre allerbeste Freundin Klara dem schönen Martin Oberhofer noch schönere Augen machte. Darauf gab es einen fürchterlichen Streit und deine Großmutter hat über Nacht ihre Koffer gepackt und ist Hals über Kopf zurück nach Berlin. Was sie nicht wusste, war, dass Martin ein Windhund allererster Sahne war, der jeder jungen Dame nachgestellt hat. Deine Tante konnte überhaupt nichts dafür. Sie war genauso betrogen worden wie deine Großmutter. Und wie mindestens fünf weitere Mädchen auch.«

»Aber ich verstehe nicht, was das Problem war!« Laura hob die Schultern. »Klara hätte doch alles aufklären können.«

»Du lässt außer Acht, dass das damals nicht so einfach war. Heute rufst du an, schickst eine Mail, eine WhatsApp oder eine SMS. Man kann der ganzen Kommunikation ja überhaupt nicht mehr entgehen. Damals konntest du aber nur Briefe schreiben. Und es war nicht sicher, wann und ob die überhaupt ankamen. Vergiss nicht, es war eine schwierige Zeit damals. Klara Herzog hat deiner Großmutter über die Jahre sicher fünfzig Briefe geschrieben, aber alle kamen ungeöffnet zurück.«

Das musste Laura erst einmal verdauen. Schweigend dachte sie eine Weile über Franzis Worte nach.

»Offensichtlich wusste ich wirklich vieles über meine Großmutter nicht«, gestand sie. »Aber was hat das Ganze mit mir zu tun? Das sind doch uralte Kamellen.«

Franzi lächelte. »Das stimmt. Aber das Ganze hatte ein übles Nachspiel. Deine Oma war nämlich von dem feinen Martin schwanger.«

»Das hat Brechtinger bereits erzählt.« Laura war von der Ungeheuerlichkeit der Nachricht noch immer erschüttert. »Aber ich kann das immer noch nicht glauben.«

»Es ist aber die Wahrheit. Heute können wir nur noch vermuten, dass sie ihm ihrerseits Briefe geschrieben hat, die er dann genauso ignoriert hat wie sie die deiner Tante.«

»Mein Gott, ist das kompliziert. Und was wurde aus dem Kind?«

»Das fragst du nicht im Ernst, oder?«

»Nein. Doch. Ach, keine Ahnung. Bitte verrate mir alles, was du darüber weißt.« Laura hatte keineswegs vergessen, was Brechtinger ihr bei ihrem ersten Besuch in München erzählt hatte. Dass es ihre Mutter gewesen war, mit der ihre Großmutter damals schwanger gewesen war. Mit einem Mal dachte sie daran, was der Anwalt ihr über die Funktionsweise des menschlichen Geistes erzählt hatte, und fühlte sich prompt ertappt. Offensichtlich war mehr an der Theorie dran, als sie bisher geahnt hatte. Schließlich hatte sie in den letzten Wochen den Gedanken, dass ihre Oma sie ihr ganzes Leben lang belogen hatte, an den Rand ihres Bewusstseins gedrängt und in den Tiefen ihrer Seele gehofft, dass die alte Wirklichkeit doch die richtige war. Und stur wie ein alter Esel hoffte sie auch heute noch, dass Brechtinger sie zwar nicht angelogen hatte, aber vielleicht einfach nur selbst falschen Informationen aufgesessen war.

Franzi sah aus dem Fenster. Über den Bergen lag ein goldenes Abendrot. Wie von der Sonne geküsst. Sie drehte sich zu Laura, die im Moment kein Auge für die Schönheiten der Landschaft hatte. »Agathe war mit deiner Mutter schwanger.«

Nachdem Laura den erneuten Schock über die grausame Wahrheit überwunden hatte, verstand sie noch immer nicht, weshalb die halbe Gegend sie behandelte, als hätte sie eine ansteckende Krankheit.

»Klara Herzog hatte ihre eigenen Quellen. Obwohl sich deine Großmutter von ihr abgewandt hatte, hat sie nie aufgehört, sie zu lieben. Für sie war und blieb deine Oma wie eine Schwester für sie. Deshalb wusste sie auch, dass sie ihr Kind ausgetragen hat und einem Mädchen das Leben geschenkt hat.«

»Ich kann das einfach nicht glauben. Vielleicht will ich es aber auch nur nicht wahrhaben.« Laura war zutiefst erschüttert. »Ich hab meinen Opa doch gekannt. Er ist gestorben, als ich sechs Jahre alt war.«

»Nur dass der Mann deiner Oma nicht dein leiblicher Großvater war. Ich kenne deine Oma nur von Fotos. Sie war ein bildschönes Mädchen. Kein Wunder, dass sich der Mann, den du als deinen Opa kennst, sofort in sie verliebt hat. Und dann ging das mit der Heirat ja wohl ziemlich schnell.«

»Das weiß ich«, sagte Laura. »Das hat sie mir erzählt. Sie waren so verliebt ineinander, dass sie schon vor der Ehe im Bett gelandet sind, was dummerweise nicht ohne Folgen geblieben ist. Deshalb haben sie auch sofort geheiratet, nachdem sie von der Schwangerschaft erfahren haben.«

»Und das hat dich nie gewundert?«, fragte Franzi. »Immerhin war sie damals noch minderjährig und hätte ohne Sondergenehmigung überhaupt nicht heiraten dürfen.«

»Ja klar, du hast recht!« Laura schüttelte den Kopf, um den Nebel, der in ihrem Kopf aufstieg, zu verdrängen. »Meine Güte! Ich habe nie infrage gestellt, was mir meine Oma erzählt hat. Warum auch hätte ich das tun sollen! Ich kannte die Geschichten von Kindheit an und damals klang alles völlig schlüssig. Außerdem hätte ich als Kind sowieso nicht zwischen wahr und unwahr unterscheiden können. Deswegen hab ich mir darüber auch nie Gedanken gemacht. Und ich habe überhaupt keine Ahnung, wie es dazu kam, dass sie so jung heiraten durfte.«

»Vermutlich hatte ihr Bräutigam die richtigen Verbindungen. Oder jemand in seiner Verwandtschaft hat ihnen geholfen. Schließlich war Eile geboten. Obwohl die Zeiten damals schon recht liberal waren, war es sicher noch immer nicht die beste Idee einer unverheirateten Frau, ein uneheliches Kind zur Welt zu bringen.«

»Du denkst also, mein … Großvater wusste, dass das Kind nicht von ihm war?«

»Vermutlich schon.«

Laura war erschüttert. Sie hatte kaum eigene Erinnerungen an den Mann. Das bisschen, an das sie sich erinnern konnte, war jedoch durchwegs positiv besetzt. Er hatte sie oft herumgetragen und ihr lustige Geschichten erzählt und dann war er viel zu früh gestorben. Und ihre Großmutter hatte später immer liebevoll und in größter Achtung von ihm gesprochen. Nie im Leben wäre sie auf den Gedanken gekommen, dass er nicht wirklich ihr Opa gewesen war.

»… jedenfalls war deine Tante damals so sauer, dass sie Martin und seiner Familie das Wegerecht über ihren Hof entzogen hat. Seither muss das Pack einen Umweg von zwanzig Minuten fahren, um in den Ort oder zurück nach Hause zu kommen. Und wenn es richtig viel schneit, dann kommst du von dem Hof überhaupt nicht mehr weg. Oberhofers Sohn verfolgt im Winter vermutlich minutiös den Wetterbericht und übernachtet im Hotel, wenn starke Schneefälle angekündigt sind. Die Sippe hat jahrelang dagegen prozessiert, hatte aber keine Chance.« Franzi grinste schadenfroh.

»Moment mal«, Laura sah irritiert auf. »Sprichst du etwa von dem Hof, der neben meiner Alm liegt?«

»Genau. Eigentlich ist es hier selbstverständlich, dass die Bauern über den Grund ihrer Nachbarn abkürzen dürfen. Zumal wenn er so groß ist wie deiner. Deine Tante hat das dem Oberhofer-Clan allerdings untersagt. Zuerst nur mit einem Schild. Als das nichts genützt hat, hat sie sich ein Gewehr besorgt und dem alten Oberhofer die Reifen zerschossen, als er das Verbot zum wiederholten Male ignoriert hat. Da er eindeutig Hausfriedensbruch begangen hat, hat ihn der Richter nach Hause geschickt. Früher waren die

Zäune zwischen den Farmen nur dazu da, um das Vieh zurückzuhalten, und die Gatter konnte eh jeder öffnen. Aber dann hat Klara Herzog schwere, abschließbare Tore anbringen lassen. Na ja, und seitdem herrscht Krieg am Zaun.«

»Ach du Scheiße.« Allmählich fing Laura an zu verstehen. »Und deshalb wollen die Leute hier ihre Hunde auf mich hetzen und mir keine Wurst verkaufen?«

»Genau. Du hast den Streit mit dem Haus geerbt.«

Das war ja ganz toll. Laura stöhnte. »Das heißt also, ganz Schliersee und Umgebung wird mir das Leben schwer machen?«

»Ach was, ganz so schlimm ist es nicht. Nur die Familie Oberhofer und deren Spezln.«

»Deren was?«

»Kumpel. Und natürlich auch wieder deren Spezln.«

»Und was bedeutet das in Zahlen?«

»Vielleicht hundertfünfzig Leute.«

Toll. Wirklich toll.

»Aber deswegen hast du doch die Liste bekommen. Darauf stehen die Leute, die zu deiner Tante gehalten oder einfach nie Partei ergriffen haben.«

Laura war fassungslos. Es wollte einfach nicht in ihren Kopf hinein, wie ein halber Ort nach einem halben Jahrhundert noch immer so verbiestert sein konnte. Prompt fiel ihr die Begegnung vor ihrer Alm ein.

»Sag mal, da war ein unverschämter Typ, der mich gleich zur Begrüßung mit einem Hupkonzert von der Straße scheuchen wollte, als ich das erste Mal zur Alm gefahren bin. In einem riesigen schwarzen BMW. Hat der was mit der Sache zu tun?«

»Sieht unverschämt gut aus, groß, etwa vierzig Jahre alt?«

»Wie groß er ist, konnte ich nicht sehen, aber der Rest stimmt.«

»Dann tippe ich auf Anton Oberhofer. Martin Oberhofers

Sohn und damit dein Nachbar. Glückwunsch. Da hast du gleich deinen größten Feind kennengelernt.«

»Ich bin begeistert.« Laura schnaubte. »Sind hier alle Menschen so verbohrt?«

»Sagen wir mal so: Ihn trifft die Durchfahrtssperre besonders hart. Oberhofer ist Tierarzt. Und sogar ein recht guter. Seine Praxis hat er in Schliersee. Aber wenn er zu einem Notfall gerufen wird, dann dauert es ziemlich lang, bis er zu seinem Patienten kommt, weil er dein komplettes Grundstück umfahren muss. Und im Winter ist das sogar eine richtige Katastrophe, wenn er nicht unten im Ort ist. Deshalb rufen ihn die Leute meist nicht mehr an, wenn es eilt. Dadurch geht ihm einiges an Geschäft durch die Lappen.«

Kein Wunder, dass der Typ sauer war. Was Laura aber nicht verstand, wieso der Idiot nicht einfach mit einer Flasche Wein seine neue Nachbarin begrüßen kam, um zu sondieren, ob mit ihr vielleicht nicht doch besser zurechtzukommen war als mit der toten Tante.

»Warte!« Laura fuhr erschrocken aus ihrem Sessel hoch. »Wenn ich das alles richtig verstanden habe, dann bin ich mit dem Typen sogar verwandt? Dann ist er doch –«, vor Aufregung fing sie an zu stottern, »mein Cousin?«

»Nein. Soweit bekannt ist, hat dein Großvater keine weiteren Nachfahren gezeugt als deine Mutter. Er hat sich bei einem Absturz aus der Rotwand ziemlich üble Verletzungen an einer sehr delikaten Stelle zugezogen und war danach angeblich nicht mehr Herr seines besten Stückes. Ausgleichende Gerechtigkeit vielleicht?« Franzi schmunzelte. »Jedenfalls brauchte er trotzdem einen Nachkommen, weil er deine Mutter keinesfalls anerkennen wollte. Und irgendeine andere Frau erst recht nicht. Obwohl er ein Weiberer war, wie man hier so schön sagt, also jemand, der jedem Rockzipfel nachstellt, hatte er keine besonders hohe Meinung vom weiblichen Geschlecht. Deshalb hat er, allerdings viel später, als er schon ein alter Dackel war, die bildhübsche Witwe des Sohns eines Spezls geheiratet, die ein männliches Baby mit in die Ehe brachte.«

»Anton«, mutmaßte Laura.

»Genau. Oberhofer hat ihn adoptiert und ihm mit dem Hof auch seine Vorurteile vermacht.«

Fünftes Kapitel

Zwei Tage später warf Laura zwei Einkaufskörbe in ihren Kofferraum, fuhr nach Schliersee und betrat den Supermarkt. Nachdem sie alle dringend benötigten Sachen zusammengesucht hatte, folgte sie einer spontanen Idee, in deren Folge eine große Menge Eier, Mehl, Milch, Kakaopulver, diverse Backartikel und verschiedene frische Früchte in den Einkaufswagen wanderten. Anschließend besorgte sie sich im Baumarkt eine Schiefertafel und Kreide. Als sie zurück auf ihrer Hütte war, fuhr sie den Computer hoch und suchte auf *Chefkoch.de* nach Kuchenrezepten. Als sie gefunden hatte, was sie suchte, druckte sie fünf Seiten aus und studierte die Zutatenlisten. Zufrieden legte sie ein Blatt auf das andere. Sie hatte nichts vergessen.

Dann kam ihr ein Gedanke. Sie öffnete Google und tippte »Anton Oberhofer« in das Suchfeld ein. Das Programm schlug ihr eine Menge Oberhofers vor. »Tierarzt«, murmelte sie und grenzte ihre Suche ein. Bingo! Sie klickte auf den Link zu seiner Webseite und sah als Erstes das Bild eines wahren Sonnyboys, der ein Ziegenkitz auf dem Arm hielt und über das ganze Gesicht strahlte. Die tiefblauen Augen schienen aus dem Bildschirm heraus direkt in die Tiefen ihrer Seele zu blicken und ein amüsierter Zug umspielte seine Lippen. Der linke Eckzahn stand leicht schief in dem ansonsten perfekten Gebiss und lockerte den Eindruck des fast zu attraktiven Gesichts etwas auf. Laura holte tief Luft. Ihr Herzschlag hatte sich unwillkürlich beschleunigt. Irritiert klickte sie sich durch die Homepage und fand weitere Fotos. Oberhofer mit einem neugeborenen Kalb, mit einem Wellensittich, der hingebungsvoll in seinen Zeigefinger pickte, neben einer Pyramide aus Pferd, Ziege, Hund und Hahn. Die Bremer Stadtmusikanten, leicht abgewandelt. Eva lächelte. Während es den Tieren nicht so richtig geheuer zu sein schien, hatten die Personen auf dem Foto offensichtlich umso mehr Spaß. Oberhofer stützte den Turm; sehr zur Freude eines kleinen Jungen, der an der Hand seiner hübschen, dunkelhaarigen Mutter kaum zu bremsen war. Das Bild zeugte von Lebendigkeit und Leichtigkeit. Laura wunderte sich über den Stich, den der Anblick ihr verursachte. Was hatte sie sich auch gedacht? Natürlich war ein Mann wie Oberhofer verheiratet. Und vorher hatte er sich vor Angeboten sicher kaum retten können. Und außerdem war er ihr erklärter Feind. Mit einem Seufzer klappte Laura den Deckel ihres Laptops herunter.

Am nächsten Morgen stand sie mit den sprichwörtlichen Hühnern auf und machte sich in der Küche breit. Stunden später hatte der Raum deutlich gelitten. Mehl klebte bis auf Augenhöhe an der Wand, die Kaffeemaschine war mit kleinen Teigbröckchen gesprenkelt, und wie von Zauberhand machte sich das letzte Ei gerade in dem Augenblick selbstständig, als das Telefon klingelte. Laura hatte noch nie verstanden, wie es Helene gelang, dass ihre Küche, selbst wenn sie zehn Gäste erwartete, aussah wie ein Ausstellungsexemplar aus dem Küchenkatalog. Sie selbst war immer mindestens so lange mit Aufräumen und Saubermachen beschäftigt, wie es dauerte, zu kochen oder zu backen. Aber immerhin war es das Ergebnis in aller Regel wert.

Auf dem Schotterweg, der an ihrem Zaun vorbeiführte, lehnte die neu erworbene Schiefertafel, die sie am Vortag sofort nach ihrer Einkaufstour aufgestellt hatte, damit auch ja genügend Leute rechtzeitig von ihrer kleinen Veranstaltung erfuhren.

»Zum Einzug: Sonntag ab 13 Uhr Kaffee und Kuchen für jeden, der gute Laune mitbringt! Solange der Vorrat reicht.«

Franzi, der sie in aller Früh eine SMS geschickt hatte, stand bereits um kurz nach zwölf auf der Matte.

»Hey«, freute sich Laura. »Du bist viel zu früh!« Sie war nach der Aufräumaktion noch unter die Dusche gehüpft und roch nun genauso frisch wie ihre Kuchen.

»Du denkst doch nicht, ich komme nur zum Essen her. Ich schätze, du kannst jede Hilfe brauchen.«

»Ich hoffe, du hast recht. Wenn nicht, muss ich mich die nächsten zwei Wochen von Kuchen ernähren.«

»So gut, wie das hier riecht, wäre das gar nicht so schlimm!« Franzi schnupperte sich durch das Kuchenbuffet. »Gugelhupf, Nusskuchen, Erdbeersahne, Käsekuchen. Wahnsinn, was du dir für eine Mühe gemacht hast! Was ist das da?«

»Schokopreiselbeersahne. Mein Lieblingskuchen.«

»Hmm, der ist sicher lecker. Darf ich probieren?« Prompt kam Franzis Zeigefinger dem Kunstwerk bedrohlich nahe.

»Finger weg«, Laura schlug spielerisch mit einem Küchenhandtuch nach Franzi. »Oh Gott, schau mal, da kommen schon die ersten Wanderer!« Sie deutete auf zwei Frauen, die zu Fuß zum Haus heraufkamen.

»Keine Bange. Das sind Gerti und Selma. Die kommen, um dir zu helfen.«

»Wie, zum Helfen? Die kennen mich doch gar nicht.«

»Dich nicht, aber mich. Ich hab sie darum gebeten.«

»Mensch, Franzi, das geht doch nicht. Ich kann doch keine wildfremden Menschen meine Arbeit machen lassen.«

»Natürlich kannst du das«, kicherte Franzi. »Ich finde, dass du dich um deine Gäste kümmern und nicht zwischen Kaffeemaschine und Kuchenservice rotieren sollst. Du setzt dich draußen unter deinen schönen Sonnenschirm und hältst die Leute bei Laune. Außerdem ergibt sich garantiert irgendwann eine Gelegenheit, bei der du dich revanchieren kannst.«

Es dauerte nicht lange und Laura war tatsächlich mehr als froh über die Hilfe der drei Frauen. Erst zögerlich kamen die Besucher, neugierig, wer sich da in der schönen alten Hütte neu eingerichtet hatte. Wanderer aller Altersklassen, durchtrainierte Mountainbiker und sogar zwei achtzigjährige Männer kamen mit Rädern den Berg hinauf, was Laura am meisten erstaunte.

»Hast du das gesehen?«, fragte sie Selma, die sich für einen Augenblick zu ihr gesetzt hatte. »Ich glaube nicht, dass ich mit sechzig noch die Berge hochkäme, aber die beiden sind der Hammer!«

»Alles halb so wild.« Selma lächelte verschmitzt. »Das sind zwei Betrüger.«

»Wie meinst du das?«, fragte Laura irritiert. Gab es im Ort ein Theaterstück und die beiden waren auf alt getrimmte Darsteller?

»Schau dir die Räder an. Das sind E-Bikes.«

»I-was?«

»E-Bikes. Elektroräder. Der Kasten unter dem Sattel ist ein Akku. Das gibt's doch nicht, dass das noch nicht bis nach Berlin gedrungen ist!«

»Ist es vermutlich schon, aber ich schätze, dass es bei uns keinen Bedarf dafür gibt. Schließlich haben wir keine Berge. Und wie funktioniert das? Muss man überhaupt nicht mehr selbst treten?«

»Doch.« Franzi setzte sich zu den beiden Frauen. Sämtliche Besucher waren im Moment gesättigt und zufrieden und genossen im Gras sitzend die Nachmittagssonne. »Treten musst du schon noch, aber der Elektromotor hilft mit. Je nachdem, wie viel Kraft man zuschaltet, umso stärker unterstützt der Motor. Und dann schaffen es auch noch alte Knacker den Berg hinauf.«

»Toll!« Laura war begeistert. »Vielleicht ist das ja auch was für mich.«

Franzi legte den Kopf schief. »Ich wusste gar nicht, dass du schon so alt bist.«

Laura gab ihr einen Knuff. »Blödsinn. Ich glaube nur nicht, dass ich genügend Kondition habe. In Berlin mach ich zwar Fitness und geh joggen, aber so einen Berg hinaufradeln? Nee.« Sie schüttelte den Kopf. »Aber probieren würd ich es schon gerne mal.«

»Du brauchst ja nicht gleich zweitausend Höhenmeter in Angriff nehmen. Versuch es erst mal mit einem kleineren Hügel, dann siehst du schon, wie fit du bist.«

Laura dachte kurz über Franzis Worte nach, dann stand sie kurzerhand auf und zog ihre neue Freundin an der Hand hoch. »Komm mal mit.«

Zwanzig Meter vom Haus entfernt packte Laura Franzi an den Schultern und drehte sie einmal um ihre eigene Achse. »Sag mir, was das ist«, forderte sie sie auf. »Siehst du hier irgendwo einen Hügel? Das sind alles ausgewachsene Berge! Hier gibt es keine Hügel. Und kleine schon gar nicht.«

»Ach was. Es geht doch gar nicht darum, auf dem Gipfel zu stehen. Ich sag dir, was wir machen. Ich besorg dir ein Bike und dann fahren wir vom Schliersee zur Freudenreichalm. Das geht einen schönen Forstweg rauf, nur das letzte Stück ist steil und schlecht zu fahren. Aber das kann man auch schieben. Du wirst dich wundern, wie viele das machen.«

Um kurz nach vier Uhr war das letzte Stück Kuchen verdrückt. Es war eine sehr nette und entspannte Party gewesen. Die Besucher waren begeistert von so viel Gastfreundschaft und bedankten sich herzlich. Da Franzi und ihre beiden Freundinnen bereits am Samstagnachmittag die Buschtrommeln geschlagen hatten, waren auch viele ihrer Bekannten gekommen. Und obwohl Selma Bedenken geäußert hatte, dass sich Spione aus der Oberhofer-Liga unter die Besucher mischen würden, hatten die drei Frauen zumindest keinen erkannt. Diejenigen, die aus der Gegend waren, hatten Laura herzlich willkommen geheißen und ihr zum Teil Adressen und Telefonnummern dagelassen. »Wenn du mal einen Schreiner brauchst.« »Oder einen Installateur …«

Nur ein Besucher hatte sich nicht blicken lassen. Obwohl Laura sowieso nicht damit gerechnet hatte, hatte sie doch jeden neuen Gast taxiert, in einer völlig bescheuerten Hoffnung, es könnte ihr neuer Nachbar sein.

Schließlich waren alle Gäste wieder ihrer Wege gezogen und Franzi, Selma und Gerti blieben, bis das Geschirr gespült und die Wiese vor dem Haus von vergessenen Überbleibseln befreit war. Zur Feier des Tages öffnete Laura eine Flasche Prosecco und richtete eine Platte mit Käse, Wurst und frischen Tomaten her.

»Das war eine echt gute Idee!«, sagte Gerti begeistert. »Du hast ein paar nette Leute kennengelernt, mindestens zwei Verehrer dazugewonnen, und falls du mal Geld brauchst, hat sich herumgesprochen, dass du hervorragende Kuchen backst. Jede Konditorei würde dich mit Handkuss nehmen!«

»Ich hoffe nicht, dass es je so weit kommt«, Laura schüttelte sich. »Wenn ich etwas im Leben hasse, dann früh aufzustehen. Und kein Bäcker oder Konditor würde jemanden nehmen, der erst um neun oder zehn auf der Matte steht.«

»Was bist du nur für eine Schlafmütze«, neckte Franzi sie. »Stell dir nur vor, du hättest Kühe auf der Alm. Dann müsstest du jeden Morgen um vier Uhr zum Melken aufstehen.«

»Wenn es hier Kühe gäbe, dann wäre ich sicher nicht hier«, konterte Laura. »Oder ich würde sie melken, bevor ich zu Bett gehe.«

Eine Weile alberten die Frauen herum und die Vorschläge, wie Laura Geld verdienen könnte, wurden immer abstruser. Als ihnen nichts mehr einfiel, fragte Franzi: »Aber jetzt mal im Ernst: Was hast du vor? Du bist doch kein Mensch, der den ganzen Tag rumsitzt und nichts tut!«

Laura schüttelte den Kopf. »Ganz bestimmt nicht. Und jeden Tag wandern oder biken ist auch nicht mein Plan.«

»Du hast also schon Pläne gemacht?«, bohrte Franzi nach. »Erzähl!«

»Eigentlich haben mich meine Freunde darauf gebracht. Ich hatte nämlich die gleichen Bedenken wie du. Dass ich vor Langeweile keine sechs Tage durchhalte, geschweige denn sechs Monate.«

»Und? Was ist die Idee?« Gerti lehnte zufrieden an der Hauswand und ließ sich den Rücken wärmen.

»Ich werde ein Buch schreiben.«

»Ein Buch? Echt? Kannst du das denn?«

»Keine Ahnung«, gab Laura schulterzuckend zu. »Aber ich habe jede Menge Fantasie und ich kann gut schreiben. Briefe zumindest. Oder Reiseberichte. Und wenn das funktioniert, wieso dann nicht auch ein ganzes Buch!«

»Und was möchtest du schreiben?«

»Einen Krimi.«

»Wahnsinn«, befand Selma. »Ich könnte das nicht. Ich hätte weder Ideen dazu noch die nötige Geduld. Aber ich lese total gern. Wenn du also einen Testleser brauchst, dann helfe ich dir gern aus!«

Auch Franzi und Gerti nötigte das Projekt gehörigen

Respekt ab und sie boten sich ebenfalls an, »ihren Senf dazuzugeben«.

»Wie lange wirst du dafür brauchen?«

»Keine Ahnung. Ich weiß ja nicht mal, wie weit ich komme. Im Moment hab ich nur eine Idee, auf welche Art und Weise der Mörder vorgeht. Und wie ich die Leser auf eine falsche Spur lenken kann. Offen gestanden hab ich keine Ahnung, wie es weitergehen soll, wenn ich das erst einmal getippt habe. Vielleicht fällt mir dann nichts mehr ein. Davor hab ich schon ein wenig Bammel«, gestand Laura. »Dann hab ich vielleicht zehn Seiten zu Papier gebracht und muss mir anschließend die Ideen aus der Nase ziehen.«

»Papperlapapp«, warf Selma ein. »Du denkst erst mal nicht darüber nach, was ist, wenn nichts mehr ist. Schreib das auf, was dir schon eingefallen ist, der Rest kommt von selbst. Gedanken machen kannst du dir immer noch, wenn nichts weitergeht.«

»Hör mal, ich finde es total nachvollziehbar, dass sie sich Gedanken macht«, widersprach Franzi. »Mir würde es nicht anders gehen.«

»Dir nicht und einer Million anderer Menschen auch nicht. Aber das ist doch Blödsinn! Wieso macht ihr euch einen Kopf über ungelegte Eier? Sich über etwas aufzuregen, das noch gar nicht feststeht, ist Zeit- und Energieverschwendung.« Selma drehte sich zu Laura. »Schreib auf, was du jetzt im Kopf hast. Und vertrau auf dich. Wenn du an dich selbst glaubst, dann kommt alles von alleine.«

»Hört. Unsere Esoterikerin spricht«, zog Franzi sie auf.

»Buddhistin«, verbesserte Selma ihre Freundin und gab ihr einen Knuff.

Die Frauen hatten noch vor Lauras Hütte gesessen, als die Sonne längst hinter den Bergen verschwunden war und die Kälte ihnen bis in die Knochen drang. Nachdem Laura eine

Stunde später wieder alleine war, schnappte sie sich ihr Telefon und rief Gabi an.

»Na, wie war dein Fest?«, war die erste neugierige Frage.

»Toll. Es waren wahnsinnig nette Leute da und ganz überraschend auch drei Mädels, um mir zu helfen.« Laura erzählte und erzählte und geriet darüber fast ins Schwärmen.

Dennoch entging Gabi der seltsame Unterton nicht. »Okay, und was stört dich?«

»Stören? Wieso? Nichts.«

»Das stimmt doch nicht. Ich spür doch, dass da irgendwas im Busch ist.«

»Ich weiß auch nicht.« Laura zögerte. Innerlich musste sie Gabi recht geben. Auch wenn sie überhaupt keine Lust hatte, sich damit auseinanderzusetzen, was ihr nicht behagte. »Vielleicht weil morgen Montag ist und da kaum jemand Zeit hat, in den Bergen unterwegs zu sein. Vielleicht hab ich ein wenig Angst vor der Einsamkeit, die dann hier herrscht.«

Das war vielleicht die Spitze des Eisbergs. Gabi spürte aber, dass das noch nicht alles sein konnte.

»Du mit deinem siebten Sinn!« Laura verdrehte die Augen. Gabi wusste oft vor einem selbst, wenn etwas nicht rundlief. Diesmal jedoch kannte Laura den Störfaktor bereits, bevor Gabi ihm auf die Schliche kam.

»Es ist dieser Typ. Mein Nachbar. Irgendwie hatte ich gehofft, dass er auch vorbeischaut, wir über alles reden und das Kriegsbeil unserer Vorfahren begraben könnten.«

Aha, daher also wehte der Wind. Gabi schmunzelte. »Von wegen Kriegsbeil begraben. Du hast dich in ihn verguckt!«

»Was? So ein Quatsch! Ich kenne den Typen doch überhaupt nicht. Aber es ist doch völlig bescheuert, eine Fehde weiterzuführen, die entstanden ist, als wir noch nicht mal auf der Welt waren.«

»Das seh ich auch so«, gab Gabi ihr recht. »Was ist er denn für ein Typ? Wie alt ist er, wie sieht er aus und so?«

»Ist dein Rechner an?«

»Ja, warum?«

»Dann google ihn. Anton Oberhofer, Tierarzt.«

Laura wartete eine Weile, bis Gabi die Seite geöffnet hatte.

»Mein lieber Schwan. Alles klar.«

»Was ist klar?«

»Du bist verknallt. Da brauchst du mir überhaupt nichts erzählen.«

»Ach Blödsinn. Nur weil er ganz passabel aussieht, bin ich noch lange nicht verliebt.«

»Liebe Laura, dann verrat mir mal, weshalb du einen Nachbarn googelst, der dir angeblich am Arsch vorbeigeht?«

»Weil ich wissen wollte, ob ich im Internet etwas über ihn herausfinde. Wie er so drauf ist und ob es Informationen über ihn gibt, wie ich besser an ihn herankomme.«

»Haha, du bist ja echt lustig.« Gabi kicherte albern. »Was glaubst du denn, was das Internet weiß, was dir diese Franzi aber nicht erzählen kann?«

»Ich kenne sie doch viel zu kurz, um sie mit meiner Familiengeschichte zu behelligen. Das ist doch peinlich.«

»Wenn ich das richtig mitbekommen habe, ist sie doch diejenige, die alles weiß, was es zu wissen gibt. Und sie erzählt ja offensichtlich nur allzu bereitwillig darüber.«

Am nächsten Tag gönnte sich Laura einen seltenen Luxus. Sie blieb im Bett, bis sie von alleine wach wurde. Sie genoss die Wärme ihrer herrlich bequemen Matratze und blieb liegen, bis es ihr zu langweilig wurde. Als sie endlich im Bad stand, zeigte die Uhr bereits elf. Sie wischte den Anflug von schlechtem Gewissen beiseite und beschloss, in den Tag hineinzuleben; in sich hineinzuhorchen, was ihr gerade guttat, und auch damit zufrieden zu sein, die Stunden zu verbummeln, wenn es das war, was sie im Moment brauchte.

Nach der dritten Tasse Kaffee und einer Inspektionsrunde

über ihr Grundstück zog sie ihre Sneakers aus, kletterte einen Meter nach unten und setzte sich an den Wildbach. Vorsichtig streckte sie die Zehen ins Wasser und hielt kurz die Luft an, so kalt war es. Doch nachdem sie sich an die Temperatur gewöhnt hatte, war es einfach herrlich. Der Bach brachte kühle Luft mit sich, führte teilweise unter Schatten spendenden Bäumen durch, trat ein paar Meter später heraus aus dem Wald und glitzerte in der Sonne, bevor er sich eine romantische Schlucht hinabstürzte. Laura staunte schweigend. Das alles sollte nun ihr gehören! Obwohl sie noch immer Angst hatte, wie das alles hier werden sollte, wurde ihr doch zunehmend klar, dass hier zumindest ein Teil ihrer Wurzeln lag. Kein Wunder, schließlich war ihr Großvater hier geboren und dies war seine Heimat gewesen. Egal, was für ein Idiot er auch gewesen sein mag, sein Blut fließt durch meine Adern, dachte Laura. Und dass ich jetzt hier bin, habe ich auch ihm zu verdanken. Vorsichtig stakste sie den Wasserlauf bachaufwärts, bis sie in der prallen Sonne stand. Eine Weile stand sie ganz still da. Sie schloss die Augen und genoss die Wärme, die gegen die Kälte ankämpfte, die ihre Beine umspülte. Es war ein seltsames Gefühl, das eisige Wasser zu spüren, ohne etwas zu sehen. Und um nicht das Gleichgewicht zu verlieren, war Vertrauen in die eigenen Fähigkeiten gefragt – im wörtlichen wie im übertragenen Sinn.

Schließlich erwies sich die Kälte als Sieger und Laura kletterte aus dem Bachbett. Ihre Füße hatten mittlerweile eine bläuliche Farbe angenommen. Sie ließ sich rückwärts ins Gras fallen und überließ es der Sonne, ihren unteren Gliedmaßen wieder Leben einzuhauchen.

Fast wäre sie eingeschlafen, als ihr Gewissen sie mahnte, dass dies um die Mittagszeit selbst im Frühling eine mehr als blöde Idee war. Widerwillig stand sie auf und pflückte auf dem Weg zurück zum Haus einen kleinen Strauß bunter

Krokusse. Auf der Suche nach einer Vase fand sie in der Abstellkammer ein altes, abgeblättertes Milchkännchen. Sie zögerte kurz, dann traf sie eine Entscheidung. Sie schnappte sich den Pinsel und die Farben, die sie bei ihrer Inspektion wenige Tage zuvor entdeckt hatte, setzte sich mitsamt den Utensilien nach draußen und malte an dem Kännchen herum, bis es in sommerlichen Farben leuchtete. Als sie fertig war, lief sie zum Bach, füllte die neue Vase mit Wasser und steckte die Blumen hinein.

Den bunten Frühlingsgruß vor der Nase, setzte sie sich schließlich mit dem Laptop nach draußen. Sie öffnete Word, holte tief Luft und tippte das Wort PROLOG auf den leeren Bildschirm.

Zwei Stunden später waren drei DIN-A4-Seiten beschrieben. Laura lehnte sich zurück und dachte nach. Drei Seiten, das war zwar schon mal was, im Grunde war es aber nur ein winziger Tropfen. Wie viele Buchseiten waren das überhaupt? Sie ging ins Internet und fragte Google um Rat. Normseiten hieß das Zauberwort. Eine Normseite war das A und O im Verlagswesen. Dreißig Zeilen à sechzig Zeichen auf einer Seite. Sie setzte den Cursor in die erste Zeile und zählte nach unten. Zweiundfünfzig bei *Times New Roman* in Schriftgröße zwölf. Wie Herr Google ihr verriet, war eine der Standardschriften im Buchdruck Garamond. Irgendwie war es in diesem Stadium lächerlich, aber sie wollte einen Überblick darüber haben, wie viel sie wirklich zustande gebracht hatte. Sie richtete die Seite neu ein und wunderte sich. Dreißig Zeilen, das sah nun wieder nach verdammt wenig aus. Sie lief ins Haus, schnappte sich drei ihrer neuen Taschenbücher und begann zu zählen. Dreißig bis dreiunddreißig Zeilen bei Piper, je nach Ausgabe, vierunddreißig bei btb und emons druckte gar siebenunddreißig Zeilen auf eine Seite. Komisch. Erst heißt es, Normseiten sind die Währung, aber die Wirklichkeit sah anscheinend anders aus.

Egal. Sie änderte die Zeilenzahl auf das Mittelmaß von vierunddreißig, beließ es aber bei der Zeichenanzahl. Sieht schon besser aus, dachte sie. Und ihr Werk war auf immerhin sieben Seiten angewachsen. Von ihrer Vorstellung, vierhundert Seiten zu schreiben, war sie also noch eine ganze Ecke entfernt. Vielleicht war das sogar das Schwierigste an der ganzen Schreiberei. Durchzuhalten. Bis man auf einen Umfang blicken konnte, der einen dazu ermutigte, wirklich weiterzumachen und bis zum Ende dabeizubleiben. Laura fragte sich, woher sie nur die Ideen nehmen sollte. Sie stand auf und lief unschlüssig durch das Haus, kochte sich einen Kaffee und schnitt eine Melone klein. Anschließend ging sie wieder nach draußen und nahm einen neuen Anlauf.

Und als ihr Werk gegen Abend auf elf Seiten angewachsen war, erlaubte sie sich, darauf stolz zu sein.

Die nächsten Tage fuhr sie zweimal in den Ort, wo sie sich mit Franzi zum Kaffee traf. Anschließend packte sie ihren Wagen voll und spätestens um vierzehn Uhr saß sie wieder vor dem Computer. Erstaunlicherweise erwies sich ihre Angst als unbegründet. Bisher zumindest. Sobald sie eine Idee niedergeschrieben hatte, entstand die nächste wie von Zauberhand in ihrem Kopf. Sogar der Schluss stand plötzlich glasklar vor ihrem inneren Auge und sie beschloss, ihn sofort aufzuschreiben, bevor sie ihn wieder vergaß. Aber trotz allem traute sie dem Frieden nicht. Wer konnte schon sagen, ob die kreative Phase anhalten würde oder ob sie nicht in ein, zwei Wochen dasitzen würde, ohne ein einziges Wort zu Papier zu bringen? Obwohl der Gedanke ihr keine Ruhe ließ, schaffte sie es zumindest weitgehend, ihn an den Rand ihres Bewusstseins zu drängen. Wie Gerti, oder war es Selma?, schon gesagt hatte, es reichte, sich einen Kopf über eine Sache zu machen, wenn es so weit war. Zukünftige Probleme, die sogar vielleicht nie auftauchen würden, in die

Gegenwart zu ziehen, war schlicht und einfach Zeitverschwendung.

Und so wuchs das Werk. Jeden Tag, bevor sie anfing zu tippen, las sie sich das Ergebnis des Vortages durch und korrigierte das, was ihr nicht gefiel. Dann lehnte sie sich zurück und beobachtete die Szenen, die ihr neu in den Sinn kamen, vor ihrem inneren Auge. Und das war eine durch die Bank interessante Erfahrung! Sie erlebte jeden Moment, den sie beschrieb, spürte die Emotionen ihrer Figuren. Litt mit ihnen, ärgerte sich immens über einen Kommissar, der ihrer sympathischen Protagonistin aus Eifersucht das Leben schwer machte, freute sich über Kleinigkeiten und fühlte sich irgendwann, als würde sie mitten unter ihnen und in einer Art Parallelwelt leben. Es war eine tolle Erfahrung, wenngleich sie aber auch einen Hauch von Schizophrenie hatte.

Sechstes Kapitel

Am Freitag kam es, wie es irgendwann kommen musste. Als sie ihren Wochenendeinkauf erledigt hatte und vier zum Bersten volle Tüten zu ihrem Wagen schleppte, lief sie in Anton Oberhofer hinein. Er kam mit dem Handy am Ohr viel zu schnell um eine Ecke gebogen und prallte mit Wucht gegen sie. Sie taumelte, öffnete vor Schreck ihre rechte Hand und konnte nur noch dabei zusehen, wie ein Kilo Tomaten in einem Anfall kollektiven Selbstmords auf die Straße rollte. Anstatt sich bei ihr zu entschuldigen, fuhr Oberhofer sie wütend an: »Können Sie nicht aufpassen?« Und lief, ohne sie eines weiteren Blickes zu würdigen oder ihr gar zu helfen, einfach weiter.

Laura war sprachlos angesichts so viel Unhöflichkeit. Sie bückte sich, lehnte die noch heilen Tüten an die Wand und griff nach den beiden, die sie hatte fallen lassen. Sie hob eine aufgeplatzte Tomate auf, und bevor sie auch nur eine Sekunde darüber nachgedacht hatte, holte sie in einem Reflex weit aus. Die Frucht flog in einem hohen Bogen durch die Luft und traf Oberhofer an der Schulter.

Der drehte den Kopf wie in Zeitlupe nach rechts, sah den roten Saft über sein Hemd laufen und machte auf der Stelle kehrt. Als sich wütende ein Meter neunzig vor ihr aufbauten, verließ Laura fast die Courage.

»Haben Sie noch alle Tassen im Schrank?«, fuhr er sie an. »Das werden Sie noch bereuen, das verspreche ich Ihnen!«

Gib jetzt bloß nicht klein bei, flüsterte eine Stimme in Lauras Kopf. Wenn du jetzt nachgibst, dann hast du für immer verloren!

»Was wollen Sie eigentlich?«, fragte sie mit erhobener Stimme. »Sie rennen mich über den Haufen, geben mir dafür die Schuld und besitzen noch nicht einmal den Funken Anstand, sich zu entschuldigen. Ganz zu schweigen davon, dass Sie offenbar gar nicht auf die Idee kommen, die Bescherung, die Sie angerichtet haben, wiedergutzumachen. Stattdessen machen Sie mich auch noch blöd an.« Sie stemmte die Hände in die Hüften und funkelte ihn wütend an. »Als ich hierhergezogen bin, habe ich noch an den Charakter im Menschen geglaubt. Ich habe sogar gedacht, dass das Leben in den Bergen die Menschen positiv prägt. Aber bei Ihnen hab ich mich offensichtlich gründlich getäuscht. Sie denken wohl, Sie können sich alles erlauben, nur weil Sie sich was auf Ihr Aussehen einbilden. Aber lassen Sie sich versichern, Attraktivität erfordert weit mehr als nur ein schönes Gesicht. Wer aussieht wie ein griechischer Gott, aber die Moral einer Giftschlange besitzt, der bleibt trotzdem hässlich!«

Erschrocken über sich selbst bückte sich Laura und

schnappte sich ihre Einkäufe. Bevor sich der völlig verdutzte Anton Oberhofer von ihrem Gefühlsausbruch auch nur ansatzweise erholt hatte, hatte sie sich mit einem schnippischen Nicken umgedreht, wünschte ihm im Weggehen einen schönen Tag und verschwand um die Ecke.

»Was war denn das?« Weder Oberhofer noch Laura hatten bemerkt, dass ein Zaungast ihren Disput höchst amüsiert verfolgt hatte. Anton drehte sich um und blickte in die Augen eines seiner ältesten Freunde.

»Hansi!« Er schüttelte überrascht den Kopf. »Was verschlägt dich denn hierher?«

Johann Tirol und er waren seit der Grundschule engste Freunde, hatten sich aber aufgrund unterschiedlicher Lebensmodelle in den letzten Jahren mehr und mehr aus den Augen verloren. Als Anton seinen alten Freund so unerwartet vor sich sah, stiegen sofort alte Erinnerungen in ihm hoch. Sie hatten gemeinsam die erste Zigarette geraucht, von der Anton derart speiübel geworden war, dass er es nie wieder versucht hatte. Auch der erste Rausch ging auf ein gemeinsames Konto. Anton, der mitten in der Pubertät als unheilbar schüchtern galt, musste auf Anordnung seines in Frauendingen erfahrenen Kumpels dessen aktueller Freundin an die Titten fassen, »sonst wird das nie was mit dir und den Weibern«. Fast ehrfürchtig sah der Fünfzehnjährige auf die hübschen runden Kugeln, die sich ihm bereitwillig entgegenstreckten. Zögernd streckte er mit knallrotem Kopf die Hand aus, hielt einen halben Zentimeter vor dem Ziel inne und ließ den Arm wieder sinken. Dora kicherte albern und Hansi feuerte ihn an. »Nun mach schon, die beißen nicht.«

Fast wäre nichts draus geworden. Anton schämte sich zu Tode und wandte sich zum Gehen. Mit plötzlich erwachtem Feingefühl griff Dora nach seiner Hand und hielt ihn auf.

Sie verknotete ihre Finger mit seinen und zog ihn aus der Sichtweite ihres gemeinsamen Freundes. Dann legte sie ihren freien Arm um seinen Hals und tanzte zu »Love Hurts«, das gehaltvoll aus der sündteuren Anlage in Hansis Elternhaus wummerte. Anton, der dabei steif wie ein verschrecktes Kaninchen auf der Stelle trat, merkte kaum, dass Doras Hand mit seinen Fingern langsam nach oben wanderte. Plötzlich war es so weit. Geschickt manövrierte sie seine Hand, ließ sie abrupt los und presste sich dicht an ihn. Nun kam er nicht mehr aus. Wie von Zauberhand hatte sich ein steifer Nippel zwischen seinen Daumen und Zeigefinger geschoben und verlockte mit so viel Weiblichkeit, dass Anton wie hypnotisiert stehen blieb und fühlte und fühlte. Erst als Dora einen Schmerzenslaut von sich gab, wurde ihm klar, dass so viel Fühlen des Guten zu viel war. Er ließ sie los und entschuldigte sich stammelnd. In den nächsten Wochen träumte er jede Nacht von Doras Brust. Einen Monat später hatte Hansi das Mädchen zugunsten einer anderen abgeschoben. Dora rannte heulend zu Anton und diesmal tröstete er, schaffte Berge an Taschentüchern herbei und hörte sich stundenlang an, was für ein Arschloch sein bester Freund war. Obwohl er hoffte, sein Erlebnis wiederholen zu können, sobald der Trennungsschmerz verklungen war, kam es nicht dazu. Er durfte Doras Brust nie wieder sehen.

Umso eifriger war es den anderen Mädchen am Miesbacher Gymnasium daran gelegen, dem schüchternen Anton, der sich in Lichtgeschwindigkeit zu einer echten Schnitte entwickelte, schöne Augen zu machen.

Jetzt sah er seinen alten Freund mit Erstaunen an. Der ehemalige Weiberheld hatte merklich an Format gewonnen. Wenn auch auf den ersten Blick nur äußerlich. Sein Bauch war in einem Umfang angewachsen, in dem ihm die Haare ausgefallen waren. Das teigige Gesicht zeugte von einem ungesunden Lebenswandel und dafür, dass seit Wochen herrlichstes Wetter herrschte, war er bemerkenswert blass. Nichtsdestotrotz freute sich Anton, Hansi wiederzusehen.

»Was machst du denn hier?«, wiederholte er sich. »Du lebst doch jetzt in Augsburg, oder?«

»Kurz davor«, seufzte Hans und klopfte mit leicht verzweifeltem Lächeln auf seinen Bauch. »Verheiratet, zwei Kinder. Haus nahe der Stadt. Großes Auto. Zu wenig Bewegung, zu viel Alkohol, zu viel Arbeit. Frauen sind eben anspruchsvoll.«

Anton schüttelte den Kopf. »Und auch ein Grund, sich gehen zu lassen?«

»Direkt wie immer. Kannst du nicht einfach mal höflich sein?«

»Nein. Weil alles Höfliche gelogen wäre. Du siehst beschissen aus, alter Freund.«

Um ihr Wiedersehen zu feiern, beschlossen sie, gemeinsam zu Mittag zu essen. Anton quittierte Hansis Bestellung mit einem leichten Kopfschütteln. Griebenschmalzbrot vorneweg, Schweinebraten mit Knödel, drei Weißbier und hinterher ein doppelter Williamsbrand, um das Fett besser verdauen zu können. Den Salat, der mit dem Braten kam, schob er Anton hin.

»Kein Wunder, dass du so aussiehst. Wie ist es mit Gemüse und Salat?«

»Brr.« Hansi schüttelte den Kopf. »Ich bin doch kein Karnickel.« Mit dem Kopf deutete er auf Antons Teller. »Nudelauflauf mit Gemüse? Isst du nie etwas Gscheites? Du brauchst doch Kraft, damit du die Berge hochkommst.«

Anton ließ sich auf keine Diskussion ein. »Sieh dich doch an. Und sieh mich an. Das dürfte Antwort genug sein.«

Als sie das Thema Ernährung beiderseits als unergiebig abgehakt hatten, kam Hansi zurück auf die Begegnung vor dem Supermarkt. »Ich hatte keine Ahnung, dass du so ein sturer Bock sein kannst. Du warst doch früher nicht so. *Prinz*

Charming, das war dein Spitzname, nachdem du endlich begriffen hattest, was an den Weibern so reizvoll ist. Und die Tomatenlady, die ist doch wirklich ein Fleisch gewordenes Prachtexemplar.«

Von wegen Prachtexemplar. Antons Gesicht verschloss sich. »Die kann mir gestohlen bleiben«, knurrte er. »Am besten, die geht dahin zurück, wo der Pfeffer wächst.«

»Ich wusste gar nicht, dass in Berlin Pfeffer wächst. Da kommt sie ihrem Dialekt nach schließlich her, oder?« Hans lachte lauthals los. »Hast du vor, sie zu heiraten?«

Anton blickte ihn an wie vom Blitz getroffen. »Du hast sie doch nicht mehr alle. Die Frau ist wie eine Krankheit, die muss man so schnell wie möglich loswerden. Aber doch nicht heiraten.«

»Aha. Loswerden. Hast du schon einen Plan? Willst du sie in eine Schlucht werfen? Sie mit Pilzen vergiften?«

»Idiot!« Anton grinste. »Ich werde ihr das Leben so schwer machen, dass sie sich wünscht, sie wäre nie nach Bayern gekommen. Ich hab da auch schon eine Idee.«

Insgeheim musste Anton Hans aber recht geben. Der leichte Berliner Akzent, die langen wilden Locken, das schöne Gesicht mit den sinnlichen Lippen … Als sie am Vormittag vor ihm gestanden war und ihm die Krätze an den Hals gewünscht hatte, hätte er sie am liebsten geküsst. Es gefiel ihm, dass in ihr ein Vulkan brodelte und sie nicht lieb Kind vor ihm machte, wie die meisten anderen Frauen, nur weil er aussah wie Apoll. In einem Anflug von Eitelkeit legte er eine Hand auf seinen Bauch. »Griechischer Gott. Die Frau hat Nerven!« Auch wenn er in den letzten Jahren ein klein wenig zugelegt hatte, war sein Sixpack noch nicht völlig verschwunden. Er konnte sich noch immer sehen lassen und die Blicke der Frauen, wenn er, ob Sommer oder Winter, im See schwimmen ging, folgten ihm nach wie vor. Er schüttelte den Kopf und kam sich plötzlich albern vor. Schnell nahm er die Hand wieder weg. Seine Gedanken kehrten zu dem Weibsbild zurück. So eine blöde Gans, dachte er. Die kann noch was erleben.

»Das hast du nicht zu ihm gesagt!«

»Doch, leider.« Laura war immer noch drauf und dran, sich selbst in den Allerwertesten zu beißen. Darauf, dass sie den Idioten vom Nachbarhof zu Hutgröße gefaltet hatte, war sie schon den ganzen Tag stolz. Dass sie ihm aber unter die Nase gerieben hatte, was sie von seinem Aussehen hielt, trieb ihr noch immer die Schamesröte ins Gesicht.

»Meine Herren, du musst wirklich schwer verknallt sein.« Gabi blieb mit ihrer Meinung so hartnäckig wie Fußpilz. »Und widersprich mir nicht. So verhält sich keiner, dem der andere schnuppe ist.«

»Der Oberhofer ist mir keineswegs schnuppe. Ich hasse den Arsch wie die Pest!«

Als das Wochenende vorüber war, die Tagesausflügler die Region wieder verlassen hatten und ihr Manuskript auf stolze fünfundfünfzig Seiten angewachsen war, entschloss sich Laura, endlich einen der umliegenden Berge zu erklimmen. Sie hatte Gerti nach einer einfachen und leichten Tour gefragt und die hatte ihr empfohlen, den Stümpfling hinaufzuwandern.

»Am besten fährst du mit dem Auto zum Spitzingsee hoch. Nach der Schranke fährst du gleich vor dem See links und dann geradeaus hoch bis zum Parkplatz. Dann kannst du entweder einfach den Hang hochlaufen oder du startest neben dem Skilift. Da geht ein Wanderweg nach oben, der immer wieder unter dem Lift hindurchführt. Du kannst dich also nicht verlaufen, solange du nur immer die Liftstützen im Blick behältst. Und wenn du an der Bergstation der Stümpflingbahn angelangt bist, dann läufst du nach links den Weg zum Rosskopf hoch. Von dort hast du einen unglaublichen Blick.«

Und da musste Laura ihr absolut recht geben. Die Wanderung war einfach und doch anstrengend, weil in Summe nur knapp sechshundert Höhenmeter zu bewältigen waren, die sie allerdings teils durch kniehohen Schnee stapfen musste, bis sie endlich am Gipfelkreuz des Rosskopf stand. Ringsherum blickte sie nun auf Berge, Berge und nochmals Berge, deren Gipfel noch allesamt schneebedeckt waren. Die völlige Ruhe, die dort oben herrschte, wurde nur manchmal vom Ruf einer Bergdohle oder vom Wind unterbrochen, der mit einem fast klirrenden Geräusch über die Schneeflächen strich. Leider gab es keine Möglichkeit, sich irgendwo hinzusetzen, ohne sich einen nassen Hintern zu holen, und Laura stellte mit Bedauern fest, dass ihr kleiner Rucksack nicht als Unterlage taugte, da er nicht wasserfest war. Ebenso wie ihre Schuhe. Die Sportschuhe hatten zwar einen Schaft, der die Knöchel umschloss und ihr so ein wenig Halt gaben, aber für einen Einsatz im Schnee waren sie mitnichten geeignet. Dummerweise hatte sie auch nicht an Socken zum Wechseln gedacht, was aber vermutlich sowieso egal war, da der Schnee bei den warmen Temperaturen nur so dahinschmolz und das Tauwasser ihre Schuhe mittlerweile völlig durchweicht hatte.

Trotzdem ließ sie sich nicht aus der Ruhe bringen. Der Weg zurück zum Auto war nicht weit, die Sonne war kräftig genug, um sie von oben her zu wärmen, und so konnten ihr auch ein paar nasse Füße die Laune nicht vermiesen. Auch wenn das Gefühl in ihren Zehen sie zugegebenermaßen mittlerweile an kleine Eiswürfel denken ließ.

Sie warf einen Blick in das Gipfelbuch und kam aus dem Staunen kaum noch heraus. Es gab einige Besucher, die sich regelmäßig mit einer Strichliste verewigten. Skitourengänger offensichtlich. Einer, der sich Gerd nannte, hatte sogar geschrieben: »Bruchharsch, Sonne und allein am Berg. Heute fünf Mal aufgestiegen und nun liegt die letzte Abfahrt in der Abendsonne vor mir. Das Leben ist geil. Danke, Welt!«

Laura schmunzelte noch über einige weitere Einträge und warf dem Panorama einen letzten Blick zu, bevor sie sich auf den Weg zurück nach unten machte. Während sie vorsichtig einen Fuß vor den anderen setzte, dachte sie lange über Gerds Worte nach. Ja, das Leben ist schön, bestätigte sie die Meinung des Unbekannten. Allein, was sie dieses Jahr schon erlebt hatte! Wenn man sich selbst keine Hindernisse in den Weg legte, hatte das Leben wirklich viele Geschenke im Gepäck. Man musste sich nur treiben lassen, dann konnte gar nichts schiefgehen. Alles ist möglich, dachte sie, wenn man nur daran glaubt. Alles kann passieren, wenn man seine Ängste über Bord wirft und dem Leben vertraut.

Als sie schließlich bei ihrem Auto ankam, konnte sie ihre Zehen kaum noch spüren. Um den Fond nicht unter Wasser zu setzen, zog sie ihre Schuhe und Strümpfe aus und stopfte sie in eine große Plastiktüte, die im Kofferraum lag, nur um kurz darauf festzustellen, dass es eine ziemlich blöde Idee war, mit halb erfrorenen Füßen barfuß Auto zu fahren. Zumal sie ja auch noch zweimal aussteigen musste, um Schranke und Tor zu öffnen.

Als sie später in ihrer riesigen Badewanne lag, in ihre langsam auftauenden Füße wieder Gefühl einkehrte und sie, umschmeichelt von dem warmen, wohlriechenden Badewasser, fast einschlief, war sie das erste Mal in den letzten Wochen richtig glücklich. Ach was, Wochen, Monaten! Sie konnte sich nicht erinnern, wann sie sich das letzte Mal so frei und unbeschwert gefühlt hatte. Und wenn sie ganz ehrlich sich selbst gegenüber war, waren es wohl sogar eher Jahre als Monate. Und das Experiment, wie sie es noch immer nannte, begann, sich in einer Weise zu entfalten, die sie im Traum nicht für möglich gehalten hätte.

Doch eins musste sie dringend erledigen: Sie würde kein einziges Mal mehr ohne vernünftige Ausrüstung auf einen Berg gehen. Sie sprang aus der Wanne, frottierte sich ab und rubbelte ihre Haare mit einem Handtuch halbwegs trocken. Dann zog sie sich frische Sachen an und studierte nebenbei Brechtingers Liste. Dummerweise fand sich kein Sportgeschäft darunter. Sie versuchte, Franzi zu erreichen, bekam aber nur die Auskunft, dass der Teilnehmer im Moment nicht zu erreichen war. Egal, dachte sie. Schlimmer als ein neues Hausverbot wird es schon nicht werden. Sie schnappte ihre Tasche, fuhr bei der Bank vorbei und studierte andächtig ihre Auszüge. Es war unglaublich, wie sich ihr Kontostand in den letzten Wochen erholt hatte. Eins war jedenfalls jetzt schon klar: Daran, nicht jeden Tag mit Widerwillen in die Arbeit zu gehen, könnte sie sich gewöhnen. Und daran, dass sie ohne schlechtes Gewissen fünfhundert Euro abheben konnte, erst recht.

»Kann ich Ihnen helfen?«

»Guten Tag.« Das hier übliche *Grüß Gott* brachte Laura noch nicht über die Lippen. Außerdem hatte sie beschlossen, in die Offensive zu gehen. »Ich bin neu von Berlin hierhergezogen. Ich benötige eine Ausrüstung zum Wandern, bin ich da bei Ihnen richtig?«

Der Verkäufer war ein Bergfex, wie er im Buche steht. Ein wettergegerbtes Gesicht, vom UV-Licht ausgebleichte halblange Haare, Fältchen, die die Sonne in die Haut um seine Augen gegraben hatte, und ein Körper, der so elastisch war wie die Sehne eines Bogens. Er kaute auf seiner Unterlippe und musterte sie nachdenklich. Dann knipste er urplötzlich ein charmantes Lächeln an und nickte. »Goldrichtig. Kommen Sie mit!«

Er führte sie zu einer kleinen Sitzgruppe und bedeutete ihr, sich zu setzen. »Wir fangen mit den Schuhen an. Setz dich da hin«, wechselte er ohne viel Federlesens zum formlosen Du und deutete auf eine Gruppe aus drei zusammengeschobenen Sitzwürfeln. Dann ging er vor ihr auf die Knie und zog ihr ohne Umschweife die Sneakers aus.

»Schmale Füße, sehr gut«, befand er. »Damit haben wir die größte Auswahl. Erzähl doch mal, was bist du für ein Typ?«

»Was für ein Typ ich bin?«, wiederholte Laura belustigt die Frage.

»Ja, was du vorhast eben. Bist du der typische Touri, der immer das Beste und Neueste braucht und dem grundsätzlich erst mal alles passt, vorausgesetzt, es steht *Bogner* oder *Sportalm* drauf? Fährst du in der Früh mit der Seilbahn auf den Berg, setzt dich dann fünf Stunden lang vor eine Alm in die Sonne und erzählst am Abend deinen Freunden, wie sportlich du unterwegs warst – erkennst du dich darin wieder?«

Laura lachte. »Nein. Ich bin nicht schwindelfrei, deswegen gehe ich lieber zu Fuß, außerdem möchte ich mich wirklich sportlich betätigen. Und ich trage am liebsten Klamotten, die mir gefallen. Passen sollten sie natürlich schon auch«, räumte sie ein, »aber die Marke ist mir egal.«

»Gut.« Mick, wie ein Namensschild preisgab, das schief an seinem rot-weiß karierten Hemd steckte, nickte anerkennend. »Und wie stellst du dir das mit dem Wandern vor? Kleine Tagestouren oder Mehrtagestouren? Willst du auf Wanderwegen bleiben oder traust du dir auch die eine oder andere Kraxelei zu?«

»Sie, äh, du meinst, ob ich klettern will?«

»Hmm«, nickte er. »Über die Baumgrenze hinaus, ins Eis, auf Klettersteige?«

»Um Gottes willen, nie und nimmer!« Laura wurde allein beim Gedanken daran schlecht. »Wie gesagt, ich bin nicht schwindelfrei. Ich werde ganz sicher auf den Wegen bleiben.

Und eher Tagesausflüge machen. Wobei ich nicht ausschließen möchte, dass ich vielleicht mal auf einer Hütte übernachten würde, wenn es sich gerade ergibt.«

»Gut, ich denke, dann haben wir's. Ich bin gleich zurück.« Er stand auf, lief hin und her und kam schließlich mit drei Kartons und einem Paar dicker Strümpfe zurück.

»Die sehen aber unbequem aus«, rümpfte Laura mit einem Blick auf die Socken ihre Nase. »Und für den Sommer doch sicher auch viel zu warm.«

»Lass dich nicht von dem ersten Eindruck täuschen«, sagte Mick. »Klar gibt es Funktionssocken. Modernes Zeug, das stinkt wie der Teufel, und nach zwei Stunden bekommst du Blasen so groß wie Zwetschgen. Kann ich dir auch verkaufen, aber kein Einheimischer würde so einen Scheiß tragen!«

Laura lachte. Sie zog die Socken an und verzog das Gesicht. »Ui, die kratzen aber.«

»Das gibt sich. Du wirst sehen, wenn du dich erst daran gewöhnt hast, läufst du darin wie auf Wolken. Das ist wie mit dem Barfußlaufen. Nach dem Winter schmerzt jedes Steinchen, über das du gehst. Aber drei Monate später merkst du, wie gut es dir tut.«

Mit dem Vergleich konnte Laura etwas anfangen. Genau so erging es ihr jedes Frühjahr, wenn sie die ersten Tage ohne Schuhe herumlief. Außerdem machte der Bergfex durchaus den Eindruck, dass er wusste, wovon er sprach.

»Die sind zu groß«, sagte sie und wies den Stiefel zurück, den er ihr hinhielt. »Ich habe Größe neununddreißig, nicht einundvierzig.«

»Probier ihn ruhig mal an«, antwortete er mit einem Lächeln. »Wir arbeiten uns von oben nach unten vor. So spürst du sofort, wenn es an einer Stelle drückt, von der du vorher gar nicht wusstest, dass es sie überhaupt gibt.«

Laura gab sich geschlagen. Sie schlüpfte in den Schuh und ließ sich zeigen, wie er richtig geschnürt wurde.

»Und jetzt steh auf und lauf ein bisserl herum. Da drüben kannst du ihn auch gleich praxisnah testen.« Er deutete auf eine kleine Rampe.

Vorne waren Gesteinsbrocken in eine Betonschicht eingelassen, dahinter bestand die Schräge aus Holzbohlen, die verdächtig glänzten. Vorsichtig betrat Laura die Konstruktion und versuchte, den Untergrund durch die dicke Sohle zu ertasten. Nach ein paar Auf- und Abstiegen wurde sie mutiger. Sie schlitterte leicht auf dem Holz entlang und spürte den Halt, den ihr die Schuhe gaben.

»Und, was meinst du?«

»Sie sind sehr bequem«, musste sie zugeben. »Aber ich sitze nicht besonders fest darin.«

»Wichtig ist, dass der Knöchel ausreichend stabilisiert ist, damit du nicht umknicken kannst. Und was den Halt am Fuß angeht, musst du dir vorstellen, was passiert, wenn du seit Stunden unterwegs bist.«

»Die Füße schwellen an?«

»Genau. Und wenn der Schuh dann drückt, wird der Spaß zur reinsten Qual.« Er beugte sich hinunter und gab ihr den gleichen Schuh eine Nummer kleiner. »Probier es aus.«

»Und?«, fragte er, nachdem sie den neuen Schuh auf der Rampe ausgiebig getestet hatte.

»Ich glaube, du hast recht. Im Moment passt der Schuh zwar viel besser, aber die Socken kratzen unerträglich.«

»Siehst du?«, triumphierte Mick. »Das kommt daher, weil der Schuh zu klein ist.«

Auch bei der Kleidung setzte sich Mick durch. Laura hätte sich von den Etiketten leiten lassen. Er aber erklärte ihr mit einer Engelsgeduld, dass eine Regenjacke, die einer Fünfzehntausender-Wassersäule standhielt, in etwa so atmungsaktiv war wie ein Müllsack. »Was glaubst du, wie du darin schwitzt!«, sagte er. »Von außen kommt zwar nichts durch, aber nach drei Minuten bist du trotzdem völlig durchnässt. Und dann wird's richtig kalt.«

Letztendlich stand Laura mit den großen Schuhen, kratzigen Socken, einer federleichten Regenjacke nebst passender Hose, zwei karierten Blusen, einer Doppel-Zip-Off-Hose, einem Rucksack und einem Paar Teleskopwanderstöcken an der Kasse. Als Mick ihr die Summe nannte, meldete sich ihr schlechtes Gewissen doch noch – aber nun war es zu spät, um einen Rückzieher zu machen. Laura holte tief Luft und blätterte nach kurzem Zögern siebenhundertachtundvierzig Euro auf den Tresen.

Siebtes Kapitel

Am nächsten Tag beschloss Laura, ihre neuen Stiefel einzuweihen. Im Internet hatte sie sich über die Gipfel der Region schlaugemacht und sich für eine Wanderung zur Rotwand entschieden. Sie hatte gelesen, dass es einen wunderschönen und abwechslungsreichen Pfad gab, der inmitten der Valepp begann, an Wasserfällen und Gumpen vorbei durch teilweise verblocktes Gelände bis hinauf zum Rotwandhaus führte. Dessen Küche war regional und überaus ansprechend, alles aus eigener biologischer Erzeugung natürlich, und die Aussicht von dort musste faszinierend sein. Was kein Wunder war, schließlich war der Rotwandgipfel der zweithöchste im ganzen Mangfallgebirge und angeblich reichte die Sicht bei gutem Wetter vom Großglockner bis hinüber zur Zugspitze. Als Rückweg hatte sie sich schon vorab für den einfachen Forstweg entschieden, der hinab zum Spitzingsee führte. Das ging schneller und schonte die Knie.

Sie brach nach einem ausgiebigen Frühstück auf, hatte eine Thermoskanne mit Kaffee, eine Flasche Apfelschorle, zwei belegte Brote und ihre leichte Regenjacke im Gepäck. Als sie bereits an der Haustür war, fiel ihr noch etwas ein. Sie lief zurück ins Haus und versuchte sich zu erinnern, wohin sie ihre kleine Kamera gesteckt hatte. Sie öffnete die Schreibtischschublade, kramte eine Weile darin herum, suchte im Schlafzimmer und wurde schließlich im oberen Fach des bunt bemalten Bauernschranks fündig, der ihr als Garderobe diente.

Die Tour begann wahrhaft wie im Märchen. Über ihr wölbte sich ein Himmel, der in den Prospekten der Tourismusindustrie immer als »typisch bayerisch« bezeichnet wurde: von einem frischen, tiefen Blau, versetzt mit klar abgegrenzten Schäfchenwolken, die bis zum Horizont reichten. Obwohl es bereits zehn Uhr morgens war, war die Luft noch angenehm kühl. Siebzehn Grad, las Laura von dem Außenthermometer hinter dem Haus ab. Perfekt, um einen ganzen Tag im Freien zu verbringen; ganz besonders dann, wenn er so vielversprechende Angebote im Gepäck hatte.

Eine Stunde nachdem sie ihren Hof verlassen hatte, gelangte Laura an die ersten Gumpen. »Eigentlich ist es noch viel zu früh«, dachte sie, »schließlich hab ich den größten Teil noch vor mir.« Trotzdem nahm sie sich die Zeit, zog ihre Schuhe und Strümpfe aus, krempelte die Hosenbeine hoch und watete ins Wasser. Brrr, das war eine Kälte, so spitz und durchdringend wie Nadelstiche! Viel kälter als das Wasser in ihrem eigenen Bach, zumindest kam es ihr so vor. Vermutlich lag es aber nur daran, dass der Tag bei Weitem nicht so heiß war wie der, an dem sie ihr Grundstück inspiziert hatte.

Mit einem Blick auf die Uhr entschloss sie sich nach einer halben Stunde, weiterzugehen. Noch immer lagen gut achthundert Höhenmeter vor ihr, essen wollte sie auch etwas und vor Einbruch der Dunkelheit musste sie zurück im Tal sein.

Kurz nachdem sie wieder aufgebrochen war, erreichte sie einen ungewöhnlich geformten Hang, der durch seine unbeschattete Südlage bereits völlig frei von Schnee war und Laura an die Reisterrassen erinnerte, die sie aus Asien kannte. Die Wasserfälle, die sie wenig später erreichte, stürzten sich in kleinen Kaskaden in eine zwanzig Meter tiefe Schlucht. Zwar kein überwältigendes Naturspektakel, aber Laura war vom Abwechslungsreichtum und der Schönheit der Landschaft schwer beeindruckt. Weit und breit war keine Menschenseele zu sehen und kein unnatürliches Geräusch störte das Idyll.

Bald kam sie zu einer Stelle, an der ein reißender Bach den Hang hinabgeströmt sein musste. Der Weg verlief in einem ausgetrockneten alten Bachbett über große Steinblöcke und über weite Passagen musste sie die Hände zu Hilfe nehmen, um nach oben zu gelangen. Es war anstrengend und sie war froh, dass sie sich die Teleskopstöcke hatte einreden lassen. Weniger überzeugt war sie von der Qualität ihrer Schuhe. Auch wenn Micks Argumente durchaus einleuchtend gewesen waren, hatte sie das Gefühl, als ob ein handtellergroßes Nadelkissen in ihre Ferse stach. Die Strümpfe kratzten wie verrückt und bisher waren ihre Füße bei Weitem nicht so angeschwollen, wie der Verkäufer es ihr prophezeit hatte.

Sie hatte etwa zwei Drittel des Aufstiegs geschafft, als sie sich entschloss, eine Pause einzulegen. Erschöpft wischte sie den Schnee von einem großen Stein und ließ sich vorsichtig darauf nieder. Dann packte sie ein mit Schinken belegtes Brötchen aus seiner Aluverpackung und trank die halbe Flasche Apfelschorle auf einen Zug aus. Vorsichtig bewegte sie ihre Zehen und verfluchte ihren Leichtsinn, als die Socken allein durch die Bewegung weiter an ihren Fersen scheuerten. Eine Wanderung mit neuen Schuhen unter der Woche, wenn weder Einheimische noch Touristen unterwegs waren, war, gelinde gesagt, eine Riesendummheit. Was hatte sie sich nur dabei gedacht! Sie hatte keine Ahnung, wie weit es noch war, und nirgendwo wies ein Schild darauf hin. Das heißt, Wegweiser gab es wohl, allerdings war seit dem letzten bereits mindestens eine Stunde vergangen. Sie stöhnte laut auf. Obwohl sie sich sicher war, dass sie kein Verbandszeug eingepackt hatte, wühlte sie in ihrem Rucksack. Nichts. Mit einem Ächzen ließ sie sich wieder auf den Felsen sinken und riss das Stanniol von einem Energieriegel ab. Sie lachte freudlos. Verhungern würde sie wenigstens nicht. Und auch Verdursten war angesichts des vielen Schnees und dem Angebot an Wasserfällen ausgeschlossen.

Sie zog ihr Handy hervor. Kein Empfang. Große Klasse! Ihre Fersen schmerzten höllisch und sie hatte keine Chance, Hilfe zu holen, falls sie nicht mehr weiterkonnte. Kurz überlegte sie, ob sie ihre Stiefel ausziehen und barfuß weiterlaufen sollte, entschied sich aber schließlich dagegen. Zum einen hatte sie nicht genügend Hornhaut an den Füßen, um auch nur zehn Minuten über das Gelände zu kommen, zum anderen war die Gefahr, dass sie fehltrat und sich den Knöchel verstauchte, viel zu groß. Mit Leidensmiene stand sie auf und zwang sich, weiterzugehen. Deutlich langsamer als zuvor, um ihre geschundenen Füße nur ja keiner zusätzlichen Reibung auszusetzen, quälte sie sich Schritt für Schritt voran. Als sie sich schon zu fragen begann, ob sie irgendwann vom richtigen Weg abgekommen war, sah sie ein Schild: Rotwandhaus 15 Minuten. Tränen der Erleichterung schossen ihr in die Augen. Auf etwas Essbares war ihr der Appetit vergangen, aber zumindest ein Pflaster würde sie dort bekommen. Und wenn sie Glück hatte, würde sie der Wirt ins Tal hinunterfahren. Oder sie würde dort übernachten. Und falls das alles nicht möglich war, dann war der Abstieg über den Forstweg im Vergleich zum Aufstieg sicher ein Kinderspiel.

Ohne wahrzunehmen, dass von Süden her dicke Wolken über den Himmel zogen, stapfte sie tapfer den letzten, steilen Hang nach oben. Als endlich das Dach des Rotwandhauses in Sicht kam, hätte Laura vor Erleichterung am liebsten geheult. Doch zehn Minuten später stand sie vor verschlossener Tür. »Wegen einer Familienangelegenheit bis Donnerstag geschlossen.« Es dauerte eine Weile, bis Laura den Inhalt des handgeschriebenen Zettels in all seiner Deutlichkeit erfasste, der in einer Klarsichthülle steckte und mit vier Reißnägeln an die Eingangstür gepinnt war. Ohnmächtig starrte sie darauf, als ob sich die Buchstaben allein durch ihre Willenskraft in Luft auflösen würden. Als nach einer Weile klar war, dass sie hier oben alleine war, suchte sie sich eine windgeschützte Ecke, packte ihre restliche Brotzeit aus und sah sich nachdenklich um. Die letzten hundertfünfzig Höhenmeter zum Gipfel würde sie sich heute sparen, darüber brauchte sie noch nicht einmal nachzudenken. Aber auch so bot die Höhe, in der sie sich befand, eine unglaubliche Fernsicht. Schade nur, dass die Wolken mittlerweile nur wenige Hundert Meter über ihr wie ein schwarzes Dach am Himmel hingen und keinen einzigen Sonnenstrahl mehr durchließen.

Als sie, an die Hauswand gelehnt, die Augen schloss und das Nachlassen ihrer Schmerzen genoss, fielen die ersten dicken Tropfen. Zuerst nahm sie es nicht wahr, weil der Dachüberstand einen gewissen Schutz bot. Doch dann frischte der Wind auf und trieb eine Regenwand vor sich her. Erschrocken setzte Laura sich kerzengerade auf. Finstere Wolken zogen über den immer dunkler werdenden Himmel und weit hinten am Horizont waren die ersten Blitze zu sehen.

Nun war höchste Eile geboten. Laura sprang auf. Sie zog ihre Regenjacke aus dem Rucksack und hatte Mühe, sie gegen den immer stärker werdenden Wind anzuziehen. Sie stülpte die Kapuze über den Kopf, schnappte sich ihren Rucksack und lief los.

Der Forstweg verlief in einer weiten Kurve talabwärts über eine weite, freie Fläche. Der Wald, der zumindest einen gewissen Schutz vor dem Regen bieten konnte, schien kilometerweit entfernt. Sie biss die Zähne zusammen und humpelte los.

Wie viele Touristen hatte sie es völlig unterschätzt, wie schnell es in den Bergen zu heftigsten Unwettern kommen konnte. Und nun befand sie sich mitten darin. Tausend Teufel schienen hinter ihr her zu sein. Der Wind peitschte das Wasser in ihr Gesicht und aus dem anfänglichen Tröpfeln wurde bald ein eisiger Regenguss. Und nun erwies sich auch die Jacke als völliger Fehlkauf! Es dauerte fünfzehn Minuten, bis Laura den schützenden Wald erreicht hatte, und als sie dort ankam, war sie nass bis auf die Haut und fror bis auf die Knochen.

Mit dem Frieren kam die Angst. Das schaffe ich nie, dachte sie. Der Himmel hatte die Farbe von dunkelgrauem Schiefer und im Wald war es so düster, dass sie kaum die Hand vor den Augen sah. Verzweifelt sah sie nach oben und versuchte zu bestimmen, woher das Gewitter kam. Doch die Wolkenmassen schienen überall zu sein. Hohe Berge türmten sich über ihr auf, zum Bersten gefüllt mit Wasser und wild entschlossen, alles über ihr abzuladen. Sie hastete hinab, den Weg hinunter, halb blind vor Angst und dem Regenschleier, der ihr die Sicht nahm. Einmal stolperte sie und schlug der Länge nach hin. Ihre Hände begannen augenblicklich zu brennen und sie starrte verzweifelt auf die Steinchen, die sich tief in ihre Handflächen eingegraben hatten. Du musst weitergehen, ermahnte sie eine innere Stimme, die von weit her zu kommen schien. Bleib jetzt bloß nicht stehen!

Sie hätte nicht mehr sagen können, wo sie war und wie lange sie wie verirrt einem Weg gefolgt war, von dem sie nicht einmal wusste, wohin er sie führte. Hatte es irgendwo eine Abzweigung gegeben? Laura hatte keine Ahnung. Ihre Knie gaben nach. Völlig erschöpft und am Ende ihrer Kräfte ließ sie sich zu Boden sinken, ihr Gesicht so grau wie der Himmel über ihr. Ich brauche ein Dach über dem Kopf, dachte sie. Sie blinzelte und versuchte zu erkennen, ob es etwas gab, was ihr Schutz bieten konnte. Als sie nichts fand, schleppte sie sich weiter zur nächsten Kehre. Durch den dichten Regen hätte sie den kleinen Holzhaufen fast übersehen, der auf einem winzigen Stück Wiese etwas oberhalb des Wegrands zusammengeschoben war. Erst im letzten Augenblick sah sie aus dem Augenwinkel ein Stück Plastik flattern. Sie tappte näher heran, nicht sicher, ob ihr ihre Einbildung nur einen Streich spielte. Doch als der Regen für einen kurzen Moment etwas nachließ, sah sie es: Da war tatsächlich etwas. Vom Wind umgeworfene kleinere Baumstämme und abgebrochene Äste waren von spielenden Kindern zu einer Art Tipi zusammengeschoben und mit Zweigen und einigen Plastikfetzen überdacht worden, in der Mitte eine winzige Lücke, wie eine Höhle. Nur mit Mühe schaffte sie es, den kleinen Absatz nach oben zu klettern. Sie konnte ihre Hände kaum gebrauchen, so sehr brannten sie. Doch im dritten Anlauf schaffte sie es endlich. Und zwei Meter weiter saß sie im Trockenen. »Gott sei Dank«, flüsterte sie heiser. Sie machte sich so klein es ging, kauerte sich in den Spalt, der kaum groß genug war, um sie vollständig aufzunehmen. Aber immerhin war das Dach dicht und hielt den Wind ab. Sie schloss die Augen, rieb heftig an ihren Armen, in der Hoffnung, dass ein kleines bisschen Wärme in ihren Körper zurückkehrte.

Und so sah sie die Lichter nicht, die sich, durch den Regen kaum auszumachen, aus dem Tal kommend keine drei Meter von ihr entfernt vorbeitasteten. Nur ein leises Brummen vernahm sie. Wie von einem hubraumstarken Wagen. Müde öffnete sie Augen, aber da war das Fahrzeug schon an ihr vorbei. Einbildung, dachte sie, ich habe mich getäuscht. Sie hätte nicht sagen können, wie lange sie da saß. Irgendwann ging die Kälte in eine völlige Gefühllosigkeit über. Und dann wurde es ihr ganz plötzlich wieder warm. Angenehm, fand sie. Es ist gar nicht mehr so kalt. Ich werde überleben, bis morgen früh. Und dann koche ich mir als Erstes einen großen Kaffee …

Allmählich wichen alle Geräusche einer allumfassenden Stille. Verwundert stellte sie fest, dass es aufgehört hatte zu regnen. Nur am Rande nahm sie wahr, dass ihre Hand trotzdem nass wurde, als sie sie nach draußen hielt. Interessant. Komisch. Sie kicherte leise und schüttelte den Kopf, um den Schleier in ihrem Hirn zu vertreiben. Es wurde noch stiller. Und dann nahm sie überhaupt nichts mehr wahr.

Der Mann in dem Fahrzeug bemerkte das Drama nicht, das sich am Rande des Forstweges abspielte. Langsam lenkte er seinen Wagen durch die dichte Wand aus herabströmendem Wasser und beförderte seine Fracht weiter den Berg hinauf. Ein unglücklicher Zufall wollte es, dass sich der Zug aus München um eine halbe Stunde verspätet hatte, sonst hätten seine Fahrgäste, die eine kleine Hütte nur wenig unterhalb des Rotwandhauses besaßen, längst eingeheizt und einen heißen Grog gebraut. So entging allen dreien die Gestalt, die sich in dem Holzverhau zusammengerollt hatte und so dringend Hilfe benötigt hätte.

Zwei Stunden später verzog sich das Gewitter, doch der Regen ließ nur unmerklich nach. Als der Besitzer des Wagens nach einem ebenso einfachen wie vorzüglichen Mahl, das die Hausherrin auf die Schnelle aus wenigen Mitteln gekocht hatte, vor das Haus trat, war die Temperatur auf zwei Grad gefallen. Fröstelnd zog er den Reißverschluss seiner dicken Softshelljacke nach oben und blies in seine Hände. Er klopfte seinem Freund auf die Schulter und bedankte sich bei dessen Frau für das Abendessen. Dann sprintete er zu seinem Auto und startete den Motor.

Obwohl ihn das Leben in den Bergen schon seit frühester Kindheit abgehärtet hatte, war er um die Sitzheizung in seinem Wagen froh. In weniger als einer Minute spürte er, wie es durch den Hosenboden seiner Jeans wohlig warm wurde. Er drückte auf eine Taste am Radio und Bryan Adams besang den »Summer of 69«.

Zehn Minuten später nahm er im Augenwinkel einen roten Farbreflex am Wegesrand wahr. Obwohl er vorsichtig fuhr, hatte er die Stelle bereits passiert, als er den Kopf weit genug nach rechts gedreht hatte. Er schüttelte den Kopf. Bestimmt hatte er sich getäuscht.

Es war sicher nur eine Farbmarkierung an einem Holzstapel gewesen. Eine Lichtspiegelung auf nassem Holz. Er fuhr weiter. Oder doch ein Kleidungsstück, eine Jacke vielleicht? Zu Hause warteten sein bequemes Sofa, ein wärmendes Feuer und ein gutes Glas Rotwein. Er wollte nicht wegen irgendeinem alten Fetzen raus in diesen eiskalten Regen!

Was sollte da auch sein? Die Stelle lag bereits einige Hundert Meter hinter ihm und auch den einzigen möglichen Wendepunkt hatte er schon passiert. Da war ganz sicher nichts gewesen! Oder doch? Heftig und irgendwie verärgert über sich selbst, trat er hart in die Bremsen und legte den Rückwärtsgang ein. Ein Himmelfahrtskommando bei dem Wetter! Vorsichtig setzte er den Wagen Meter um Meter zurück bis zu der Stelle, die genügend Platz bot, den Wagen zu wenden. Mittlerweile war die Sicht womöglich noch schlechter geworden und er schalt sich selbst über die

Dummheit, die er im Begriff zu machen war. Doch besser jetzt als später. Sonst würden ihm diese kleinen Reste von Zweifel die ganze Nacht keine Ruhe lassen. Aber so sehr er sich auch anstrengte, er fand den Fetzen nicht wieder. Verdammt! Zu allem Übel musste er nun wieder ganz den Berg hinauf, um erneut umdrehen zu können. Eine Viertelstunde später hatte er die behagliche Hütte, in der er gerade noch gegessen hatte, erreicht und sah sich seinem verdutzten Freund gegenüber, den das tiefe Brummen des SUVs vor die Tür gelockt hatte.

»Hast du was vergessen?« Verwirrt blinzelte der bärtige Mann in die Scheinwerfer.

»Geh wieder rein, Alois. Ich will nur wenden!«

Langsam schob sich der BMW, nun wieder bergab, voran. Konzentriert ließ er seinen Blick den Fahrbahnrand entlanggleiten. Kein einfaches Unterfangen, da es nach wie vor in Strömen goss, aber hier irgendwo musste es gewesen sein. Und dann, im allerletzten Augenblick, sah er es! Langsam setzte er einen halben Meter zurück. Tatsächlich, da war etwas. Er riss die Handbremse nach oben, zog die Kapuze seiner Jacke über den Kopf und sprang aus dem Wagen.

»Mein Gott!« Erschüttert sah er, dass dort ein Mensch lag. Er zerrte das zusammengekauerte Bündel aus dem Unterstand und legte die Finger auf seinen Hals. Erleichtert darüber, dass er den Puls fühlen konnte, strich er ihm die Haare aus dem Gesicht.

»Du bist das!?« Eine unbändige Wut erfasste ihn. Nicht genug, dass die Frau nur Scherereien machte, sie war auch noch dämlich genug, im Unwetter in den Bergen umherzulaufen. Zähneknirschend hob Anton Oberhofer seine Nachbarin auf. Wie ein nasser Sack hing sie bewusstlos in seinen Armen, als er versuchte, die Beifahrertür zu öffnen. Nach zwei Versuchen gab er auf und ließ sie vorsichtig zu Boden gleiten. Er zog die Heckklappe auf, kippte die Rücksitzbank nach vorn und breitete eine Decke aus. Dann hievte er das selbst in ihrer Ohnmacht noch störrische Weib auf die Ladefläche und fixierte sie mit Zurrgurten am Boden. Nicht unbedingt die sanfteste Art, einen Menschen zu transportieren, dachte er schadenfroh. Aber er hatte weder vor, Laura Wagner sanft zu behandeln, noch wollte er, dass sie sich das Genick brach, wenn sie bewusstlos im Sicherheitsgurt des Beifahrersitzes hing. Nein, auf den Boden geschnallt war die sicherste Möglichkeit, sie heil vom Berg zu bringen. Als einziges Zugeständnis zog er seine Jacke aus und schob sie ihr unter den Kopf.

»Ich bin ein Idiot!« Mit einem Schlag wurde ihm bewusst, dass er die Frau besser nach Agatharied ins Krankenhaus gefahren hätte. Während der knapp dreißig Minuten dauernden Fahrt hatte sie das Bewusstsein nicht wiedererlangt und nun stand er vor dem verschlossenen Tor ihrer Alm! Fluchend wurde ihm klar, dass er sie nicht ins Haus bringen und dort allein lassen konnte. Sie brauchte einen Arzt, und zwar sofort. Und dann musste sich jemand um sie kümmern. Mit seinem Schicksal hadernd rangierte er den Wagen aus ihrer Einfahrt und nahm den Weg, der um ihr Grundstück herum zu sich nach Hause führte.

Dort trug er sie in das kleine Behandlungszimmer. Auch wenn er seine Praxis im Ort hatte, gab es immer wieder Bauern und Nachbarn, denen es lieber war, ihre Tiere zu ihm auf den Hof zu bringen. Deswegen hatte er sich vor Jahren dazu entschieden, den Raum so zu belassen, anstatt dort eine Sauna einzubauen, wie eine seiner kurzen Liaisons hartnäckig von ihm gefordert hatte.

Als Erstes musste er sich darum kümmern, dass sie aus den nassen Klamotten herauskam. Er zog ihr die Jacke aus und lehnte ihren Kopf gegen seine Schulter. Dann zog er ihr das T-Shirt über den Kopf und hakte den Büstenhalter auf.

Anschließend fielen Stiefel, Socken, Wanderhose und ein in der Farbe nicht zum BH passender Slip zu Boden. Da sie sowieso nichts spüren konnte, drehte er sie vorsichtig auf die Seite, wickelte ein Fieberthermometer aus seiner sterilen Verpackung und schob es ihr ohne Umschweife in den After. Als das Thermometer ein dreifaches Piepsen von sich gab, entfernte er es und las das Ergebnis ab. Dann wickelte er sie in eine leicht knisternde Wärmefolie, legte eine Heizdecke darüber und schaltete sie auf die kleinste Stufe. Er entschied, dass er es verantworten konnte, sie zwei Minuten alleine zu lassen, und lief in sein Wohnzimmer. Ohne zu überlegen, drückte er die Wahlwiederholung und hatte drei Klingeltöne später Doktor Huber in der Leitung.

»Du hast WAS?« Der Humanmediziner am anderen Ende schüttelte entsetzt den Kopf. »Wieso hast du sie nicht hierhergebracht?«

Oberhofer murmelte etwas von einem Blackout. »Und außerdem muss sich jemand um sie kümmern.«

»Und dieser Jemand willst du sein? Dass ich nicht lache!«

»Ach rutsch mir doch den Buckel runter. Kommst du jetzt her oder nicht?«

»Nein. Obwohl du nur ein Pferdepfuscher bist, traue ich dir durchaus zu, dass du es hinbekommst, eine erschöpfte Frau zu behandeln. Außerdem hast du genügend Semester Humanmedizin studiert. Und neununddreißig Grad Fieber sind noch keine Rechtfertigung, dass ich nach einer halben Flasche Rotwein meinen Führerschein riskiere und mich auf den Weg ans Ende der Welt mache. Außerdem, wofür hast du denn einen halben Schrank voller Medikamente, die dem menschlichen Wohl dienen?«

Huber hatte natürlich recht. Trotzdem war Oberhofer nicht wohl bei dem Gedanken, seine Erzfeindin in seinem Haus zu beherbergen. Wer konnte schon sagen, ob das durchgeknallte Weibsbild nicht mitten in der Nacht aufwachte und in sein Schlafzimmer schlich, um ihm die Kehle durchzuschneiden?

Er verabreichte ihr eine Vitaminspritze und ein Präparat gegen Fieber. Dann hob er ihre Sachen auf, um sie in den Waschraum zu bringen und in den Trockner zu stecken. Als er die Klappe der Trommel schloss, purzelte ihm eine Socke entgegen. Oberhofer bückte sich und wollte sie zurückstecken, als ihm auffiel, dass sie mit einer klebrigen Substanz verschmiert war. Er besah sich den Fleck näher, dann ließ er die Socke fallen und ging zurück ins Behandlungszimmer. Vorsichtig hob er Lauras Fuß an und untersuchte die Unterseite. Das, was er sah, erklärte zwar, weshalb sie es nicht mehr bis ins Tal geschafft hatte, aber nicht, wieso sie auf die vollkommen idiotische Idee gekommen war, Walkstrümpfe in offensichtlich neuen und viel zu großen Schuhen zu tragen. Behutsam desinfizierte er die Stelle, aus der noch immer Blut und Lymphflüssigkeit sickerte, entnahm dem Schrank für Tiermedikamente eine widerlich stinkende Paste und schmierte sie dick auf die Wunde. Nachdem er einen leichten Verband angelegt hatte, wiederholte er die Prozedur mit dem anderen Fuß, den es noch schlimmer erwischt hatte. Zu guter Letzt trug er sie nach oben in den ersten Stock, legte ihr einen feuchten Wadenwickel an und deckte sie mit zwei dicken Decken zu.

Als Laura aus einem von Fieberträumen geplagten Schlaf endlich erwachte, fühlte sie sich wie gerädert. Verzweifelt versuchte sie sich zu erinnern, wo sie war und wie sie hierhergekommen war. Suchend sah sie sich in dem kleinen, hübsch eingerichteten Zimmer um. Nichts kam ihr bekannt vor. Weder die Holzvertäfelung an der schrägen Decke, die rosa-weiß gemusterten Vorhänge, noch die Einrichtung, die aus einem Bauernschrank und dazu passender Kommode und Bett bestand, hatte sie je gesehen. Sie richtete sich auf und sah verdutzt an sich herab, als die dicke Decke nach unten rutschte. Ein karierter Pyjama, Größe XXL? Sie konnte sich nicht erinnern, jemals ein Kleidungsstück dieser Art besessen zu haben. Vorsichtig schob sie ihre Füße über den Rand des Bettes und wunderte sich über die Verbände an ihren Fersen. Sie stand auf und setzte sich sofort wieder hin, als ihr Kreislauf Kapriolen schlug. So schwindlig war ihr nicht mehr gewesen, seit sie in der Pubertät zu schnell gewachsen war. Nach einer Weile versuchte sie es erneut und diesmal klappte es. Sie trat ans Fenster und kniff die Augen in einem Reflex zusammen, um sich vor dem grellen Sonnenlicht zu schützen. Als ihr Blick nach einer Minute endlich klar genug war, dass sie erkennen konnte, was sich unter ihr abspielte, wurde ihr erneut schwindlig.

Das gibt's nicht, dachte sie. Das da unten ist doch Oberhofer! Und mit einem Schlag kam die Erinnerung zurück. Das Gewitter an der Rotwand! Aber wie kam sie hierher? Über einem Stuhl, den sie bisher nicht wahrgenommen hatte, hingen fein säuberlich gefaltet ihre Klamotten. Erstaunt bemerkte sie, dass alles frisch gewaschen war. Nur die Strümpfe fehlten. Sie hob das rechte Bein und hatte Mühe, das Gleichgewicht zu halten, um in ihre Hose zu schlüpfen.

Unsicher ging sie auf Oberhofer zu, der sie noch nicht bemerkt hatte. Erst als die Zwergziege, die er gerade molk, sich losriss und neugierig auf Laura zuhüpfte, drehte er sich um.

»Sieh an. Dornröschen ist erwacht.«

Den blöden Kommentar hätte er sich schenken können, dachte Laura erbost. Schließlich hatte sie nicht darum gebeten, dass er sie hierherverschleppt hatte. Sie stemmte die Hände in die Seiten. »Was soll das? Wieso bin ich hier?«

»Weil ich Sie hergebracht habe. Und weil Sie offensichtlich nicht nur eine Stadtplage, sondern dazu nicht in der Lage sind, sich Klamotten in der richtigen Größe zu kaufen. Aber wieso sind Sie nicht im Bett? Was wollen Sie hier unten? Mir auch noch den letzten Nerv rauben? Sie sind wie eine Klette, eine Zecke, die sich an einem festklammert und festsaugt, ehe man es sich versieht.«

Laura schluckte. Das war harter Tobak. Was bildete sich der Idiot überhaupt ein? Kampfeslustig funkelte sie ihn an. »Ich klammere mich nirgendwo fest. Und an Ihnen schon gar nicht. Wieso haben Sie mich überhaupt hierhergeschleppt? Gibt es hier kein Krankenhaus?«

»Das war ein Fehler«, gab er zu. Bevor er weiterreden konnte, fiel ihm das Flackern in ihren Augen auf. Gerade noch rechtzeitig machte er einen Schritt nach vorn und fing sie auf, bevor sie zu Boden gehen konnte.

»Schlimmer als eine Zecke«, murmelte er, als er sie zurück ins Bett brachte. Kraftlos versuchte sie, sich gegen seine Behandlung zu wehren, doch sobald er sie ablegte, fielen ihr die Augen zu und sie sank erneut in einen erschöpften Schlaf. Er zog sie wieder aus, steckte sie in seinen Schlafanzug und deckte sie zu, froh, dass es diesmal nur der Kreislauf war, der sie ausgeknockt hatte.

Aus Erfahrung wusste er, dass sie, wenn sie das nächste Mal aufwachen würde, einen Bärenhunger haben musste. Da unterschieden sich Menschen nicht von Tieren. Er ging in die Küche und nahm den Topf mit Hühnerbrühe, den er am Tag zuvor gekocht hatte, aus dem Kühlschrank.

Zwei Stunden später hörte er sie, bevor er sie sah. Barfuß kam sie in die Küche getapst, die Haare standen in alle Himmelsrichtungen ab und er konnte nur vermuten, dass es eine Heidenarbeit sein musste, die wilden Locken wieder zu bändigen.

»Hunger?«, fragte er.

Der bissige Kommentar blieb ihr im Hals stecken, als sie die Suppe roch, die fröhlich auf dem Herd vor sich hin blubberte.

»Hmmm.«

»Setzen Sie sich.« Er schob ihr einen Löffel hin, legte eine Scheibe Brot auf die Serviette neben ihr und füllte eine Schüssel mit einem Schöpfer.

Enttäuscht sah Laura auf den Teller. Klein geschnittene Fleischstückchen schwammen zusammen mit Suppennudeln und Gemüse in der üppigen Brühe. Wäre es nach ihrem Hunger gegangen, hätte sie ein halbes Schwein verdrücken können – und der Geizhals speiste sie mit einer Kinderportion ab? Aber davon abgesehen roch es verdammt gut. Sie nahm den Löffel, blies vorsichtig darüber und kostete. Himmlisch. Fast wäre sie wieder ohnmächtig geworden. Vor Hunger diesmal. Sie tunkte das Brot in die Suppe und fischte es zusammen mit einem Stück Huhn heraus. Fünf Minuten später war die Schüssel leer und Laura pappsatt. Sie wunderte sich und schob den Teller weg. »Ich hätte schwören können, dass ich den ganzen Topf esse. Aber ich kann nicht mehr. Danke.«

»Kein Wunder«, entgegnete Oberhofer. »Nach drei Tagen ist Ihr Magen auf die Größe einer Erbse geschrumpft.«

»Drei Tage?«, wiederholte Laura. »Was für drei Tage denn?«

»Die Sie auf der faulen Haut gelegen haben und mir zur Last gefallen sind.«

»Bitte?« Laura riss die Augen auf und verschluckte sich. Ein Hustenanfall folgte prompt. Sie krümmte sich unter den unerwarteten Schmerzen, die ihr in die Brust stachen. »So ein Blödsinn«, sagte sie, als sie wieder Luft bekam. »Verarschen Sie mich nicht. Das ist nicht lustig.«

»So ein Blödsinn«, äffte er sie nach. »Ich verarsche Sie

nicht. Heute ist Freitag und ich habe Sie Dienstagnacht vom Berg gepflückt. Wenn ich richtig rechnen kann, sind das drei Tage.« Er war sich im Klaren darüber, dass sein ungebetener Gast keine Ahnung hatte, dass ihr durch das tagelange hohe Fieber die Erinnerung fehlte. Trotzdem machte es ihm einen Heidenspaß, sie zappeln zu lassen.

Obwohl, wenn er sie so ansah, tat sie ihm fast schon wieder leid. Unter der leichten Bräune, die sie in den ersten Tagen in ihrer neuen Heimat bekommen hatte, war die Haut durchscheinend blass und tiefe Ringe lagen unter ihren Augen. Als sie von einem neuen Hustenanfall geschüttelt wurde, war es vorbei mit seiner Häme.

»Los, gehen Sie wieder ins Bett und schlafen Sie sich aus. Ich wecke Sie später, dann bekommen Sie noch mehr von der Suppe.«

»Schlafen? Hier?« Laura wollte nichts als zurück nach Hause. Mühsam stand sie auf. »Wenn es nicht zu viel verlangt ist, dann wäre es nett, wenn Sie mich zu mir bringen. Dann haben Sie auch keine weitere Last mit mir.«

Oberhofer kaute auf seiner Unterlippe und grinste in sich hinein. Das hatte sie sich also gemerkt. »Vergessen Sie's«, sagte er und packte sie am Arm, als sie schwankte. »Sie gehen nirgendwo hin. Auch wenn Sie wie eine Laus in meinem Pelz sitzen, Sie bleiben hier, solange Sie krank sind. Es sei denn, Sie treiben auf die Schnelle jemanden auf, der Sie pflegt.«

»Krank? Ich bin nicht krank. Nur ein bisschen müde von den Strapazen gestern.«

Oberhofer seufzte und drückte sie mit einer Hand zurück auf den Stuhl. »Warten Sie einen Augenblick.« Mit raschen Schritten ging er in ein anderes Zimmer und kam kurz darauf mit einer Tageszeitung zurück. »Da«, er deutete mit dem Zeigefinger auf das Datum. »Drei Tage, seit Sie aufgebrochen sind.«

Erschüttert verstand Laura endlich, dass er sie nicht angelogen hatte. »Aber wieso? Ich verstehe das nicht. Was ist denn passiert?«

»Das wüsste ich gern von Ihnen. Ich weiß nur, dass ich Sie am Dienstag gegen zehn Uhr abends halb tot auf der Straße zur Rotwand gefunden habe.«

»Es war so kalt.« Nur allmählich kamen einzelne Fragmente ihrer Erinnerung zurück. »Ich wollte im Rotwandhaus einkehren, aber das hatte geschlossen. Dann hat es zu regnen begonnen. Ziemlich stark.« Sie schüttelte den Kopf, als ob sie einen Schleier abschütteln wollte, der sich über ihr Gedächtnis gelegt hatte. »Ich war nass bis auf die Haut. Und dann wurde es kalt und ich hab mir einen Unterschlupf gesucht. Ich hatte Glück, da drin wurde es irgendwann wieder warm. An mehr kann ich mich nicht erinnern.«

Oberhofer sah sie nachdenklich an. Glück hatte sie tatsächlich gehabt. Und zwar damit, dass er sie rechtzeitig gefunden hatte. Wenn es ihr wieder warm geworden war, dann hatte sie ein Phänomen erlebt, das unter dem Begriff paradoxes Entkleiden bekannt war. Dabei zogen sich Personen, die kurz vor dem Erfrieren standen, aus, weil es ihnen plötzlich zu warm wurde. Wenn sie noch länger da draußen gelegen hätte, wäre es durchaus möglich gewesen, dass sie die Nacht nicht überlebt hätte. Bei dem Gedanken daran wurde ihm schlecht. Nicht, dass er plötzlich Gefallen an ihr gefunden hatte! Aber wenn er nicht umgedreht hätte, weil ihn sein Gewissen geplagt hatte, dann wäre sie da draußen wohl gestorben. Egal, wie sehr er sie und ihre gesamte Sippe hasste, das hätte er sich niemals verziehen!

»Und was ist mit Ihren Füßen?«

»Meine Füße?« Verwirrt drehte sie sich zur Seite und blickte nach unten. Mit einem Mal kamen noch mehr Erinnerungen zurück. »Ich hab mir Blasen gelaufen. Ich konnte kaum noch gehen. Deswegen bin ich auch in das Gewitter gekommen.« Peinlich berührt ließ sie die Schultern hängen. »Es war eine bescheuerte Idee, mit nagelneuen Schuhen eine so lange Tour zu gehen. Vermutlich hätte ich erst mal klein anfangen sollen.«

»Vermutlich hätten Sie es einfach mit Schuhen probieren sollen, die Ihnen passen. Und Socken dazu tragen sollen, die Ihnen nicht die gesamte Haut von den Fersen scheuern.« Mit einem Mal kam die ganze Wut in ihm hoch, die sich über Jahre angestaut hatte. »Wegen Leuten wie Ihnen begibt sich die Bergrettung jedes Jahr Hunderte Male in Gefahr. Weil ihr Besserwisser euch im Internet irgendwelche schicken Klamotten zusammenkauft, die nicht passen, statt euch vernünftig beraten zu lassen. Und dann hängt ihr am Berg und kommt alleine nicht mehr herunter.« Oberhofer hatte sich derart in Rage geredet, dass er nicht bemerkt hatte, dass sein Gast ihn aus halb geschlossenen Augen nur noch verständnislos anstarrte. Erst als Laura wie in Zeitlupe zur Seite sank, wurde ihm klar, dass sie noch immer am Ende ihrer Kräfte war.

Als er sie erneut in ihr Bett verfrachtet hatte, erinnerte er sich auch wieder an seine Berufung. Er maß ihren Blutdruck und fühlte ihren Puls. Dann knöpfte er ihr, ohne zu zögern, das Pyjamaoberteil auf und hörte ihre Lunge ab. In den ersten zwei Tagen war es ihm unangenehm gewesen. Immerhin konnte sie sich nicht dagegen wehren, sie wusste noch nicht mal, was er so anstellte, ohne dass sie es mitbekam. Doch das schlechte Gewissen war schnell verflogen. Schließlich war er Arzt, und nachdem er sich dafür entschieden hatte, sie hierzubehalten, bis sie wieder gesund genug war, musste er sich auch darum kümmern, dass sie schnellstens wieder auf die Beine kam.

Zufrieden setzte er das Stethoskop ab, zog ein Vitaminpräparat auf und spritzte es ihr in das kleine Speckröllchen neben dem Hüftknochen. In den Oberarmmuskel injizierte er ein Antibiotikum und zu guter Letzt gab es noch eine Thrombosespritze. Dann knöpfte er das Flanellhemd sorgfältig zu und zog ihr die Decke vorsichtig bis unters Kinn.

Achtes Kapitel

Als Laura das nächste Mal erwachte, war es draußen dunkel. Sie hatte keine Ahnung, wie spät es war und wie sie überhaupt wieder nach oben ins Bett gekommen war. Vorsichtig setzte sie sich auf und wartete einen Augenblick, bis ihr Kreislauf sich an die veränderte Lage gewöhnt hatte. Dann stand sie auf und entdeckte am Fußende des Bettes ein Paar Filzpantoffeln. Na prima, sechs Nummern zu groß, aber immer noch besser als kalte Zehen. Sie schlüpfte hinein und kam sich vor wie ein Tanzbär. Vorsichtig tapste sie nach unten, um nur nicht über ihre eigenen Füße zu stolpern. Die Küche war dunkel, aber in einem anderen Zimmer brannte Licht. Leise schlich sie vorwärts und spähte durch den offenen Türspalt. In einem offenen Kamin prasselte ein kleines Feuer, das mehr für Behaglichkeit als für Wärme sorgte. Sie entdeckte ein grün gemustertes Sofa, neben dem ein altmodischer Teewagen mit alkoholischen Getränken stand. Daneben eine alte Kommode, auf der ein Trockenblumenstrauß in einem bunt bemalten Tonkrug arrangiert war. Sosehr sie sich auch bemühte, das war alles, was sie aus ihrer Perspektive sehen konnte. Vorsichtig drückte sie die Tür ein Stück weiter auf. Als diese ein leises Knarzen von sich gab, hielt sie kurz die Luft an. Niemand reagierte. Entweder war Oberhofer gar nicht im Zimmer oder er war taub. Enttäuscht stellte sie fest, dass sich ihr Blickwinkel kaum vergrößert hatte – das einzig Neue, das ihr Blick streifte, war ein rotgemusterter Orientteppich.

»Was machen Sie da eigentlich?«

Laura stieß einen Schrei aus und fuhr herum. »Lieber Himmel, haben Sie mich erschreckt!« Ihr Herz klopfte so heftig, dass er die Schlagader an ihrem Hals pochen sehen konnte. Sein Anflug von schlechtem Gewissen wurde aber schon im Keim erstickt, da sie ihn sofort anfauchte: »Haben Sie noch alle Tassen im Schrank? Wieso schleichen Sie so herum?«

»Weil das mein Haus ist und ich hier schleichen kann, wie es mir passt.« Argwöhnisch verschränkte er die Arme vor der Brust. »Gegenfrage: Wieso schleichen Sie hier herum?«

Laura wurde rot. »Ich bin nicht geschlichen!«

»Ach nein? Wenn ich es richtig mitbekommen habe, stehen Sie hier schon eine ganze Weile an der Tür herum und spionieren.«

»Blödsinn. Ich war nur rücksichtsvoll. Für den Fall, dass Sie geschlafen hätten.«

»Aha.« Er grinste böse. »Und um das herauszufinden, brauchen Sie so lange? Dachten Sie, ich hätte mich hinter das Sofa gelegt?«

»Mein Gott, jetzt machen Sie doch nicht so einen Wind. Sie fühlen sich doch einfach nur mies, weil Sie mich erschreckt haben.«

»Dass Sie sich da mal nicht täuschen.« Oberhofer ging an ihr vorbei und drückte die Tür ganz auf. »Bitte!«, ließ er ihr den Vortritt.

Innen gab es ein zweites Sofa, das gegenüber einem großen Fernseher stand. Fünfzig Zoll, schätzte Laura. Mindestens. Auf den beiden schlanken, hohen Lautsprechern neben dem Gerät standen Blumentöpfe, in denen zwei prächtig blühende Orchideen dem Raum eine feminine Note gaben.

»Überrascht?«, fragte er, als er ihren Blick sah.

»Ja«, gab sie offen zu. »Die meisten Männer mögen keine Blumen.«

»Die meisten Männer, die Sie kennen.«

Musste er immer das letzte Wort haben? Laura zog genervt die Augenbrauen nach oben.

»Aber Sie haben recht«, lenkte er ein. »Sie waren ein Geschenk.«

»Einer Verehrerin?«, entfuhr es Laura. Im gleichen Augenblick hätte sie sich am liebsten auf die Zunge gebissen.

»Ja«, gab er unumwunden zu und deutete auf verschiedene Gegenstände im Raum. »Genau wie die beiden Kerzenständer, das Windlicht und das Schürhakenset. Weil die Damen ausgesprochen zufrieden mit mir waren.«

Du Idiot, dachte Laura. Als ob es sie interessieren würde, welche Weibergeschichten er am Laufen hatte. »Und die Kristallschale haben Sie selbst gekauft?«

»Ja, warum?«

»Weil ich Ihnen gar nicht so viel Geschmack zugetraut hätte.«

»Sie sind eine echte Hexe, Laura Wagner.« Oberhofer musterte sie mit finsterem Blick. »Ich fahre mitten in der Nacht durch ein Gewitter, um Sie zu retten, nehme Sie bei mir auf und sorge dafür, dass Sie wieder gesund werden. Ihnen hingegen fällt nichts Besseres ein, als mich auszuspionieren und mir einen schlechten Geschmack zu unterstellen. Vielleicht sollte ich Sie morgen tatsächlich nach Hause bringen.«

Wortkarg ging er ihr voraus in die Küche, machte ihr einen weiteren Teller Suppe warm und wünschte ihr einen guten Appetit. Dann ließ er sie alleine. Er ging zurück ins Wohnzimmer und zog die Tür hinter sich zu.

Oberhofer saß grübelnd vor dem Fernseher, ohne wahrzunehmen, welches Programm gerade über die Mattscheibe flimmerte. Vor seinem inneren Auge lief seit Tagen der gleiche Film ab. Er sah sich selbst, wie er die völlig durchnässte Frau vorsichtig entkleidete, sie behutsam trocken rieb und sie dann in dicke Handtücher einwickelte, die er zuvor zum Wärmen auf die Heizung gehängt hatte. Unschuldig wie ein Kind sah sie aus, hilflos, ihm völlig ausgeliefert. Obwohl er nicht mal im Traum daran dachte, die Situation auszunutzen, hatte der Anblick einen Schalter in seinem Inneren umgelegt. Und obwohl ihre Kratzbürstigkeit ihn bis aufs Blut reizte, gefiel sie ihm so, wie sie war. Mit einem Ruck stand er auf und ging nach draußen. Es war Zeit, etwas gegen seine Erektion zu tun.

Nachdem Laura den Teller abgewaschen und zum Trocknen auf die Spüle gelegt hatte, ging sie nach oben ins Bad. Sie packte die Zahnbürste aus, die auf einem dunkelblauen Handtuch lag, und putzte sich ausgiebig die Zähne, um den Belag von drei Tagen loszuwerden. Auf der Ablage unter dem Spiegel entdeckte sie einen Haargummi. Misstrauisch musterte sie ihn, bis sie sich entschloss, dass es egal war. Sie band ihre Haare nach oben, zog sich aus und kletterte mit weichen Knien in die Badewanne. Vorsichtig ließ sie das Wasser laufen, bis es eine angenehme Temperatur hatte, und fing an, sich abzubrausen.

»Mist«, entfuhr es ihr, als sie merkte, dass sie vergessen hatte, die Verbände von den Fersen zu entfernen. Ruckartig riss sie die Füße nach oben. Vergebens, der Mull hatte sich bereits mit Wasser vollgesogen. Sie pulte die Pflaster ab und verzog das Gesicht, als sie den Geruch bemerkte, der von der grünbraunen Paste ausging.

Urplötzlich nistete sich ein Gedanke in ihrem Gehirn ein, ausgelöst durch den Gestank einer kühlenden Pferdesalbe. Misstrauisch hob sie den Arm und schnupperte. Hob den anderen Arm und roch erneut. Das durfte doch nicht wahr sein! So verschwitzt, wie sie am Montag am Rotwandhaus angekommen war, hätte sie nach allem riechen müssen, nur nicht nach Duschgel. Mit herb-männlicher Note, die noch nicht einmal das warme Wasser hatte wegspülen können. Wut brandete in ihr hoch. Wie blöd sie gewesen war! Natürlich hatte er sie ausgezogen. Wie auch sonst war sie in den Pyjama gekommen! Offensichtlich hatte er die Gunst der Stunde genutzt und sie gewaschen. Laura wurde schlecht bei dem Gedanken, dass sie nackt und hilflos vor ihm gelegen hatte wie ein kleines Kind. Obwohl sie in ihrem Innersten wusste, dass sie ihm hätte danken müssen, kam sie nicht gegen das übermächtige Gefühl von Scham an. Das Einzige, was half, war, es gegen Zorn auszutauschen. Am liebsten wäre sie aus der Wanne gesprungen, nach unten gelaufen und hätte ihm eine Szene gemacht, von der er später noch seinen Enkelkindern erzählen konnte. Wenn sie sich nur nicht so schwach und elend fühlen würde! Ein neuer Hustenkrampf schüttelte sie und raubte ihr das letzte bisschen Kraft. Dazu fühlte es sich ganz so an, als ob sich ihre Rippen geradewegs durch die Haut bohren wollten. Sie stöhnte vor Schmerz. Deshalb, und nur deshalb verzichtete sie auf einen großen Auftritt. Sie klappte den Deckel des Duschgels, das auf dem Wannenrand stand, nach oben und erkannte die Duftnote sofort als die, die sie auf ihrer Haut wahrgenommen hatte.

Als Laura am nächsten Morgen erwachte, fühlte sie sich einigermaßen ausgeruht. Lediglich die Atemnot, die sie nachts immer wieder aus dem Schlaf gerissen hatte, war quälend und anstrengend. Außerdem hörte sich ihr Husten an wie das Kläffen einer Bulldogge, die in den letzten Zügen lag. Einfach scheußlich. Aber trotzdem fühlte sie sich wesentlich besser. Sie stand auf, ging ins Bad und schlich nach unten, nachdem sie ihre Katzenwäsche beendet hatte. Auf der untersten Treppenstufe wurde ihr bewusst, dass es eine blöde Idee war, sich erneut lautlos anzupirschen. Und weil sie das im Moment am besten konnte, ahmte sie die Bulldogge nach, bevor sie die Tür öffnete, die in die Küche führte.

Oberhofer saß Zeitung lesend am Tisch, neben sich eine leere Tasse Kaffee.

»Guten Morgen«, versuchte sich Laura in Freundlichkeit.

»Einen ebensolchen«, ließ er sich auf ihr Friedensangebot ein. »Gut geschlafen?«

»Geht so«, erwiderte sie. »Ohne den Husten wäre es besser gewesen.«

»Der wird Ihnen noch eine Weile erhalten bleiben.«

Klang da so etwas wie Mitgefühl in seiner Stimme? »Wieso glauben Sie das? Ich bin zäh wie eine Katze.«

Abschätzend sah er sie an. »Das glaube ich Ihnen sogar. Aber mit einer Lungenentzündung ist nicht zu spaßen.«

»Lungenentzündung?«, hakte sie nach. »Wer hat denn diese Diagnose gestellt?«

Er musterte sie mit einem unergründlichen Blick. »Ich. Auch wenn Ihnen das nicht glaubhaft erscheint. Ich habe Medizin studiert.« Tiermedizin, um genau zu sein. Aber das musste er ihr nicht unbedingt auf die Nase binden.

»Gut zu wissen. Wo wir doch immerhin Nachbarn sind. Da kann ich mich ja in Zukunft immer an Sie wenden.«

Misstrauisch kniff er die Augen zusammen. Hoffentlich meinte sie das nicht ernst. Außerdem, was sollte dieser süffisante Unterton?

Als er ihr keine Antwort gab, hakte sie nach: »Welche Fachrichtung haben Sie gewählt?« Es machte ihr Spaß, ihn zappeln zu lassen. Er konnte doch nicht ernsthaft glauben, dass sie nicht wusste, welchen Beruf er ausübte.

»Ich habe mich für keine Fachrichtung entschieden. Ich wollte das Ganze im Blick behalten.«

Gut pariert. »Lassen wir die Farce. Ich weiß, dass Sie Veterinärmediziner sind. Und das befähigt Sie auch, Diagnosen am Menschen zu stellen?«

Oberhofers Augen verdunkelten sich. »Wenn es Ihnen nicht passt, steht es Ihnen gerne frei, einen Arzt Ihrer Wahl zu konsultieren. Ich bin nicht scharf darauf, mir dauernd Ihre Tiraden anzuhören.«

Himmel, war der Mensch empfindlich. Dabei hatte sie die Frage durchaus ernst gemeint. Und das sagte sie ihm auch. »Ich stelle weder Ihre Kompetenz infrage noch unterstelle ich Ihnen irgendwas. Nur habe ich keine Ahnung, inwieweit Sie sich in Humanmedizin auskennen.«

»Um eine Lungenentzündung festzustellen, reicht es noch. Da ist der Mensch im Grunde auch nur ein Tier.«

»Weshalb sind Sie Tierarzt geworden? Ich meine, Sie hätten doch auch …« Als Oberhofer das Gesicht verzog, verstummte sie.

Schließlich ließ er sich doch zu einer Antwort herab: »Weil Tiere nicht so viele Fragen stellen.«

Nun war es an ihr, beleidigt zu sein. Schließlich hatte sie nur höflich sein wollen, Konversation führen wollen. Resigniert gab sie auf. Der griechische Gott war in seinem Inneren einfach nur ein Neandertaler – warum überraschte sie das bloß jedes Mal wieder?

Wortlos stand Oberhofer auf und machte sich am Herd zu schaffen. »Schaffen Sie ein Rührei oder bleiben Sie bei Hühnersuppe?«, fragte er mit einem Blick über die Schulter.

»Ähm, Rührei wäre super.«

Zehn Minuten später stellte er eine Pfanne auf einen Untersetzer.

»Das ist zu viel«, protestierte Laura, als sie den riesigen Haufen Ei mit Schinken und kleingewürfelter roter Paprika sah.

»Das hoffe ich«, entgegnete Oberhofer bissig. »Dann bleibt auch noch was für mich übrig.«

Laura wurde rot. Offensichtlich hatte er noch nichts gegessen, sondern mit dem Frühstück gewartet, bis sie aus den Federn gekrochen war. Das gab einen Pluspunkt. Verstohlen nahm sie eine der gestreiften Servietten und faltete sie geschickt zu einem Schiff. Dann legte sie den Papierkutter auf seinen Teller.

»Sehr hübsch«, sagte er sarkastisch, als er sich wieder an den Tisch setzte. »Haben Sie noch mehr davon auf Lager?«

»Sicher«, antwortete sie schnippisch, riss ihm die Serviette aus den Fingern und schob ihm eine weitere hin.

»Ein Schmetterling?« Oberhofer musterte sie erneut mit seinem unergründlichen Blick. Sie hatte keine Ahnung, ob er sich lustig über sie machte oder ihre Origamiversuche einfach nur für einen Spleen hielt.

»Ich dachte, der Kutter passt besser zu Ihnen. Aber Sie können gern den Schmetterling haben, wenn das Ihre weibliche Seite mehr anspricht.«

»Meine weibliche Seite? Wie kommen Sie denn auf so einen Unsinn?«

»Jeder Mensch trägt beides in sich. Eine weibliche und eine männliche Seite. Sie sind nur bei jedem unterschiedlich ausgeprägt.« Als sie sein breites Grinsen sah, unterbrach sie ihre Ausführungen. Diesmal hatte er sie wirklich auf den Arm genommen. Sie wollte aufbrausen, besann sich jedoch im letzten Moment eines Besseren. Normalerweise konnte sie immer über sich selbst lachen, egal, wie groß das Fettnäpfchen war, in das sie tappte. Dass sie auf ihn so empfindlich reagierte, lag an ihm, irgendetwas hatte er an sich, das sie im Nu auf die Palme brachte. Sie nahm sich zusammen und stimmte in sein Lachen ein. Dann drohte sie ihm mit dem Zeigefinger.

»Seien Sie vorsichtig«, warnte sie ihn mit finsterer Miene.

»Ich habe einen Gürtel in Karate. Sie haben keine Chance gegen mich.«

»Huch«, zum Spaß ging er auf ihre Warnung ein. »Jetzt hab ich aber Angst vor Ihnen.«

»Das sollten Sie auch.«

Eine Weile saßen sie da, ohne zu reden, und tranken ihren Kaffee. Erstaunt darüber, wie angenehm und ungezwungen das Schweigen zwischen ihnen sein konnte, herrschte für einen Moment Waffenstillstand.

»Ich möchte gerne etwas wissen«, unterbrach Laura schließlich die Stille. »Haben Sie mir etwas verabreicht? Medikamente?«

»Sicher. Sie denken doch nicht ernsthaft, dass ich Sie mit Fieber und einer Lungenentzündung da oben liegen lasse und einfach der Natur ihren Lauf lasse? Dann säßen Sie jetzt vermutlich nicht hier.«

»Okay, das war eine blöde Frage«, gab Laura zu. »Aber wie haben Sie es mir verabreicht? Habe ich die Tabletten geschluckt, ohne es im Fieber zu merken?«

Worauf wollte sie hinaus? Oberhofer studierte ihren Gesichtsausdruck. Irgendetwas loderte hinter ihren klugen braunen Augen, da konnte sie ein noch so argloses Gesicht machen.

»Ich habe Ihnen den Kopf überstreckt und die Zähne auseinandergedrückt, Ihnen die Tabletten in den Hals geworfen und Wasser hinterhergeschüttet. Das hat ganz gut funktioniert. Nur einmal wollten Sie das Zeug wieder herauswürgen, da hab ich mit dem Stiel eines Kochlöffels nachgeholfen. Das hab ich in Polen beim Gänsestopfen gelernt.«

Laura funkelte ihn wütend an. »Können Sie nicht mal fünf Minuten ernst bleiben?«

»Wenn es wirklich sein muss, dann schaffe ich es sogar zehn Minuten.« Unüberhörbar troff der Sarkasmus aus seiner

Stimme. »Sie machen es mir aber verdammt schwer, wenn Sie so dämliche Fragen stellen.«

Verletzt sprang sie auf, Tränen in den Augen. »Ich weiß jetzt, warum Sie Tierarzt geworden sind. Weil Ihre soziale Inkompetenz die einer Packung Hundekekse übertrifft.« Mit wackligen Knien und in einem viel zu großen Männerpyjama mitsamt Yetipantoffeln war es verdammt schwer, eine gute Figur zu machen. Trotzdem zog sie ihre Schultern straff zurück, streckte die Brust heraus und machte auf der Stelle kehrt. Ohne ihn eines weiteren Blickes zu würdigen, rauschte sie aus dem Zimmer.

»Beeindruckend«, gestand Oberhofer sich ein. Ihm wurde zunehmend klar, dass sie von hier verschwinden musste. Die Situation drohte ihm zu entgleiten, und wenn sie ihn noch weiter auf die Palme brachte, dann blieb ihm nichts anderes übrig, als sie zum Schweigen zu bringen. Ob sie allerdings ahnte, dass seine Gedanken nicht dahin gingen, ihr den Hals umzudrehen, als vielmehr sie zu küssen, bis ihr Hören und Sehen verging? Und falls das nichts half, fiel ihm noch mehr ein, womit man eine Frau vorübergehend ruhigstellen konnte. Wenngleich sie hinterher dann in der Regel leider umso mehr redeten.

Nachdem sie ihre gesamte Energie für einen würdevollen Abgang verbraucht hatte, schlich Laura nach oben und setzte sich aufs Bett. Dort saß sie noch immer wie ein Häufchen Elend, als es zehn Minuten später leise klopfte. Als sie keine Antwort gab, öffnete Oberhofer leise die Tür und streckte seinen Kopf herein.

»Darf ich hereinkommen?«

Laura schniefte. »Wenn es sein muss.«

Er stieß die Tür ganz auf und trat zu ihr ans Bett. »Es tut mir leid«, sagte er. »Sie haben ein so loses Mundwerk, dass ich zwischendurch vergesse, dass Sie noch immer krank sind. Sie brauchen Ihre Kraft dafür, um gesund zu werden, nicht um sich mit mir anzulegen. Streiten können wir hinterher immer noch.«

Bestürzt sah er, dass sich ihre Augen mit Tränen füllten. Lieber Himmel, sie würde doch jetzt nicht zum Heulen anfangen! Weinende Frauen waren sein ganz persönlicher Albtraum, dem er rein gar nichts entgegenzusetzen hatte. Er setzte sich neben sie auf die Bettkannte und murmelte: »Nicht. Alles nicht so schlimm.«

Es half nichts; Tränen der Erschöpfung und Frustration flossen in Bächen und rührten an sein Herz. Am liebsten wäre er geflohen, so weit er konnte. Wie er diese Hilflosigkeit hasste, die ihn jetzt überkam. Sie war auch der wahre Grund, weshalb er Tiermedizin studiert hatte. Tagaus, tagein mit verzweifelten Menschen umgehen zu müssen, das hätte ihn über kurz oder lang in die Psychiatrie gebracht. Als Patient wohlgemerkt. Seine Empathie war es gewesen, die ihm schon als Kind nur Scherereien gebracht hatte. Wenn ein Junge heulend auf dem Schulhof stand, weil es einem Freund schlecht ging, dann war es der kleine Anton gewesen. Schon immer hatte er den Schmerz der anderen gefühlt, als wäre es sein eigener. Und alles Kämpfen dagegen war vergebens gewesen. Noch heute fühlte er sich oft wie ein kleines Kind, hilflos seinen Gefühlen ausgeliefert. Nur verstand er es jetzt besser, sie zu verstecken. Hinter einem tiefgründigen Humor, manchmal hinter einer guten Portion Sarkasmus und immer hinter dem jungenhaften Lächeln, das ihn zusammen mit den kleinen Fältchen, die das Leben in ihn gegraben hatte, immer attraktiver machte.

Vermutlich war es auch genau diese Eigenschaft, die ihn so gegen dieses zauberhafte Wesen einnahm, das sich gegen seinen Willen in seinem Leben breitzumachen drohte. Sein Adoptivvater hatte ihm den Hass gegen die Herzogsippe mit dem Babybrei eingeflößt. Und der kleine Anton hatte alles geschluckt, womit der große, strenge Mann ihn gefüttert hatte. Und so waren all die Wut und die Vorurteile in den kleinen Jungen gewandert und hatten sich dort festgesetzt wie eine Zecke.

Und jetzt schlugen all seine Überlebensinstinkte Alarm.

Er sprang vom Bett und reichte ihr die Hand. »Kommen Sie mit, ich will Ihnen etwas zeigen.«

Verwundert ergriff Laura seine Hand und folgte ihm nach unten. Er drückte ihr ein Paar Socken in die Hand und half ihr, ihre Bergstiefel anzuziehen. Seine Miene verdunkelte sich, als sich sein Verdacht bestätigte. Die Schuhe waren ihr viel zu groß. Ohne sie schon wieder mit Vorhaltungen zu konfrontieren, half er ihr hoch und zog sie hinter sich her, vorsichtig darauf bedacht, langsam zu gehen und sie nicht zu überfordern. Etwa zwanzig Meter vom Haus entfernt stand eine große Scheune. Er öffnete die Tür und wurde von einem freudigen Meckern empfangen, in das sich ein ebenso begeistertes Bellen mischte. Staunend beobachtete Laura, wie die Zwergziegenherde sich um ihren Besitzer drängte. Offensichtlich waren sie an ihn gewöhnt, sie ließen sich streicheln und spielerisch an den Hörnern ziehen. Laura durchfuhr ein Stich der Eifersucht. Sie hatte sich immer eine Katze gewünscht, aber ihre Großmutter war dagegen gewesen. Ein Hund kam für sie auch nicht infrage. Berlin, Großstadt, das war kein Pflaster, um Tiere zu halten, die Auslauf brauchten.

Ein rot-braun-weiß gefleckter Border Collie stand schwanzwedelnd neben seinem Herrchen und wartete geduldig, bis er an der Reihe war. Oberhofer streichelte ihn und wuschelte seine langen Ohren. Dann sagte er: »Los, lauf schon.«

Laura blickte dem Wirbelwind hinterher, wie er einen Hügel hinaufjagte und kurz darauf aus ihrem Blickfeld verschwunden war.

»Wohin rennt er?«

»Zur Morgentoilette. Er lässt sich dabei genauso ungern zusehen wie Sie oder ich. Oder sonst jemand.«

»Haben Sie keine Angst, dass er abhaut?«

Oberhofer lachte lauthals und seine Augen blitzten dabei. »Niemals. Dschinn ist der beste Hirtenhund, den es gibt. Der würde weder seine Herde noch mich jemals im Stich lassen.«

»Dann weiß er vermutlich nur noch nicht, dass er keine Schafe hütet, sondern Ziegen.«

»Ich vermute, dass ihm das völlig egal ist. Er hat die Verantwortung, er ist der Chef der Herde, und das genießt er ganz offensichtlich auch. Und trotzdem ist ihm auch klar, dass ich sein Boss bin. Er entfernt sich nur, wenn er meine Erlaubnis hat.«

Wie zur Bestätigung erklang ein freudiges Geheul und der Hund schoss wie ein Gummiball springend und hüpfend den Hang hinunter, schnappte während eines riesigen Satzes im freien Flug nach einem Schmetterling, den er nur um ein Haar verpasste. Er tollte durch das Gras, das ihm bis zum Hals reichte, bellte alle blauen Blumen an und freute sich ganz offensichtlich seines Lebens. Oberhofer ließ ihn toben und seine Freizeit genießen.

»Mögen Sie keine Zwergziegen?«, fragte er Laura, die keine Anstalten machte, näher zu kommen.

»Ich habe keine Erfahrung mit Ziegen. Weder mit großen noch mit kleinen«, sagte sie gedehnt. »Außerdem weiß ich ja nicht, ob die Tiere mich akzeptieren.«

»Versuchen Sie es doch einfach, dann merken Sie es schon«, forderte er sie auf und trat zur Seite.

Kaum dass Laura einen Schritt nach vorne machte und die Karotten ergriff, die Oberhofer ihr hinstreckte, hatte die Herde sie umzingelt. Die Ziegen hatten keine Scheu vor der fremden Gestalt und ließen sich von ihr genauso anfassen und necken wie von ihrem Besitzer.

»Ich glaube nicht, dass Ziegen eine besondere Bindung zum Menschen aufbauen«, erklärte Oberhofer auf ihren fragenden Blick. »Sie genießen Aufmerksamkeit, sind verspielt, und wenn Sie nicht aufpassen, fressen sie Ihnen die Haare vom Kopf.« Grinsend sah er zu, wie Laura den Kopf entsetzt nach oben riss und mehr erschrocken als vor Schmerz aufschrie. Tatsächlich hatten zwei Zicklein das ungewohnt von oben herabhängende gewellte gelbe Gras bereits ins Visier genommen und das frechere der beiden, ein schwarzes Böckchen, hatte sich darin verbissen. Auch das Zicklein erschrak, als die Frau sich aufrichtete und ihm das Futter aus dem Maul riss. Meckernd verzog es sich, nicht verstehend, weshalb man ihm etwas vor die Nase hielt, nur um es sofort wieder wegzunehmen. Aber geschmeckt hatte es eh nicht.

Widerstrebend sah Anton Oberhofer der Frau zu, die in der Begegnung mit den Tieren völlig aufging. Nachdem sie erst ihre Haare außer Reichweite gebracht und sich auf ein kleines Bänkchen gesetzt hatte, genoss sie es sichtlich, dass die Ziegen auf ihr herumkletterten, als sei sie ein Fels, den es zu erklimmen galt. Ihr Lachen kam aus vollem Herzen und war so ansteckend, dass es ihm schwerfiel, nicht lauthals darin einzustimmen.

Es dauerte nicht lange und er spürte, dass es für heute genug war. Sie war noch viel zu schwach und erschöpft, um lange aufzubleiben, geschweige denn gegen den ungestümen Ansturm der kleinen Herde zu bestehen.

»Sie sollten sich wieder hinlegen«, sagte er und nahm ihr das schwarze Böckchen aus dem Arm, an dem sie einen besonderen Narren gefressen zu haben schien. »Warum haben Sie sich denn gerade in den so verschaut? Soll mir das etwas sagen?«, fragte er und ließ das strampelnde Zicklein zu

Boden, worauf es Haken schlagend und Bocksprünge vollführend davonsauste.

»Was denn?«, fragte Laura. »Weil er schwarz ist? Das ist doch kein Schaf.« Träge musterte sie ihn. »Wobei er mich durchaus an Sie erinnert. Nicht, dass ich mich in Sie verguckt habe!«, setzte sie schnell nach und wurde prompt rot.

Oberhofer verzog das Gesicht zu einem Grinsen. »Ach so? Die Assoziation kommt also vom schwarzen Schaf? Ist es das, was Sie in mir sehen?«

»Blödsinn. Ich frag mich nur, ob Sie eine weiße Weste haben.« Sie stemmte sich von der Bank hoch und musste sich an die Hand klammern, die er ihr hinstreckte, da ihr augenblicklich schwindlig wurde. Darauf folgte ein Hustenanfall, der so heftig war, dass sie sich nach vorne krümmte und kurz davor war, sich zu übergeben. »Mist«, murmelte sie, als sie wieder Luft bekam. »Ich will mich nicht hinlegen. Das Wetter ist viel zu schön, um den Tag im Bett zu verbringen. Aber ich fühle mich wie ein nasser Waschlappen.«

Und sie sah auch so aus. Das wollte er ihr aber lieber nicht sagen. Stattdessen hatte er eine bessere Idee: »Ich stelle Ihnen eine Liege vors Haus. Dann können Sie es sich unter dem Sonnenschirm gemütlich machen und ein Buch lesen.«

Verwundert blickte sie ihm Stunden später entgegen. In einer Hand balancierte er ein Tablett mit Tellern, Tassen und Trinkbechern, in der anderen hielt er einen Krug mit frisch ausgepresstem Orangensaft. Er stellte alles auf den Tisch neben ihr. »Sind Sie fit genug, um Besuch zu empfangen?«

»Besuch?«, fragte sie irritiert und sah den Orangensaft gierig an.

»Doktor Huber ist zum Hausbesuch angetreten.«

»Oh.« Laura fuhr sich mit den Fingern durch die Haare.

Dabei kam sie sich ausgesprochen albern vor. Die filzige Mähne war eine Katastrophe. Aber dass es sie in Oberhofers Gegenwart nicht störte, war ihr selbst ein Rätsel. Trotzdem wäre sie am liebsten ins Bad gelaufen, als sie das Wort Besuch hörte, und hätte sich frisch gemacht. Vielleicht war Doktor Huber ja ein sympathischerer Zeitgenosse als sein tierliebender Kollege.

Kurz darauf trat ein kleiner Mann mit Halbglatze und einem ordentlichen Schmerbauch aus der Tür. Er brachte eine Kanne Kaffee und einen riesigen Teller mit Kuchen mit.

»Huber«, stellte er sich Laura vor, nachdem er seine Last zu den Tellern gestellt hatte. Er streckte ihr eine gepflegte Hand hin und verbeugte sich leicht, als sie sie schüttelte. Dann setzte er sich auf den Rand ihrer Liege und fragte sie nach ihrem Befinden aus.

»Ich möchte Sie gern untersuchen«, sagte er anschließend. »Und wenn möglich, soll Ihnen der Rosstäuscher morgen früh Blut abnehmen und zu mir in die Praxis bringen. Ich will Ihre Entzündungswerte kontrollieren.«

Er drehte sich um und rief seinem Freund zu: »Schaffst du das?

»Idiot«, entgegnete Oberhofer. »Besser als du allemal.«

»Da hat er wohl recht«, sagte Huber mit einem Grinsen zu Laura, die ihn skeptisch anblickte. »Doch, doch, das stimmt schon. Wir Humanmediziner überlassen die Schlachterei mit dem Blut unseren Arzthelfern. Der Kuhdoktor hier muss das alles selber machen. Und wenn er eine Katze anzapfen kann, dann schafft er es bei Ihnen erst recht.«

Zwanzig Minuten später wirkte Huber durchaus zufrieden. Lauras Husten klang zwar noch wie Hundegebell, aber sie hatte sich von der Bulldogge zum Terrier hochgearbeitet. Die Lungenwerte waren angesichts der wenigen Tage, die vergangen waren, seit sie auf dem Berg gewesen war, ganz passabel und auch ihr Blutdruck war aus dem Keller ins Tiefparterre geklettert.

»Noch zwei, drei Wochen, dann sind Sie wieder ganz die Alte.«

»Zwei bis drei Wochen?« Laura blickte ihn entsetzt an. »Können wir uns nicht auf zwei bis drei Tage einigen?«

Huber feixte. »Kaum. Es sei denn, Sie glauben an Wunder.«

»Können Sie mir nicht etwas geben, damit ich schneller wieder auf dem Damm bin? Antibiotika, Cortison, irgendwas?«

»Irgendwas? Das Einzige, was auf die Schnelle hilft, ist Kokain.«

Entsetzt starrte Laura den Arzt an. Sie war sich sicher, sich verhört zu haben. Als sie sein verschmitztes Lächeln sah, warf sie ein Kissen nach ihm. »Sie sind auch nicht besser als der Ziegenhirte da drüben.«

Huber amüsierte sich königlich. »Ich weiß. Deswegen sind wir ja auch so gut befreundet. Wir sind sozusagen Seelenverwandte.« Er beugte sich über sie und wurde ernst. »Sie können froh sein, dass der Ziegenhirte extra wegen Ihnen noch mal umgekehrt ist und Sie gesucht hat. Sonst würden Sie vermutlich nicht mehr leben. Haben Sie ein wenig Geduld mit sich. Sie waren sehr krank und das kann man nicht ratzfatz umkehren.«

»Okay.« Das leuchtete ihr ein. »Aber ich kann keine drei Wochen mehr hierbleiben!«

»Das müssen Sie auch nicht. In ein bis zwei Tagen sind Sie fit genug, dass ich Sie nach Hause entlassen kann. Vorausgesetzt, Sie versprechen, sich zu schonen.«

Als Huber wieder gefahren war, fiel Laura etwas ein. »Was haben Sie mir da gestern eigentlich vorgeworfen? Die Sache mit den dämlichen Touristen in unpassender Kleidung meine ich?«

»Weil es doch wahr ist«, antwortete er auf die imaginäre Fortsetzung ihrer Frage. »Sie kaufen sich, vermutlich im Internet, Schuhe, die Ihnen zwei Nummern zu groß sind, tragen dazu völlig ungeeignete Socken, und die Regenjacke haben Sie vermutlich im Schlussverkauf bei Aldi erstanden. Hauptsache billig und ja keine Beratung. Weil Ihr Touristen ja sowieso alles besser wisst.«

»Seit wann macht Aldi Schlussverkauf?«

»Was? Ach lassen Sie mich doch in Ruhe.« Oberhofer wandte sich ab und fing an, den Tisch abzuräumen.

»Ich sag Ihnen jetzt mal was, Mister Neunmalklug. Den ganzen Kram hab ich sehr wohl mit Beratung gekauft. Und zwar bei einem von Ihnen so über den grünen Klee gelobten Einheimischen. Und der hat mir genau das empfohlen.« Sie fing an, sämtliche Argumente aufzuzählen, die der Verkäufer ihr genannt hatte. »Und das hat er sehr einleuchtend erläutert. Denken Sie, ich käme von alleine auf die Idee, Schuhe zu kaufen, die mir zu groß sind?«

Oberhofer kaute nachdenklich auf seiner Lippe. Es wollte ihm nicht in den Kopf, wer im Ort so dämlich sein konnte. Vermutlich eine Aushilfe, alle anderen waren seit Jahren im Geschäft und kannten sich durchaus bestens aus. »An den Namen des Verkäufers können Sie sich nicht zufällig erinnern?«

»Zufällig doch. Mick.«

»Hmm«, brummte er anstelle einer Antwort und sah sie mit einem unergründlichen Blick an.

»Was ist? Weshalb starren Sie mich so an? Glauben Sie, das Fieber hat mir meine Gehirnwindungen verödet? Ich werd mir doch einen so einfachen Namen merken können.«

Die Skepsis blieb. Dann schüttelte er den Kopf und wandte sich ab.

»Moment mal! Sie kennen den Typen, richtig? Vermutlich auch einer Ihrer guten Freunde, was? Und jemand, der mit Ihnen befreundet ist, macht natürlich keine Fehler, richtig? Ihr Einheimischen seid ja alle gottgleich. Schließlich grüßt ihr ihn ja auch hundertmal am Tag.«

Oberhofer war mit dem Tablett in den Händen mit dem Rücken zu ihr stehen geblieben. Seine verkrampfte Haltung zeigte, dass er keine Sekunde mehr mit Gedanken ans Küssen verschwendete. Im Moment war er näher denn je dran, ihr mit bloßen Händen den Hals umzudrehen. Er atmete tief ein und stellte seine Ohren auf Durchzug. Nachdem er das Tablett in die Küche gebracht hatte, fischte er sein Handy aus der Hosentasche und wählte eine Nummer.

»Mick Neumann. Ich bin nicht zu erreichen. Hinterlassen Sie eine Nachricht.«

Oberhofer überlegte kurz, dann beendete er den Anruf. Was er zu sagen hatte, wollte er keiner Mailbox anvertrauen. Wenn Mick das Handy ausgeschaltet hatte, war er entweder in den Bergen unterwegs und hatte keinen Empfang, oder er trieb sich hinter dem Rücken ihres Mannes wieder mit einer der verheirateten Touristinnen herum, die für den smarten Wildbuben nur zu gern die Beine breit machten.

Neuntes Kapitel

Am Nachmittag hatte sich Laura ein weiteres Stück erholt. Da ihr die Liege zu schwer war, schleppte sie mit letzter Kraft zwei Korbstühle in eine Ecke, in der sie sicher sein konnte, dass ihr Gastgeber sie nicht belauschen konnte, setzte sich in den einen Stuhl und legte die Füße auf den anderen. Dann rief sie Helene an.

»Mensch, bin ich froh, dass du dich meldest!«, rief die aus.

»Wir haben schon hundert Mal versucht, dich zu erreichen! Wo warst du denn so lange?«

Laura seufzte. »Das ist eine lange Geschichte«, sagte sie schließlich. »Ich bin mir nicht sicher, dass du das wissen willst.«

»Da kannst du Gift darauf nehmen. Ich will alles wissen. Und zwar bis ins kleinste Detail.«

Also fing Laura an, zu erzählen. Sie beschönigte nichts und sie ließ auch nichts aus.

»Das darf doch nicht wahr sein«, stöhnte nun auch Helene. »Du sitzt also seit Tagen bei deinem ärgsten Widersacher, lässt dich von ihm bemuttern und kannst davon ausgehen, dass er dich bis in den hintersten Winkel nackt kennt. Und was ist, wenn er Fotos von dir gemacht hat? Ich glaube, mir wird schlecht. Stell dir nur vor, er stellt sie ins Internet!«

»Helene, du übertreibst«, sagte Laura ärgerlich. »Er ist immerhin Arzt. Er würde seine Approbation riskieren, wenn er so einen Scheiß baut.«

»Tierarzt, wenn ich dich richtig verstanden habe, meine Süße. Und da hat er sich den Menschen gegenüber zu gar nichts verpflichtet.«

»Egal, ich glaube das einfach nicht. Und komm nur nicht auf die Idee, dass er meine Situation schamlos ausgenutzt und sich an mir vergangen hat, als ich im Fieberwahn lag.«

»Und woher kannst du dir da so sicher sein?«, fragte Helene spitz. »Dir fehlen immerhin drei Tage. Wer weiß schon, was er da mit dir angestellt hat.«

»Das ist doch völliger Blödsinn. Oberhofer mag einen Knall haben, das heißt, er hat sogar ganz sicher einen, aber ein Vergewaltiger ist er nicht.«

»Du möchtest es dir nur nicht vorstellen. Wissen kannst du gar nichts.«

»Jetzt mach aber mal einen Punkt«, allmählich wurde Laura sauer. »Bis auf die Tatsache, dass wir uns ständig in den Haaren liegen, hat er sich geradezu rührend um mich gekümmert. Oder hattest du schon mal einen Mann, der Hühnersuppe für dich gekocht hat?«

Egal, welche Argumente Laura vorbrachte, Helene blieb bei ihrer vorgefassten Meinung, dass ihre Freundin in den Fängen eines Sittenstrolchs gelandet war.

»Und wie lange gedenkst du noch bei Jack zu bleiben?«

»Jack? Oberhofer heißt Anton.«

»Jack the Ripper. Und sag jetzt nichts, ich bleibe dabei. Also, wie lange bleibst du noch?«

Am Ende des Gesprächs hatte Laura noch zwei Dinge erfahren. Zum einen, dass Gabi am Donnerstag zu ihr in die Berge kommen wollte, zum anderen, dass Helge einen neuen Freund hatte, den er so schnell wie möglich nach Bayern schleppen wollte, um ihn Laura vorzustellen.

»Kann es sein, dass ich meinen Namen gehört habe?« Oberhofer stand breitbeinig vor ihr und grinste sie an.

Prompt wurde Laura rot. »Äh ja, natürlich. Da meine Freunde seit einer Woche nichts mehr von mir gehört haben, haben sie sich natürlich Sorgen gemacht. Und die waren ja auch nicht ganz unbegründet. Deshalb habe ich Helene erzählt, was passiert ist und dass Sie mich gerettet haben.«

»Helene …«, ließ er den Namen auf der Zunge zergehen. »Ist sie sehr hübsch?«

»Was?«, fragte Laura verblüfft. »Wieso denn?«

»Na, die schöne Helena. Griechische Sage, falls Sie in der Schule ab und zu aufgepasst haben. Wird sie ihrem Namen gerecht?«

»Wenn man auf Hexennasen und schiefe Zähne steht, dann ist sie die vielleicht schönste Frau der Welt. Außerdem hat sie ein verkürztes Bein und eine schiefe Hüfte. Deswegen humpelt sie stark.«

Oberhofer musterte sie mit einem verächtlichen Blick. »Da kann ich wohl froh sein, dass wir beide nicht befreundet sind. Wenn Sie so die Personen aus Ihrem engsten Kreis beschreiben …«, ließ er den Rest des Satzes offen, drehte sich um und ging zurück zu der Scheune.

»Rutsch mir doch den Buckel runter«, murmelte Laura und verzichtete darauf, ihn aufzuklären, dass sie ihn auf den Arm genommen hatte. Sollte er doch denken, was er wollte!

»Das hab ich gehört«, rief er, ohne sich noch einmal umzudrehen. »Ich komme darauf zurück, wenn Sie wieder fit sind.«

»Geh zu deinen Ziegen, da passt du perfekt hin.« Gottlob war er mittlerweile weit genug weg, dass er ihre Schimpftirade nicht mehr hören konnte. »Ich wette, die Viecher haben einen besseren Charakter als du, egal, was man ihnen nachsagt.« Tränen brannten in ihren Augen. Sie verstand sich selbst nicht mehr. Wieso brachte der Idiot sie auch ständig auf hundertachtzig!

»Ich muss morgen früh in die Praxis«, informierte Oberhofer Laura nach dem Abendessen. »Wir haben diesen Sonntag Notdienst. Da Sie wohl außer Lebensgefahr sind, muss ich mich auch mal wieder um meine anderen Patienten kümmern. Und ich kann meinem Partner nicht zumuten, dass er den Laden tagelang alleine schmeißt.«

Der abrupte Themenwechsel war für Laura ein Schock. Sie hatten sich während des Essens ganz friedlich über ihre Arbeit in Berlin unterhalten. Dabei hatte er sogar so etwas wie einen Anflug von Interesse für sie gezeigt. Hatte wissen wollen, ob sie ihre Heimatstadt vermisste, ihre Arbeit und ihre Freunde, was sie in ihrer Freizeit anfing. Und er hatte sich überlegt, wie ein Leben ohne Berge wohl wäre.

»Ich kann es mir nicht vorstellen«, hatte er schließlich gestanden. »Ich hab schon viel von der Welt gesehen. Ich war sogar schon auf allen sieben Kontinenten. Aber spätestens nach drei, vier Wochen hat mich das Heimweh gepackt und ich hätte am liebsten alles stehen und liegen lassen. Nur in den südamerikanischen Anden und im Himalaja ging es mir besser. Ich bekomme Beklemmungen, wenn zu viel weites, offenes Land vor mir liegt.«

Laura verzichtete darauf, ihm zu erläutern, dass es im Normalfall wohl eher andersherum war. Sie hatte von ihren Urlauben erzählt, von dem zweiwöchigen Aufenthalt in einem thailändischen Schweigekloster, und dass sie am liebsten noch zwei weitere Wochen dortgeblieben wäre.

»Das können Sie?«, fragte er erstaunt. »Vierzehn Tage lang die Klappe halten?«

Als sie entrüstet aufbrausen wollte, hatte sie gemerkt, dass er sie nur aufziehen wollte. Sie glaubte sogar, dass ein Hauch von Respekt in seinem Blick lag.

Und jetzt eröffnete er ihr aus heiterem Himmel, dass er sie am nächsten Tag alleine lassen würde. Hier in seinem großen Haus, mit nichts als der Gesellschaft eines Hundes und einer Handvoll Ziegen.

»Dann können Sie mich doch vorher bei meiner Alm absetzen«, sagte Laura. »Allein sein kann ich zu Hause genauso gut.«

»Wer sagt denn, dass ich Sie alleine lasse?«, fragte er amüsiert. »Ich weiß doch überhaupt nicht, was Sie anstellen, wenn Sie sturmfreie Bude haben. Wie sagt man so schön: Ist die Katze aus dem Haus, tanzen die Mäuse auf dem Tisch.«

Das tat nun doch weh. Und für einen einzigen Tag war es auch zu viel. Erst Helene, die unterstellt hatte, dass er ein Perverser war, der sich an einem wehrlosen Opfer vergriff, und nun auch er selbst. Dabei würde sie nie im Leben auch nur eine einzige Schublade oder Schranktüre öffnen, ohne dazu befugt worden zu sein. Sie drehte den Kopf weg, damit er nicht sehen konnte, dass ihre Mundwinkel zitterten.

»Was ist los?«, fragte er, als sie nichts mehr sagte. »Frau Nachbarin?« Und, als sie nicht reagierte: »Laura?«

»Ich wüsste nicht, dass wir beim Du angelangt wären«, brach es schließlich aus ihr hervor. »Und für meinen Teil darf das auch gerne so bleiben. Mit Menschen, die überhaupt kein Feingefühl haben und die auf anderen herumtrampeln wie auf einem nassen Sack, bleibe ich lieber auf Distanz.« Sie sprang hoch und geriet augenblicklich ins Taumeln. Dabei entging ihr völlig, dass sich seine Miene bei ihren Worten verschlossen hatte. Sie hielt sich krampfhaft am Tisch fest und wartete darauf, dass die Sternschnuppen in ihrem Kopf verschwanden. Sie hasste sich dafür, so schwach zu sein. Am liebsten hätte sie ihm das sprichwörtliche Nudelholz über den Kopf gezogen – hätte sie nur genügend Kraft gehabt, es überhaupt heben zu können.

Als sie endlich in ihrem Bett lag, verfluchte sie ihre Hilflosigkeit. Und kurz bevor sie in einen tiefen, traumlosen Schlaf versank, wurde ihr bewusst, dass ein Großteil ihrer Erschöpfung seelisch bedingt war.

Am nächsten Morgen stand ein sehr ernster Anton Oberhofer in der Tür. »Guten Morgen«, sagte er steif. »Ich muss gleich los. Wie schon gesagt, bekommen Sie Gesellschaft. Sobald Maria hier ist, sind Sie mich für einen ganzen Tag lang los.«

»Maria?«, fragte Laura schlaftrunken. »Wer ist denn Maria?«

»Mein Hausgeist. Soll ich Ihnen etwas aus dem Ort mitbringen? Oder brauchen Sie was aus Ihrem Haus?«

Laura stützte sich auf die Ellenbogen und sah ihn überrascht an. Sollte das ein Friedensangebot werden? Sie wollte schon sagen, dass sie alles hatte, als sie sich eines Besseren besann. »Ich hätte gern etwas zum Anziehen, das mir gehört. Wenn es Ihnen nichts ausmacht?«

Oberhofer zog die linke Braue nach oben. »Ich hab es Ihnen schließlich angeboten, oder?«

»Okay. In meinem Schrank im Schlafzimmer finden Sie ein paar T-Shirts. Außerdem eine kurze Hose und einen Shorty. Im Bad –«

»Was ist ein Shorty?«, unterbrach er sie stirnrunzelnd.

»Ein kurzer Schlafanzug. Aus dem Bad hätte ich gern ein Duschgel, Haarshampoo und unbedingt eine Haarkur. Das steht alles in der Dusche auf der Ablage. Ach ja …« Ein leichter Hauch von Röte überzog ihr Gesicht. »Unterwäsche wär auch ganz toll.« Bevor es ihr richtig peinlich werden konnte, dass sie ihm den Auftrag gegeben hatte, in ihrer Wäscheschublade zu wühlen, fiel unten eine Tür ins Schloss.

»Anton? Schatz? Wo steckst du?«

Oberhofer machte auf der Stelle kehrt. »Entschuldigen Sie mich.« Polternd lief er die Treppe nach unten. Dann folgten das unüberhörbare Aufeinandertreffen zweier Körper und das lautstarke Schmatzen zweier Münder. Widerlich. Laura versuchte auszublenden, was da unten gerade passieren mochte. Sie reagierte schon immer allergisch auf öffentlich zur Schau gestelltes Paarungsverhalten. Wieso manche Frauen dachten, dass sie beim Sex schreien mussten wie am Spieß, war ihr lange ein Rätsel gewesen. Bis ihr aufgegangen war, dass es damit zusammenhing, dass man manchen Männern damit offensichtlich beweisen musste, was für tolle Hechte sie waren. Laura zweifelte keine Sekunde daran, dass diese phänomenalen Orgasmen allesamt nur Show waren.

Im Erdgeschoss hatte das präsexuelle Gebaren jedenfalls ein Ende gefunden. Eine fröhliche Stimme fragte: »Und wo steckt deine Patientin?«

Kurz darauf streckte eine quirlige Schönheit den Kopf zur

Tür herein und ließ sich nicht lange bitten, als sie sah, dass Laura wach war. Mit langen Schritten durchmaß sie den Raum, streckte Laura die Hand hin und setzte sich zu ihr aufs Bett.

»Ich bin Maria«, sagte sie mit einer samtweichen Stimme. »Du kennst mich nicht, aber ich war schon zweimal hier, um mich um dich zu kümmern, als du noch Fieber hattest. Wie geht es dir?«

Überwältigt von so viel Energie fühlte sich Laura noch schlechter als zuvor und hätte sich am liebsten ein Kissen über den Kopf gezogen. Sie fragte sich, wie Oberhofer das mit ihr schon seit Tagen aushielt, krank und zickig wie sie sich ihm gegenüber verhielt, ganz egal, was für ein Ekel er selbst war. Seine Freundin kam ihr irgendwie bekannt vor, allerdings wollte ihr partout nicht einfallen, wo sie ihr schon mal begegnet war. Jedenfalls war Maria eine richtige Schönheit, wenn auch nicht im klassischen Sinn. Das ovale Gesicht war etwas schief, die Augen standen weit und leicht schräg auseinander, was ihr einen orientalischen Touch verlieh. Dass ihre Farbe von einem leuchtenden Blau war, widersprach dem exotischen Eindruck jedoch völlig. Und es schien, als ginge mit ihrem Erscheinen die Sonne auf, so überwältigend waren die Ausstrahlung und die Herzlichkeit der Frau. Kein Wunder, dass Oberhofer und vermutlich noch hundert weitere Männer in sie verknallt waren.

»Ich weiß nicht«, brachte Laura schließlich über die Lippen. »Gar nicht so schlecht und doch irgendwie fürchterlich.«

Interessiert musterte Maria das, was von ihrer Patientin zu sehen war. »Kein Wunder«, meinte sie schließlich. »Du warst sehr krank. Aber dir fehlt auch, dass du dich wieder als Frau fühlen kannst. In dem scheußlichen Aufzug kannst du ja gar nicht gesund werden.« Treffsicher hatte sie sofort erfasst, dass Oberhofers Pyjama und Lauras verfilzte Haare ihr jede

Würde raubten. Sie sprang auf, lief die Treppe hinab und fing an zu telefonieren.

»Nein, das kann nicht warten bis heute Abend, mein Süßer. Du hast noch eine Stunde Zeit, bis die Praxis öffnet. Außerdem bin ich mir sicher, dass sie in dem Fall nichts dagegen hat, wenn du die Abkürzung über ihren Hof nimmst.« Sie schien eine Weile zu lauschen, dann wurde ihre Stimme sanft wie die eines schnurrenden Kätzchens. »Nein, Schatz, tu es für mich. Ich möchte mich schließlich nützlich hier machen.« Sie ließ ein gurrendes Lachen hören und wickelte ihren Gesprächspartner anscheinend mühelos um den kleinen Finger.

Ratlos stand Anton Oberhofer vor dem Kleiderschrank in Lauras Schlafzimmer. Schließlich zog er alle Türen auf und starrte unsicher hinein. Der Kleiderschrank einer Frau war seit jeher ein Buch mit sieben Siegeln für ihn. Wozu brauchte man so viele Klamotten? Allerdings musste er zugeben, dass ihr Schrank nicht so schlimm war wie befürchtet. Was vermutlich nur daran lag, dass sie ausschließlich Sommersachen aus Berlin mitgebracht hatte. Nach einigem Zögern zog er drei T-Shirts aus dem Schrank, eine weiße kurze Hose, die zu allem passte, und auch das, was Laura Shorty nannte, fand er auf Anhieb. Dann zog er die oberste Schublade der Kommode auf und grinste. Obenauf lag ein schwarzer Spitzen-BH. Sicher nicht das Richtige für die nächsten Tage. Ohne viel Federlesens suchte er, bis er einen einfachen weißen Baumwoll-BH gefunden hatte. Dann überlegte er. Er hatte keine Ahnung, wie viel Tage am Stück eine Frau denselben BH tragen würde. Seiner Erfahrung nach war es täglich ein anderer. Dabei spielten aber sicher andere Gesichtspunkte eine Rolle. Vorsichtshalber packte er einen zweiten ein. Danach öffnete er die dritte Schublade und entnahm ihr drei Slips. Obwohl er nicht die Absicht hatte, in ihrer Wäsche zu wühlen, entging ihm doch nicht, dass einige sehr ansprechende Stücke zwischen den einfacheren Baumwollsachen darauf warteten, an einem besonderen Tag zum Einsatz zu kommen.

Im Bad suchte er kopfschüttelnd die restlichen Dinge auf seiner Liste zusammen. Wieso nur standen Frauen auf diesen Fruchtquatsch? Sanddorn-Duschgel, Avocado-Trauben-Shampoo und -Haarmaske, Pfirsichrasiergel, Bodylotion mit Sheabutter und Vanilleduft. Lediglich das Haaröl war einfach ein Haaröl, wenn auch mit dem Beisatz »Absolute«. Bei dem Gedanken, dass sein Haus am Abend stinken würde wie eine ganze Obstplantage, bekam er jetzt schon Kopfschmerzen. Er war nur froh, dass sie vergessen hatte, ihm aufzutragen, ihr auch noch eines ihrer vier Parfüms mitzubringen.

Laura konnte ihren anfänglichen Widerstand gegen Maria nicht lange aufrechterhalten. Maria war ihr sympathisch. Sehr sympathisch sogar. Kaum dass Oberhofer den Korb mit ihren Utensilien gebracht und von Maria wieder aus dem Haus gescheucht worden war, bestand diese darauf, dass Laura sich in die Badewanne setzte und von ihr waschen ließ.

»Ich bin doch kein kleines Kind«, hatte Laura protestiert, ohne damit auch nur irgendetwas zu erreichen.

»Papperlapapp«, war die fröhliche Antwort. »Kind hin oder her, du bist noch immer krank. Lass dir doch einfach helfen.« Und, als Laura sich weiter vehement sträubte: »Du bist echt so stur wie ein Maulesel. Ich dachte immer, dass nur Männer so sind. Speziell die, die hier in den Bergen aufgewachsen sind. Sie können alles selbst, und das natürlich besser als jeder andere. Aber um Hilfe bitten? Um Gottes willen, da könnte man ja gleich öffentlich herausposaunen, dass man keinen mehr hochkriegt, es sei denn, mithilfe einer Vakuumpumpe.« Energisch schob Maria Laura vor sich her ins Bad. »Los, ausziehen. Und glaub mir, da gibt es nichts, das ich nicht auch in irgendeiner Weise irgendwo an meinem Körper habe. Weder dein Geburtsmal am linken Oberschenkel noch dass eine Brust einen Tick größer ist als die andere. Nur falls es das ist, weshalb du dich nicht nackt machen magst.«

Laura schüttelte ob des Wortschwalls den Kopf. Selbst in den Tagen, an denen sie sich fit und gesund fühlte, hätte sie vermutlich wenig Chancen gegen das Energiebündel gehabt, das mit in die Hüften gestemmten Händen vor ihr stand. Dass ihr Körper bei Weitem nicht perfekt war, damit hatte sie sich längst abgefunden. Schließlich ging es ihr damit nicht anders als neunundneunzig Prozent aller anderen Frauen. Seufzend zog sie schließlich die Pyjamajacke über ihren Kopf, ohne sich damit aufzuhalten, die Knöpfe zu öffnen. Anschließend fiel die Hose zu Boden. Vorsichtig ließ sie sich in die Wanne gleiten, die bereits zur Hälfte mit Wasser gefüllt war. In Ermangelung eines Badezusatzes gab Maria einen kräftigen Schuss Sanddorn-Duschgel ins Wasser. Sofort erfüllte ein himmlischer Duft das große Badezimmer und Laura schloss entspannt die Augen.

Nachdem sich Maria davon überzeugt hatte, dass es ihrem Opfer, wie Laura sich selbst bezeichnete, gut ging, sprang sie die Treppe hinunter und fing an, in der Küche zu werkeln. Kurz darauf zog der Duft von etwas Gebratenem in den ersten Stock und Lauras Magen fing hörbar an zu knurren.

»Genug eingeweicht?«, unterbrach Maria das entspannte Dösen, dem sich Laura schließlich hingegeben hatte. »Dann setz dich auf.« Geschickt verteilte Maria einen großen Klecks Shampoo in ihren Händen und begann, Lauras Kopf zu massieren. Anschließend testete sie das Wasser aus der Brause auf eine akzeptable Temperatur, wusch die Seife aus und wiederholte die Prozedur. Dann drückte sie eine apfelsinengroße Portion Haarkur aus der Tube, massierte die breiartige

Substanz in die Haare, entwirrte den Filz zuerst mit ihren Fingern, nahm dann einen großzinkigen Kamm zu Hilfe und ließ das Ganze ein paar Minuten einwirken, in denen sich Laura wieder in die Wanne legen durfte.

Laura war dankbar, dass Maria während der gesamten Zeit kein weiteres Wort verlor. Nachdem sie ihren Widerstand aufgegeben und sich auf die Behandlung eingelassen hatte, fand sie das Ganze durchaus angenehm. Auch wenn Maria Anton Oberhofers Freundin war und damit nicht alle Tassen im Schrank haben konnte, vertraute sie ihr doch voll und ganz.

Als die Kur aus den Haaren gespült war, wickelte Maria ihrer Patientin ein Handtuch um den Kopf, zog den Stöpsel aus der Wanne und brauste Laura mit kaltem Wasser ab, worauf die in protestierendes Quietschen ausbrach. »Ruhe!«, wies Maria sie an. »Dir wird gleich wieder warm.« Und so war es auch. Kaum dass das Wasser auf ihrer Haut getrocknet war, durchzog eine wohlige Wärme Lauras Körper. Schnell cremte sie sich ein, froh, dass Maria ihr gestattete, das selbst zu tun. Anschließend zog sie frische Unterwäsche an, schlüpfte in ein T-Shirt und ihre Lieblingstrainingshose und schlappte barfuß nach unten.

»Zieh dir Socken an«, befahl Maria. »Dann gibt es Essen.«

»Hmmmmm«, schnupperte Laura und schielte nach der Pfanne, die zugedeckt auf dem Herd stand. »Was gibt es denn?«

»Nichts, solange du dich nicht vollständig angezogen hast.«

»Du bist schlimmer als meine Großmutter. Und das muss was heißen.« Laura grinste und pirschte sich an die Pfanne an. Wie beiläufig streckte sie eine Hand nach dem Deckel aus und zog sie sofort mit einem Schmerzensschrei zurück. »Spinnst du? Du kannst mich doch nicht mit dem Kochlöffel schlagen!«

»Erstens war das nur ein Klaps auf die Finger und zweitens tut mir deine Großmutter leid, wenn du dich noch immer wie ein Kind benimmst, das nicht hören will.« Ohne aufzublicken, schüttete Maria Brühe in eine Schüssel, in der in Scheiben geschnittene Kartoffeln lagen, gab Salz, Pfeffer, Essig und Öl dazu und mischte das Ganze kräftig durch. Nach einer Weile fiel ihr auf, dass Laura nichts mehr sagte. Sie legte das Salatbesteck zur Seite und trat neben sie. Als die auf die unerwartete Nähe nicht reagierte, fragte Maria nach: »Was ist los? Hab ich was Falsches gesagt? Dann tut es mir wirklich leid. Manchmal rede ich, bevor ich meinen Verstand einschalte.«

»Ist schon gut«, murmelte Laura geistesabwesend. »Meine Oma ist vor Kurzem gestorben und es tut einfach immer noch verdammt weh.«

»Ach Süße, das tut mir ehrlich leid, entschuldige! Habt ihr euch sehr nahegestanden?«

Eine halbe Stunde später hatte Laura ihr die Geschichte ihrer Kindheit erzählt, ohne zu erwähnen, welch eine Lüge ihr ihre Großmutter ihr ganzes Leben lang aufgetischt hatte, hatte einen Berg Taschentücher verbraucht und wider Erwarten in Maria eine empathische und liebevolle Zuhörerin gefunden, die offensichtlich echtes Interesse an Lauras Geschichte hatte.

»Es ist immer schlimm, wenn man einen Menschen verliert, der einem so nahesteht. Und doch gehört der Tod zum Leben. Deine Großmutter muss eine wirklich bemerkenswerte Frau gewesen sein und du kannst dich glücklich schätzen, dass du bei einem so besonderen Menschen aufgewachsen bist.«

Als Anton Oberhofer am Abend aus der Praxis kam, sprang Maria behände wie eine der Ziegen aus ihrer Liege hoch und lief ihm entgegen. Angesichts so viel demonstrativen Glücks schnürte es Laura den Hals zu und sie musste sich überwinden, unter dem Sonnenschirm liegen zu bleiben und die beiden Turteltauben zu ignorieren. Glücklicherweise spielte sich die Szene in ihrem Rücken ab.

»Holla«, entfuhr es Oberhofer anerkennend, als er seine Patientin begrüßte. Aus dem verzottelten Nachtgespenst war eine ausgesprochen hübsche Frau geworden. Die am Morgen noch glanzlosen, verfilzten Haare schimmerten seidig und fielen in weichen, blonden Locken über ihre Schultern. Die ungesunde Blässe war einem leichten Bronzeton gewichen und in den braunen Augen blitzte der Schalk. Keine Frage, Marias Behandlung und der Tag im Freien hatten ihr ausgesprochen gutgetan. Verwunderlich nur, dass es ihm auch einen leichten Stich versetzte. Obwohl die Frau eine unmögliche Zicke war, ganz davon abgesehen, dass sie ausgerechnet die Nachbarin war, mit der er nie ein Wort hatte wechseln wollen, war es eine, nun ja, interessante Abwechslung gewesen, sich um einen Menschen zu kümmern. Dass sie sich nichts gefallen ließ, sondern ihm die Stirn bot, wo auch immer sie gerade stand oder saß, war zwar eine bodenlose Unverschämtheit, aber irgendetwas hatte ihre Kratzbürstigkeit in ihm ausgelöst. Und nun war sie fast wieder gesund. Zumindest so weit wiederhergestellt, dass es keinen Grund mehr gab, sie noch lange hierzubehalten.

»Wie ich sehe, geht es Ihnen besser?«

»Allerdings.« Keine Frage, er konnte es kaum erwarten, sie wieder loszuwerden. Es war ja auch eine blöde Situation, schließlich lag sein Liebesnest brach, solange er sie sich ans Bein gebunden hatte. »Ich denke, morgen sind Sie mich los.«

»Morgen?« Entgeistert starrte er sie an, die Hände tief in den Hosentaschen vergraben. »Ich dachte, Sie bleiben noch zwei Tage?«

Verdammt, wieso sah er denn plötzlich so enttäuscht drein? Er konnte doch froh sein, wenn sie weg war und er alle Aufmerksamkeit wieder seiner Maria widmen konnte.

»Ich denke, das ist das Beste. Der Tag heute hat mir richtig gutgetan. Und auch, dass ich wieder feste Nahrung bekommen habe. Bei Ihnen gibt es ja nur Hühnersuppe und Haferbrei«, witzelte sie. Dann wurde sie ernst. »Ich möchte mich bedanken. Ehrlich«, setzte sie nach, als sie seinen skeptischen Gesichtsausdruck sah. »Wenn Ihr siebter Sinn Sie nicht hätte umkehren lassen, dann hätte ich jetzt ganz andere Sorgen. Oder gar keine mehr. Und dass Sie mich bei sich aufgenommen haben, obwohl wir … na ja, nicht das beste Nachbarschaftsverhältnis haben … Also jedenfalls danke.« Laura schluckte. Plötzlich war da ein Kloß in ihrem Hals. Sicher kam der davon, dass ihr bewusst geworden war, wie sehr man in den Bergen aufeinander angewiesen war. Dass jemand so selbstlos half, einen wildfremden Menschen bei sich aufnahm, weil er alleine völlig hilflos gewesen wäre, das kannte sie so nicht. In Berlin hätten die meisten Menschen weggesehen; gedacht, dass da wahrscheinlich nur ein obdachloser Säufer im Gras seinen Rausch ausschlief. Vermutlich hätte sich der ein oder andere Dieb eingefunden, dessen einziges Interesse gewesen wäre, sich ihrer Habseligkeiten zu bemächtigen, anstatt einen Arzt zu rufen.

Während Laura und Oberhofer sich weiter verlegen anstarrten, deckte Maria den Tisch. »Ich will euch ja nur ungern voneinander loseisen«, sagte sie schließlich, »aber ich hab heute Mädelsabend und muss um sechs Uhr los. Wenn ihr also nicht alleine essen wollt, dann bitte ich zu Tisch.«

Laura wunderte sich, wie leicht Maria mit der Situation umging. Obwohl zwischen ihr und dem Tierarzt ein unverkennbar enges Band bestand, musste sie doch spüren, dass er die Augen nicht von seiner aufgeblühten Nachbarin lassen konnte. Verlegen nestelte sie an ihrer Serviette. Dann machte sie sich mit Heißhunger über das kalte Wiener Schnitzel auf ihrem Teller her. Maria hatte am Mittag für eine ganze Kompanie gekocht und ihr prophezeit, dass ihre Schnitzel die besten im ganzen Oberland waren, und Laura neigte dazu, ihr recht zu geben. Auch kalt war das Fleisch zart wie Butter, die Panade war perfekt gewürzt und goldbraun in Butterschmalz herausgebacken. Dazu gab es diesmal einen bunten Blattsalat; von dem Kartoffel-Gurken-Salat vom Mittag hatten die beiden Frauen nichts übrig gelassen.

»Laura will morgen nach Hause«, informierte Oberhofer seine Freundin zwischen zwei Bissen beiläufig.

Maria blickte Laura überrascht an. »Aber wieso denn? Ich wollte doch morgen wiederkommen.«

»Ich will euch nicht länger zur Last fallen«, sagte Laura verlegen. »Ich habe eure Hilfe schon viel zu lange in Anspruch genommen.«

»Blödsinn«, sagte Oberhofer kurz angebunden. »Ich verstehe auch nicht, weshalb wir diese Unterhaltung zweimal am Tag führen müssen. Das geht mir allmählich auf die Nerven.« Er schob seinen halb vollen Teller von sich und stand auf. Bevor er sich umwandte und zur Scheune ging, sagte er noch: »Sie können so lange hierbleiben, bis Sie sich kräftig genug fühlen, um wieder alleine klarzukommen. Und das ist das Letzte, was ich zu dem Thema zu sagen habe.«

»Er hat recht«, sagte Maria sanft. »Weshalb hast du es denn so eilig? Anton ist einfach so. Verwundeten Lebewesen zu helfen, liegt ihm im Blut, ob Mensch oder Tier. Ich glaube, er ist nur deshalb Tierarzt geworden, weil er es nicht ertragen kann, wenn er ein Kind oder einen alten Menschen leiden sieht. Er wird das auch niemals aufrechnen, falls das deine Bedenken sind.«

Nachdem Maria gegangen war, saß Laura alleine im Garten. Sie genoss die frühsommerliche Wärme und hing ihren Gedanken nach. Als es kühler wurde, kam Oberhofer aus dem Stall, ging ins Haus und brachte eine Decke mit, in die er sie fürsorglich einwickelte. Dann ging er erneut nach drinnen, um eine Flasche Rotwein und zwei Gläser zu holen. Er schwenkte die dunkelrote Flüssigkeit in dem großen Burgunderkelch, sah sie durch das spiegelnde Glas an und prostete ihr zu. Beide genossen in einträchtiger Harmonie den Ausklang des Tages. Und beiden wurde bewusst, dass es ein Geschenk war, miteinander schweigen zu können und die Ruhe zu genießen.

Eine Viertelstunde später erwischte Anton Oberhofer Lauras Glas gerade noch rechtzeitig, ehe es seinen Inhalt über die Decke ergießen konnte. Er hob sie auf, als sei sie eine Feder, und trug sie auf den Armen in sein Haus. Ihr Kopf fiel an seine Schulter und ein undefinierbarer Duft stieg ihm in die Nase. Er schnupperte an ihren Haaren. Sie rochen nach Sommer und Wärme. Als er sie ins Bett legte, stützte er ihren Kopf wie bei einem Baby, deckte sie zu und fühlte eine Vertrautheit, wie er sie lange nicht mehr gespürt hatte. Sanft strich er ihr eine goldene Locke aus dem Gesicht, verweilte mit seiner Hand auf ihrer warmen Haut. Schließlich wandte er sich ab und stand vorsichtig auf, um sie nicht zu wecken. Als er schon in der Tür stand, drehte er sich noch einmal zu ihr um. Sie lächelte im Schlaf.

Zehntes Kapitel

Anton war verwirrt, als die Sonne sein Gesicht kitzelte und ihn unnachgiebig aus dem Schlaf holte. Er hatte geträumt. Von einem widerspenstigen Weib mit wilden, blonden Locken. Sie hatte ihn erbost angefunkelt, die Hände wütend in die Seiten gestemmt und er war völlig verzaubert von ihr gewesen. Er schnappte sich sein Kopfkissen und drehte sich auf den Bauch, nicht gewillt, das Kissen oder den Traum so mir nichts, dir nichts einfach loszulassen. Trotz aller Bemühungen, wieder einzuschlafen und zurück zu der Traumfrau zu sinken, blieb sein Vorhaben fruchtlos. Plötzlich sickerte die Erkenntnis, von wem er da geträumt hatte, in sein Bewusstsein und dann war er schlagartig hellwach. Er sprang aus dem Bett, wütend auf sich selbst. Zwischen Lauras Familie und seiner eigenen bestand eine jahrzehntelange Fehde und er war nicht gewillt, als Erster nachzugeben. Es war nun wirklich Zeit, dass sie von hier verschwand. Wieso nur hatte er ihr schon zum dritten Mal widersprochen, als sie sagte, sie wolle nach Hause. Beim nächsten Mal würde er sie nicht mehr zurückhalten.

Als er ins Bad ging, konnte er bereits im Flur den Duft von Sanddorn riechen. Sie war also schon auf. Umso besser! Dann ging es ihr gut genug, dass er sie nach dem Frühstück nach Hause bringen konnte. Er duschte ausgiebig, putzte sich die Zähne und fuhr sich nachlässig durch seine dichten Haare. Als er wenig später vollständig angezogen an der obersten Treppenstufe stand, vernahm er ein leises Klappern und der Duft nach frischem Kaffee stieg ihm in die Nase. Leise ging er nach unten und öffnete die Tür zur Küche. Sie stand mit dem Rücken zu ihm, bekleidet nur mit den Shorts und einem knappen apricotfarbenen Trägershirt. Ihre Haare waren durch den Schlaf nicht mehr so lockig wie am Vorabend, sondern hingen in weichen Wellen, in denen sich das Sonnenlicht spiegelte, weit in ihren Rücken hinab. Behände schnippelte sie an irgendetwas, das er nicht sehen konnte, herum, öffnete die Oberschränke, las die Etiketten auf den Gewürzdosen, nahm die Pfeffermühle, Salz und noch etwas anderes heraus. Wie er sie so da stehen sah, überkam ihn ein unbändiges Verlangen, sie herumzudrehen, zu sich zu ziehen und sein Gesicht in ihren Haaren zu vergraben. Seine Lippen suchten ihren Hals, knabberten an ihrem Ohrläppchen, wanderten tiefer …

»Guten Morgen. Sind Rühreier mit frischen Paprika und Speck in Ordnung?«

»Wie bitte?« Verwirrt drückte er sich vom Türrahmen ab, an dem er gelehnt hatte. Wie konnte sie in so einer Situation an so etwas Profanes wie Essen denken? Dann schüttelte er sein Verlangen ab, der Zauber verflog und Anton hatte sich wieder unter Kontrolle. »Ja, sicher. Rühreier sind wunderbar.«

»Ist etwas?« Irgendetwas an seinem Verhalten stimmte sie nachdenklich. Etwas in seinem Inneren schien weicher geworden zu sein. Vermutlich würde er sie heute nicht mehr von der Straße hupen, wenn sie ihm den Weg versperrte. So gesehen hatte ihr Wanderunfall auch etwas Gutes gehabt. Außerdem sah er mit seinen nachlässig gekämmten Haaren, der sommerlichen Bräune und dem Dreitagebart einfach zum Anbeißen aus. Sie seufzte innerlich.

»Riecht gut.« Mittlerweile stand er neben ihr und schnupperte. Schnupperte und kam noch ein Stück näher. »Sind das die Eier, oder was duftet hier so verlockend?«

Nun stand er so nah, dass sie den Kopf in den Nacken legen musste, um ihm in die Augen zu sehen. Unvermittelt streckte er seine Hand nach ihren Haaren aus. Ihr Körper drängte sich ihm entgegen, warm und weich, ihre Lippen öffneten sich leicht. Flüchtig berührten sie sich, voneinander angezogen wie die Motten vom Licht. Er zog ihren Kopf heran, strich mit dem Daumen leicht über ihre Unterlippen und sein Blick war dunkel vor Verlangen.

»Einen wunderschönen guten Morgen!« Mit einem dumpfen Knall fiel die Haustür ins Schloss und Laura und Anton Oberhofer fuhren wie von der Tarantel gestochen auseinander.

»Hallo Maria!«, rief er. »Wir sind in der Küche.« Er warf Laura einen unergründlichen Blick zu und ging Maria entgegen, um sie in den Arm zu nehmen und ihr einen Kuss zu geben.

Laura wandte sich schnell ab, Röte schoss ihr ins Gesicht. Aus Scham, aus Zorn, sie hätte es nicht sagen können. Wie konnte sie sich auch nur eine Sekunde lang so gehen lassen, einen Mann zu küssen, der mit einer anderen zusammen war und der sie zudem noch nicht mal leiden konnte? Und auf ihn war sie so wütend, dass sie ihm am liebsten die Pfanne mit dem gesamten Inhalt über den Kopf gezogen hätte.

»Das riecht aber gut«, stellte Maria fest und warf einen Blick über Lauras Schulter. »Frühlingszwiebeln, Paprika und Speck. Hervorragend. Reicht es für drei?« Sie stellte einen Korb und eine Stofftasche auf den Küchentresen. »Ich hab Orangen mitgebracht, die werden wir entsaften. Und danach machen wir einen kleinen Spaziergang. Dein Kreislauf braucht ein wenig Schwung.«

Gut, dass sie keine Ahnung hatte, wie sehr Lauras Kreislauf gerade in Schwung gekommen war. Angesichts Marias Fröhlichkeit war ihr die unmögliche Situation, in die sie fast geraten wäre, noch peinlicher.

Maria hatte zwei Strohhüte und Sonnenschutzcreme mitgebracht. Obwohl Laura skeptisch war, was den Spaziergang anbelangte, ließ sie sich schließlich doch dazu überreden. Anton hatte ihre hellbraunen Sneakers von zu Hause mitgebracht, in der berechtigten Annahme, dass sie ihren Bergschuhen nun keinen Schritt mehr über den Weg traute.

Maria schlug ein gemächliches Tempo an. »Schau, da drüben.« Sie zeigte auf einen breiten Weg, der leicht bergauf verlief. »Da kommen wir auf den Westerberg Höhenweg. Bis auf ein kleines Stückchen ist das alles ein breiter Forstweg. Du brauchst dir keine Sorgen machen. Ich bin mir sicher, dass du das schaffst. Und falls dir wirklich die Puste ausgeht, dann lassen wir uns mit dem Auto abholen.«

Das klang alles recht einfach. Außerdem hatte Maria einen großen Rucksack dabei, in dem sie eine Picknickdecke, genug zu trinken und eine Brotzeit verstaut hatte. Lauras Protest dagegen, dass sie alles alleine schleppen wollte, wischte sie mit einer Handbewegung weg. »Du bist schwach und krank. Für dich wird es ohne Rucksack anstrengend genug.«

Sie wanderten eine gute Stunde, ohne Rast zu machen. Der Weg verlief durch den Wald, der ihnen kühlenden Schatten spendete und immer wieder einen Blick auf den Schliersee freigab. Dann suchten sie sich ein Plätzchen, ließen sich auf der mitgebrachten Decke nieder und genossen die herrliche Aussicht, aßen frische Vinschgauer Weckerl, wie Maria die kleinen dunklen Brotfladen nannte, Schwarzwälder Schinken, Käse und frische Tomaten. Zum Nachtisch gab es eine frische Ananas und ein Glas Rotwein. Laura staunte, was alles aus dem Rucksack zutage kam.

»Spätestens wenn wir das alles gegessen haben, musst du mich tragen«, ächzte sie. »Dann kann ich mich keinen Zentimeter mehr bewegen.«

»Das musst du auch nicht. Ab hier geht es nur noch bergab, da kann ich dich rollen.«

»Bergab? Das heißt, wir müssen später wieder hochlaufen? Ich glaube, das wird mir doch zu viel.« Obwohl sie eine gute Grundkondition hatte, war sie überrascht davon, wie schnell sie außer Puste war.

»Ich hab umdisponiert«, gestand Maria. »Vorausgesetzt du bist einverstanden, laufen wir runter zum Schliersee. Das ist ein wunderschöner Weg, der an einem Bach entlangführt. Wir kommen unten beim Gasthaus Hennerer raus, dort können wir Kaffee trinken und uns später von Anton abholen lassen.«

Anton, schon wieder. Dabei war Laura froh, dass sie ein paar Stunden nicht an ihn gedacht hatte.

Maria hatte nicht zu viel versprochen. Der Weg war einfach zu gehen, stetig bergab und die sonnenbeschienenen Stellen des Wildbachs, der durch den Wald rauschte, lockten sie immer wieder zu einer kleinen Pause.

Als sie gemütlich beim Hennerer ihren Kaffee tranken, setzte Laura endlich zu der Frage an, die ihr seit Tagen unter den Nägeln brannte. »Sag mal, der Anton und du, ihr seid doch –«

Bevor sie ihre Frage fertig stellen konnte, schlug eine Autotür zu und ein schwarzgelockter Wirbelwind rannte auf die beiden Frauen zu. »Mama«, schrie er schon von Weitem und stürzte sich in Marias Arme.

Die lachte aus vollem Herzen und zog den Knirps an ihre Brust. »Hallo mein Großer«, sagte sie und wuschelte ihm durch das dichte Haar. Dann stellte sie ihm ihre neue Freundin vor. »Schau mal, das ist Laura, die kommt aus Berlin. Sag ihr Guten Tag.«

Schüchtern setzte sich der Bengel kerzengerade auf und starrte verlegen zu Boden, als er ihr die Hand reichte. »Hallo, ich bin Stefan«, murmelte er halbherzig, um sogleich sein Gesicht in den Haaren seiner Mutter zu vergraben.

»Er war ein paar Tage bei seinen Großeltern in Miesbach«, erklärte Maria. »Anton hat ihn gerade wieder abgeholt.«

Lauras Blick war von dem Knirps zu Anton gewandert und wieder zurück. Die Ähnlichkeit war frappierend. Eine eisige Hand umklammerte Lauras Rückgrat und ihre Verachtung für den Ziegenhüter wuchs. Nicht nur, dass er eine Freundin hatte, die er offensichtlich nur zu gern betrügen würde, er war auch noch der Vater eines entzückenden kleinen Jungen. Sie hatte keinerlei Verständnis dafür, dass er all das so leichtfertig aufs Spiel setzte. Und plötzlich machte es mit einem Schlag *klick* und sie wusste, wo sie Maria schon gesehen hatte. Oberhofers Homepage, natürlich! Die glückliche kleine Familie neben den Bremer Stadtmusikanten. Laura hätte sich ohrfeigen können. Dass sie Maria nicht früher wiedererkannt hatte, ließ sich nur durch deren Energie erklären, die Lauras Gehirn völlig vernebelt hatte.

Anton hatte inzwischen eine Weinschorle für sich bestellt und Stefan bekam einen Kakao. Dass Laura auffallend still war, schrieb er nichtsahnend der Erschöpfung zu, die nach dem langen Spaziergang von ihr Besitz ergriffen haben musste. Dass sie ihm nicht mehr in die Augen sah, wollte er dagegen überhaupt nicht wahrhaben.

Später hatte er Maria und ihren Sohn im Dorf abgesetzt und war mit Laura zu seinem Haus gefahren. Jetzt stand sie vor ihm und bat ihn um eine große Tasche.

»Wofür denn?«, fragte er verwundert.

»Ich möchte meine Sachen packen. Und diesmal ist es mir ernst. Denn langsam artet das hier zur Farce aus. Und wenn ich es fertigbringe, stundenlang spazieren zu gehen, dann schaffe ich es auch, zu Hause alleine für mich zu sorgen.«

In ihrer Stimme lag so viel Bestimmtheit, dass Anton nichts zu erwidern wusste. Stumm sah er ihr dabei zu, wie sie ihre Kleidung ordentlich zusammenfaltete und in der Sporttasche verstaute und anschließend ins Bad ging. Als sie, ohne ihn eines Blickes zu würdigen, mit Duschgel und Shampoo in den Händen zurück in den Flur treten wollte, versperrte ihr sein sehniger Arm den Weg.

»Ich werde dich nicht mehr aufhalten, versprochen«, sagte Anton und ging unvermittelt zum Du über. »Aber ich werde das Gefühl nicht los, dass heute Nachmittag etwas passiert ist, von dem ich nichts weiß. Tu mir also den Gefallen und lass mich nicht unwissend sterben.«

Verächtlich sah Laura ihn an. Dann gab sie sich einen Ruck. Im Grunde war es sowieso egal. »Ich danke dir für das, was du für mich getan hast, ehrlich. Aber dass du mehrmals versucht hast, dich mir zu nähern, das finde ich ausgesprochen schäbig. Nur weil ich zu schwach war, mich zu wehren. Und das ist unethisch.«

»Nun mach aber mal einen Punkt«, belustigt sah er sie an. »Ich hatte nicht das Gefühl, dass du dich überhaupt dagegen wehren wolltest.« Ungeachtet der Wut in ihren Augen strich er ihr eine vorwitzige Strähne hinters Ohr. »Du bist so schön, wenn du wütend bist, weißt du das eigentlich?«, murmelte er. »Was ist los, dass du schon wieder auf hundertachtzig bist?«

»Was los ist?« Irritiert über so viel Arroganz erwiderte sie endlich seinen Blick. »Du hast einen süßen kleinen Sohn und eine wunderschöne Freundin, und statt sie zu heiraten und für die beiden zu sorgen, versuchst du mir an die Wäsche zu gehen, selbst wenn Maria schon vor der Tür steht.« Laura schüttelte den Kopf, dass ihre Haare nur so flogen. »Es tut mir leid, aber ich versteh das nicht. Wieso müsst ihr Männer nur immer unbedingt noch eine und noch eine Eroberung machen? Es ist wohl nie genug. Selbst wenn ihr die schönste Frau eh schon habt.«

Antons verständnisloser Gesichtsausdruck war im Laufe

ihrer Tirade einem breiten Lächeln gewichen. Und nun lachte er aus vollem Hals.

»Was daran so lustig ist, muss ich ja nicht verstehen«, funkelte Laura ihn wütend an. »Aber würdest du mich bitte jetzt vorbeilassen!«

»Nein«, entgegnete er amüsiert.

»Nein?«, fragte sie fassungslos.

»Nein. Nicht ehe du mir zugehört hast.« Er fasste mit einer Hand in ihre Haare, griff ihren Kopf und zog ihn her zu sich.

Hilflos, mit Shampoo und Duschgel in der Hand, versuchte sie sich zu wehren, aber er ließ sie nicht los.

»Meine Freundin Maria und mein süßer kleiner Sohn«, murmelte er in ihr Haar, während seine Lippen ihren Mund suchten. »Maria ist meine Schwester und Stefan mein Neffe, du Schaf.«

»Das glaub ich jetzt nicht. Wieso hast du das denn nie gesagt?« Laura lehnte mit weichen Knien im Türrahmen und sah ihm zu, wie er die Reste des Duschgels vom Boden wischte, das ihr bei seinem leidenschaftlichen Kuss aus der Hand geglitten war.

Anton stand auf und warf den Lappen ins Waschbecken. »Ich dachte, du wüsstest über meine Familienverhältnisse Bescheid. Du weißt doch auch sonst alles. Aber jetzt verstehe ich endlich, weshalb du die ganze Zeit so zickig warst. Du hast wirklich geglaubt, dass ich mit Maria zusammen bin?« Amüsiert schüttelte er den Kopf. »Und ich dachte, du wolltest dich einfach zieren.«

Für einen kurzen Augenblick kniff Laura den Mund zusammen. Dann gab sie sich einen Ruck. »Woher sollte ich denn deine Familienverhältnisse kennen? Ich wusste lediglich, dass dein Vater nicht dein richtiger Vater war und mit meiner Tante im Dauerclinch lag. Kein Mensch hat jemals erwähnt, dass du überhaupt eine Schwester hast. Ich weiß ja noch nicht mal, was mit deiner Mutter ist.«

Nun war es an Anton, verkniffen zu schauen. »Unerfreuliches Thema«, sagte er kurz angebunden. »Und auch nicht wichtig.«

»Ach komm schon, natürlich ist das wichtig. Sonst würdest du nicht ein Gesicht machen wie zwei Wochen Regenwetter. Spuck es einfach aus. Irgendwann erfahre ich es ja doch. Wenn wir schon dabei sind, alte Kamellen auszugraben, dann hak das doch gleich mit ab.«

Unschlüssig drehte er eine ihrer Locken um seinen Finger. »Meine Mutter ist keine schlechte Frau, glaube ich zumindest«, fing er stockend an. »Sie hat zwei Kindern das Leben geschenkt und hatte wohl das Gefühl, dass sie ihrer Pflicht Genüge getan hat, als wir groß genug waren, um ohne sie überleben zu können.«

»Und was heißt das im Klartext?« Laura sah ihn verständnislos an. »Dann lebt sie also noch?«

Anton seufzte. »Ja, sie lebt noch. Sie hat sich eine Finca auf Mallorca gekauft und gibt ihrem schlechten Gewissen alle zwei Jahre nach, um hier nach ihren Kindern zu sehen.«

Laura sah ihn spöttisch an. »Mein lieber Schwan, ich hätte nicht gedacht, dass du so stur sein kannst. Besuche funktionieren nämlich in zwei Richtungen, verstehst du?«

»Was du nicht sagst!« Anton zog an der Locke wie an einem Glockenstrang. »Nur dass das nicht funktioniert, wenn die Person, die man gerne besuchen möchte, es sich zeitlich nie einrichten kann. Frag doch Maria, wenn du es nicht glaubst. In all den Jahren konnten wir gerade einen einzigen Termin finden, an dem meine Mutter Zeit hatte, uns bei sich zu empfangen. Und trotz allem ist sie eine ausgesprochen liebenswürdige Person, wenn man sie mal zu Gesicht bekommt. Aber wie gesagt, Schwamm drüber. Ich mag nicht darüber reden, weil es unergiebig ist.«

»Und weil es dich verletzt, gib es doch zu.«

»Meinetwegen, damit du endlich Ruhe gibst. Es verletzt mich und das ist alles, was ich dazu noch sage.«

Später lagen sie Arm in Arm zusammen auf dem großen Sofa im Wohnzimmer, überwältigt von ihren Gefühlen füreinander und der Perspektive, die sich so unerwartet ergeben hatte.

»Willst du immer noch nach Hause?«, flüsterte er in ihr Ohr.

»N-n«, antwortete sie kopfschüttelnd. Eigentlich wollte sie darüber überhaupt nicht nachdenken. Und am liebsten wäre ihr gewesen, die ganze Nacht in seinem Arm im Wohnzimmer zu liegen. Das alles war zu frisch, um die Nacht mit ihm zu verbringen, und ihre Verwirrung wich nur langsam einem unverschämt guten Gefühl in ihrem Bauch. Als sich die Entscheidung nicht länger hinauszögern ließ, hob er sie kurzerhand hoch und trug sie wie eine Feder in den ersten Stock.

»Du kannst gern in deinem alten Zimmer schlafen, wenn du dich dabei wohler fühlst. Aber ich hätte dich gern bei mir, die ganze Nacht.«

Das leichte Kratzen, das sein Dreitagebart an ihrem Hals verursachte, ließ ihr eine Gänsehaut den Rücken hinablaufen. »Du darfst auch angezogen bleiben, versprochen. Ich will einfach nur, dass du da bist. Bei mir.«

Zögernd hatte sie sich auf sein Angebot eingelassen. Das Verlangen in ihr brannte wie Feuer und doch ging ihr alles viel zu schnell. Und sie hätte keine Hand für sich selbst ins Feuer legen können.

Doch er hatte Wort gehalten. »Sch…«, machte er, als sie sich an seinen Shorts zu schaffen machte. »Führ mich nicht in Versuchung!« Schwer atmend hielt er ihre Hände fest. »Ich will nichts tun, was du morgen bereuen könntest. Aber wenn du damit weitermachst, dann kann ich für nichts garantieren.«

Als die Sonne am nächsten Morgen in ihrer Nase kitzelte und sie sich unwillig auf die andere Seite drehen wollte, versperrte ihr ein Arm den Weg. Irritiert hob sie den Kopf und dann kamen die Erinnerungen. Sie ließ sich in die Kissen zurücksinken und dachte nach. Eine wohlige Wärme machte sich in ihr breit und mit einem Mal fing ihr Herz an, wie verrückt zu schlagen. Ein ganzer Schwarm Schmetterlinge fuhr in ihrem Bauch Achterbahn und ein Lächeln machte sich auf ihrem Gesicht bei dem Gedanken breit, dass plötzlich alles erlaubt war. Als sie ihren Kopf zu ihm drehte, sah er sie mit einem verträumten Blick an.

»Guten Morgen, meine Schöne.«

Sie stützte sich auf die Ellbogen und starrte ihn an. »Träume ich das gerade?«

»Ich glaube nicht«, erwiderte er und strich ihr zärtlich mit dem Zeigefinger übers Gesicht. Dann malte er mit der Fingerkuppe ihre Lippenkonturen nach. Als sie nach seinem Finger schnappte und leicht zubiss, lächelte auch er. Er zog sie heran und gab ihr einen Kuss. »Du siehst aus wie ein Engel, wenn du schläfst.«

»Du hast mich nicht beim Schlafen beobachtet!«

»Doch«, gestand er. »Es ist allerdings schwer zu glauben, dass dieser Engel so stur sein kann wie ein Maulesel.«

»Hast du Lust, später nach Rottach-Egern zum Kaffeetrinken zu fahren?«, fragte Anton. »Dort könnten wir auch nach einem Mountainbike für dich schauen.«

Amüsiert über seinen Eifer lächelte sie. »Woher weißt du denn, dass ich schon darüber nachgedacht habe?«

»Hast du?«, murmelte er, knabberte an ihrem Hals und streichelte mit der Hand ihren durchtrainierten Oberschenkel. »Das wusste ich nicht. Aber wenn diese unglaublichen Beine zu etwas gut sind, dann dazu, sie in einer kurzen Fahrradhose zur Schau zu stellen.«

»Was ist denn mit den beiden Fahrradläden in Schliersee?«, fragte Laura arglos. »Das ist doch auch näher, oder? Wär es nicht besser, wenn ich ein Rad da kaufe, wo ich näher am Geschäft bin, falls mal irgendwas damit ist?«

Insgeheim musste Anton ihr recht geben. Allerdings hatte die Sache einen Haken. »Wenn man bedenkt, welchen Wirbel deine Ankunft hier ausgelöst hat, möchte ich es gern etwas langsamer angehen lassen. Nicht, was du denkst«, sagte er schnell, als sich ihr Gesicht verschloss. »Aber unsere lieben Vorfahren haben eine jahrzehntelange Fehde ausgetragen, in die ich seit meiner Kindheit involviert war.« Er hob entschuldigend die Schultern. »Und es gibt kaum jemanden im Gei, der nicht Partei ergriffen hat. Wir können nicht einfach so Hand in Hand rumlaufen und mir nichts, dir nichts auf eitel Sonnenschein machen. Die Sturköpfe hier müssen auch erst in die neue Situation hineinwachsen«, sagte er mit einem schiefen Grinsen. »Du hast bis vor ein paar Wochen nichts davon gewusst, deswegen kannst du das vermutlich auch nicht verstehen. Wir kommen dir sicher vor wie die letzten Hinterwäldler.«

Irgendwie schon, da musste Laura ihm zustimmen. Andererseits … Auch ihr waren in ihrer Kindheit Dinge eingeimpft worden, die zu überprüfen sich zumindest lohnte. Und Anton war auf dem besten Weg, seine Überzeugungen aus Kindheitstagen auf den Prüfstand zu stellen. Und außerdem wollte sie die Schmetterlinge in ihrem Bauch nicht schon zu Beginn verhungern lassen. Auch wenn die Vorstellung im ersten Moment wehtat, dass sie vorerst nicht händchenhaltend mit ihm durch den Ort laufen und ihr Glück einfach laut hinausschreien konnte.

»Musst du denn heute nicht arbeiten?«, fragte sie schließlich.

»Dienstagnachmittags ist meistens nicht soviel los. Das kann mein Partner gut allein übernehmen.«

Dienstag, dachte Laura erstaunt. Seit ihrem Ausflug in die Berge war also schon eine Woche vergangen und seither hatte sich ihr ganzes Leben umgekrempelt.

Ohne sich dazu verabredet zu haben, trafen sie sich wieder in seinem Schlafzimmer, nachdem sie beide im Bad gewesen waren. Anton hatte Tee gekocht, während sie geduscht und die Zähne geputzt hatte.

»Hunger?«, fragte er und hielt ihr eine leicht angeschlagene Tasse mit einem Hundekopf vor die Nase.

Sie stutzte und sagte: »Der sieht ja aus wie …«

»Er sieht nicht nur so aus. Ich habe Stefan im letzten Sommer gezeigt, wie man fotografiert. Und sein liebstes Motiv ist und bleibt wohl auch noch eine ganze Zeit Dschinn. Die Tasse hab ich dann von ihm zum Geburtstag bekommen.«

Sie quittierte seine Erklärung mit einem lasziven Lächeln und sagte: »Um auf dein Angebot zurückzukommen. Ich habe Hunger, ja. Wie ein Wolf.«

Enttäuscht von ihren Worten, die ihren Gesichtsausdruck Lügen straften, stellte er Rühreier oder Pfannkuchen zur Auswahl.

»Pfannkuchen.« Ihre Augen leuchteten, als sie ganz nah zu ihm trat, einen Finger in das Handtuch einhakte, das er sich um den Bauch gebunden hatte, und leicht daran zog. Einen Augenblick später gab es seinen Widerstand auf, fiel zu Boden und offenbarte, dass dem Mann der Sinn nach etwas ganz anderem stand als nach Frühstück. »Rühreier«, kicherte sie. Dann schoss ihr urplötzlich die Röte ins Gesicht. Verlegen blickte sie zu Boden. Nur dass sich das Objekt ihrer Begierde damit vollends in ihr Blickfeld drängte. Schüchtern streckte sie die Hand danach aus, berührte zart das gerötete Köpfchen, ließ den Finger einmal herumkreisen und zeichnete dann die Ader nach, die den Schaft hinunter in den sorgfältig auf wenige Millimeter gestutzten Haaren verschwand.

»Was machst du da …«, fragte er mit einem Stöhnen, als ihr Finger den Weg zurück nach oben antrat. Nun umfasste sie den harten Schaft mit ihrer ganzen Hand und fing an, ihn mit sanftem Druck zu massieren. Dann kniete sie sich vor ihn, befeuchtete die Eichel mit ihrer Zunge und leckte den Tropfen auf, der in dem schmalen Spalt schimmerte. Schließlich nahm sie ihn zur Gänze in den Mund, saugte und leckte abwechselnd, während ihre Hand nicht aufhörte, an ihm auf- und abzugleiten.

Er stützte sich mit den Händen in den Türrahmen, kaum in der Lage, sich auf den Beinen zu halten. Schon bald spürte er, dass es nicht mehr lange dauern würde und er würde direkt in ihren Mund kommen. Unter Aufbietung seines letzten Willens zog er sich zurück, packte Laura unter den Armen und zog sie hoch.

Leicht wie eine Feder umfasste er ihre Taille und trug sie zum Bett, während er nicht müde wurde, ihren Hals zu küssen. Er setzte sie auf das Bett, kniete sich vor sie und öffnete ihre Bluse. Knopf für Knopf ließ er seinen Mund nach unten wandern. Als genügend Knöpfe offen standen, zog er den Stoff zur Seite und suchte ihre Brustwarze, die sich ihm entgegenreckte. Er kitzelte mit seiner Zunge darüber, umkreiste sie und sog sie in seinen Mund. Unter ihrem wohligen Stöhnen verhärtete sich die Knospe weiter, während er seine Hände wandern ließ. Schließlich schob er den Stoff über ihre Schultern und ließ das Hemd nach hinten gleiten. Seine Hand glitt nach unten und fand kurz darauf eine weitere Knospe, die sich ihm nicht minder frech entgegendrängte.

Als er spürte, wie feucht sie war, stieß er einen erregten Laut aus. Er ließ einen Finger in sie gleiten, tastete sich vorwärts, bis er eine Stelle gefunden hatte, an der sie laut aufstöhnte. Mit sanftem Druck massierte er den Punkt, ließ ihren Nippel los und wanderte mit seinen Lippen nach unten. Kurz liebkoste er ihr hübsches Bäuchlein, biss spielerisch hinein, und ehe sie sich auch nur dagegen wehren konnte, setzte er seine Reise fort. Schließlich hatte sein Mund ihre Scham erreicht. Er teilte die Lippen mit seiner Zunge und tastete sich zu der rosigen Knospe vor, die durch ihre Lust dick angeschwollen war. Während sein Finger weiter den verheißungsvollen Punkt in ihr massierte, kreiste seine Zunge um ihren Kitzler herum und brachte sie weiter zum Stöhnen. Ihre Haut war von einem Schweißfilm überzogen, und als er spürte, dass sie kurz davor war, zu kommen, verlangsamte er seine Bewegungen.

Enttäuscht stöhnte sie auf, kurz davor, in Tränen auszubrechen. Doch er blieb unnachgiebig. Er richtete sich auf, während er sein Gesicht in ihren Haaren vergrub, packte ihre Oberschenkel mit beiden Händen und zog sie zu sich her. Dann nahm er seinen Penis in die Hand, teilte ihre Scham und drang ein kleines Stück in sie ein. Dort verharrte er eine Weile und gab ihr Zeit, sich an ihn zu gewöhnen. Stück für Stück schob er den harten Schaft weiter in sie hinein, bis er sie schließlich ganz ausfüllte. Nun begann er, sich langsam und rhythmisch in ihr zu bewegen. Als sie erneut vor Lust stöhnte, unterbrach er sein Spiel ein weiteres Mal. Er zog sich zurück und stand auf. Sein Schwanz ragte vor ihrem Mund auf, eine eindeutige Einladung.

Wenig später nahm er sein Spiel wieder auf. Seine Lippen suchten den Weg zu ihrer Scham, während sich ein Finger wieder mit dem geheimnisvollen Punkt beschäftigte.

Doch diesmal hörte er nicht auf. Als er spürte, dass sich ihr Körper wie eine Feder spannte, sog er ihren Kitzler ein, umkreiste ihn mit seiner Zunge, während sein Finger den Druck leicht verstärkte. Der Orgasmus kam wie ein Erdbeben und ihr Körper wurde von einer Lust geschüttelt, die sie in dieser Intensität noch nie erlebt hatte.

Er gab ihr Zeit sich zu erholen. Vorsichtig zog er seinen Finger zurück und zeichnete die Konturen ihrer Lippen nach. Als sie die Zunge herausstreckte, ließ er sie daran lecken und ihre eigene Lust schmecken. Dann setzte er sich auf die Bettkante, hob sie hoch und setzte sie rittlings auf sich. Er drang in sie ein, kreuzte ihre Füße in seinem Rücken, bis sie einen stabilen Sitz hatte, umfasste ihre Pobacken und begann, sich unter ihr zu bewegen.

Nun nahm sie ihn gänzlich in sich auf, ritt ihn wilder und rächte sich, als sie spürte, dass sein Atem schneller ging. Sie hob ihr Gesäß so weit, dass es gerade reichte, dass er nicht herausrutschte, und widersetzte sich der Aufforderung seiner Hände, wieder hinunterzugleiten. Ihre Hände gruben sich in seine Haare, ihre Lippen suchten sein Ohrläppchen und dann stöhnte sie ihre Lust leise in sein Ohr.

Völlig verrückt und außer sich hielt er die Qual nicht länger aus. Er umklammerte sie mit einem Arm, hob sie leicht an und rollte sich über sie. Seine Finger spielten kurz mit ihren Warzen, die sich ihm wie reife Kirschen entgegenreckten, dann fasste er ihre Handgelenke, hob sie über ihren Kopf und zögerte nur noch ein einziges Mal, als er spürte, dass sie noch nicht so weit war wie er.

Elftes Kapitel

Als Laura aus ihrer Benommenheit auftauchte, störte sie ein leises Geräusch. Dissonant und sehr weit entfernt. Irritiert versuchte sie, einzuordnen, was das sein konnte.

»Oh nein«, murmelte sie schließlich unwillig. »Hast du nichts Besseres im Programm?«

»Was?« Anton, der mit seinem linken Zeigefinger Kreise auf ihren Bauch malte und dabei langsam tiefer wanderte, hielt inne und stemmte sich auf seine Ellbogen. »Das ist nicht gerade ein Kompliment, oder?«

»Was? Ach Quatsch. Dein Klingelton. ›Highway to Hell‹ ist doch schon so was von Asbach.«

»Scheiße.« Wie von der Tarantel gestochen sprang Anton auf, verfing sich im Bettlaken und wäre der Länge nach auf den Boden geschlagen, wäre nicht die Tür praktischerweise so im Weg gewesen, dass er sich gerade noch daran festhalten konnte.

Zwei Minuten später kam er mit dem Handy am Ohr zurück. »Ja, verdammt, ich weiß. Ein Notfall«, sagte er und zwinkerte ihr zu, während seine Hand ihren nackten Bauch streichelte. Unter den kratzigen Schwielen gab sie ein leises Geräusch von sich.

»Was? Ja, genau. Du hörst sie ja quieken. Das war die Muttersau. Oh, verdammt, ich glaube, da kommt noch was.« Er konnte gerade noch rechtzeitig auflegen, bevor sie ihm ein Kissen über den Kopf zog.

»Die Muttersau, was? Na warte …«

Eine halbe Stunde später hatten sie erneut geduscht, diesmal, der Einfachheit halber, zusammen. Fast hätte die Duschorgie ein ähnliches Ende genommen, aber nun blieb Anton standhaft. »Nein. Nimm deine Hände da weg. Ich muss in die Praxis. Hör sofort auf damit, du nimmersattes Miststück.«

Als sie noch gemeinsam aus einer Tasse den bereits kalten Tee tranken, wollte Laura nun doch wissen, wer das gewesen war.

»Wem zum Henker hast du erzählt, ich sei eine Muttersau?«

»Das war Berti, mein Partner. Ich hätte schon vor einer Stunde in der Praxis sein sollen, deswegen hat er angerufen und wissen wollen, was los ist. Tja, und nachdem du genau im passenden Moment gequiekt hast wie ein Ferkel ... Ich komme gegen vierzehn Uhr zurück und dann fahren wir zum Tegernsee.«

Ein, diesmal ernsthafter, Notfall verhinderte im letzten Augenblick den gemeinsamen Ausflug nach Rottach. »Es tut mir leid, aber das müssen wir verschieben«, sagte Anton am Telefon zerknirscht. »Ich muss zu einem Bauern, dessen Kuh kalbt. Das Kalb hat sich im Geburtskanal gedreht und steckt fest. Was machst du heute Abend?«

Später dann hatten sie bei Laura auf der Terrasse gegrillt. Anton hatte frische Steaks aus dem Ort mitgebracht, während Laura kurzerhand seine Speisekammer geplündert hatte, um nicht einkaufen fahren zu müssen. Allerdings beäugte Anton den Kartoffelsalat mit einer großen Portion Misstrauen. »Was ist das da für ein Zeug?«, deutete er mit der Gabel auf ein für ihn undefinierbares Etwas.

»Das Zeug, du Banause, sind Essiggürkchen und Mayonnaise.«

Er verzog das Gesicht. »Die Essiggurken gehen ja noch. Aber was zum Teufel hat Mayonnaise in einem Kartoffelsalat verloren?«

Laura schüttelte über so viel Borniertheit den Kopf. »Wos der Bauer ned kennt, des frisst er ned, das ist doch dein eigener Spruch, oder?«

»Touché«, grinste er, vor allem über ihren albernen bayerisch-berlinerischen Akzent, mit dem sie ihn aufzog. »Aber im Ernst, das fette Zeug kann man sich sparen.«

»Nun probier doch erst mal. Man kann doch nicht tagein, tagaus immer das Gleiche essen.«

In der Tat musste er später zugeben, dass die Mayopampe, wie er sie nannte, gar nicht so übel war. Und spätestens, als er sich das dritte Mal davon bediente, konnte er nicht mehr verheimlichen, dass es ihm sogar ausgezeichnet schmeckte.

Später dann hatte er sie erneut geliebt. Diesmal in ihrem Bett, unter dem Baldachin, den er mit einem Kopfschütteln als typisch weiblich abgetan hatte. Nur das sicher vierzig Jahre alte Schwarz-Weiß-Foto, das von ihrer sogenannten Tante neben dem Bett hing, hatte er entgegen ihrem Protest abgenommen und mit dem Gesicht zur Wand gestellt.

»Du glaubst doch nicht im Ernst, dass ich mir von der alten Hexe dabei zusehen lasse, wie ich dich vernasche, oder?«

»Was machst du da eigentlich?«, fragte Anton verschlafen, als sich frühmorgens eine Hand über seinen Kopf hinweg zu der anderen Seite des Bettes tastete.

»Ich will wissen, wie spät es ist.«

»Na, das wirst du in meinem Gesicht wohl nicht erfahren«, neckte er sie.

»Der Wecker«, murmelte sie undeutlich.

Ach so. Er drehte sich zur Seite und warf einen Blick auf den altertümlichen Zeitanzeiger und sagte: »Kurz vor acht, wieso?«

»Ach du Scheiße!« Erschrocken sprang sie auf. »Meine Freundin Gabi kommt für zwei Wochen zu Besuch. Und ich muss vorher unbedingt noch einkaufen. Ich habe keine Ahnung, wann sie hier ankommt, sie wollte mich anrufen und Bescheid geben, sobald sie in der BOB sitzt.«

Was Laura nicht ahnen konnte, war, dass Gabi schon angekommen war. Sie war am Abend vorher mit Helene noch ein Glas trinken gewesen und hatte aus Versehen den früheren Nachtzug bestiegen, nachdem sie zuvor überhaupt nicht gemerkt hatte, dass es zwei gab, die nach München fuhren. Nur dass der erste eben zwei Stunden vor dem anderen abfuhr und dementsprechend um fünf Uhr morgens in der bayerischen Landeshauptstadt ankam. Kurz entschlossen hatte sie darauf um sechs Uhr die bayerische Oberlandbahn, kurz BOB, genommen und war bereits um kurz nach sieben am Schliersee angelangt und direkt im Ort ausgestiegen, statt nach Neuhaus weiterzufahren. Mit einem Seufzer sah sie auf die Uhr. Es war definitiv zu früh, um Laura anzurufen. Sollte die erst mal ausschlafen, denn die Krankheit steckte ihr sicherlich noch in den Knochen.

Nachdem sie im Hotel Terofal ein wahrlich fürstliches Frühstück genossen hatte, beschloss sie, durch den Ort zu bummeln, bevor sie ihre Freundin anrief. Jetzt ärgerte sie sich, dass sie sich Lauras Adresse nicht hatte geben lassen. Was die für Augen gemacht hätte, wenn Gabi frühmorgens mit einem Taxi und frischen Brötchen vor ihrer Tür gestanden hätte! Sie deponierte ihren Koffer an der Hotelrezeption und beschloss, Laura noch eine halbe Stunde zu geben, während der sie sich einen Eindruck von dem Ort machen wollte, der zu Lauras neuer Heimat geworden war.

Sie überquerte die Hauptstraße, lief an der katholischen Kirche mit ihrem bezaubernden kleinen Friedhof vorbei und bog schließlich links in eine kleine Straße ab, die, von kleinen Geschäften flankiert, in Richtung See führte. Als sie an einem Sportgeschäft vorbeikam, stieß sie fast mit einem attraktiven Mann zusammen, dessen Gesicht ihr auf eine eigenartige Weise bekannt vorkam. Sie musste grinsen. Ja, natürlich, der Tierarzt aus dem Internet. Das musste Anton Oberhofer sein, Lauras größter Widersacher und Krankenpfleger in Personalunion. Neugierig folgte sie ihm in den Laden und bekam gerade noch mit, wie er durch eine Tür verschwand, hinter der sie ein Büro vermutete. Und tatsächlich begrüßte er lauthals einen Mann, den er Mick nannte. Nachdem die beiden eine Weile über dessen neueste Eroberung gelacht hatten, polterte es kurz, gefolgt von der Frage: »Hast du die Dinger verkauft?«

Gabi, die sich an dem der Tür nächstgelegenen Ständer mit den reduzierten Männerhosen zu schaffen machte, sah durch den offenen Türspalt, dass der gut aussehende Veterinär die Bergstiefel, die er in der Hand gehabt hatte, auf den Tisch gestellt hatte. Und sie sah, wie der bärtige andere Mann, der sich im Raum befand, über beide Ohren zu grinsen anfing.

»Ja, mi leckst am Arsch. Wie kommst du denn an die?«

»Sagen wir mal, ich hab sie ihrer Besitzerin abgenommen.«

»Haha, das war genial!«, amüsierte sich der Verkäufer königlich. »Das dämliche Gesicht von dem Weib hättest du sehen müssen. Die hat sich einfach jeden Scheiß erzählen lassen. Ich könnt wetten, dass die sich Blasen gelaufen hat, so groß wie Hühnereier.«

»Hat sie«, bestätigte Oberhofer trocken. »Und nicht nur das. Sie ist in ein Gewitter gekommen und hat sich eine fette Lungenentzündung geholt.«

Mick klopfte sich vor Vergnügen auf die Schenkel und lachte schallend los. »Das ist perfekt! Der haben wir es richtig gezeigt. Das dürfte dem Besen eine Lehre sein. Was glaubst du, wie schnell die jetzt wieder hier verschwindet!«

Gabi hatte genug gehört, außerdem war es Zeit, Laura anzurufen, damit die sie abholen kam, bevor sie der schweren Versuchung nachgab, einen der nagelneuen Eispickel von der Wand zu nehmen und auf die beiden Arschlöcher einzudreschen, die sich darüber lustig machten, dass ihre Freundin fast gestorben wäre. Kaum zu fassen, dass Laura dem einen sogar tagelang ausgeliefert gewesen war. Vermutlich hatte der Rosstäuscher sie nur deshalb gesund gepflegt, damit er sein perfides Spiel noch endlos weitertreiben konnte.

Es war kurz nach elf, als Lauras roter Golf auf den Parkplatz vor dem Terofal bog. Die Wiedersehensfreude der beiden Frauen kannte keine Grenzen. Gabi drückte Laura so fest, dass die keine Luft mehr bekam. Schuldbewusst ließ Gabi sie los. »Entschuldige«, sagte sie mit einem betretenen Gesichtsausdruck und strich ihrer Freundin über den Arm. »Ich hab über dem Ärger ganz vergessen, wie krank du warst.«

»Ärger?«, wiederholte Laura. »Welcher Ärger denn?«

»Ach, das erzähl ich dir später. Was ist, zeigst du mir nun endlich dein neues Heim?«

Zwanzig Minuten später drehte sich Gabi begeistert im Kreis. »Ist das eine Pracht«, rief sie aus. »Ich hätte es mir im Leben nicht so schön vorgestellt! Auf den Fotos, die du geschickt hast, kommt das bei Weitem nicht so traumhaft rüber.« Andächtig ließ sie sich ins Gras sinken. »Bist du dir sicher, dass deine Tante nicht die beste Freundin von *meiner* Oma war?«

Erst eine Stunde später konnte Laura Gabi dazu überreden, ins Haus zu kommen, so sehr nahm der Anblick der Berge ihre Freundin gefangen. Jetzt stand sie in der gemütlichen Bauernküche, bestaunte den riesigen Kachelofen mitsamt seiner Schlafbank, ging ins Wohnzimmer hinüber und wollte Laura die Treppe ins Obergeschoss folgen, als ihr Blick auf einen Stuhl fiel, über dem eine wattierte Jacke hing.

Als Gabi ihr nicht mehr folgte, kam Laura die Treppenstufen wieder hinunter und folgte dem Blick ihrer Freundin. Als die sie fragend ansah, wurde Laura rot.

»Nun sag bloß nicht, du hattest heute Nacht Männerbesuch.«

»Äh.« Einen Augenblick war Laura in Versuchung, zu schwindeln. Dann verwarf sie die Idee. Es würde sowieso ans Licht kommen. »Ja. Doch.«

Gabi grinste übers ganze Gesicht. »Du bist mir vielleicht eine! Kaum dass du ein paar Wochen hier bist, hast du einen Intimfeind fürs Leben gewonnen, bist am Berg verunglückt, wärst fast gestorben, und kaum kannst du dich wieder einigermaßen auf den Beinen halten, zieht auch schon ein neuer Mann in dein Leben ein.«

»Du übertreibst«, befand Laura, nicht gewillt, jetzt schon alles zu erzählen. Und schon gar nicht zwischen Tür und Angel. Das, was ihr in den letzten Tagen widerfahren war, brauchte ein Glas Prosecco als Rahmen. Mindestens eines.

Und nun verstand Gabi auch, was sie so irritiert hatte, als sie Laura endlich wiedergesehen hatte. Die Arme war zwar noch ziemlich wacklig auf den Beinen und man sah ihr durchaus auch an, dass sie krank gewesen war. Aber das war es nicht allein. In ihr war ein Leuchten, dass nur Verliebten eigen war. »Komm schon, erzähl«, sagte sie. »Wer ist der Glückliche in der Prinzenrolle?«

»Später«, vertröstete Laura sie. »Ich zeig dir erst dein Zimmer, und wenn du dich frisch gemacht und eingerichtet hast, dann ratschen wir.«

»Also, schieß los.« Gabi brannte vor Ungeduld, endlich zu erfahren, wer ihrer Freundin nach so kurzer Zeit so dermaßen den Kopf verdreht hatte, dass die stundenlang mit einem debilen Dauerlächeln durch die Gegend rannte.

Sie hatten zusammen Kuchen gebacken, das Abendessen

vorbereitet und es sich auf der Terrasse gemütlich gemacht. Die Sonne stand nicht mehr ganz so hoch am Himmel wie am Mittag, trotzdem war es noch immer sommerlich warm. Laura öffnete eine Flasche Valdo und goss einen kleinen Schluck in ihr Glas. »Mist. Der ist noch zu warm.«

»Wie sieht es mit Eiswürfeln aus? Und Aperol?«

»Gute Idee.« Laura flitzte in die Küche und kam zwei Minuten später mit einem betretenen Gesichtsausdruck zurück. »Keine Eiswürfel. Doppelt Mist. Hab ich völlig vergessen.«

»Oh Mann«, neckte Gabi sie. »Das heißt, ich muss meine Neugier noch zügeln, bis der blöde Valdo kalt ist?«

»Genau.« Laura lachte. »Aber inzwischen kannst du mir schon mal erzählen, welche Laus dir heute Morgen über die Leber gelaufen ist.«

»Ach das«, Gabi winkte ab. »Das willst du gar nicht wissen.« Mittlerweile war sie zu dem Schluss gekommen, dass es besser war, das unerfreuliche Gespräch, das sie belauscht hatte, einfach zu vergessen. Weshalb noch mehr Staub aufwirbeln. Das würde jetzt auch niemandem mehr helfen.

»Ach komm schon.« Jetzt war es Laura, die keine Ruhe gab. »Wenn dein Erlebnis heute am frühen Morgen passiert ist, dann waren daran sicher meine reizenden Mitmenschen in diesem komischen Ort hier beteiligt. An deren Marotten hab ich mich mittlerweile fast schon gewöhnt. Jetzt erzähl schon.«

Gabi sah Laura eine Weile lang nachdenklich an. Dann gab sie sich einen Ruck. »Na ja, du hast ja recht. Aber es ist schon komisch, dass ich ausgerechnet deinem Nachbarn in die Arme laufen musste, diesem Tierarzt. Und ich muss zugeben, anfangs habe ich gedacht, du übertreibst. Aber das ist ja noch schlimmer, als du erzählt hast.«

In ihrer Entrüstung entging Gabi völlig, dass das Gesicht

ihrer Freundin bei ihren Worten zu einer Maske erstarrte. »Was ist denn passiert?«, fragte sie jetzt leise.

Erst als Gabi am Ende der Geschichte angelangt war, fiel ihr auf, dass Laura irgendwann zur Seite geschaut hatte und nur noch teilnahmslos und mit leerem Blick in Richtung Berge starrte.

»Erde an Laura«, witzelte sie. »Hey, Sweetheart, was guckst du so traurig?« Als noch immer keine Antwort kam, beugte sie sich vor und schüttelte Laura am Arm. »Hallo, jemand zu Hause?«

Erst als Laura ihren Blick auf die Freundin richtete, bemerkte die, dass ihr Tränen die Wangen hinunterliefen. Das Verstehen kam mit einer Wucht, die Gabi schier umhaute.

»Ach du Scheiße«, flüsterte sie heiser. »Das kann doch nicht wahr sein. Du meinst, dieser Oberhofer ist der, der … Die Jacke gehört also ihm?«

Als Laura nur stumm nickte, zog Gabi sie in ihre Arme. »Dieser widerliche Drecksack!«, schimpfte sie. »Wenn ich das gewusst hätte, dann hätte ich mich doch bei den Eispickeln bedient.«

Erst Minuten später ging ihr auf, dass es der falsche Zeitpunkt war, um Rachepläne zu schmieden. Ihre Freundin brauchte jetzt einfach nur eine Schulter, an der sie sich ausweinen konnte.

Als es drei Stunden später an der Tür klopfte, war die Trauer einer unbändigen Wut gewichen. Dass die Keramikvase, die Laura nach Anton warf, am Türrahmen statt an seinem Kopf zerschellte, war einzig und allein dem Umstand geschuldet, dass ihr Arm nach dem fünften Aperol Spritz nicht mehr in der Art und Weise gehorchen wollte, wie ihr das lieb gewesen wäre.

»Vaschwinde«, schrie sie aufgebracht. »Ick will dir nie widasehn. Du Lump.« Dass sie nur wenige Zentimeter vor ihm ihr Gleichgewicht verlor und ihm fast in die Arme gefallen wäre, wurde nur dadurch verhindert, dass Gabi sie rechtzeitig auffing.

»Lass das Schwein«, sagte sie leise. »Der ist es doch gar nicht wert.«

»Genau.« Hicks. »Du Schwain, du biss nix wead. Vaschwinde!«

»Sie gehen wohl besser«, sagte Gabi eisig zu dem völlig verdatterten Anton Oberhofer. »Ich glaube nicht, dass Sie hier noch erwünscht sind.«

Zwei Tage später schlich Laura noch immer wie ein Gespenst durchs Haus. Die Bräune, die sie sich in Antons Garten geholt hatte, war erneut einer geisterhaften Blässe gewichen. Dass sie es kaum über sich brachte, etwas zu essen, tat Gabi in der Seele weh. Und sie hätte sich am liebsten nachträglich die Zunge abgebissen. Hätte sie auch nur im Entferntesten geahnt, was sie damit anrichtete, hätte sie Laura wider jede Vernunft niemals von dem belauschten Gespräch erzählt.

»Bitte Schatz, lass das.« Mit sanftem Nachdruck nahm Gabi Laura die Proseccoflasche aus der Hand. »Zehn Uhr am Vormittag und seit zwei Tagen keine feste Nahrung sind keine guten Voraussetzungen für Alkohol.«

»Ach, ist mir doch egal. Sind auch Kalorien. Wenigstens verhungere ich so nicht.«

»Nein«, sagte Gabi bestimmt. »Lass den Quatsch.« Sie zog Laura aus der Küche. »Zieh dir Schuhe an und komm mit.«

»Ich gehe nirgendwo hin. Und schon gar nicht hier in diesem beschissenen Kuhdorf«, weigerte sich Laura, auch nur einen Schritt vor die Tür zu gehen. »Ich reise morgen ab.«

»Du tust was?« Gabi schüttelte ungläubig den Kopf.

»Du hast schon richtig gehört. Mich hält hier nichts mehr. Ich will wieder nach Hause. Nach Berlin. Irgendwohin, wo mich nicht ein ganzer Ort auslacht, wo es keine beschissenen Berge mehr gibt und wo es keine Nachbarn gibt, die mir nach dem Leben trachten.«

Sanft streichelte Gabi über Lauras Arm. »Darum geht es doch gar nicht. Weder um die Berge noch um Menschen, die dir wurscht sein können, noch um dämliche Nachbarn. Es geht darum, dass du nicht glauben kannst, dass der Mann, in den du dich bis über beide Ohren verliebt hast, so einen hinterhältigen Plan ausgeheckt hat.«

»Verliebt, pah!« Laura stieß Gabis Arm zur Seite. »Es hat sich was mit verliebt. Dieses blöde Arschloch. Der wird mich noch kennenlernen.«

Gabi fiel es schwer, sich ein Lächeln zu verkneifen. »Was willst du denn nun? Abreisen oder es dem Vollidioten zeigen?«

»Ach, was weiß ich. Hör auf zu grinsen.« Laura ließ sich auf das Sofa fallen und vergrub ihren Kopf in den Händen. »Ich komme mir vor wie in einem Albtraum, aus dem ich nicht mehr aufwache. Und ich habe keine Ahnung, was ich machen soll.«

»Als Erstes solltest du wieder feste Nahrung zu dir nehmen«, entschied Gabi. »Ich hab dir zwei Tage lang beim Heulen zugesehen und damit ist ab sofort wieder Schluss. Du isst jetzt etwas und dann überlegen wir gemeinsam, wie es weitergehen soll.«

Dass am nächsten Tag auch Helene und Helge kommen wollten, hatte Gabi der völlig neben sich stehenden Freundin noch nicht beichten können. Sie hatte die beiden am Vorabend, nachdem Laura endlich in einen komatösen Schlaf gefallen war, angerufen und von dem Desaster mit dem zum Lurch verwandelten Prinzen berichtet. Dann hatten sie zu dritt entschieden, dass Gabi als Feuerwehr alleine nicht reichte, um das arme Mädel wieder aufzurichten.

»Komm, zieh dich an. Wir haben eine Verabredung.« Gabi hatte Laura schon am frühen Morgen aus den Federn geworfen und sie geradezu gezwungen, ein mit Wurst und Käse belegtes Brot zu essen. Und nun wollte sie sie auch noch aus dem Haus scheuchen.

Doch jetzt hatte Laura genug. »Gabi, hör bitte endlich auf damit, dich wie eine Glucke zu benehmen. Lass mich doch einfach in Ruhe.«

»Nein, das werde ich nicht.« Gabis Stimme nahm einen verärgerten Unterton an. »Während du dich nämlich in deinem Elend badest, vergehen meine Urlaubstage. Und so gern ich dir zur Seite stehe, ich möchte auch noch etwas mehr davon haben, als dir nur die Taschentücher zu reichen.«

Schuldbewusst war Laura nach einer weiteren Standpauke ihrer Freundin eingeknickt und hatte sich schließlich zum Mitkommen überreden lassen. Als sie jetzt auf dem Beifahrersitz ihres VW Golf saß, war sie Gabi sogar dankbar, dass die sie aus der Alm gescheucht hatte. Sie fuhren die Spitzingstraße hinab und konnten unter sich bereits den in sämtlichen Blautönen schimmernden Schliersee sehen. Nur ein paar Kondensstreifen trübten den ansonsten wolkenlosen Frühlingshimmel. Am Bahnhof Neuhaus angekommen, machte Laura ein ratloses Gesicht.

»Wohin fahren wir?«

»Lass dich überraschen.« Letztlich hatte Gabi beschlossen, dass die Ankunft der beiden Freunde bis zum Schluss eine Überraschung bleiben sollte. Umso besser, wenn Laura dachte, dass sie beide es waren, die mit der BOB irgendwo hinfahren wollten.

Als Gabi eine Viertelstunde später keine Anstalten machte,

in den aus München eingefahrenen und am Gleis wartenden Zug einzusteigen, dämmerte es Laura endlich. »Wer –« Kaum dass sie den Satz begonnen hatte, sah sie auch schon, wie sich Helenes unverkennbarer Rotschopf aus dem Zug schob. Laura stieß einen Schrei aus, ließ ihre Handtasche fallen und fing an zu rennen.

Kurz darauf lagen sich die vier in den Armen. Ohne dass es ihnen bewusst war, bildeten die Freunde einen Schutzwall um Laura, der Tränen der Rührung herabliefen, und schirmten sie vor den Augen der neugierigen Mitreisenden ab.

»Und, hab ich dir zu viel versprochen?«, fragte Gabi, die sichtlich erleichtert darüber war, dass sich Laura über den unerwarteten Besuch riesig freute. »Bist du mir nicht böse?«

»Das habt ihr wirklich schön ausgeheckt.« Eins war auch Laura sofort klar geworden. In dem Vierergespann war zwar jeder für jeden da, egal, zu welcher Tages- oder Nachtzeit, und jeder bekam von jedem Trost und Ansprache, aber da sie nun komplett waren, würden die Stunden des Trübsalblasens bald Vergangenheit sein.

Nichtsdestotrotz bestanden die Neuankömmlinge umgehend auf einem ebenso ausführlichen wie genauen Bericht. Und hatten beschlossen, dass es, ausnahmsweise, tatsächlich mal egal war, dass es noch Vormittag war. Nun saßen sie bei Prosecco und Aperol vor Lauras Haus. Helene und Helge stimmten darin überein, dass das Bewundern von Haus und Landschaft erst einmal warten musste. Zu wichtig war es, alles Neue und Unerwartete wie auch Unbequeme aus dem Mund der Hauptdarstellerin zu erfahren.

»Scheiße«, befand Helene, nachdem Laura die Geschichte mithilfe von Gabis Schilderung über das abgehörte Gespräch im Sporthaus erzählt hatte. »Ich verstehe die Welt echt nicht mehr. Wieso kann nicht einmal etwas gut ausgehen? Nur ein einziges Mal? Sind in unserem Alter einfach alle schon so verkorkst, dass man sich auf nichts und niemanden mehr einlassen kann, ohne tödlich verletzt zu werden? Ich habe zwar den Glauben an die Liebe noch immer nicht aufgegeben, aber egal, wo man hinschaut, es läuft doch alles schief.«

Als Helge gerade zu einer Antwort ansetzen wollte, kam das tiefe Brummen eines Achtzylinders verdächtig näher. Erschrocken sprang Laura auf, verschüttete ihren Prosecco und rannte ins Haus. »Sagt ihm, er soll sofort wieder verschwinden. Und dass ich nach Timbuktu ausgewandert bin«, rief sie von der Haustür herüber. »Wenn er sich noch einmal auf meinem Grundstück blicken lässt, verklag ich ihn wegen Hausfriedensbruch.«

Im selben Augenblick, als Helge witzelte, »von Timbuktu aus wird das aber schwierig«, schob sich die grimmig aussehende Motorhaube des schwarzen BMW X6 über die Kuppe. Als der Wagen vor der still gewordenen Gruppe bremste und ein gut aussehender Mann in lässigen, verwaschenen Jeans und einem T-Shirt, das seine Muskeln mehr betonte als verbarg, ausstieg, zog Helene hörbar die Luft ein. Nicht ohne sofort unter dem Tisch von Gabi getreten zu werden.

»Was wollen Sie denn noch hier? War das vorgestern nicht deutlich genug?«

»Ich glaube, Sie sollten sich da raushalten.« Der leichte bayerische Akzent und die männliche Stimme verursachten bei allen Anwesenden Gänsehaut. »Wo ist sie?«

»In Timbuktu«, erwiderte das Trio unisono.

»Hören Sie schon auf mit dem Scheiß. Entweder sie kommt heraus oder ich gehe hinein.«

»Das werden Sie nicht.« Energisch stand Helene auf und stellte sich vor ihn. »Sie will Sie nicht sehen, bitte akzeptieren Sie das. Und bitte gehen Sie wieder.«

»Einen Teufel werd ich tun.« Er hob den Arm und wollte Helene zur Seite schieben, als Helge, die leere Proseccoflasche in der Hand, hinter ihn trat.

»Nehmen Sie sofort Ihre Finger da weg oder ich schlage Ihnen den Schädel ein.«

Oberhofer drehte sich zu Helge um, der mit der erhobenen Flasche eher lächerlich als gefährlich aussah und zu allem Überfluss auch noch knallrot anlief, als Anton ihn von oben bis unten musterte.

»Haben Sie eigentlich alle den Verstand verloren? Ich bitte lediglich darum, mit meiner Freundin sprechen zu können, und Sie bedrohen mich?«

»Ich habe Sie nicht bedroht«, sagte Helene bestimmt. »Ich habe Sie, ganz im Gegenteil, sogar ausgesprochen höflich darum ersucht, von hier zu verschwinden. Aber wenn Sie das nicht sofort tun, dann hat es sich mit der Höflichkeit. Außerdem sollte ein Mann wie Sie merken, wann er verloren hat.«

Mit kaum verhohlener Wut musterte Anton das Trio, das nun geschlossen vor ihm stand und ihm den Weg zur Haustür versperrte. Er seufzte. »Dann richten Sie ihr bitte aus, dass ich hier war und sie sprechen wollte. Und dass ich es ziemlich unreif finde, einfach so mir nichts, dir nichts den Kontakt abzubrechen, ganz ohne Erklärung. Das ist nicht das Verhalten, das ich von einem erwachsenen Menschen erwarte.«

»Das ist nicht das Verhalten, das ich von einem erwachsenen Menschen erwarte«, äffte Helge Oberhofer nach, als der endlich mit seinem Angeberauto verschwunden war. »Seid ihr sicher, dass der nicht schwul ist?«, fragte er dann bedauernd. »Was für eine Verschwendung!«

»Spinnst du?«, fragten Gabi und Helene wie aus einem Mund.

»Der Typ ist das größte Arschloch, das auf Gottes schönen Bergen herumspaziert, und du machst dir Gedanken über seine sexuelle Ausrichtung?« Gabi schüttelte den Kopf.

»Du hattest ja auch schon reichlich Gelegenheit, sein Aussehen zu verdauen«, mischte sich Helene ein. »Helge hat schon recht. Der Arsch ist ein echtes Prachtexemplar.«

»Wo du schon wieder hingesehen hast«, sagte Helge. »Der Anblick war mir leider nicht vergönnt. Ich war viel zu beschäftigt damit, mir eine Stelle an ihm auszusuchen, an der ich die Proseccoflasche zerschmettern könnte.«

»Ich meine ja auch den Arschmann als Gesamtes, nicht sein Hinterteil.«

»Wenn es euch beruhigt, er sieht von hinten genauso gut aus wie von vorn.« Kaum hatte sich das tiefe Grollen des Achtzylinders weit genug entfernt, kam Laura wieder aus ihrem Versteck.

Helene seufzte. Helge seufzte. Und dann seufzte auch Gabi. Wie verkommen war nur diese Welt, in der die schönste Verpackung so viel Mist enthielt.

Zwölftes Kapitel

Anton Oberhofer hatte ein Problem. Nicht nur, dass er überhaupt nicht verstand, weshalb sich die Berliner Hexe plötzlich um hundertachtzig Grad gedreht hatte, er hatte auch offensichtlich keine Möglichkeit, das Weib ohne ihre so unerwartet aus dem hohen Norden angereiste Entourage zu erwischen. Und leider war die Anzahl seiner Spione begrenzt, da noch kaum jemand die bayerisch-berlinerische Völkerverständigung mitbekommen hatte. Kurz überlegte er, Franzi anzurufen, verwarf den Gedanken aber wieder. Seit er sie vor ein paar Jahren zu fortgeschrittener Stunde des Schlierseer Waldfestes leidenschaftlich geküsst und ihr am nächsten Tag eröffnet hatte, dass alles ein dem Alkohol geschuldetes Versehen gewesen war, war sie nicht mehr sonderlich gut auf ihn zu sprechen. In einmalig sturköpfiger Konsequenz hatte sie sogar die Seiten gewechselt und war ins feindliche Lager übergelaufen.

Auf Mick konnte er auch nicht mehr zählen, seit der ihn mit angebrochener Nase als blödes Arschloch tituliert hatte. Wenigstens hatte man sich darauf einigen können, beiderseitiges Stillschweigen zu bewahren und Gras über die Sache wachsen zu lassen. Und dem Rest seiner Verbündeten konnte er kaum auftragen, ihm Bescheid zu geben, falls das unerwünschte Weib alleine irgendwo auftauchte, ohne sich der Frage stellen zu müssen, wieso er das eigentlich wissen wollte. Ja, Anton Oberhofer hatte ein Problem.

Zwei Wochen waren seither vergangen und die Freunde hatten eine wunderschöne Zeit miteinander verbracht. Als hätte es das Wetter darauf angelegt, schien die Sonne ohne Unterlass, es wurde täglich wärmer und alle wünschten sich, die Zeit würde stehen bleiben. Für ein Jahr oder so. Mindestens. Sie erkundeten die Gegend, wanderten auf leicht begehbaren Wegen und Pfaden auf die Gipfel der näher gelegenen Berge, liehen sich Fahrräder oder lagen einfach nur faul im Point herum, dem berühmtesten Strandbad des Tegernsees. Lauras Wunden waren zwar noch nicht verheilt, aber die Abwechslung hatte sie auf andere Gedanken gebracht und das war auch gut so. Der Schmerz würde wiederkehren, sobald die Freunde abgereist waren, aber nicht mehr mit einer Wucht, die ihr die Luft zum Atmen nahm.

Schließlich kam der Morgen, vor dem Laura einen nicht

unerheblichen Bammel hatte. Schon beim Frühstück machte sich eine gewisse Unruhe breit, Koffer wurden nebenher gepackt, Gabi konnte ihre wattierte Übergangsjacke nicht finden und Helge kämpfte mit der Toilettenspülung, die seit dem Vorabend nicht mehr aufhören wollte zu tropfen.

»Nun lass doch«, sagte Laura. »Ich rufe morgen einen Installateur, der soll das richten. Setz dich zu uns. Ich muss in ein paar Stunden eh wieder auf euch verzichten. Das wird dann ganz schön gruselig, plötzlich wieder so einsam am Arsch der Welt.«

Später hatten sie sich zu viert in den Golf gequetscht, Taschen und Koffer auf dem Schoß, weil der Kofferraum hoffnungslos mit dem restlichen Gepäck und diversen Einkaufstüten überfüllt war. Da der Bahnhof Neuhaus wegen Gleisarbeiten vorübergehend gesperrt war, mussten sie zum nächsten Bahnhof nach Schliersee fahren. Dennoch ließ sich die Enge problemlos aushalten und sorgte für hysterisches Gekicher, als sie die fassungslosen Gesichter der Autofahrer sahen, die in Gegenrichtung in einem ellenlangen Stau standen.

»Was ist denn da los?«, fragte Helene fassungslos. »Gibt es hier was umsonst?«

»Nur der sonntägliche Wahnsinn«, antwortete Laura. »Schau dir mal die Nummernschilder an.«

»München, München, Miesbach, München, was ist TÖL?, München, München, München…«, murmelte Helge. »Da ist ja die ganze Großstadt unterwegs! Was wollen die denn alle hier?«

»Was wohl«, seufzte Laura. »Das Gleiche wie wir. Bei schönem Wetter geht das jedes Wochenende so.«

»Na ja, kann man ihnen nicht verdenken«, stellte Gabi nachdenklich fest. »Wenn ich in der Gegend wohnen würde, wäre ich auch jede freie Minute in den Bergen unterwegs.

Du kannst froh sein, dass deine Alm ein Stück ab vom Schuss liegt. Zumindest bekommst du von den Horden, die hier hereinbrechen, kaum etwas mit.«

»Aber wisst ihr, was echt Scheiße ist?«, fragte Helge mit gequältem Blick.

»Was denn?«

»Dass unser herzkrankes Sweetheart hier auf dem Rückweg vom Bahnhof in genau dem gleichen Stau stehen wird.«

»Scheiße!«, entfuhr es Gabi.

»Sag ich doch!«

»Ruf doch Franzi an und unternimm was mit ihr«, schlug Helene vor. »Wenn du dich gleich wieder auf den Rückweg machst, dann brauchst du sicher eineinhalb Stunden nach Hause.«

»Ich hab auch schon darüber nachgedacht, als ich das Chaos hier gesehen habe«, gestand Laura. »Aber ich habe eine viel bessere Idee. Das BOB-Ticket gilt doch für fünf Personen, oder?«

»Ich glaube schon«, sagte Helge und kramte in seinem Rucksack nach dem Fahrschein. »Warum?«

»Ich fahre mit euch nach München. Ihr müsst sowieso eine Stunde auf euren Anschlusszug warten, da können wir am Bahnhof noch was trinken gehen.« Laura lächelte schief. »Und ich habe dadurch noch eine Gnadenfrist, bis mich die Einsamkeit erwischt.«

Auch am Bahnhof Schliersee ging das große Staunen weiter. Der Zug der bayerischen Oberlandbahn spuckte eine Unzahl an Fahrgästen mit Wanderrucksäcken, Fahrrädern oder einfach nur Badetaschen aus. Die Freunde mussten geschlagene zehn Minuten warten, bis alle Ankommenden ausgestiegen waren. Dafür hatten sie den Zug auf der Fahrt nach München fast für sich alleine.

In München gönnten sie sich zum Abschluss eine Flasche Prosecco an einem Stand in der Bahnhofshalle, die ein kleines Vermögen kostete, aber nicht verhindern konnte, dass bei allen vieren reichlich Tränen flossen. Als sie endlich vor dem ICE stand, der die Freunde in ihre Heimat bringen sollte, fehlte nicht viel und Laura wäre in den schon anfahrenden Zug gesprungen. Nun stand sie da und winkte und winkte. Sie stand noch immer am Bahnsteig, als der Zug schon längst außer Sicht war. Schließlich gab sie sich einen Ruck und lief wie in Trance zurück zum BOB-Terminal. Inmitten einer Halle, die von Menschen nur so wimmelte, fühlte sie sich so einsam wie noch nie in ihrem Leben. Zu guter Letzt verpasste sie die BOB zurück zum Schliersee um drei Minuten und stellte seufzend fest, dass sie eine Stunde warten musste, bis der nächste Zug fuhr. Kurz überlegte sie, ob sie einen Stadtbummel machen sollte, schließlich hatte sie von München bisher kaum etwas gesehen. Dann siegte die Vernunft. Was würde es auch bringen, in einem Zustand durch die Stadt zu laufen, in dem einem die Tränen den Blick vernebelten. Und sich dazu von wildfremden Menschen mitleidig begaffen zu lassen. Nein, es war besser, sie nahm den nächsten Zug zurück, verkroch sich für ein paar Tage in ihrem Haus und wartete darauf, dass der Schmerz nachließ.

Kurzerhand betrat sie die Bahnhofsbuchhandlung und lief unschlüssig zwischen Stapeln von Büchern umher, bis ein freundlicher Verkäufer sie ansprach, ob er ihr helfen könnte.

»Suchen Sie etwas Bestimmtes?«

»Keine Ahnung.« Laura zog die Schultern nach oben. »Geben Sie mir einfach irgendetwas, das Sie empfehlen können.«

»Sehr empfehlen kann ich Ihnen den Erstling von Jojo Moyes«, sagte der Verkäufer und drückte ihr ein Exemplar in die Hand. »Eine wunderschöne Liebesgeschichte. Allerdings auch etwas traurig, wenn Sie so was mögen.«

Als Laura ein erstickter Laut entfuhr, sah er sie irritiert an. Dann entriss er ihr das Buch fast wieder und legte es schnell zur Seite. »Okay, das ist im Moment nichts für Sie. Lebensberatung? Ist Ihnen eher nach so was?« Als sie nur stumm den Kopf schüttelte, fragte er: »Krimi?«

Ein Lächeln glitt über sein Gesicht, als er sah, dass ihre Augen zu leuchten begannen.

»Okay, prima. International, national oder regional?«

»Äh, keine Ahnung. Oder doch, warten Sie. Ich habe ein paar Berlinkrimis gelesen, aber da wohne ich nicht mehr. Vielleicht etwas, das mit meiner neuen Heimat zu tun hat.« Sie nickte bekräftigend, als sie spürte, wie gut ihr die Idee gefiel. »Oberbayern!«

»Oberbayern? Wunderbar, da kann ich Ihnen gerne etwas empfehlen. Rosenheim, Schliersee, Tegernsee. Wär das was?«

»Rosenheim eher nicht, da war ich noch nicht. Aber Schliersee und Tegernsee würde ich beides nehmen.«

Einen Augenblick sah der Verkäufer sie verwirrt an, dann lachte er. »Nein, ich meine nicht drei Bücher. Das sind drei Schauplätze in ein und demselben Krimi. Hier«, er drückte ihr ein Buch in die Hand, auf dessen bläulichem Cover drei Tannen inmitten des Zwielichts eines nebulösen Sees abgebildet waren. »Das wird Ihnen gefallen.«

»Fangermandl«, las Laura vor. »Was ist das?«

»Der oberbayerische Name für ein Spiel. In Berlin sagt ihr wahrscheinlich Fangen oder Haschen dazu.«

»Witzig.« Lauras Miene hellte sich zusehends auf. Die Mischung aus unheimlichem Titelbild und der Bezeichnung für ein Kinderspiel sprachen sie sofort an.

Ein paar Tage später stand sie mit einem Kaffeebecher in der Hand am Küchenfenster, das nach Norden ging. Wie hypnotisiert starrte sie in Richtung von Antons Haus. Da eine

Kuppe zwischen ihrem und Oberhofers Grundstück lag, konnte man die Gebäude nicht sehen. Nur manchmal, wenn die Luft klar war, sah sie den Rauch, der von seinem Kamin aufstieg. Und einmal dachte sie, sie hätte den Duft von gebratenen Schnitzeln gerochen. Augenblicklich beschimpfte sie sich selbst als alberne Pute, weil ihre Fantasie allzu offensichtlich mit ihr durchging.

Sein Verrat schmerzte sie noch immer. Auch wenn er weitere zwei Mal versucht hatte, sie zu sprechen und selbst seine Schwester vorstellig geworden war. Aber Laura hatte keine Ambitionen, auch nur mit einem von beiden zu reden.

Um sich abzulenken, verbiss sie sich in die Arbeit. Ihr Roman nahm allmählich immer konkretere Züge an und war auf mittlerweile zweihundert Seiten angewachsen. Nur die Nebenfigur, die aussah wie Anton, Tierarzt war und auch noch so hieß wie er, hatte sie ersatzlos wieder gestrichen, nachdem sie ihn fünfzehn lange Seiten an gebrochenem Herzen hatte leiden lassen. Allein aufzuschreiben, was sie ihm am liebsten antun würde, hatte ihr ein sehr diffuses Gefühl der Befriedigung verschafft.

Als Anfang Juni die Waldfeste am Tegernsee begannen, redete Gerti auf sie ein, sich ein Dirndl zu kaufen.

»Das ist doch albern«, sagte Laura. »Ich und ein Dirndl, das ist doch wie Karneval.«

»Blödsinn«, hielt Gerti dagegen. »Erstens rennen mittlerweile alle Touristen im Trachtenverschnitt durch die Gegend, also fällst du damit überhaupt nicht auf. Außerdem wirst du dir wie ein Fremdkörper vorkommen, wenn du da in normalen Klamotten auftauchst.«

»Wer sagt dir denn, dass ich da überhaupt hinwill?«

»Ach komm, Laura. Du kannst doch nicht ewig allem und jedem aus dem Weg gehen, nur weil die Gefahr besteht, dass der greisliche Oberhofer und seine Spezln auftauchen.«

Laura dachte einen Augenblick über Gertis Worte nach. So ganz unrecht hatte die nämlich nicht. Laura wusste nur nicht, ob sie einem Aufeinandertreffen schon gewachsen war.

»Und zweitens?«

»Was zweitens?«

»Was ist das zweite Argument für ein Dirndl?«

»Ach so. Ja, weil einfach jede Frau damit gut aussieht.«

Schließlich hatte Laura sich überreden lassen, wenigstens mal eines anzuprobieren. In der Garderobe hielt sie ein undefinierbares, viel zu kurzes Etwas hoch.

»Was ist das denn?«

»Das, meine liebe Preußin, ist eine Dirndlbluse.«

»Gibt es die nicht mehr in meiner Größe? Was soll ich mit einer Kinderbluse?«

Gerti und die Verkäuferin bogen sich vor Lachen. »Schätzchen, die sehen alle so aus.«

Kopfschüttelnd zwängte sich Laura in das seltsame Kleidungsstück, schlüpfte in das sonnengelbe Dirndl und brach sich beim Zuhaken einen Fingernagel ab. Und staunte Bauklötze, als sich die Verkäuferin völlig ungeniert an ihrem Ausschnitt zu schaffen machte.

»Das muss alles nach oben. Du brauchst einen vernünftigen BH!«

Also zog Laura das Kleid wieder aus, quälte sich aus der Bluse, wechselte die Unterwäsche und dann machte sie große Augen, als sie sah, welchen Unterschied der Büstenhalter machte.

»Wow«, sagte sie. »Das sieht gar nicht mal so schlecht aus.«

»Du untertreibst«, stellte Gerti fest. »Darin bist du eine Granate. Und dem Idioten Oberhofer werden die Augen aus dem Gesicht fallen, wenn er dich so sieht.«

Ein Grund mehr, das Ding nicht zu kaufen, dachte Laura.

»Das heißt aber, dass er auch dorthin gehen müsste«, sagte sie. »Das ist dem doch viel zu weit.«

»Wie kommst du denn darauf?«, wunderte sich Gerti. »Du wirst Augen machen. Es gehen nämlich alle hin. Vorausgesetzt, sie sind über fünf und unter hundert.«

Bevor Laura es sich anders überlegen konnte, wies die Verkäuferin sie noch in das Geheimnis der Dirndlschürze ein. Des Bindens derselben, besser gesagt. Verwundert vernahm Laura, dass es einen Kodex gab, den offensichtlich jeder zu deuten wusste: Rechts gebunden bedeutete, dass die Trägerin liiert war und darum bat, von ernsthaften Versuchen abzusehen. Vorne in der Mitte gebunden, würde die Trägerin als Jungfrau, oder, der Interpretation der Verkäuferin nach, als Nordlicht, weil völlig planlos, ausweisen. Hinten in der Mitte trugen nur Witwen und vorne links waren einer hübschen Frau zahlreiche Freigetränke und Telefonnummern sicher.

»Damit kannst wenigstens dem Oberhoferidioten eins auswischen«, stellte Gerti zufrieden fest, als Laura knapp neunhundert Euro für Dirndl, Schürze, zwei Blusen und passende Schuhe nebst Handtasche auf den Tresen blätterte.

»Ein Wahnsinn«, befand die schließlich. »Das ist eine Menge Kohle für gerade mal ein Outfit.« Auch wenn ihr Kontostand inzwischen eine derartige Prasserei völlig problemlos verkraftete, gewöhnt hatte sie sich noch lange nicht daran.

Zwei Tage später musste sie allerdings zugeben, dass die Investition jeden Cent wert gewesen war. Das Waldfest am Leonhardstoana Hof in Rottach-Egern war eine wahre Schau. Laura kam aus dem Staunen gar nicht mehr heraus. Ob jung oder alt, halb München und alle Dörfer der Gegend waren auf den Beinen, alle hatten sich festlich geschmückt und die Stimmung war wirklich einzigartig. Doch dann erhielt ihre gute Laune einen jähen Dämpfer.

Der gesamte Freundeskreis um Gerti und Franzi war schon früh auf den Beinen gewesen und hatte sich auf zwei zusammenstehende, strategisch sehr günstig platzierte Biertische verteilt. Laura bekam einen Platz direkt an der Hauswand zu einem wunderschön renovierten alten Gebäude, dem besagten Leonhardstoana Hof eben. Damit sich ihr der Oberhoferarsch nicht unbemerkt nähern konnte, falls er sie sehen würde, bevor das Frühwarnsystem ihn erfasst hatte.

»Der Feind wurde gesichtet«, berichtete Kathi, Gertis jüngere Schwester, dann auch schon bald. »Da drüben, beim Hendlstand.«

Kathi war es auch gewesen, die schon im Vorfeld eine schier unübertreffliche Idee hatte. »Du könntest dem Oberhoferarsch so richtig eins –«

»Bitte«, Laura hob die Hand und unterbrach Gertis kleine Schwester. »Auch wenn er einer sein mag, nennt ihn bitte nicht mehr so. Zumindest nicht, wenn ich dabei bin. Das, was passiert ist, tut immer noch weh, und wenn ihr ihn beschimpft, ist das Salz in meinen Wunden.«

Nachdem sich die Freunde betreten ansahen und ihnen dämmerte, was sie der ohnehin schon arg gebeutelten Laura damit antaten, waren sie schlechtes Gewissen pur.

»Ach bitte. Nein!«, rief Laura. »Keine Entschuldigungen, keine Reue. Ihr habt das ja nicht mit Absicht gemacht. Ich bin eben einfach ein bisschen zu sensibel. Und außerdem wollen wir feiern, oder nicht? Also, Kathi, schieß los. Was hast du für eine Idee?«

»Du könntest ihm so richtig eins auswischen«, sagte Kathi schließlich erleichtert, als sie spürte, dass die Berlinerin ihr tatsächlich nicht böse war.

»Und wie?«

»Mach ihn eifersüchtig. Ich wüsste da auch schon einen geeigneten Kandidaten.«

Der Kandidat hieß Max Schotten, sah aus wie Hugh Jackman und war ein Hallodri, wie er im Buche stand.

»Du solltest dich nur nicht in ihn verlieben«, stellte Gerti trocken fest. »Sonst hast du mir nichts, dir nichts ein zweifach gebrochenes Herz.«

»Da hat sie recht«, bestätigte Franzi ihre Freundin. »Der Max hat bisher noch jeder den Kopf verdreht.«

Also wurde Max als Anbaggerer rekrutiert. Allerdings unter Androhung einer nicht zu verachtenden Folterstrafe sollte er Laura in irgendeiner Weise zu nahe kommen.

»Ach hört's auf«, sagte Laura belustigt. »Ich kann schon auf mich selber aufpassen.«

»Ja, das glaubst du. Da kennst du aber unseren Freund Max noch nicht.«

Und in der Tat. Hätte Laura nicht so absolut die Nase voll von jedem männlichen Wesen über zehn Jahren gehabt, dann hätte Max sie umgehauen. Denn er sah nicht nur überwältigend aus, er war dazu überaus charmant und aufmerksam und er roch unglaublich gut.

»Alles Teil seiner Masche«, stellte Kathi fest. »Lass dich bloß nicht beeindrucken. Max verliebt sich täglich neu. Nur leider ausschließlich in sich selbst.«

»Ach Kathi«, raspelte der so Angesprochene Süßholz. »Komm du erst ins heiratsfähige Alter, dann wirst schon noch merken, dass ich nur darauf gewartet habe, bis du alt genug bist.«

Nachdem sie sich einige Zeit lang gegenseitig aufgezogen hatten, dämmerte Laura, dass Max tatsächlich ein fester Bestandteil des Freundeskreises und das Gefrotzel nur Teil eines altbewährten Spiels untereinander war. Doch trotz alledem war und blieb Max ein Schürzenjäger, der unbeirrbar der Meinung war, wenn er sich für eine Frau entscheiden würde, würde er alle anderen damit unglücklich machen.

»Und nun zu uns beiden«, sagte Max, der in seiner dunkelbraunen hirschledernen Kniebundhose und dem gut geschnittenen Hemd umwerfend aussah. Er war eine halbe Stunde später gekommen und hatte sich sofort zwischen Laura und Gerti gedrängt.

»Hübsch«, murmelte er anerkennend und konnte seine Augen nicht von ihrem Dekolleté nehmen. Erst als Gerti ihm unter dem Tisch einen Tritt verpasste, besah er sich auch den Rest von Laura. »In der Tat, sehr hübsch.«

Er wickelte eine ihrer Locken, die sich aus der lockeren Hochsteckfrisur verselbstständigt hatte, um einen Finger und sah ihr tief in die Augen. »Ist der Trottel, der dich verschmäht hat, schon gesichtet worden?«

»Er steht mit dem Rücken zu uns am Hendlstand«, wusste Kathi. »Du kannst dir dein Gesülze für später aufheben.«

Es dauerte noch eine geschlagene Stunde, bis Anton Oberhofer die Clique um Laura entdeckte, nachdem er sich mit seinem Brathendl zu einigen seiner Freunde gesetzt hatte. Als er aufstand, um sich ein frisches Bier zu holen, sah er Franzi, die mit einem Weißbier an der Kasse stand und in ihrem Geldbeutel fummelte. Kurzerhand beschloss er, dass das Bier noch eine Weile warten konnte, stellte sich an den Rand und sah ihr hinterher. Was er nicht wusste, war, dass sie in dem Spiegel über der Schänke genau sehen konnte, dass er sie ausfindig gemacht hatte und zur Seite getreten war.

»Feindalarm«, sagte Franzi, als sie sich zurück an den Tisch setzte. »Oberhofer hat mich gesehen, und wenn mich nicht alles täuscht, war er sehr daran interessiert, herauszufinden, wohin ich gehe.«

»Genau so ist es«, sagte Gerti, die ihre Augen hinter einer ausladenden Sonnenbrille versteckte und ihn deshalb ungeniert beobachten konnte. »Oberhofer im Anmarsch.«

Oberhofer blieb eine Weile vor dem Tisch stehen, an dem Laura saß. Niemand schien ihn zu bemerken und alle waren in offensichtlich hochinteressante Gespräche vertieft. Nur Max, dieser Armleuchter, hatte nichts Besseres zu tun, als die Finger an Lauras Hand, die er mit seiner verschränkt hatte, einzeln abzubusseln und ihr schmachtende Blicke zuzuwerfen. Unglaublich, wie das dumme Weib auf den Schleimer hereinfiel.

»Servus beieinand.«

Wie auf Kommando drehten sich zwölf Köpfe zu ihm. Der ein oder andere ließ sich zu einem Nicken herab, doch keiner sagte etwas. Ein Mann mit weniger Selbstbewusstsein als Anton Oberhofer wäre vermutlich auf der Stelle rot geworden und hätte sich gewünscht, im Boden zu versinken.

Schließlich räusperte er sich. »Laura, ich möchte mit dir reden.«

»Jetzt?« Laura hätte sich in den Allerwertesten beißen können. Ihrer Stimme hörte man mehr als deutlich an, wie nervös sie war.

»Ja, warum nicht!«

»Das ist im Moment schlecht.« Froh, ihre Stimme wiedergefunden zu haben. »Du siehst ja, dass ich beschäftigt bin.«

»Es ist aber wichtig.«

»Zupf di, Oberhofer. Merkst es ned, du bist hier unerwünscht«, fuhr ihn Max mit einem überheblichen Grinsen über den Mund.

»Halt du das Maul, Schotten. Und lass die Finger von meiner Freundin, sonst fängst eine.«

Fasziniert verfolgte Laura den Schlagabtausch zwischen den beiden Kampfhähnen. Auch wenn das Ganze höchst pubertär und, zumindest von Max' Seite, inszeniert war, hatte es einen besonderen Reiz, wenn sich zwei Männer um einen stritten.

Als Laura spät am Abend zurück auf ihre Alm kam, war es frisch geworden. Sie legte ein paar Scheite Holz in den Kamin, knüllte eine Zeitungsseite zusammen, stopfte sie darunter und zündete sie mit einem extra langen Streichholz an. Trübsinnig sah sie den Flammen zu, die erst hell aufloderten, nach und nach wieder in sich zusammenfielen und das trockene Holz entzündeten. Sie verzog das Gesicht, als sie an dem kalten Rooibostee nippte, den sie aus der Küche mitgebracht hatte. Er hatte seit dem Morgen in der Thermoskanne gezogen und sie hatte gehofft, dass er zumindest warm geblieben wäre. Jetzt ging sie zurück in die Küche, füllte den Wasserkocher und lief in den ersten Stock, um sich etwas Bequemeres anzuziehen. Traurig sah sie das hübsche Dirndl an und widerstand dem ersten Impuls, es achtlos in die Ecke zu werfen.

Als der Tee fertig gezogen hatte, zog sie einen Sessel ans Feuer und setzte sich mit untergeschlagenen Beinen davor. Vorsichtig blies sie in die Tasse. Als sie daran nippte, schmeckte sie, dass sie zu viel Honig hineingegeben hatte. Aber es war ihr egal. Der Zucker darin war Balsam für die Seele und den hatte sie dringend nötig.

In Gedanken ließ sie den Nachmittag noch einmal Revue passieren. Gertis Freunde waren begeistert gewesen und hatten den kolossalen Triumph über Anton Oberhofer ausgekostet. Max hatte auf Teufel komm raus mit ihr geflirtet und ihr Komplimente gemacht, bei denen sie jetzt noch rot wurde. Alle waren prächtiger Laune gewesen und voll auf ihre Kosten gekommen. Aber niemand hatte dabei gemerkt, wie viel Anstrengung es Laura kostete, gute Laune zum Spiel zu machen. Sie hätte noch nicht einmal sagen können, dass es ein böses Spiel war. Schließlich wollten die Freunde ihr nur helfen und zur Seite stehen. Trotzdem. Mit einem Schaudern erinnerte sie sich zurück an Antons Blick, mit dem er sie minutenlang gemustert hatte. Und die Enttäuschung, die sie darin gesehen hatte. Allen guten Vorsätzen zum Trotz hatte sie sich unendlich zu ihm hingezogen gefühlt. Im Grunde verlangte jede Faser in ihr nach ihm. Und sie konnte einfach nicht glauben, dass er wirklich ein so schlechter Mensch war, wie das Desaster mit den Bergschuhen ihn dastehen ließ. Aber vielleicht wollte sie es auch nur nicht wahrhaben.

Traurig zog sie eins der hübsch bestickten Kissen zu sich her und legte ihren Kopf darauf. Und dann dauerte es nicht mehr lange, bis die ersten Tränen kamen. Ihre Seele fühlte sich wund an. Verletzt. Todtraurig. Und alles in ihr schrie nach ihm. Mit dem Abstand einiger Stunden war sie sich auch nicht mehr sicher, ob sie mit dem Vorsatz, ihn eifersüchtig zu machen, nicht einen vollen Griff ins Klo getan hatte. Denn jetzt musste sie davon ausgehen, dass sie selbst es war, die die Aufklärung eines eventuellen Irrtums inklusive anschließender Versöhnung mit Stahlbeton vermauert hatte.

Dreizehntes Kapitel

Auch die nächsten Tage fühlte sie sich nicht besser. Zeit heilt doch nicht alle Wunden, dachte sie. Im Gegenteil. Je mehr Tage ins Land gingen, desto mehr war sie davon überzeugt, dass sie einen riesigen Blödsinn angerichtet hatte. Und Anton hatte seither auch keinen weiteren Versuch gestartet, mit ihr zu reden. Selbst seine Schwester hatte nicht mehr angerufen, um zwischen ihnen zu vermitteln.

Als Gerti an einem völlig verregneten Mittwochnachmittag unangemeldet bei ihr auftauchte, war Lauras Stimmung so im Keller, dass es nicht mehr schlimmer werden konnte.

»Du lieber Himmel, was ist denn mit dir los?« Entsetzt schaute Gerti in das vom Weinen völlig verquollene Gesicht. »Hast du in den letzten Tagen eigentlich irgendetwas gegessen?«

»Keine Ahnung«, gestand Laura. »Es ist mir auch egal. Ich habe eh keinen Hunger.«

»Du spinnst«, stellte Gerti fest. »Du kannst dich nicht nur von Tee ernähren. Du wirst jetzt etwas essen, und wenn ich dich füttern muss.« Resolut stand sie vom Küchentisch auf und öffnete die Kühlschranktür. »Mal sehen«, sagte sie. »Wir haben die Auswahl zwischen überbackenem Camembert mit Preiselbeeren oder …« Als sie das Datum sah, das auf das Etikett der noch ungeöffneten Metzgereiverpackung gedruckt war, verzog sie das Gesicht. »Das werfen wir wohl besser gleich weg.« Sie zog die Schublade des Gemüsefachs heraus und ließ der Tüte mit der Wurst einen vergammelten Brokkoli und einen Salatkopf folgen. »Das hier sieht noch brauchbar aus«, stellte sie mit einem Blick auf drei Kohlrabi fest, die noch knackig waren. Außerdem holte sie ein paar Kartoffeln aus der Speisekammer. Dann lief sie, dem strömenden Regen zum Trotz, nach draußen und kehrte mit einem Büschel frisch gepflückter Petersilie zurück. Sie schnitt Laura das Wort ab, dass Kohlrabi nicht zum Camembert passen würden. »Egal«, beschied sie. »Mehr ist nicht da, also müssen wir improvisieren.«

Das *Wir* konnte sie allerdings getrost vergessen. Das einzige Zugeständnis, das Laura machte, war, Gerti beim Kochen Gesellschaft zu leisten.

»Ich könnte mich so was von in den Hintern beißen«,

gestand sie, während Gerti das Gemüse schnippelte. »Wieso hab ich mich nicht darauf eingelassen, ihn wenigstens anzuhören?«

»Wieso solltest du dem Idioten auch noch zuhören?«, fragte Gerti. »Er hat seine sämtlichen Freunde dazu animiert, dir das Leben zur Hölle zu machen, nur damit du so schnell wie möglich wieder nach Berlin verschwindest, schon vergessen?«

»Ich hab es nicht vergessen. Aber er kann doch sicher nicht gewollt haben, dass ich mir den Tod hole.«

»Gewollt vielleicht nicht. Aber er hat es billigend in Kauf genommen.«

Dagegen hatte Laura keine Argumente mehr. Als das Essen fertig war, pickte sie lustlos in dem knackigen Gemüse, bis sie nach ein paar Gabeln feststellen musste, dass es ausgezeichnet schmeckte. Und dann kam auch endlich die Lust auf den Käse und fünfzehn Minuten später war sie pappsatt. Und wie durch ein Wunder fühlte sie sich nicht nur körperlich besser.

»Also, was willst du jetzt tun?«, fragte Gerti.

»Tun? Nichts. Das heißt, ich hab keine Ahnung, was ich tun könnte. Ich vermute, der Spieß hat sich jetzt umgedreht und Anton hat die Nase so voll, dass er nicht mehr mit mir reden will.«

»Dann wärt ihr wenigstens quitt. Aber mal ganz ehrlich, glaubst du wirklich, er kann sich nach seiner unmöglichen Aktion darüber beklagen, was du getan hast?«

»Keine Ahnung. Ich trau mich aber eh nicht, ihn anzurufen.«

»Tja, dann wirst du wohl warten müssen, ob du ihm wieder irgendwann über den Weg läufst. Und da der Schliersee nicht Berlin ist, dürfte das ja nicht so schwierig werden.«

Irgendwie waren es genau Gertis Worte, die in Laura einen Entschluss auslösten. Und anstandshalber informierte sie den Anwalt davon.

»Sie wollen was?«, fragte Brechtinger ungläubig. »Das kann nicht Ihr Ernst sein!«

Doch, das war es. »Aber ich bleibe nur zwei Wochen. Wenn ich hier nicht herauskomme, drehe ich durch.«

Letztlich hatte sie ihm die Geschichte in groben Zügen erzählt, allerdings ohne zu erwähnen, dass sie mit dem Feindeslager geklüngelt hatte und die Nachfolgen der Auslöser für ihren übereilten Aufbruch nach Berlin waren.

»Doch, ich komme wieder. Ja. Hundertprozentig«, versprach sie ihm. »Ich brauche nur einen Tapetenwechsel.«

Und nun stand sie am Gepäckband von Gate 9A und war froh, wie klein und beschaulich der alte Berliner Flughafen Tegel war. Das Flugzeug landete, rollte ans Gebäude, man ging über eine Fluggastbrücke hinein und stand direkt am Gepäckband. Sobald der Koffer am Band auftauchte, musste man den nur nehmen, stand keine Minute später vor dem Gebäude und konnte bequem in ein Taxi steigen. Ganz anders München. Der Flughafen dort war so riesig, dass man alle paar Minuten Gefahr lief, sich zu verirren. Diesmal war sie mit AirBerlin geflogen, die in einem anderen Terminal zu Hause war, und obwohl der gesamten Architektur der Flughafens anzusehen war, dass dort alles zusammengehörte, war das Terminal 1 völlig anders aufgebaut als das Terminal 2, in dem hauptsächlich die Lufthansa beheimatet war.

Als Laura in ein Taxi stieg, dachte sie mit Bedauern daran, dass auch Berlin irgendwann einen Flughafen haben würde, der womöglich noch gigantischer war als der Münchner. Falls dieses, ursprünglich als Prestigeobjekt geplante, heute nach einer Unzahl Pannen und Eröffnungsverschiebungen nur noch oberpeinlich zu nennende Bauvorhaben irgendwann einmal fertig wurde. Doch bis es so weit war, durfte man sich noch an einem zwar ranzigen, aber sehr überschaubaren Flughafen erfreuen.

Es fühlte sich seltsam an, als sie vor dem Haus, in dem ihre Wohnung lag, aus dem Auto stieg. Sie blickte am Gebäude hoch, nahm die schmutzig gelbe Fassade überdeutlich wahr und rümpfte die Nase. Was ihr früher kaum jemals aufgefallen war, war der Geruch, der über vielen Teilen der Stadt lag. Berlin hatte nicht nur ein Problem mit dem Verkehr, es hatte auch eins mit der Abwasserversorgung. Und deshalb roch es oft … na ja, scheiße eben. Im wahrsten Sinne des Wortes.

In ihrer Wohnung roch es dafür besser, als sie nach ihrer nun immerhin schon fast drei Monate dauernden Abwesenheit befürchtet hatte. Sie zog ihre Schuhe aus und stellte sie in die Nische zwischen Bad und Küche, dann ging sie ins Wohnzimmer und öffnete die Tür zu ihrem kleinen Balkon. Prüfend sog sie die Luft ein. Hier oben roch es auf jeden Fall frischer als unten auf den Straßen der Hauptstadt. Zögernd trat sie nach draußen. Normalerweise hätte sie die Kästen mit in allen Farben blühenden Blumen bepflanzt, hätte eine kleine Bank nach draußen gestellt und könnte sich nun inmitten ihrer Mini-Wellnessoase, wie sie ihr grünes Reich immer genannt hatte, zu Hause und willkommen fühlen. Doch heute spürte sie nichts davon. Die Tröge waren leer, und das noch immer gespannte Katzennetz erinnerte sie daran, dass sie ihren alten Kater vor einem halben Jahr hatte einschläfern lassen müssen. Unschlüssig sah sie in den Hof hinunter, in dem der Nachbar an seiner Harley schraubte. Sie widerstand dem Wunsch, einen Gruß hinunterzurufen, drehte sich um und trat zurück ins Wohnzimmer. Seltsam, dachte sie. Noch vor zwei Monaten war ihr die Vorstellung von einem halben Jahr am Schliersee wie ein nicht endender Albtraum vorgekommen. Und nun stand sie in ihrer geliebten Wohnung, ihrem Zuhause und alles fühlte sich fremd und kalt an. Sie gab sich einen Ruck und ging entschlossen hinüber in die Küche. Tee, dachte sie. Tee ist immer gut. Eine Weile blickte sie angewidert auf das bräunliche Wasser, das aus dem Hahn rann. Sie ließ es eine Weile laufen und füllte den Wasserkocher bis zum Rand. Bevor sie ihn einschaltete, stutzte sie. Sie hob den Deckel ab und roch. Dann verzog sie das Gesicht. Das Wasser hatte einen seltsamen Geruch. Sie schüttete es weg und drehte den Hahn erneut bis zum Anschlag auf. Doch auch nach fünf Minuten konnte sie sich nicht überwinden, damit Tee zu kochen. Sie nahm eine Wasserflasche aus dem Getränkeregal hinter der Tür, füllte das Wasser in den Wasserkocher und roch erneut. Das war besser. Viel besser sogar. Sie schaltete den Kocher ein und streckte die Hand nach einer Tasse aus, als es klingelte.

Ihr Herz machte vor Freude einen Satz. Sie rannte die paar Meter fast zur Tür, drückte den Türöffner und wartete ungeduldig, bis Helene, Gabi und Helge oben angekommen waren. Mit einem lauten und tränenreichen Hallo begrüßten die Freunde sich.

»Man könnte denken, dass wir uns seit der letzten Eiszeit nicht mehr gesehen haben«, stellte Gabi fest. »Und dabei waren wir noch vor zwei Wochen bei dir!«

»Aber es ist eben doch etwas ganz anderes«, sagte Helge. »Hier ist ihr Zuhause und das macht einen riesigen Unterschied.« Und, als Laura nichts sagte: »Das ist es doch, Süße, oder?«

Laura sah sich eine Weile in ihrem Wohnzimmer um und zog dann die Schultern hoch. »Gute Frage, Helge. Darüber denke ich nach, seitdem ich wieder da bin.«

Als die Freunde betroffen schwiegen, fragte Laura: »Ist euch schon mal aufgefallen, dass das Wasser hier stinkt?«

Nach zwei Flaschen Rotwein, die Gabi spendierte, und

einem gemischten Menü zum Mitnehmen für vier Personen vom Inder an der Ecke war die Stimmung wieder wie früher. Laura hatte ihren Platz neben Helene auf dem Sofa wiedergefunden, Helge hatte es sich auf dem Boden bequem gemacht und Gabi saß in dem Schaukelstuhl, den sie so sehr liebte, dass sie sich selbst einen für zu Hause gekauft hatte.

»Es gibt Neuigkeiten«, verkündete Gabi mit einem raschen Seitenblick auf Laura. »Vielleicht ist es ein schlechter Zeitpunkt, aber vermutlich wird es sich nicht vermeiden lassen, dass du es erfährst.«

Beunruhigt sah Laura ihre Freundin an. »Was meinst du damit?«

Gabi kaute auf ihrer Unterlippe. »Na ja. Eigentlich betrifft es nicht mich, sondern Helge. Wir haben lange überlegt, ob wir es dir sagen sollen. Weil deine Enttäuschung noch so frisch ist.«

Es dauerte eine Weile, bis Laura verstand. Dann überzog ein breites Lächeln ihr Gesicht. »Helge, du bist verliebt? Ist das wahr?«

Verschämt nickte er und lief gleich darauf rot an. »Hmmm.«

»Aber das ist doch großartig!«, freute sich Laura. »Und macht euch mal wegen mir keine Sorgen. Nur weil ich an akut gebrochenem Herzen leide, freue ich mich doch trotzdem für jeden von euch, wenn er glücklich ist.« Verschmitzt lächelte sie Helge an. »Nur mit dem Heiraten solltest du noch ein wenig warten. Ich befürchte nämlich, dass ich im Moment eine ganz schlechte Trauzeugin wäre.«

Nachdem sie eine Weile herumgealbert hatten, fragte Laura: »Und wer ist der Glückliche?«

Bevor Helge antworten konnte, klingelte es an der Tür. Als Laura öffnete, stand die Nachbarin von gegenüber vor ihr. Ohne sich auch nur mit einer Begrüßung aufzuhalten, keifte sie sofort los: »Wir hören Bach, dazu brauchen wir Ruhe. Stellen Sie sofort Ihre laute Unterhaltung ein.«

Entgeistert musterte Laura das zu einer Fratze entstellte Gesicht der blöden Ziege. »Ich denke überhaupt nicht daran«, antwortete sie nur und drückte die Tür ins Schloss.

»Machen Sie sofort wieder auf«, schrillte es von draußen. »Ich bin noch nicht fertig.«

»Aber ich«, murmelte Laura. »Meine Güte, was waren das für angenehme Wochen, als ich die blöde Fresse nicht sehen musste.«

»Na na, was sind das denn für Worte?« Helge grinste und legte sein Auge an den Türspion. »Die Furie steht immer noch da. Ich glaube, aus ihren Ohren quillt Rauch.«

»Das ist ein Überdruckventil«, mutmaßte Laura, kurz bevor es erneut klingelte.

»Was ist denn noch?«

Die hysterische Nachbarin verstummte, als sie Helge hinter Laura stehen sah. Der eins vierundneunzig große Halbschwede sah mit seinen langen Haaren aus wie ein Wikinger und schaffte es mit links, seinem Gegenüber Respekt einzuflößen. Dass er so friedliebend war wie ein Schmetterling, war ihm dagegen nicht anzusehen. Vor allem, wenn er böse schaute. Und Helge konnte sehr böse schauen. Und nun trat er noch dazu einen Schritt vor.

»Was ist hier los? Wer sind Sie und was wollen Sie?«

Vollends eingeschüchtert trat Evi Grehle den Rückzug an. »Nichts«, murmelte sie. »Alles gut.« Und mit einem giftigen Blick auf Laura: »Und der Lärm …«

»Bleibt, wie er ist«, sagte Helge böse. »Noch Fragen?«

»Äh, nein …«

Zwei Minuten später saß das Quartett im Wohnzimmer und lachte Tränen über das dumme Gesicht, das das niederträchtige Weib gemacht hatte.

»Sag mal, so wie die aussieht, da stimmt doch was nicht, oder?« Helge war entsetzt über das, was er Zombiegesicht nannte.

»Nein«, bestätigte Laura. »Seit ich sie kenne, hat sie sicher zehn Schönheitsoperationen hinter sich. Ich habe das Gefühl, ihr Aussehen ändert sich mittlerweile quartalsweise. Jedenfalls könnte ich nicht mehr sagen, was daran noch echt ist. Und die schwarze Wallemähne ist auch nicht echt. Ich weiß bloß nicht, ob sie Extensions trägt oder eine Perücke.«

»Mannmannmann, mit deinen Nachbarn bist du aber echt gestraft«, stellte Helene fest. »Ich kannte zwar deine Erzählungen, aber ich hab immer gedacht, dass du übertreibst.«

»Von wegen«, sagte Laura. »Im Januar hatte ich Urlaub, wisst ihr noch? Als ich zu Hause geblieben bin und den Resturlaub aus dem Vorjahr abbauen musste? Da hab ich eines Tages den Müll runtergebracht und die beiden Knalltüten standen vor dem Haus. Sobald sie mich gesehen haben, haben sie sich weggedreht. Aber als ich die Haustür wieder aufgesperrt habe, hat sie mir hinterhergegiftet: ›Die hat wohl keinen Job mehr und übt sich schon mal als Putzfrau‹«.

»Furchtbar«, konstatierte Gabi. »Was für ein verschlagenes Pack.«

Die nächsten Tage verbrachte Laura vor allem damit, Berlin mit dem Fahrrad neu zu entdecken. Sie fuhr dabei an Orte, die ihr seit jeher vertraut und lieb waren, setzte sich in ihr Stammcafé, trank einen Jahresvorrat an Latte macchiato und ging mit ihren Freunden abends essen. Sogar in ihrer alten Arbeit schaute sie vorbei, um Hallo zu sagen, nur um sich anschließend zu wundern, wie schnell man sich so gar nichts mehr zu sagen hatte. Am Wochenende gingen sie ins Kino, fuhren bei herrlichstem Wetter mit den Rädern ziellos umher und genossen die immer kräftiger werdende Sommersonne. Und trotz der ausgefüllten und schönen Zeit hatte eine mal mehr, mal weniger starke Unruhe von ihr Besitz ergriffen, die sie nie ganz verließ. Am zweiten Wochenende fuhren sie an die Ostsee, mieteten ein kleines Häuschen, kochten miteinander und machten lange Spaziergänge am Meer. Laura hatte die Blicke längst bemerkt, die sich ihre Freunde zuwarfen, wenn sie dachten, dass sie es nicht sah. Und ein paar Mal, wenn sie in der Küche des Ferienhäuschens oder auf der Toilette gewesen war, stockten die Gespräche, sobald sie zurück an ihren Platz kam. Sie wusste, dass etwas im Gange war, versuchte aber, die Zeit zu genießen, ohne sich diesem Etwas zu stellen. Dazu war sie noch nicht bereit.

Am späten Sonntagvormittag nannte Gabi das Kind endlich beim Namen. »Magst du darüber reden, was dich bedrückt, seitdem du wieder in Berlin bist?«

Laura schluckte den plötzlich aufwallenden Kummer hinunter und sah zwischen Gabi und Helene durch zum Strand, an dem ein paar Kinder sich damit beschäftigten, Drachen steigen zu lassen. Nur ihre zuckenden Mundwinkel verrieten, dass sie längst nicht so gelassen war, wie es den äußeren Anschein hatte.

Geduldig warteten die anderen, ob sie etwas sagen wollte. Instinktiv spürten sie, dass es nicht nur Liebeskummer war, der sie quälte. Sie nippten an ihren Getränken, und selbst als die große Sonnenbrille nicht mehr verhindern konnte, dass eine einsame Träne ihre Wange hinabkullerte, waren sie einfach für sie da, ohne sie zu drängen.

»Es ist …«, setzte Laura an, unterbrach sich aber, als ihre Stimme zu kippen drohte. Sie räusperte sich, kramte hektisch in ihrer Handtasche und nahm dankbar das Päckchen Taschentücher entgegen, das Helene ihr hinstreckte. Nachdem sie sich geschnäuzt hatte, startete sie einen erneuten Versuch. Aber auch der misslang kläglich. Helge, der neben ihr auf dem beigefarbenen Korbsofa saß, legte kurzerhand einen Arm um sie und zog sie an sich. Und jetzt ließ Laura ihren Tränen freien Lauf. Es dauerte nicht lange, dann gesellte sich ein heftiger Schluckauf hinzu und diesmal spürte sie die besorgten Blicke nicht mehr, die ihre Freunde miteinander wechselten.

»Ist es wegen Anton?«, fragte Gabi behutsam und kniete sich in den weichen Sand vor das Sofa. Sie nahm Lauras Hand und drückte sie liebevoll. Was zur Folge hatte, dass die Traurigkeit vollends von Laura Besitz ergriff. Tränenüberströmt ließ sie sich schließlich zu Gabi auf den Boden sinken und wie ein Kind von ihr in den Arm nehmen.

Erst als der Ausbruch zwanzig Minuten später nachließ, sah Laura, dass auch Helge und Helene sich zu ihnen in den warmen Sand gesetzt hatten und sich dicht um sie herum scharten.

»Ihr seid so lieb«, schluchzte sie. »Ich bin so froh, dass ich euch habe!« Trotzdem dauerte es weitere zehn Minuten, bis sie endlich so weit war, darüber zu reden, was sie seit Tagen mit sich herumschleppte.

»Ich fühlte mich total entwurzelt. Ich wollte nach Berlin kommen, um mich wieder zu erden, weil ich das Gefühl hatte, völlig aus dem Lot geraten zu sein.« Sie zog das letzte Tempo aus der Packung und schnäuzte sich geräuschvoll. »Und dann bin ich endlich da und fühle mich noch schlechter.«

»Was meinst du damit?«, fragte Helge. »Gefällt es dir denn zu Hause nicht mehr?«

»Ich weiß es nicht. Es ist so, als ob ich keine Heimat mehr hätte. Ich komme heim und alles, was ich wahrnehme, ist, dass Berlin stinkt, dass es viel zu groß ist, hässlich, schmutzig, und nicht mal das Leitungswasser kann ich mehr zum Kaffeekochen verwenden, weil es einfach widerlich schmeckt.«

»Ach Schatz.« Helene brach bei Lauras Worten fast das Herz. »Findest du es wirklich so schlimm?«

»Hmm«, schluchzte die mitten in einem weiteren Heulkrampf. »Ich gehöre nirgendwo mehr hin.«

Betroffen blickten die Freunde das Häufchen Elend an, das zusammengesunken vor ihnen saß.

»Aber …«, setzte Helge an. Es fiel ihm schwer, das zu sagen, weil er selbst den Tränen nah war. »Du bist doch … du fährst doch schon bald wieder zurück. Denkst du, dass es dann wieder besser wird?«

»Ich glaube, das ist es nicht«, sagte Gabi leise. »Ich kann mir schon vorstellen, was in dir vorgeht. Du vermisst all das Schöne in den Bergen, die saubere Luft, das klare Wasser und die Ruhe dort. Vielleicht sogar die Berge. Und wenn du dort bist, dann vermisst du die Stadt, uns, das Laute und Hektische. Aber du gehörst nirgendwo mehr hin, richtig? Als hätte man dir deine Wurzeln ausgerissen?«

Laura dachte eine Weile über Gabis Worte nach, dann wischte sie sich die Tränen ab und nickte. »Ja, so in etwa. Und das Schlimmste ist, dass ich riesige Angst davor habe, was nach dem halben Jahr ist. Dass das, was ich jetzt durchmache, noch schlimmer wird, versteht ihr? Dann kann ich vielleicht nicht dortbleiben, aber hierher zurück kann ich auch nicht mehr.«

»Schatz, ich muss dich das jetzt fragen«, sagte Helene. »Vielleicht tut es noch mehr weh, aber besser, es ist jetzt schlimm als später, wenn du alleine darüber nachgrübelst, okay?«

Als Laura nickte, fuhr sie fort: »Wie viel Anteil hat Anton an der ganzen Misere? Ich meine, ist er der Hauptauslöser oder nur eine Nebenfigur?«

Wider Erwarten konnte Laura die Frage beantworten,

ohne groß darüber nachzudenken. »Wenig bis gar nichts«, sagte sie. »Ich hab mir schon das Hirn über der gleichen Frage zermartert, aber er hat damit eigentlich nichts zu tun. Es ist mehr so, als ob irgendetwas tief in mir drinnen dort meine Heimat fühlt.«

»Ja, das ist aber doch verständlich«, warf Helge ein. »Schließlich liegt da ein Teil deiner Wurzeln. Immerhin kam dein Großvater von dort.«

»Ich weiß nicht recht«, zweifelte Helene. »Ich kann mir nicht vorstellen, dass das damit zu tun hat. Als hätten wir ein genetisches Ortungssystem in uns? Wir sind doch keine Brieftauben.«

»Das vielleicht nicht«, konterte Helge. »Aber jeder Mensch trägt unterschiedliche Anlagen in sich. Ich glaube nicht, dass man das verallgemeinern kann. Vielleicht ist bei Laura das Herkunftsgen besonders stark ausgeprägt.«

Bevor Helene erneut dagegenhalten konnte, mischte sich Gabi in die Diskussion ein. »Hört auf damit. Das ist reine Spekulation. Und zwar das eine genau wie das andere. Ihr könntet beide damit recht haben, aber das werden wir wohl kaum herausfinden. Aber lasst uns doch einfach mal so tun als ob.« Sie streichelte Lauras Haare, die ihren Kopf an Helenes Schulter gelehnt hatte. »Also stell dir vor, du bist eine Brieftaube, die sich dreißig Jahre lang verirrt hatte, und nun hast du endlich deine Heimat wiedergefunden. Dass es dir schlecht geht, wenn du plötzlich wieder fortmusst, ist ja kein Wunder.«

»Aber wenn ich dort bin, dann fühle ich mich auch nicht zu Hause. Sondern total zerrissen.«

»Hab mal ein bisschen Geduld mit dir. Du bist erst seit drei Monaten in Bayern, das ist ja nicht wirklich lang«, stellte Helge fest. »Tief drin steckt in jedem Menschen die Angst vor Veränderung. Und das, was du im Moment durchlebst, ist ein riesengroßer Umbruch. Zudem mit sehr ungewissem Ausgang.«

»Aber es gibt doch jede Menge Menschen, die ständig umziehen, den Job wechseln oder sich von ihren Partnern trennen. Die haben doch auch keine Angst.«

»Vielleicht nur nicht so viel wie du oder ich. Ich glaube auch, dass es umso schlimmer wird, je länger man sich im selben Fahrwasser befindet. Und du wohnst nun mal seit hundert Jahren in Berlin, arbeitest in der Firma, in der du deine Ausbildung gemacht hast, und wie lange wohnst du eigentlich schon in deiner Wohnung?«

»Seit …« Laura rechnete kurz nach. »Ich glaube, seit fünfzehn Jahren.«

»Eben. Wie soll es auch sein, dass du keine Angst hast?«

»Aber darum geht es doch gar nicht«, sagte Helene, pragmatisch wie immer. »Sie fühlt sich hier nicht mehr wohl und auch nicht in Bayern. Das widerspricht deiner Theorie völlig.«

»Glaub ich nicht«, sprang Gabi Helge bei. »So viel Veränderung in so kurzer Zeit, das hätte wahrscheinlich jeden von uns aus der Bahn geworfen.«

Vierzehntes Kapitel

Drei Tage nach dem Wochenende am Meer reiste Laura wieder ab. Und im Gegensatz zu ihrer Abreise im April freute sie sich diesmal richtig auf ihr zweites Zuhause. Versüßt wurde ihr der Abschied von der Aussicht, ihre Berliner Nachbarn eine ganze Weile nicht mehr sehen zu müssen. Als Helge sie am späten Vormittag zum Flughafen fuhr, kamen ihr trotzdem schon beim Abschließen ihrer Wohnungstür erneut die Tränen.

»Furchtbar«, lächelte sie gequält. »Ich glaube, ich habe in meinem ganzen Leben noch nicht so viel geheult wie in den letzten Wochen.«

»Mach dir nix draus. Mir geht es gerade auch nicht besser.«

Laura warf ihrem Freund einen überraschten Seitenblick zu. Sein Tonfall ließ darauf schließen, dass es ausnahmsweise nichts mit ihr zu tun hatte.

»Ist etwas passiert?«

»Na ja. Eigentlich nicht. Das heißt, das, was ich gehofft hatte, ist nicht passiert.«

»Ach du Schei…« Laura schlug sich erschrocken die Hand vor den Mund. »Los, mein Süßer, fahr sofort rechts ran. Da vorn fährt grad einer raus«, sagte sie und wedelte aufgeregt mit der Hand.

»Was ist denn?«, fragte Helge. »Haben wir was vergessen?«

»Ja. Ich habe was vergessen. Und zwar dich. Ich habe nicht mal dran gedacht, dich zu fragen, wer der Glückliche ist, in den du dich verliebt hast und der jetzt gerade offensichtlich die Chance seines Lebens wegwirft. Mein Gott, was bin ich nur für eine schlechte Freundin.«

»Ach was. Mach dir nichts draus«, sagte er leichthin. »So, wie es aussieht, hätten wir eh nicht besonders gut zusammengepasst. Außerdem hast du wirkliche Probleme und das ist viel wichtiger.«

Und Laura wusste, dass er das auch so meinte. Helge war der selbstloseste Mensch, den sie kannte. Er half, wo er nur konnte, und stellte sich und seine Bedürfnisse hintenan. Immer. Dass er in der Liebe so viel Erfolg hatte wie ein Säugling im Kopfrechnen, hatte er längst mit einem Lächeln akzeptiert. »Irgendwann treffe ich schon noch den Richtigen. Ich bin ja noch jung.«

Zurück flog Laura mit der Lufthansa und verlief sich nach der Landung prompt im Terminal 2 am Münchner Flughafen. Was weniger daran lag, dass es so schwer war, das richtige Gepäckband zu finden, als vielmehr daran, dass Laura so sehr von den üppig bestückten Auslagen der Geschäfte in den Bann geschlagen war, dass sie die Abzweigung zur Gepäckausgabe verpasste. Als sie endlich den Weg gefunden hatte, holte sie ihren Koffer, der erfreulich schnell das Band entlanggefahren kam, und lief zur S-Bahn, um ihr Budget zu schonen. Sie nahm die S8, stieg am Ostbahnhof in die Oberlandbahn und fuhr damit zum Bahnhof Neuhaus, an dem sie ihren Golf stehen gelassen hatte.

Am Nachmittag überlegte Laura, ob sie noch zum Schliersee hinunterfahren sollte, um die Wassertemperatur zu testen. Franzi hatte ihr vor ihrer Abreise nach Berlin erzählt, dass sie jeden Tag eine Runde schwimmen ging. Mit offenem Mund hatte Laura die Freundin angestarrt, die sich gerade als Rundum-Sportskanone zu entpuppen begann. »Das ist nicht dein Ernst!«

»Aber sicher ist es das.«

»Du meinst jeden Tag im Sommer.«

»Und im Herbst und im Winter und im Frühling auch.«

»Du spinnst ja. Dabei holst du dir doch den Tod.«

Franzi lachte. »Ganz im Gegenteil. Ich war seit fünf Jahren keinen einzigen Tag krank. Das härtet unglaublich ab.«

»Das mag ja sein. Aber ich fange schon bei dem Gedanken daran an zu frieren.«

»Ach Blödsinn. Du musst einfach damit anfangen, wenn die Temperaturen einigermaßen erträglich sind, so wie jetzt. Und dann dabeibleiben. Dann spürst du im Winter überhaupt nicht mehr, wenn die Temperaturen sinken.«

»So wie jetzt?«, fragte Laura. »Wir haben immer noch Frühling. Das kann noch gar nicht erträglich sein.«

»Du bist einfach total verweichlicht. Eine typische Stadtmaus eben. Probier es doch einfach mal.«

Nachdem Franzi sie auch prompt angerufen hatte, kaum dass sie in München gelandet war, um sie zu überreden, das mit dem Schwimmen nun endlich auszuprobieren, raffte sie sich am Nachmittag zumindest dazu auf, mit dem nagelneuen Mountainbike, das sie sich mit Franzis Beratung kurz vor ihrer Abreise nach Berlin gekauft hatte, zum Schliersee zu radeln. Das mit dem Schwimmen konnte sie sich noch immer überlegen. Sie fuhr das kurze Stück zur Valeppstraße hinunter, dann strampelte sie bergauf, bis sie den Spitzingsee erreichte, von dem aus sie den kleinen Trampelpfad am Westufer entlangfuhr. Am Parkplatz der Stümpflingseilbahn hielt sie an, zog die Trinkflasche aus ihrer Halterung und dachte darüber nach, ob sie nicht besser den Forstweg zur unteren Firstalm nehmen sollte. Das würde sie zwar nicht abhärten, aber dabei würde es ihr wenigstens warm werden. Andererseits … Weichei hatte Franzi sie genannt. Sie knirschte mit den Zähnen. Das würde sie nicht auf sich sitzen lassen! Sie klickte sich in die Pedalen ein und fuhr weiter zur Hauptstraße. Nur wenige Meter später rollte sie über den Spitzingsattel und dann ging es nur noch bergab. Laura mochte die neue Spitzingstraße nicht. Die schon fast zu einer Autobahn ausgebaute Asphaltstraße war eben kein Fahrradweg, sondern eine zumindest an den Wochenenden und bei schönem Wetter von Autos stark frequentierte Straße. Immerhin konnte man nach etwa der halben Strecke auf die alte Spitzingstraße einbiegen, die heutzutage allerhöchstens noch von Forstfahrzeugen befahren wurde. Und eben von Radfahrern. Obwohl sich Laura an den Gedanken, dass das Spitzingseegebiet schon in den 1960ern mit Skiliften ausgestattet war, längst gewöhnt hatte, konnte sie es sich kaum vorstellen, wie Autos und Busse damals hier hatten hochkommen können. Der Weg war nur einspurig befahrbar, Ausweichmöglichkeiten gab es so gut wie keine, und da die Straße nie geteert gewesen war, musste die Fahrt im Winter bei Eis und Schnee ein wahrer Albtraum gewesen sein. Und doch hatten sich die Skifahrer damals offensichtlich von nichts abschrecken lassen. Bewundernswert eigentlich.

Zehn Minuten später war der Schotterweg zu Ende und sie rollte locker durchs Josefsthal. Sie mochte den Schlierseer Vorort mit den hübschen kleinen Villen und den gepflegten Gärten. Hier zu wohnen könnte ihr gefallen! Besser vielleicht sogar als das Leben auf der Alm. Immerhin war man hier von Nachbarn umgeben und hatte nicht täglich damit zu kämpfen, dass man scheinbar am Arsch der Welt saß und dort auch noch mutterseelenallein war. Zumindest wenn man außer Acht ließ, dass es doch einen Nachbarn gab. Auch wenn es in diesem ganz speziellen Fall besser gewesen wäre, dort oben ganz allein zu sein.

Als sie endlich am Schliersee ankam, wartete Franzi schon auf sie.

»Ich find's cool, dass du mitmachst«, strahlte sie. »Ich hab schon mal getestet und es ist gar ned mal so kalt. Ich meine, mir macht die Kälte eh nix aus, aber das dürfte sogar für ein großstädtisches Weichei wie dich erträglich sein.«

Das wollte Laura nicht glauben, ohne sich selbst davon zu überzeugen. Sie trat ans Ufer, ging in die Hocke und testete die Temperatur mit der Hand. »Oh mein Gott. Das kann nicht dein Ernst sein. Von wegen nicht kalt. Das ist eisig!«

»Nun hab dich nicht so. Das Wasser hat achtzehn Grad. Wenn du erst mal drin bist, dann ist alles nur noch halb so schlimm.«

Ja wenn. Aber bis es so weit war, dauerte es noch eine Weile. Laura zog ihre Fahrradsachen aus und kramte in ihrem großen Rucksack nach ihrem Badeoutfit. Als Franzi sie so sah, fing sie schallend an zu lachen.

»Was ist das denn?«

»Ein Badeanzug«, entgegnete Laura schnippisch. »Was ist denn daran auszusetzen?«

»Dass das kein Badeanzug ist, sondern ein Neoprenanzug. Damit willst du doch nicht ernsthaft schwimmen gehen, oder?«

»Doch«, entgegnete Laura leicht gekränkt. »Ich will mich erstens nicht erkälten und zweitens erst mal an die Temperaturen gewöhnen. Und jetzt halt die Klappe und lass es mich so machen, wie ich mich dabei wohlfühle.«

»Na, dann mal los«, sagte Franzi. »Ich bin schon sehr gespannt.«

Allein schon so weit hineinzuwaten, bis ihre Füße ganz im Wasser waren, kostete Laura eine Menge Überwindung. Doch sie biss die Zähne zusammen, um Franzi keinen Grund zu geben, sich weiter lustig über sie zu machen. Himmel, war das kalt! Um sich nicht noch mehr auslachen zu lassen, ging sie weiter, kniff die Pobacken zusammen und stand schließlich bis zur Brust im Wasser. Im Gegensatz zu echter Schwimmkleidung sickerte das Eiswasser beim Surfanzug nur langsam in den Anzug, was es zwar nicht viel besser machte, aber der klare Vorteil war, dass es durch die Körpertemperatur erwärmt wurde und dadurch einen gewissen Schutz vor der Kälte bot. Vorsichtig ging sie in die Knie, damit das Wasser im Anzug bis zum Hals steigen konnte. Das war gar nicht so einfach. Verwundert stellte Laura fest, dass sie Schwierigkeiten hatte, ihre Füße am Boden zu halten.

»Und?«, fragte Franzi. »Wie fühlt sich das an?«

»Komisch«, sagte Laura. »Die Temperatur ist echt grenzwertig. Aber es ist irgendwie schwierig, mich hinzuknien.«

»Tja, wer nicht hören will, muss fühlen. Das sagte schon meine Großmutter immer.«

»Haha. Nicht nur deine«, Laura streckte Franzi die Zunge heraus. »Was ist denn so lustig daran?«

»Dein Anzug ist lustig«, sagte Franzi, die nur im Bikini neben ihr im Wasser trieb und einen Eindruck machte, als wäre gerade Warmbadetag.

»Wieso denn das? Ich hab hier schon jede Menge Leute im Ganzkörperkondom gesehen.«

»Sicher hast du das. Aber das waren Schwimmanzüge, keine Tauchanzüge.«

»Das ist kein Tauchanzug, sondern ein Surfanzug. Außerdem, was ist denn daran groß der Unterschied zu einem Schwimmanzug? Der Surfanzug ist halt dicker. Und damit noch wärmer.«

»Du bist echt ein Schaf. Neopren wird aufgeschäumt, wie Kuchenteig. Nur dass keine Luft, sondern Stickstoff eingeschlagen wird. Und diese Stickstoffbläschen machen einen Großteil der Isolation aus. Aber wenn du im Physikunterricht aufgepasst hast, dann weißt du auch, wie sich Gas zu Wasser verhält.«

»Es steigt nach oben?«

»Genau. Die meisten Gase jedenfalls, weil sie leichter sind als Wasser. Und Stickstoff verhält sich im Wasser genau wie Luft – er treibt nach oben. Und dein Anzug da«, Franzi kniff Laura in den Ärmel, »der ist sicher drei Millimeter dick. Das hat ganz ordentlich Auftrieb. Deswegen liegst du in etwa so stromlinienförmig wie ein Sektkorken im Wasser.«

»Na toll«, stöhnte Laura. »Da hab ich wohl wieder mal danebengelangt beim Shoppen, was?«

»Na ja, halb so schlimm«, meinte Franzi. »Du buchst einfach deinen nächsten Urlaub inklusive Tauchkurs ans Rote Meer, dann bist du damit goldrichtig. Zumindest im August oder September.«

Laura stutzte. »Und sonst?«

»Sonst wird unserer kleinen Frostbeule in ihrem Sektkorkenanzug auch dort zu kalt sein. Dann brauchst du was Dickeres.«

»Okay, okay, ich hab schon verstanden. Und was mach ich jetzt?«

»Du hast nicht zufällig einen Gurt mit zwei Kilo Blei dabei?«

»Was? Wozu das denn? Nein!«

Franzi seufzte. »Damit könntest du den Auftrieb ausgleichen. Aber ohne? Da hilft nur eins. Runter mit dem Ding.«

Und so stand Laura fünf Minuten später mit klappernden Zähnen im Wasser.

»Ach komm, nun hab dich nicht so.« Franzi staunte Bauklötze über das bibbernde Weichei aus der Großstadt. »Schwimmen wir eine Runde, dann vergisst du gleich, dass dir kalt ist.«

Fünf Minuten später war Laura außer Puste und hatte von der Kälte blaue Lippen. Da sie darauf bestanden hatte, am Ufer entlangzuschwimmen, bog sie kurzerhand nach links ab und hatte kurz darauf wieder festen Boden unter den Füßen. Franzi hatte sich auf den Rücken gelegt und aufgepasst, dass die Berliner Mimose gut ans Ufer gekommen war, dann drehte sie sich herum und fing an, Richtung Seemitte zu kraulen.

Dreißig Minuten später hatte die Sonne alle Kälte aus Lauras Knochen vertrieben und dann kehrte auch Franzi zurück.

»Ich kann gar nicht glauben, dass du nicht frierst.« Laura berührte Franzi am Arm. »Du bist ja eiskalt.«

Am nächsten Tag fing es an, wie aus Eimern zu schütten. Deprimiert starrte Laura aus dem Küchenfenster in die Wolken, die so tief hingen, dass sie kaum die Hand vor Augen sehen konnte. Das Problem dazu war, dass sie sich in der Gegend viel zu wenig auskannte. Es kam also gar nicht infrage, aus dem Haus zu gehen. Die Gefahr, dass sie sich verirrte und den Weg zurück nicht mehr fand, war viel zu groß. Und mit dem Auto traute sie sich erst recht nicht. Allein beim Gedanken, dass ihr was passieren könnte und, wie der Zufall es wollte, dann auch noch ausgerechnet ihr verhasster Nachbar wieder derjenige war, der sie fand, verursachte ihr Gänsehaut. Sie heizte den offenen Kamin ein, schob einen kleinen Hocker und einen bequemen Sessel davor, schnappte sich ihren Laptop und fing an zu schreiben. Nachdem die ersten Seiten nur recht holprig vorankamen, weil das scheußliche Wetter auf ihr Gemüt drückte, ging es ihr leichter von der Hand, als sie sich in ihre Figuren vertiefte und sie ganz einfach eine Szene einbaute, in der auch in ihrer fiktiven Welt die Welt unterging und sie ihre Protagonistin ohne Regenschirm durch eine eisige Dusche schickte.

Zwischendrin inspizierte sie ihre Vorräte und stellte erleichtert fest, dass sie locker eine Woche überstehen konnte, ohne aus dem Haus zu müssen. Und verdursten würde sie sowieso nicht. Das Wasser aus dem Bach schmeckte einfach unglaublich gut und sie traute sich auch zu, selbst im dichtesten Nebel die paar Meter zurück zum Haus zu finden.

Während sie die nächsten Tage damit verbrachte, zu schreiben und mit ihren Freunden zu telefonieren, wuchs der Umfang ihres Manuskripts immer weiter und allmählich war sie sich sicher, dass sie das alles wirklich schaffen konnte. Kurz überlegte sie sogar, Anton, leicht abgewandelt, erneut in ihre Geschichte mit einzubauen, doch sie verwarf den Gedanken schnell wieder. Sollte sie jemals einen Verlag finden, der ihr Werk veröffentlichen würde, dann wäre es sicher eine ganz blöde Idee, wenn sich jemand darin wiederfinden würde, an dem sie kein gutes Haar gelassen hatte. Auch wenn sie bei dem Gedanken daran, dass er ihr Buch lesen würde, in hysterisches Gekicher ausbrach, ließ sie es bleiben.

Zwei Tage später war das scheußliche Wetter endlich vorbei und die Sonne strahlte aus einem blitzblauen Himmel. Laura staunte über die unglaubliche Farbe, die sich über den gesamten Himmel spannte. In Berlin war der Himmel meistens graublau, manchmal hellblau, wenn das Wetter mitspielte. Aber er hatte nie diese unglaublich tiefe und satte Farbe. Sie spürte, wie die Wärme ihre sämtlichen Lebensgeister reaktivierte. Und entsprechend war auch die Szene für ihr Buch, die sich gerade in ihrem Kopf formte, um einiges fröhlicher als die düsteren Gedanken, die sie die letzten Tage gehegt hatte.

Laura hatte sich eben mit einem Stück Kuchen, einem Cappuccino und ihrem Laptop nach draußen gesetzt, als eine Besucherin die Auffahrt hinaufspazierte und freundlich grüßte.

»Der sieht aber lecker aus«, sagte sie nach einer kurzen Begrüßung und strich sich ein paar Schweißperlen von der Stirn. »Selbst gebacken?«

»Gestern, ja. Haben Sie Lust und Zeit auf ein Stück?«

»In meinem Alter hat man alle Zeit der Welt«, erwiderte die Besucherin freundlich. »Auch wenn man das nicht glauben möchte angesichts der ganzen Rentner, die ausgerechnet immer dann aus ihren Höhlen kriechen, wenn alle Berufstätigen auch grad ihre Feierabendeinkäufe machen und um jede Person weniger an den Kassen vor ihnen froh wären.«

Laura lachte. »Das kenne ich. Nur dachte ich, dass es hier in den Bergen vielleicht etwas ruhiger zugeht.«

»Das heißt –« Die alte Dame nickte. »Ja, Ihr Akzent sagt mir schon, dass Sie nicht von hier sind. Woher kommen Sie, Frau –?«

»Sagen Sie einfach Laura zu mir. Ich bin aus Berlin. Setzen Sie sich doch. Kaffee und Kuchen kommen gleich.«

»Oh ja, das wäre nett. Sehr gern.«

Wenige Minuten später kam Laura mit einem Teller und einer weiteren Tasse Cappuccino nach draußen und setzte sich zu der Besucherin. Innerhalb kurzer Zeit entwickelte sich ein lebhaftes Gespräch mit der alten Dame, die Interessantes von ihren Bergtouren und Reisen zu berichten wusste.

»Nepal? Echt?«, fragte Laura mit großen Augen.

»Im Himalaja, ja«, bestätigte die Besucherin, die sich kurzerhand ebenfalls mit ihrem Vornamen vorgestellt hatte.

»Wow. Auch auf dem Dach der Welt?«

»Am Mount Everest? Nein. Dort ist mir zu viel Sauerstofftourismus.«

»Was …? Was meinen Sie denn damit?«, fragte Laura verwirrt.

»Na ja, es ist halt so, der Everest ist kein schwieriger Berg, was die Kletterei anbelangt«, sagte Agnes. »Im Grunde kommt da fast jeder rauf. Wenn Sie genügend Geld zahlen, dann werden Sie zur Not hochgetragen. Sogar ein Rollstuhlfahrer war schon auf dem Gipfel.«

»Aber ich dachte, dass dort ständig Leute verunglücken?«

»Das liegt daran, dass nur wenige Menschen ohne Hilfsmittel mit der extremen Höhe und den äußeren Bedingungen klarkommen. Ohne zusätzlichen Sauerstoff geht es fast gar nicht. Jeder Schritt wird zur Qual und kommt einem vor, als wären die Füße mit bleischweren Gewichten angebunden. Bergauf, versteht sich. Außerdem ist das Wetter völlig unberechenbar. Und es gibt sehr eng gesetzte Zeitfenster. Wenn Sie es nicht schaffen, zur vereinbarten Zeit an einer von Ihrem Guide festgelegten Stelle zu sein, dann dürfen Sie nicht weitergehen, weil Sie den Rückweg nicht mehr schaffen würden. Aber da es in der Regel nur einen einzigen Versuch gibt, ignorieren viele den Umkehrzeitpunkt.«

»Verrückt«, stellte Laura mit einem Kopfschütteln fest. »Ich käme nie auf die Idee, dort überhaupt hinzuwollen.«

»Ach wissen Sie, wenn man in den Bergen aufwächst, dann geht einem das in Fleisch und Blut über. Wo ein Berg steht, da muss man auch rauf.«

»Und auf welchem waren Sie?«

»Im Himalaja?«

»Ja.«

»Ich war im Everest-Basislager. Das hat mir gereicht. Sie können sich kaum vorstellen, wie es dort zugeht. Der Dreck ist unglaublich. Die Leute drängen sich Zelt an Zelt und warten darauf, dass ein Wetterfenster aufgeht und sie einen Gipfelversuch wagen können. Der Weg dorthin ist gepflastert mit leeren Sauerstoffflaschen, die die geschwächten Bergsteiger nicht mehr mit hinunternehmen können. Und der ein oder andere Pechvogel liegt wohl auch noch am Wegesrand.« Agnes machte eine Pause, als Laura sie ungläubig anschaute.

»Sie meinen …?«

Agnes nickte. »Einen steif gefrorenen Toten aus der Höhe vom Berg zu schaffen, verlangt ungeheure Kraftreserven. Und die hat da oben niemand. Deswegen finden dort immer wieder Menschen ihre letzte Ruhestatt. Ich wollte dann lieber auf einen anderen Berg, einen, der nicht so frequentiert ist. Deshalb war ich auf der Ama Dablam. Für mich ist das sowieso der schönste Berg dort.«

Auch im Laufe der nächsten zwei Wochen konnte Laura nicht sagen, dass ihr Schmerz nachließ. Es verging keine Stunde, in der sie nicht an Anton dachte und daran, was daraus hätte werden können. Die Berliner Feuerwehr hatte ihr Budget an Urlaubstagen ausgereizt und konnte nur noch telefonisch Beistand leisten, egal wie lichterloh es in den bayerischen Bergen brannte. Als sich Lauras Stimmung auch mit der Zeit nicht bessern wollte, ging Helene eines Tages sogar so weit, ihr zu unterstellen, dass sie sich verrannt habe: »Wie kannst du denn auch nur eine Minute glauben, dass ein Typ, den du gerade mal ein paar Tage kennst, deine ganz persönliche eierlegende Wollmilchsau ist?«

Als Laura statt einer Antwort nur japste, fuhr Helene mit ihrer Tirade fort: »Das Blöde ist nur, dass du das Ding gegen die Wand gefahren hast, als die Schmetterlinge noch so hoch geflogen sind. Spätestens fünf Wochen danach hättest du gemerkt, dass auch ein Anton Oberhofer nicht Mister Perfect schlechthin ist. Du hättest schnell festgestellt, dass seine Socken am Abend stinken und dass er auf die Klobrille pinkelt. Er ist ein Mann wie jeder andere auch. Mit all seinen Nachteilen.«

Helge, der bei dem Telefonat neben Helene saß, schüttelte den Kopf und verdrehte die Augen. »Du bist unglaublich. Und so was von unromantisch. Glaubst du etwa, dass du ihr mit diesen blöden Sprüchen geholfen hast?«

Immerhin hatten Gerti und Franzi viel Zeit, sich um Laura zu kümmern. Das Wetter war schön und so kam endlich das schicke rot-weiße Mountainbike zum Einsatz, das bis auf den Abstecher zum Schliersee seit jenem Nachmittag unbenutzt in der Scheune stand. Da Franzi nicht nur eine durchgeknallte Eisschwimmerin war, sondern auch eine semi-professionelle Mountainbikerin, nahm sie Laura unter ihre Fittiche. »Als Erstes musst du lernen, wie du Kurven fährst, richtig bremst und über Schotter und Wurzeln kommst, ohne auf die Nase zu fallen. Das A und O dabei ist die Geschwindigkeit. Je schneller du bist, desto stabiler das Rad.«

Und so fing Laura an, zu üben. Zuerst auf Teer, dann auf

Schotter und schließlich stand sie hinter Franzi vor einem kleinen Abhang, der über und über mit kleinen Felsbrocken gespickt war.

»Da soll ich hinunterfahren? Du hast sie doch nicht mehr alle!«

Franzi lachte. »Das ist allerhöchstens ein 51er. Ein Witz. So was fahre ich nur, wenn ich mich langweilen will«, neckte sie die Freundin. »Es ist ganz leicht. Wie du schon gelernt hast …«

»Nur nicht zu langsam werden.«

»Genau. Und dann stehst du auf, schiebst deinen Arsch hinter den Sattel und hängst ihn über das Hinterrad. Schau!« Franzi brachte das Bike in Position, trat kurz in die Kurbel, um genügend Tempo zu bekommen, dann glitt sie leicht wie eine Feder über das Geröll.

Es sah wirklich spielend einfach aus. »Ganz locker«, sagte Franzi, nachdem sie umgedreht hatte und auf dem neben dem Geröllfeld verlaufenden Forstweg zurück nach oben gefahren war. »Verkrampf dich bloß nicht am Lenker. Der sucht sich seinen Weg allein. Das ganze Radl tut das. Lass es einfach laufen und bleib locker und geschmeidig.« Sie führte es Laura ein weiteres Mal vor und dann hatte Laura es begriffen. In der Theorie zumindest.

Vorsichtig tastete sie sich an den Weg heran und blieb kurz vorher stehen.

»Nicht anhalten!«, ermahnte Franzi sie. »Jetzt hast du keine Geschwindigkeit mehr, das ist scheiße. Da fliegst du auf die Nase. Komm, zurück, probier noch mal.«

Laura brauchte drei Anläufe. Dann hatte sie genügend Geschwindigkeit, dass Franzi sie nicht erneut stoppte. Und als sie dann den Weg hinunterhoppelte, war es wirklich leicht. Das Hinterrad federte ihrem Po entgegen, und genau wie Franzi gesagt hatte, suchte sich das Mountainbike seinen Weg selbst. »Vertrauen«, das war das Wichtigste in diesem

Sport. Und eine gesunde Selbsteinschätzung der eigenen Fähigkeiten, dachte Laura.

Nachdem sie das vierte Mal rauf- und runtergefahren war, hatte sie Blut geleckt. Es machte tatsächlich einen Heidenspaß! Und sie hatte geschlagene vier Stunden nicht an Anton Oberhofer gedacht. Und dieser Zustand hätte sicher auch noch eine Weile angehalten, wäre er nicht ausgerechnet in dem Augenblick mit seinem BMW den Weg hochgefahren, neben dem sie übte.

»Ich glaube, wir lassen es für heute gut sein«, sagte Franzi. Sie merkte sofort, dass die kurze Begegnung, aber insbesondere die völlige Ignoranz, mit der Oberhofer an ihnen vorbeigerauscht war, Laura völlig aus dem Konzept gebracht hatte. »Jetzt bist du unkonzentriert und das ist nicht gut. Krieg ich noch einen Kaffee bei dir?«

Zwei Wochen lang trainierte Laura jeden Vormittag. Sie fuhr immer längere Strecken bergauf, ertappte sich dabei, wie sie förmlich nach Trails suchte, die sie sich zutraute, und freute sich unheimlich auf die nächste Übungseinheit mit Franzi. Sie konnte es kaum erwarten, so fit zu sein, dass es genauso spielerisch aussah wie bei ihrer Freundin.

Anschließend setzte sie sich bei schönem Wetter nach draußen unter ihren Sonnenschirm und schrieb an ihrem Roman. Und auch an den wenigen Tagen, an denen es regnete, gönnte sie sich keine Pause. Dann saß sie mit dem Laptop auf angezogenen Beinen auf dem Sessel und schrieb, während im offenen Kamin die trockenen Holzscheite knisterten und knackten.

Die Tage vergingen in gleichförmiger Eintönigkeit, die nur durch gelegentliche Besuche ihrer neuen Freunde unterbrochen wurde. Auch Agnes kam ab und an vorbei und Laura war zunehmend von den Erlebnissen der alten Dame beeindruckt. Sie ertappte sich dabei, ihre Großmutter mit der sicher nur wenig jüngeren Agnes zu vergleichen. Während die eine so unsportlich und inaktiv gewesen war wie ein Pekinese, hatte die andere selbst im betagten Alter noch so viel Energie wie ein Jack Russell Terrier. Laura musste zugeben, dass auch sie davon profitierte, täglich Sport zu machen. Auch wenn ihre Seele sich nach wie vor wund anfühlte, körperlich war sie so fit wie nie.

Fünfzehntes Kapitel

Es war ein heißer Tag gewesen, drückend, schwül und schweißtreibend. Der Roman war mittlerweile auf dreihundertvier Seiten angewachsen und Laura staunte jeden Tag aufs Neue, dass jedes Mal, wenn sie eine Szene zu Ende geschrieben hatte, eine weitere wie von Zauberhand in ihrem Kopf entstand. Sie musste nicht einmal darüber nachdenken, es war einfach da. Im Laufe der Zeit entwickelten ihre Figuren ganz von alleine ein Eigenleben und Lauras Aufgabe bestand im Wesentlichen darin, sich zurückzulehnen und einfach nur dem Film vor ihrem inneren Auge zuzusehen. Ihre Protagonisten unterhielten sich, stritten und vertrugen sich wieder. Und Laura brauchte das alles nur aufzuschreiben.

»Irgendwie hat das etwas Schizophrenes an sich«, lachte sie, als sie Gabi am Telefon davon erzählte. »Aber es ist total interessant, und wenn ich lese, was ich am Vortag alles zu Papier gebracht habe, bin ich total begeistert.«

Als der Wind auffrischte, räumte Laura ihre Siebensachen ins Haus. Kaum hatte sie alles in Sicherheit gebracht, nahm der

Wind an Stärke deutlich zu, bis er kaum eine Stunde später zu einem richtiggehenden Orkan angewachsen war. Der Himmel verdunkelte sich im Rekordtempo und jenseits der Brecherspitz tobte bereits ein heftiges Gewitter. Wahnsinn, dachte sie, als der erste Donnerschlag ertönte. Es war nicht ihr erstes Gewitter in den Bergen, doch diesmal war es mehr als unheimlich. Noch regnete es nicht, aber die Blitze zuckten wie geisterhafte Lichtfinger am Himmel und der Abstand zwischen den elektrischen Entladungen und den Donnerschlägen wurde immer kürzer. Und plötzlich krachte es so laut, dass Laura vor Schreck ihre Teetasse von der Anrichte stieß. Ihr Herz tat einen erschrockenen Satz und vollbrachte im Anschluss daran eine knappe Minute lang Höchstleistungen. Nur langsam beruhigte sich ihr Puls wieder. So beeindruckend dieses Naturschauspiel auch war, auf so etwas konnte sie gerne verzichten.

Plötzlich sah sie, dass es im Norden wieder aufklarte. Gott sei Dank, dachte sie. Das Gewitter zog schneller ab, als sie vermutet hatte. Sie beobachtete weiterhin den Himmel, doch dann merkte sie, dass es nicht der Himmel war, der sich erhellte. Die Helligkeit kam von unterhalb ihrer Alm. Und da lag – Antons Grundstück!

Von ihrem Fenster aus konnte sie nicht sehen, ob der Blitz in einen Baum oder sein Haus eingeschlagen hatte. Mit zitternden Händen zog sie ihre Regenklamotten über, die sie sich nach dem Desaster am Berg in einem anderen Geschäft besorgt hatte, schlüpfte in ihre neuen Bergstiefel und rannte, den Autoschlüssel in der Hand, aus dem Haus. Sie startete ihren Golf und fuhr zum Nordtor. Und da sah sie es. Antons Scheune brannte lichterloh. Und dann setzte ihr Verstand aus. Sie dachte keine Sekunde darüber nach, was sie tun sollte. Bei dem Wetter hatte er sicher seine Ziegen nach drinnen gebracht und nun waren die unschuldigen Lebewesen in Gefahr. Sie fasste in ihre Jackentasche und merkte erst jetzt, dass sie ihr Telefon im Haus vergessen hatte. Verdammt! Sie sprang nur kurz aus dem Wagen, um das Tor zu öffnen. Dann wendete sie und fuhr zurück zum Haus. Als sie gerade die Nummer der Feuerwehr wählen wollte, sah sie bereits die zuckenden blauen Lichter, die vom Tal heraufkamen. Sie rannte zum Osttor, schloss auf, damit die Feuerwehr den kürzeren Weg nehmen konnte, und preschte wie vom Teufel gejagt zu Antons Haus. Dort sah sie ihn, wie er mit einem Gartenschlauch in der Hand sein Haus abspritzte. Die Scheune war nicht zu retten, aber er musste um jeden Preis verhindern, dass das Feuer auf das Wohngebäude übergriff. Und es regnete immer noch nicht!

»Was kann ich tun?«, schrie sie ihn an. Die Feuersbrunst hatte eine solche Lautstärke entwickelt, dass eine Verständigung nur noch brüllend möglich war.

»Die Ziegen«, schrie er zurück. »Ich hab sie in die Umzäunung gebracht, aber da können sie nicht bleiben. Hinter dem Haus steht ein alter Pick-up. Hol sie aus dem Gatter und setz sie da drauf. Und dann bring sie zu dir rüber. Dschinn wird dir helfen.«

»Und der Schlüssel?«

»Der steckt!«

Laura rannte nach hinten, kletterte in den alten Wagen und ließ den Anlasser orgeln, bis der Motor ansprang. Dann kurvte sie um das Haus herum, bis sie direkt vor dem Ziegengehege stand. Mühsam hievte sie eine Ziege nach der anderen über das Gatter. Das Tor konnte sie nicht öffnen, sonst wäre die ganze Herde im Nu ausgebüxt und über alle Berge verschwunden. Dschinn verfolgte ihr Tun mit Argusaugen, doch sah er offensichtlich keinen Grund, einzugreifen. Plötzlich geriet die Herde in Panik, die Tiere drückten sich laut meckernd gegen den Zaun, bis der unter ihrem Gewicht nachgab und in den Matsch kippte. Aber der schlaue Hirtenhund war sofort zur Stelle. Er umkreiste die

Ziegen und trieb sie zum Pick-up hin, wo Laura sich nun leichter tat, die Tiere auf das Fahrzeug zu heben. Als das letzte Zicklein verstaut war, rannte sie in die Vorratskammer im Haus, schnappte sich einen Sack mit Kraftfutter, warf auch noch drei große Strohballen, die neben dem Haus lagen und die das Feuer noch nicht erwischt hatte, zu den hysterischen Tieren auf die Ladefläche. Dann lief sie zu Anton.

»Die Ziegen sind in Sicherheit. Was jetzt?«

Prüfend sah er zu dem Fahrzeug hin. »Bring sie weg von hier. Fahr heim und bring sie in deinen Stall. Und dann bleib dort, hier kannst du nicht helfen.«

Kaum hatte er das letzte Wort gesprochen, kamen endlich die Feuerwehrfahrzeuge über die Kuppe. Gott sei Dank hatten die Fahrer das offene Tor richtig gedeutet und die Abkürzung genommen und damit eine knappe halbe Stunde eingespart.

Bevor Laura in Antons Pick-up einstieg, rief sie nach Dschinn. Der Border Collie stutzte, legte den Kopf schief, sah sein Herrchen an und bellte laut.

»Ja genau, geh mit ihr«, bestätigte der.

Dschinn ließ sich das nicht zweimal sagen, lief zu Laura, bellte wie zur Bestätigung erneut und sprang durch die geöffnete Fahrertür auf den Beifahrersitz.

»Soll ich danach nicht doch …?«

Anton nahm sie kaum noch wahr. Als sie ihre Frage wiederholte, schrie er: »Nein, bleib bloß weg hier. Es reicht, wenn –« Der Rest seiner Worte ging in einem lauten Krachen unter, als ein Teil der Scheune einstürzte.

Laura sprang ins Auto, ließ den Motor aufheulen und fuhr nach einem Blick auf ihren Golf, der neben Antons BMW in ausreichendem Sicherheitsabstand geparkt war, langsam los. Das laute Meckern der völlig verängstigten Ziegen verursachte ihr einen Schauer, der ihr durch Mark und Bein ging. Vorsichtig, um keine der Ziegen abzuwerfen, fuhr sie über den holprigen und mit dichtem Gras bewachsenen, so lange nicht genutzten Weg zu ihrem Haus. Nach fünf Minuten parkte sie vor ihrer kleinen Scheune und würgte den Motor ab. Der Pick-up machte einen Satz nach vorn, den Dschinn mit einem lauten Winseln und die Ziegen mit einer weiteren Runde panischem Gemecker quittierten. Laura sprang hinaus, lief zu der Scheune und war für einen Moment froh, dass der Regen noch immer auf sich warten ließ. Doch sofort schalt sie sich selbst. Wie schlimm wäre es wohl, ein paar durchweichte Ziegen durch den Matsch in die Scheune zu treiben? Das wirkliche Problem war, dass Antons Haus in Gefahr stand, ebenfalls Feuer zu fangen, wenn der verdammte Regen nicht bald einsetzte.

Sie verschloss die geöffneten Holzfenster, stellte sicher, dass auch die rückwärtige Tür den frechen Tieren genügend Widerstand bot, dann pfiff sie nach Dschinn und brachte die Ziegen eine nach der anderen in den Stall. Der Hütehund saß dabei die ganze Zeit wachsam neben der Tür und passte auf, dass kein Tier entwischen konnte, wenn Laura zurück zum Wagen lief.

Als endlich alle Ziegen untergebracht waren, holte sie das Futter und die Heuballen, schnitt das Fixierband auf und schüttete das Heu auf, damit die Ziegen eine komfortable Unterlage hatten. Allmählich wurde das Gezeter leiser. Die Zicklein hatten ihre Mütter wiedergefunden, saugten sich den ganzen Stress von der Seele, während ihre Mütter und das kleine Böckchen Laura das Kraftfutter direkt aus der Hand fraßen. Erschöpft strich sie sich eine schweißnasse Haarsträhne aus der Stirn, als sie ein weiß und schwarz geflecktes Zicklein bemerkte, das sich zitternd unter den Beinen der erwachsenen Tiere durchdrängte.

»Hallo Kleines.« Laura stand auf und hob das verängstigte Tier hoch. »Wo ist denn deine Mama?« Suchend blickte sie sich um. Doch jede der Mutterziegen hatte ihren eigenen Nachwuchs bereits eng an seiner Seite. Gibt es Zwillinge unter Ziegen?, fragte sich Laura. Sie zog dem Zicklein ihre Haare aus dem Maul, das sofort angefangen hatte, daran zu knabbern. »Du bist ja frech«, stellte sie fest und sah nach draußen. Inzwischen hatte es endlich zu regnen angefangen und es schauderte sie, zurückzufahren, um nach dem Muttertier zu suchen – nicht wegen des Regens, sondern aus Angst vor dem Feuer. Dort draußen tobte nach wie vor ein Inferno und es war sicher nicht besonders schlau, ihr Leben für das einer Zwergziege zu riskieren. Vor allem, weil sie so gut wie keine Chance hatte, das Tier zu finden. Im Gatter war es nicht gewesen und sie hatte keine Ahnung, wo sie überhaupt suchen sollte. Nein, das musste bis morgen warten, auch wenn ihr das kleine Wesen von ganzem Herzen leidtat.

Sie stand mit wackligen Knien auf, lief durch den mittlerweile strömenden Regen ins Haus und suchte in der Küchenschublade nach dem Schlüssel, der das Schloss der Verbindungstür zur Scheune sperrte. Als sie ihn endlich gefunden hatte, nahm sie eine kleine Schüssel, goss etwas Milch hinein, ging zurück in die Scheune und suchte ihr Sorgenkind. Das schnupperte kurz an der ungewohnten Flüssigkeit und beschloss, dass Kuhmilch nichts für Zwergziegen war. Stattdessen schrie es weiter herzerweichend nach seiner Mutter. Laura setzte sich auf einen Strohhaufen, zog das Zicklein zu sich und gab ihr das Einzige, das sie ihm im Augenblick bieten konnte: Wärme und Zuneigung.

Später, sie hätte nicht sagen können, wie viel Zeit vergangen war, wachte sie inmitten der Herde auf, die sich um sie herumgeschart hatte. Nach und nach war das Meckern verstummt, die Tiere hatten sich vertrauensvoll an sie gedrängt und gewärmt von den warmen Leibern war sie mit dem Sorgenkind auf ihrem Schoß eingeschlafen.

Sie versuchte sich zu strecken, ohne allzu viel Wirbel zu machen, als sie eine starke Präsenz wahrnahm. Sie drehte den Kopf zur Seite. Und tatsächlich, da stand er. Von Kopf bis Fuß rußverschmiert, lehnte er im Türrahmen. Er sah so erschöpft aus, dass sie dachte, er würde gleich zusammenbrechen. Und doch stand in seinen Augen ein Glitzern, das ihr nur allzu bekannt vorkam.

»Die Scheune ist hinüber«, sagte er leise. »Aber das Haus ist unversehrt. Na ja, wenn man davon absieht, dass alles nach Rauch stinkt.« Er beugte sich zu ihr hinunter und half ihr auf die Beine. Dschinn drängte sich von der anderen Seite an seinen Herrn und verlangte Bestätigung dafür, dass er alles richtig gemacht hatte. Nachdem Anton ihn ausgiebig gelobt hatte, verzog er sich an die Seite, legte sich mit einem schweren Prusten auf eins von Lauras T-Shirts, das sie vor ein paar Wochen dort hatte liegen lassen, und deckte sich ein Auge mit seiner Pfote zu. Das sah so drollig aus, dass Laura und Anton laut loslachten.

»Und bei dir?«, fragte er leichthin. »Alles gut gegangen?«

»Na ja, bis auf das hier«, antwortete sie und deutete auf das mutterlose Zicklein, das noch immer in ihren Armen lag. »Wir haben ihre Mama wohl vergessen.«

Anton hob seine Hand und zog leicht an dem Schlappohr des Ziegenkindes. »Die Mama war leider so dumm und ist mir ausgebüxt, als ich die Viecher aus der Scheune in das Gatter getrieben habe. Ich hab sie gefunden, als ich hergefahren bin.«

»Ach gut«, sagte Laura erleichtert. »Dann bring sie doch gleich rein.«

Einen Augenblick starrte er sie verwirrt an. Dann schüttelte er den Kopf. »Die Mama hat leider nicht überlebt.« Zärtlich kraulte er das kleine Köpfchen. »Wir haben hier ein kleines Waisenkind. Das heißt Flaschenaufzucht.« Mit einem

Seufzen sah er auf die schlafende Herde. »Wir müssen die anderen Mütter melken, damit das kleine Fräulein hier nicht verhungert. «

Staunend sah Laura Anton dabei zu, wie er die Mutterziege mit dem größten Euter geschickt molk. Erst hatte sie es selbst versuchen wollen, doch er hatte abgelehnt. »Das sieht einfacher aus, als es ist. Hast du schon mal eine Kuh gemolken?«

Als sie verneinte, sagte er: »Du kannst es die nächsten Tage versuchen, aber nicht jetzt. Die Tiere hatten heute schon genug Stress, von dem sie sich erholen müssen.«

Nachdem Laura einen Augenblick beleidigt war, musste sie sich eingestehen, dass er recht hatte. Es ging nicht um ihre Befindlichkeiten, sondern darum, dass es den Tieren wieder gut ging. Und als sie seinen schönen kräftigen Händen bei der Arbeit zusah, überfiel sie das vertraute Prickeln.

»Hörst du mir eigentlich zu?«

»W...Was?« Laura sah ihn irritiert an. »Hast du was gesagt?«

»Ob du zufälligerweise eine Nuckelflasche im Haus hast.«

»Ganz bestimmt nicht. Geht es nicht anders?«

»Du hast es doch schon probiert«, sagte er und zeigte auf das Schälchen mit Milch, das unberührt neben der Tür stand. »Hat aber nicht funktioniert, oder?«

»Nein«, bestätigte sie. »Aber ich dachte, das liegt an der Kuhmilch.«

Er grinste. »Nein, daran liegt es nicht. Aber das kleine Fräulein hier hat noch nicht gelernt, wie man ohne Zitze trinkt. Hast du einen Gummihandschuh und eine Nadel da?«

Das konnte sie ihm bieten. Neugierig beobachtete sie ihn, wie er mit der Nadel ein winziges Loch in einen der Finger des Handschuhs stach, die Ziegenmilch mit einem gleichen Teil Kuhmilch mischte und anschließend in den improvisierten Euter füllte.

Zuerst war das Zicklein mehr als skeptisch. Doch Anton kümmerte sich rührend um das Tierkind. Er sprach beruhigend auf es ein, spritzte ihm immer wieder ein kleines bisschen Milch auf das Maul und kraulte dabei Köpfchen und Ohren. Und schließlich war es so weit und das Ziegenkind schnappte nach dem Gummifinger und fing an zu saugen.

»Wäre nur Ziegenmilch nicht besser gewesen?«, fragte Laura, als Anton schließlich wieder aufstand.

»Doch, aber die reicht nicht. Die Euter der Mütter sind fast leer und nach der ganzen Aufregung heute haben die Zicklein allesamt selbst einen erhöhten Kalorienbedarf.«

»Aber das mit der Kuhmilch ist nicht der Hit. Das kleine Fräulein hat sich damit schwergetan.«

»Das lag nicht an der Milch, sondern daran, dass der Handschuh nach Gummi stinkt. Aber die Kuhmilch ist trotzdem nicht gut, sie enthält zu wenig Nährstoffe. Morgen kaufen wir Katzenersatzmilch und eine Nuckelflasche. Du wirst sehen, das funktioniert dann richtig gut.«

»Wenn ich mich nicht irre, müsste hier noch ein T-Shirt von mir liegen«, sagte Anton und zupfte unentschlossen an seinem rußverschmierten Hemd.

»Äh, nein. Ich meine doch. Du irrst dich, wollte ich sagen. Kein T-Shirt. Nein.«

Interessiert sah er sie an. »Seit wann sprichst du in unvollständigen Sätzen?« Dann begriff er. »Was hast du damit angestellt?«

Laura wurde prompt rot. »Nix. Hier ist kein T-Shirt von dir, tut mir leid.«

Prüfend sah er sie an. »Du lügst. Und darin bist du leider

verdammt schlecht. Erstens stammelst du und zweitens bist du rot wie eine Tomate. Also, raus damit!«

»Ja, ähm, also da war ein T-Shirt, das stimmt. Es ist aber weg.«

»Weg? Was meinst du damit, es ist weg?« Für den Bruchteil einer Sekunde war ihr Blick Richtung Flur gewandert. Hätte er sie nicht so genau beobachtet, wäre es ihm entgangen. Jetzt stand er auf. »Da wollen wir doch mal sehen.«

Im Flur gab es neben der Tür zur Scheune nur noch zwei weitere. Eine führte in ein kleines Gästebad, die andere in eine Abstellkammer. Zehn Sekunden, nachdem er das Wohnzimmer verlassen hatte, kehrte er zurück und hielt ihr vier in gleichmäßig große Teile geschnittene Stücke aus einem grünen gewebten Baumwollstoff unter die Nase.

»Du wirst nicht glauben, was ich in deinem Putzeimer gefunden habe. Kannst du mir sagen, was damit passiert ist?«

Lauras Kopf war bei seinen Worten immer tiefer zwischen ihre Schultern gerutscht und jetzt zog sie sich den Reißverschluss ihrer Fleecejacke über die Nase und schielte auf den Boden.

»Das glaub ich jetzt nicht«, sagte Anton erbost. »Sieh mich an, du Miststück.«

Als sie weiter bis zu den Augen in der Jacke vergraben den Boden fixierte, packte er den Reißverschluss, zog ihn nach unten und sah das bestätigt, was er schon vermutet hatte.

»Du zerschneidest mein Lieblings-T-Shirt, benutzt die Fetzen zum Putzen und jetzt lachst du dich auch noch halb tot dabei?«

Obwohl er so erschöpft und müde war und nichts lieber getan hätte, als sich ins Bett zu legen, um eine ganze Woche zu schlafen, begriff er, dass er jetzt die vielleicht einzige Gelegenheit hatte, endlich eine Erklärung für ihr völlig irrationales Verhalten zu bekommen.

Zuerst weigerte sie sich beharrlich. Erst als er sie fragte, ob es wirklich ihr Ernst sein konnte, dass sie den ganzen alten Krieg wiederbeleben wollte, den ihre Vorfahren vom Zaun gebrochen hatten, raffte sie sich dazu auf, ihm vorzuhalten, dass er es schließlich gewesen war, der nicht nur selbst Krieg führen wollte, sondern offensichtlich sogar sein ganzes Team dazu angestiftet hatte, ihr zu schaden. Und dabei sogar in Kauf genommen hatte, dass sie die Aktion mit der falschen Kleidung fast das Leben gekostet hätte.

Einen Moment lang sah er sie völlig irritiert an. »Wie kommst du denn auf die dämliche Idee?«, fragte er schließlich. »Wenn das so gewesen wäre, denkst du tatsächlich, dass ich mir dich Laus dann noch in den Pelz gesetzt hätte, um dich wieder aufzupäppeln?«

»Vermutlich hattest du einfach ein schlechtes Gewissen«, antwortete sie schnippisch. »Oder du wolltest die Gelegenheit nutzen, mich endgültig aus der Welt zu schaffen, wenn ich bei dir bin.«

»Die Höhle des Löwen meinst du? Wenn ich dich erst mal in meinen Fängen habe, schaffe ich es spielend leicht, dich um die Ecke zu bringen, in kleine Stücke zu hacken und an die Ziegen zu verfüttern?«

»Genau.« Laura wurde rot und wandte schnell den Blick von ihm ab, damit er es nicht sah. Jetzt, wo er es ausgesprochen hatte, kam sie sich selbst albern vor.

»Wobei du außer Acht lässt, dass Ziegen auf vegetarische Kost stehen.«

»Dann halt an den Hund, was weiß ich denn!«

»Das ist ein guter Punkt«, sagte er sauer. »Ganz offensichtlich weißt du überhaupt nichts. Oder du erklärst mir, wie es in deine Theorie passt, dass ich Doktor Huber gebeten habe, nach dir zu sehen, und dass meine Schwester tagelang alles andere hat stehen und liegen lassen, nur um dich aufzupäppeln? Vielleicht war das ja alles ein konspiratives Komplott, um die arme Frau Wagner zu beseitigen?«

Als Laura nichts sagte, fuhr er fort: »Und vergiss Mick nicht. Der war natürlich auch eingeweiht.«

»Das weiß ich schon längst. Und hör auf, mich so anzustarren. Nur weil ich eure dunklen Machenschaften aufgedeckt habe.« Laura musste sich beherrschen, nicht laut loszulachen. Schließlich war ihre Verschwörungstheorie nicht wirklich haltbar. Das ging ihr langsam, aber sicher selbst auf. Trotzdem war die Tatsache nicht aus der Welt, dass ihr der Verkäufer Zeug angedreht hatte, das fast zu ihrem Tod geführt hatte. Und solange der werte Herr Oberhofer nicht aufgeklärt hatte, weshalb er seine Freunde dazu angestiftet hatte, ihr zu schaden, sollte er ruhig noch ein Weilchen in seinem eigenen Saft schmoren.

»Dann verrate mir doch bitte, woher ich hätte wissen sollen, dass du dich ausgerechnet bei Mick neu einkleiden willst? Denkst du etwa, ich bin durch Schliersee gezogen und habe jeden, der mir wohlgesonnen ist, dazu angestiftet, mir bei deiner Beseitigung zu helfen?«

»So direkt vielleicht nicht gerade«, gab sie zögernd zu. »Aber dass es abgesprochen war, mir das Leben schwer zu machen, das musst du zugeben.«

Das konnte er nun auch wieder nicht abstreiten. Und er wollte es auch nicht, schließlich hatte er irgendwann in den letzten Wochen den Entschluss gefasst, offen und ehrlich mit ihr umzugehen, sollte sie sich jemals dazu entschließen, wieder mit ihm zu reden.

»Du hast echt einen Knall«, sagte er schließlich. »Ich gebe zu, dass ich froh war, als ich gehört habe, dass deine Tante endlich das Zeitliche gesegnet hat, da ich immer davon ausgegangen bin, dass sich das Problem mit dem Herzoghof löst, sobald sie im Jenseits ist und sich dort mit meinem Vater weiterstreiten kann. Aber als ich dann erfahren habe, dass sie das Anwesen irgendeinem Nordlicht vererbt hat, haben meine Freunde von selbst beschlossen, dass sie dich auf die Abschussliste setzen und dich ignorieren, wo sie nur gerade können. Dass Mick eigenmächtig beschlossen hat, dir doch etwas zu verkaufen, das dir jede Freude daran vermiest, in den Bergen zu leben, dafür kann ich nichts. Und Mick hätte es auch nie getan, wenn er auch nur im Entferntesten geahnt hätte, was er damit anrichtet.«

Zweifelnd sah Laura ihn an. »Aber du hast dich doch königlich darüber amüsiert, was mir zugestoßen ist, als du ihm meine Wanderschuhe gebracht hast.«

»Was habe ich?«, fragte Anton irritiert. »Wie kommst du denn auf so einen Quatsch?«

»Weil eure Unterhaltung mitgehört wurde«, entgegnete sie schnippisch. »Wenn man seine konspirativen Erfolge feiert, dann sollte man wenigstens die Tür schließen.«

Irritiert schüttelte Anton den Kopf. »Welchen Erfolg denn?«, fragte er ratlos. »Und welche Unterhaltung hast du da überhaupt belauscht?«

»Ich habe überhaupt nichts belauscht. Die Freundin, die vor ein paar Wochen hier war, hat mitbekommen, wie du ihm die Schuhe zurückgebracht und ihn für seine gute Idee gelobt hast.«

»Aber das ist doch völliger Schwachsinn«, sagte Anton aufgebracht. »Ich habe ihm im Gegenteil den Kopf gewaschen, weil er so einen Blödsinn angestellt hat.«

»Du hast davon nichts gewusst?« Laura sah ihn mit weit aufgerissenen Augen ungläubig an. »Wirklich nicht?«

»Natürlich nicht«, sagte Anton und verdrehte die Augen. »Für wie skrupellos hältst du mich eigentlich?«

»Aber ich dachte …«

»Ja, das dachte ich mir schon, dass du dir irgendetwas

dachtest. Was dachtest du denn, weshalb ich unbedingt mit dir reden wollte?«

»Aber«, Laura rieb sich die Schläfen. Und dachte nach. Leider kam nichts dabei heraus. »Aber du hast dir mit Mick doch darüber ins Fäustchen gelacht.«

»Wie bitte?« Nun sah Anton sie skeptisch an. »Wer behauptet denn so einen Mist? Deine komische Freundin etwa? Welche von den beiden Furien, die bei dir waren, war das eigentlich?«

Das wollte Laura ihm dann doch nicht haarklein erzählen. »Sagen wir mal so, es gibt jemanden, der euer Gespräch mitbekommen hat.«

»Ein Gespräch? Was für ein Gespräch denn?«

Als sie nicht antwortete, verlor er beinahe die Geduld. »Himmel noch mal, Laura. Wenn du schon Behauptungen aufstellst, die jeder Grundlage entbehren, dann werd bitte etwas konkreter. Sonst kann ich doch nie aufklären, was da schiefgelaufen ist.«

»Okay, du hast ja recht.« Sie gab sich einen Ruck. »Du warst bei Mick im Geschäft und hast ihm meine Bergschuhe zurückgebracht, richtig?«

»So weit waren wir schon. Und?«

»Na ja, das hat meine Freundin eben mitbekommen. Inklusive der Tatsache, dass ihr euch darüber unterhalten habt, dass es eine geile Nummer war, dass er mir zu große Schuhe verkauft hat und ich an den Folgen fast gestorben wäre.«

Eine Weile sagte Anton nichts. Er starrte sie böse an und dachte nach. Dann schüttelte er den Kopf. »Gut. Immerhin weiß ich jetzt wenigstens, weshalb du so völlig unvermittelt jeden Kontakt zu mir abgebrochen hast. Aber wer auch immer das Gespräch mitgehört hat, hat da etwas völlig falsch verstanden.«

»Was bitte kann man daran falsch verstehen, dass eine Person einer zweiten im Auftrag einer dritten Schaden zufügen sollte, die zweite dadurch tatsächlich zu Schaden kam und Nummer eins und drei sich darüber köstlich amüsieren?«

»Dass Nummer drei weder den Auftrag dazu gegeben hat, noch sich eine einzige Sekunde lang darüber amüsiert hat zum Beispiel. Und dass auch Nummer eins das Lachen spätestens dann vergangen ist, als Nummer drei ihm dafür das Nasenbein gebrochen hat.«

Nun war es an Laura, ihn ungläubig anzustarren. »Du hast was?«

»Eigentlich sollte es ein Kinnhaken werden, aber der Idiot hat im falschen Augenblick den Kopf gesenkt und dabei ist meine Faust auf seiner Nase gelandet. Tja, ich fürchte, das hat verdammt wehgetan. Aber er hatte es verdient.«

»Das ist nicht wahr!«

»Doch.« Anton zeigte in Richtung Ort. »Fahr runter und frag nach. Das ganze Kaff weiß Bescheid. Es kann doch nicht sein, dass du das noch nicht gehört hast.«

»Doch. Ich meine nein. Nichts hab ich gehört. Aber …« Ihr war schwindlig und sie stützte sich mit der Hand am Fensterbrett ab. »Aber wieso …« Sie unterbrach sich erneut. Irgendwie wollte es ihr nicht in den Kopf, weshalb Gabi ihr eine völlig falsche Geschichte erzählt haben sollte. Einer der Beteiligten log, so viel war klar. »Warte einen Moment. Ich muss da was klären«, sagte sie und verschwand nach oben.

»Was? Nein … Jetzt hör mir doch erst mal zu.« Laura hielt den Hörer dreißig Zentimeter vom Kopf weg, da Gabi umgehend laut geworden war, als Laura sie gefragt hatte, ob sie ihr einen Bären aufgebunden hatte.

»Das kannst du doch nicht im Ernst glauben!«

»Aber er erzählt, dass er sich mit Mick geprügelt hat, nachdem der zugegeben hat, dass er mir die falschen Klamotten mit Absicht verkauft hat.«

»Ja, keine Ahnung, das weiß ich nicht. Ich bin ja nicht so

lange geblieben, bis die beiden jeder für sich nach Hause gegangen sind.«

Moment mal. Allmählich ging Laura ein Licht auf. »Sag mal, wie lange warst du denn überhaupt dort?«

»Keine Ahnung, ein paar Minuten vielleicht. Ich hatte ja nicht wirklich Lust, mich beim Lauschen erwischen zu lassen.«

»Okay. Und jetzt überleg mal ganz genau. Kann es sein, dass du in das, was du gehört hast, eine ganze Menge hineininterpretiert hast? Nein, unterbrich mich nicht. Ich bin auch nicht sauer, wenn es so wäre. Na ja, ein bisschen vielleicht«, gab Laura zu. »Aber ich weiß, dass du es nicht böse gemeint hast, sondern einfach besorgt warst. Und da du ja nicht mit den beiden im Zimmer warst, könntest du ja auch etwas falsch verstanden haben, oder nicht?«

Als Laura schon zu überlegen anfing, ob Gabi aufgelegt hatte, meldete die sich endlich wieder. »Nein. Ich bin mir ganz sicher, dass ich nichts falsch verstanden habe. Jedenfalls akustisch. Die beiden waren ja laut genug. Aber ich habe nur den Anfang des Gesprächs mitbekommen, dann hat es mir gelangt. Ich wollte mir wirklich nicht anhören, wie geil es ist, dass meine beste Freundin aufgrund zweier blöder Arschlöcher am Berg verunglückt ist, und die das auch noch lustig finden.«

»Okay. Das ist klar. Aber pass auf. Anton behauptet, dass er die Schuhe zu Mick gebracht hat und nicht gleich mit der Tür ins Haus gefallen ist, sondern erst gefragt hat, ob er mir das Zeug verkauft hat. Und dass Mick tatsächlich begeistert darüber war, dass ich mir eine Lungenentzündung eingefangen habe.«

»Ja also, dann ist es doch klar, oder?«

»Eben nicht. Anton behauptet nämlich, dass er daraufhin Mick als dummes Arschloch bezeichnet und ihm auch noch die Nase gebrochen hätte.«

»Davon weiß ich nichts. Ich bin an der Stelle gegangen, als Mick sich über die Lungenentzündung gefreut hat. Ich konnte mir das nicht länger anhören.«

»Hast du denn wirklich mitbekommen, dass Anton in Micks Begeisterung eingestimmt hat?«

Gabi dachte kurz nach. »So richtig nicht«, sagte sie schließlich zögernd. »Ich glaube, das Letzte, was ich gehört habe, war, als der Verkaufsfritze sich an der Sache aufgegeilt hat.«

Also doch. Laura konnte nicht sagen, ob sie Anton einfach nur glauben wollte oder ob er tatsächlich die ganze Wahrheit erzählt hatte. Aber es klang verdächtig danach, als ob Gabis Fantasie ihnen allen einen gewaltigen Streich gespielt hatte.

»Und denk auch noch mal selber drüber nach. Wieso um alles in der Welt hätte ich dich einerseits einem solchen Risiko aussetzen und dich danach gesund pflegen sollen«, löcherte Anton sie, nachdem Laura sich wieder zu ihm gesellt und ihm die ganze Geschichte erzählt hatte. »Das ist doch völliger Blödsinn. Ja, klar, das stimmt, wir wollten dich von hier weghaben, so schnell wie möglich. Deswegen haben sich meine Leute dir gegenüber ja auch so komisch verhalten.«

»Die Anti-Herzog-Fraktion.«

»Genau. Deine Tante war zeitlebens fürchterlich nachtragend. Selbst als mein Stiefvater gestorben ist, hat sie nicht nachgegeben. Dann war plötzlich ich ihr erklärter Todfeind statt er. Ich fand das Ganze von Anfang an zum Kotzen. Weshalb sollte ich eine Feindschaft erben, mit deren Entstehung ich nie etwas zu tun hatte? Aber deine Tante war völlig unnachgiebig.«

Laura sah ihn belustigt an. »Merkst du eigentlich was? Erst findest du ihr Verhalten zum Kotzen, dann stirbt sie und du verhältst dich mir gegenüber keinen Deut besser. Das scheint ja ziemlich ansteckend zu sein, oder? Ein viraler Infekt vielleicht?«

Erst stutzte er, dann ging ihm auf, dass sie voll ins Schwarze getroffen hatte.

»Du hast recht. Absolut«, gab er schließlich zu. »Wie blöd. Mein Gott.« Er fuhr sich mit der Hand durch die Haare. »Ich glaube, wir haben uns alle von der alten Geschichte anstecken lassen.«

»Genau. Konditioniert wie pawelsche Hunde.«

»Pawlowsche Hunde, nicht pawelsche. Aber der Vergleich trifft es ganz gut.«

Sechzehntes Kapitel

Nachdem Laura ihm angeboten hatte zu duschen, um sich neben dem Ruß auch noch den Gestank nach Rauch vom Körper zu waschen, und er sich in den frischen Sportklamotten, die er aus einer Tasche in seinem Auto geholt hatte, endlich wieder wie ein Mensch fühlte, dauerte es eine Stunde und dann noch eine halbe. Allmählich jedoch taute das Eis, das sich in den vergangenen Wochen zwischen ihnen gebildet hatte. Laura musterte ihn verstohlen, als er am Fenster stand und in Richtung seines Hauses sah. Sie wusste, dass er sie nicht sehen konnte, während ihn der Anblick seines Hauses nicht losließ. Immer wieder fuhr er sich mit der Hand durch seine dichten Haare, die im flackernden Licht des Kamins wie dunkles Teakholz schimmerten. Irgendwann drehte er sich zu ihr um. Unentschlossen, wie er sich verhalten sollte, blieb er am Fenster stehen und sog den Anblick in sich auf, der sich ihm bot.

Laura lag auf ihrer linken Seite auf dem dunkelbraunen Sofa, den Kopf in die Hand gestützt, und sah mit einem verträumten Blick in die Glut. Die wollweiße, kuschelige Fleecedecke hatte sie halb zur Seite geschoben, vermutlich war ihr so nah am Kamin einfach zu warm geworden. Als hätte sie gespürt, dass er sie beobachtete, hob sie den Kopf und sah ihm in die Augen. Eine Weile verharrten sie so, die Blicke ineinander versunken. Dann straffte er unmerklich seinen Rücken im gleichen Moment, in dem sie ihre Hand zaghaft in seine Richtung streckte. Trotz der Flüchtigkeit der Geste nahm er sie wahr. Sein Mund verzog sich zu einem leichten Lächeln, und während er darauf wartete, dass sie es erwiderte, machte er den ersten zögernden Schritt nach vorne.

Er riss sie nicht in seine Arme, wie sie es erwartet hatte. Er vergrub auch seine Hände nicht leidenschaftlich in ihren Haaren. Er setzte sich vorsichtig zu ihr auf das Sofa, schob die Decke, die eine Barriere zwischen ihnen bildete, zur Seite und zog sie so zu sich her, dass ihr Oberkörper auf seinen Beinen und ihr Kopf an seiner Brust ruhte. Zärtlich strich er ihr über die Haare, liebkoste mit seinen Fingern ihr Gesicht und drückte sie an sich. Überrascht von seiner Zärtlichkeit kamen ihr die Tränen.

»Es ist gut«, sagte er. »Alles ist gut. Lass es einfach raus.«

So saßen sie und er hielt sie fest, bis ihre Tränen versiegten.

Später trug er sie in ihr Schlafzimmer, entkleidete sie langsam und bedeckte ihr Gesicht mit zärtlichen Küssen. Es war kein leidenschaftlicher Kuss, eher einer, wie man ihn seinem Kind gibt. Zuerst irritierte sie sein Verhalten und sie befürchtete, dass seine Gefühle erloschen waren. Doch dann verstand sie. Das, was sie jetzt miteinander erlebten, war von einer Tiefe, die sie beide noch nie erlebt hatten. Stundenlang streichelte er jeden Zentimeter ihrer Haut, während wohlige Schauer ihren Körper durchzogen, versetzt mit einer fast schläfrigen Trägheit, bis sie in einen tranceähnlichen Zustand fiel. Irgendwann, mitten in der Nacht, zog er sie an sich und drang langsam in sie ein. Und obwohl er sich kaum in ihr bewegte, waren es genau diese kleinen, pulsierenden Bewegungen, die eine Glut in ihr entfachten, die sie fast verbrannte.

Als sie endlich in einen festen, traumlosen Schlaf fiel, wurde es draußen bereits hell. Zwei Stunden später wachte sie einigermaßen ausgeruht und mit einem eingeschlafenen Arm auf. Sie lächelte, als sie den ruhigen Schlag von Antons Herz unter ihrem Kopf spürte. Vorsichtig löste sie sich von ihm, stand leise auf und tappte auf nackten Sohlen zum Fenster. Sie schob den Vorhang ein kleines Stück zur Seite und sah, dass ein sonniger, wolkenloser Vormittag die regnerischen Gewitterboten des gestrigen Abends Lügen strafte.

»Geht da draußen immer noch die Welt unter?«

Mit einem Lächeln drehte sie sich zu ihm um und musterte ihn eine ganze Weile lang. Sein Haar stand in alle Himmelsrichtungen ab, die blauen Augen blitzten und das unrasierte Kinn verlieh ihm ein verwegenes Aussehen. Er lag auf dem Rücken und stützte sich auf beiden Ellbogen ab. Sie ließ ihren Blick tiefer wandern und grinste, als sie sah, was sich unter dem Laken in Höhe seiner Körpermitte abzeichnete.

»Der Morgen fängt ja schon gut an«, neckte sie ihn.

»Was?« Er folgte ihrem Blick. »Ach das. Irrtum, mein Schatz. Das ist …«

Mit einem Kuss schnitt sie ihm den Satz ab, hob die Decke hoch und linste darunter. »Egal, was es ist, es sieht ganz brauchbar aus.« Sie ließ die Decke fallen und tastete sich vor. »Und brauchbar fühlt es sich auch an.«

»Ah, verdammt, lass das. Das mag sich für dich ja so anfühlen, für mich aber nicht. Herrgott noch mal, hör auf.« Fluchend schob er ihre Hand weg, sprang mit einem Satz aus dem Bett und verschwand im Bad. Als sie die Spülung und kurz darauf das Rauschen der Dusche hörte, ging sie nach unten und setzte Kaffee auf.

Nachdem sie im Bad fertig war und beide wieder im Bett lagen beziehungsweise saßen, hatte Laura einen seltsamen Gesichtsausdruck.

»Was schaust du so komisch?«, fragte er.

»Hmm, ich weiß nicht, wie ich das sagen soll«, meinte sie. »Versteh mich nicht falsch. Aber seit gestern Nacht finde ich Gewitter in den Bergen einfach toll. Es hat auch was, wenn es ein richtig großes Feuer gibt.«

»Ja, solange man nicht selbst davon betroffen ist, ist es ganz toll«, erwiderte er sarkastisch. »Und wenn nicht die ein oder andere Ziege darin verendet.«

Sie warf ihm ein Kissen an den Kopf. »Du Blödmann. Du weißt genau, wie ich das meine.«

»Weiß ich das?«, fragte er. »Vielleicht will ich es ganz einfach hören.«

Sie nahm ihm die Tasse aus der Hand, stellte sie auf den Nachttisch und schmiegte sich an ihn. »Ich hab dich fürchterlich vermisst«, sagte sie leise.

»Wirklich?«, fragte er ebenso leise zurück.

»Mhmmm.«

»Ich dich auch.« Er sah sie so zärtlich an, dass ihr schon wieder die Tränen in die Augen traten. »Ich glaube, dass keine Minute verging, in der ich nicht an dich gedacht habe. Dann war ich fürchterlich wütend auf dich, weil du mich so einfach im Regen hast stehen lassen. Und ich hatte keine Ahnung, weshalb. Auf dem Waldfest war ich mir nicht sicher, ob ich dich oder den bescheuerten Max Schotten erwürgen sollte.«

»Das hab ich gemerkt.« In ihren Augen funkelte es. »Du warst wirklich eifersüchtig? Oder ging es nur darum, die Muskeln spielen zu lassen?«

»Das fragst du nicht im Ernst, oder?«

»Doch. Bei euch Männern weiß man ja nie.«

Er zeigte ihr einen Vogel. Dann fing er an, an ihrem Ohr zu knabbern. Sie stöhnte vor Wonne auf und genoss das unglaubliche Gefühl, als Tausende Ameisen auf ihrer Haut Stepp tanzten. Doch dann schob sie ihn von sich weg.

»Lass das.« Sie kicherte, als er seine Bemühungen intensivierte. »Nein. Nicht jetzt. Hör auf!«

»Wieso nicht jetzt«, murmelte er in ihr Ohr. »Jetzt ist besser als später.«

»Nein. Du bist mir noch eine Antwort schuldig.«

Erstaunt ließ er von ihr ab und musterte sie mit einem unergründlichen Blick. »Bin ich das? Worauf denn?«

»Ach du –« Als sie merkte, dass er sie nur aufzog, boxte sie ihn in den Bauch. »Komm, jetzt sag schon«, bettelte sie mit einem treuherzigen Augenaufschlag.

»Okay. Aber verrat mir eins: Willst du lieber die Wahrheit wissen oder das, was du einfach nur gerne hören willst?«

Kaum dass er es aussprach, spürte er, dass seine Worte sie kränkten und sie sich ein Stück zurückzog. Sofort tat es ihm leid. »Entschuldige«, sagte er, nahm ihr Gesicht in beide Hände und küsste sie liebevoll. »Ich wollte dich nicht verletzen. Natürlich war ich eifersüchtig. Wie verrückt. Glaubst du etwa ernsthaft, dass ich mir meine Hörner nicht schon längst abgestoßen habe? In meinem Alter muss man entweder sturzbesoffen sein oder völlig aus der Spur, um einfach so die Muskeln spielen zu lassen. Aber du verrücktes Weib hast mich offensichtlich völlig um den Verstand gebracht.«

In den nächsten Tagen konnte Laura noch gar nicht richtig glauben, was passiert war. Jeden Morgen dachte sie beim Aufwachen, dass sie das alles nur geträumt hatte. Ihr erster Reflex war dann immer der Blick nach links, ob er tatsächlich neben ihr lag. Wenn sie sich aber am Abend vorher nicht gesehen hatten und das Bett neben ihr leer war, dann fing ihr Herz an, wie verrückt zu schlagen, und sie quälte sich mit der Angst, dass ihr Unterbewusstsein ihr einen Streich gespielt hatte, und nicht selten traten ihr die Tränen in die Augen. Erst wenn sie klarer im Kopf wurde, hörte sie das leise Meckern, das verkündete, dass die Zwergziegen im Stall längst wach waren, auf ihr Frühstück warteten und darauf, dass sie anschließend nach draußen durften.

Inzwischen waren die Abrissarbeiten auf Antons Hof in vollem Gange, nachdem der Brandschutzsachverständige seiner Versicherung grünes Licht gegeben hatte. Das Gebäude hatte zwar einen Blitzableiter gehabt, der aber offensichtlich versagt hatte. Fremdverschulden war ausgeschlossen, zu deutlich waren die Zeichen, dass eine hochvoltige Entladung den Stadel in Brand gesetzt hatte. Zum Glück hatte das Feuer das Wohnhaus völlig verschont, lediglich die dem abgebrannten Stall zugewandte Seite musste abgeschrubbt und neu gestrichen werden.

Anton schauderte bei dem Gedanken, dass es auch sein Haus hätte treffen können. »Wie kann das denn sein, dass ich hier überall für teures Geld Blitzableiter installiert habe und trotzdem ein Blitz einschlägt? Dann kann ich mir das ja wohl für die Zukunft sparen.«

Davon hatte der Fachmann dann doch abgeraten. »Ohne Blitzableiter können wir Ihr Gebäude leider nicht mehr versichern. Zumal es sich ja gezeigt hat, dass hier oben gefährdetes Gebiet ist.«

Anton hätte ihm am liebsten einen Vogel gezeigt, konnte

sich aber gerade noch rechtzeitig selbst bremsen. Schließlich hatte er erst am Vormittag im Internet über Blitzschläge und deren Statistik recherchiert und herausgefunden, dass weltweit mindestens vierhunderttausend Blitze einschlugen. Und zwar täglich. Andere Schätzungen gingen sogar von drei Millionen aus. Dass im Gebirge mehr Blitze einschlugen als anderswo, war statistisch gesehen reiner Humbug. Trotzdem würde er wohl wieder einen Blitzschutz anbringen müssen. Ein neues Gebäude nicht versichern zu lassen, war nicht nur leichtfertig, sondern geradezu dumm. Allerdings hatte er entschieden, dass die neue Scheune ein solideres Betonfundament erhalten sollte als die alte. Dafür würde er ein Drittel an Fläche einsparen, da er nicht vorhatte, sich jemals Kühe anzuschaffen. Der alte Stall war für seine Ziegenherde eh überdimensioniert gewesen.

Laura hingegen fühlte sich in der neuen Situation großartig. Abgesehen davon, dass mit Anton endlich alles heller Sonnenschein war, hatte sie mit ihren neuen Untermietern die größte Freude. Sie hatte Anton sofort angeboten, dass die Zwergziegen bei ihr bleiben konnten, bis ihr Zuhause wieder wohnlich war. Nun genoss sie es, wenn sie mittags von einem ihrer Ausflüge zu Fuß oder mit dem Bike zurückkam, sich mit einem Mittagessen und Kaffee nach draußen setzte und die zutraulichen Ziegen um sie herum grasten und mit ihr schmusten. Vor lauter Ziegenbeobachten kam sie kaum zum Schreiben, aber es machte ihr nichts aus. Jedenfalls fühlte sie sich so gut und tiefenentspannt wie noch nie zuvor in ihrem Leben.

»Was schleppst du denn da an?«, fragte Laura, als eines Nachmittags ein kleiner Kranwagen auf ihren Hof fuhr und Anton aus der Beifahrertür sprang.

»Das wird dir gefallen«, sagte er und küsste sie leidenschaftlich auf den Mund. »Du musst nur sagen, wo er hinsoll.«

»Ein Felsbrocken? Ich kann nicht sehen, dass der besonders schön ist«, sagte sie zweifelnd und setzte eine beleidigte Miene auf. »Andere Frauen bekommen von ihren Liebhabern Schmuck, Pelzmäntel oder teure Schuhe geschenkt. Und du schenkst mir einen popligen Klotz? Also verrate mir doch mal bitte, was mir an einem Stein gefallen soll? Einem so hässlichen noch dazu?«

»Du würdest doch gar keinen Pelzmantel wollen. Schuhe verschenkt man nicht und für Juwelen ist es noch zu früh.« Anton grinste. »Der Fels ist nicht für dich, du Schaf. Der ist für deine Gäste. Wart einfach ab, dann siehst du, was ich meine.«

Schließlich entschieden sie gemeinsam, dass der große Stein etwa fünfzehn Meter von ihrem Tisch entfernt stehen sollte. Der Kranwagen fuhr an die angewiesene Stelle und hob den Brocken herunter. Abschließend stellten die Männer noch einen flexiblen Zaun um den Felsen herum auf.

»Wofür soll der denn gut sein?«, fragte Laura und nickte in Richtung des Holzzauns, der ohnehin ihr gesamtes Grundstück umschloss. »Die Ziegen kommen doch eh nicht vom Grundstück runter.«

»Der ist für dich, mein Schatz«, grinste Anton.

»Aha. Du willst mich also einsperren?«

»Aber sicher. Ich weiß ja jetzt schließlich, wozu du fähig bist, wenn ich dich aus den Augen lasse.«

»Du bist ein Blödmann«, attestierte sie ihm und zwickte ihn in die Seite. Genau bei den unteren Rückenbögen, wo er besonders empfindlich war.

»Ah, hör auf«, lachte er. »Ich meine doch nur, dass der Zaun gut ist für dich, weil die Ziegen dann nicht länger deine Blumen fressen, sondern nur noch in einem bestimmten Bereich grasen können. Und auch nur noch da alles vollkacken. Du willst doch nicht weiterhin ständig aufpassen müssen, dass du nicht in die Ziegenscheiße trittst, oder?«

Nachdem die Ziegen den Felsen erst misstrauisch beäugt hatten, nahmen sie ihn nach und nach in Besitz. Laura wurde nicht müde zuzusehen, wie schon der nur wenige Monate alte Nachwuchs seine Kletterkünste ausprobierte und schließlich dazu überging, seine Kampfeskünste zu entdecken. Bald hatte sie eine ganze Speicherkarte voller Fotos und Anton bescheinigte ihr, dass sie einen Knall hatte.

»Du willst doch nicht etwa die ganzen Bilder aufheben?«, fragte er, als sie ihm ihr Werk eines Abends zeigte. »Das sind ja Hunderte.«

»Siebenhundertvierzig«, bestätigte sie kleinlaut. »Aber ich weiß nicht, was ich davon löschen soll. Die sind doch alle so süß!«

Er schlug ihr vor, ihr zu helfen, gab aber bereits nach fünfzig Fotos wieder auf. »Hör zu, so funktioniert das nicht. Wir wollten nur die allerbesten aufheben, aber wenn du jedes Mal ein Veto einlegst, dann haben wir am Ende immer noch siebenhundert. Nur weil irgendeins der Viecher grad besonders niedlich guckt.«

Schließlich einigten sie sich darauf, dass er die schönsten raussuchen und ihr seine Auswahl anschließend vorlegen sollte. Wenn sie dann das Gefühl hätte, dass es sowieso nicht mehr schöner und süßer und besser ging, dann dürfte er die restlichen löschen.

»Das sind ja nur noch dreißig Bilder! Das ist doch viel zu wenig!«

»Das ist absolut ausreichend. Nun sieh sie dir doch erst mal an. Dann reden wir weiter.«

Am Ende musste Laura zugeben, dass die kleine Auswahl wirklich beeindruckend war. Und viel besser als die vielen

Hundert Fotos, in denen man vor lauter Wald keine Bäume mehr sah. Nur eine Sache ging ja überhaupt nicht.

»Du hast kein einziges Foto vom Fräulein drin gelassen? Das geht nicht«, sagte sie entschieden. »Da waren doch ganz viele gute dabei!«

Anton schmunzelte. Auf den Einwand hatte er gewartet. Es war klar, dass sie ihn eher erwürgen als zulassen würde, dass er sämtliche Aufnahmen von ihrem geliebten Waisenkind löschen würde, dem sie nach ihrem Aufeinandertreffen in ihrer Scheune tatsächlich den Namen Fräulein gegeben hatte. Und wirklich waren das die besten Bilder überhaupt. Ihnen war mehr als deutlich anzumerken, dass die Fotografin eine besondere Beziehung zu dem Tier hatte.

»Findest du?«, neckte er sie. »Schau doch mal, ich glaube, die anderen sind viel besser.«

»Nein«, protestierte sie und sah ihn wütend an. »Ich lasse nicht zu, dass du alles von ihr löschst. Dann behalte ich lieber alle.« Erst als sie das amüsierte Funkeln in seinen Augen sah, merkte sie, dass er sie nur aufzog. »Mensch, Oberhofer, du bist so ein Idiot!«, setzte sie nach.

»Ich weiß«, sagte er, zog sie zu sich und drückte ihr einen Kuss auf die Lippen. »So oft, wie du mir das sagst … Schau her.« Er öffnete einen weiteren Ordner, in dem nur vier Bilder lagen. »Da ist dein Liebling.«

»Oh.« Das war alles, was sie herausbrachte. Das Ziegenbaby so isoliert von den anderen Fotos zu sehen, brachte wirklich das Einzigartige am Fräulein zur Geltung. Und gleichzeitig das, was die Fotografin draufhatte.

»Du bist echt ein Phänomen«, sagte Anton sanft. »Du schreibst Romane, kannst super fotografieren, deine Kochkünste können sich auch blicken lassen und sportlich bist du dazu. Was will ein Mann mehr?« Er lachte und streckte sich, dass seine Rippen krachten.

»Na, was wohl«, antwortete sie trocken. »Sex.«

»Stimmt. Woher du das nur wieder weißt. Könnte ich vielleicht ein bisserl davon haben? Jetzt gleich?«

Erstaunt drückte Agnes den Rücken durch und setzte sich kerzengerade hin, als ihr noch immer feines Gehör ein Brummen vernahm, das sich von der Hinterseite des Hauses näherte. Noch ehe der schwere BMW an ihnen vorüberrollte und der Fahrer freundlich winkte, war Agnes erstaunlich behände aufgesprungen und hatte sich in Richtung Toilette verabschiedet.

»War das Ihr Mann?«, fragte sie leichthin, als sie zurückkam und das Fahrzeug in Richtung Ort wieder verschwunden war.

Laura errötete leicht. »Nein. Das war mein Nachbar.«

Agnes sah sich fragend um. »Ich hätte nicht gedacht, dass Sie hier oben noch Nachbarn haben. Und sogar so nah, dass Sie sich den gleichen Weg teilen müssen.«

»Das müssen wir gar nicht. Aber für ihn ist es kürzer, wenn er hier durchfahren kann.«

»Und da er Ihnen offensichtlich ziemlich gut gefällt, haben Sie auch was davon«, stellte Agnes mit einem wissenden Seitenblick auf die Berlinerin fest.

»Ja, doch. Schon.« Laura lächelte. »Er ist, na ja, nett.«

»Ah. Wie schön. Nette Nachbarn sind ja nicht unbedingt eine Selbstverständlichkeit.«

Die Besucherin war noch eine Stunde geblieben, hatte sich für den Kaffee bedankt, den Kuchen über den grünen Klee gelobt und ihre Tour fortgesetzt, nicht ohne sich von Laura versprechen zu lassen, dass sie in der nächsten Woche gemeinsam wandern gehen würden. Jetzt war Laura wieder allein und dachte über Agnes' Worte nach. Ja, er gefällt mir, stellte sie fest. Und von mir aus darf das auch die ganze Welt wissen.

In den nächsten Tagen lief sie gemeinsam mit Anton den Uferweg in Schliersee entlang, saß mit ihm in der kleinen Eisdiele direkt an der Hauptstraße und schließlich trafen sie sich eines Abends in der schicken Hotelbar des Terofal. Nach und nach, wie er ihr das vorgeschlagen hatte, ließen sie sich immer mehr gemeinsam blicken. Nur Knutschen und Händchenhalten in der Öffentlichkeit, das verbot er sich noch.

»Du bist ein kleiner Nimmersatt«, zog er sie auf, als sie schmollte. »Warte doch einfach ein paar Wochen ab. Erstens gibt es uns beiden die Gelegenheit, uns zu prüfen, und den anderen die Möglichkeit, sich an den Anblick zu gewöhnen, dass wir dabei sind, unsere Feindschaft zu begraben. Küssen können wir uns später immer noch vor Zeugen.«

Und das erste richtige gemeinsame Highlight war die gemeinsame Biketour an einem Mittwochnachmittag, als seine Praxis geschlossen hatte. Sie hatten sogar unglaubliches Glück mit dem Wetter. Den ganzen Vormittag über war der Himmel leicht bedeckt und die Wolken sorgten dafür, dass selbst die Mittagshitze erträglich war. Und solange sie bergauf fuhren, verzichteten sie auf ihre Helme, was die Anstrengung erträglich machte. Da Laura mittlerweile richtig fit war, fuhren sie vom Hennerer in Richtung Freudenreichalm, bogen aber vor dem letzten Anstieg zur Alm nach rechts ab. Es ging noch eine ganze Weile bergauf, dann hatten sie einen wunderbaren Blick auf den Tegernsee. Obwohl sie in der letzten Zeit viel geübt hatte, war ihr das Tempo, mit dem Anton sein Mountainbike den Berg hinabschießen ließ, nicht geheuer, und sie ließ es deutlich langsamer angehen als er.

»Alles okay?«, fragte er, als er einige Kurven weiter unten auf sie wartete. Und nachdem sie ihm erklärt hatte, weshalb sie nicht im selben Tempo den Berg herabbrettern wollte wie er, zeigte er sich überaus rücksichtsvoll, wofür sie mehr als froh war. In der Vergangenheit war sie oft genug mit Menschen unterwegs gewesen, die nicht die gleiche Rücksichtnahme bewiesen. Ohne zu verstehen, wie sehr es denjenigen unter Druck setzte, der das schwächere Glied war. Doch jetzt, mit Anton, war es einfach wunderbar. Allerdings verstand er die schlechten Erfahrungen nicht, von denen sie erzählt hatte.

»Ich kann das fast nicht glauben«, sagte er mit einem Kopfschütteln. »Wenn ich keine Lust habe, Rücksicht zu nehmen und auf meinen Sportpartner zu warten, in welcher Sportart auch immer, dann muss ich eben alleine losziehen. Und erst recht nicht mit einer Person, die schon aufgrund ihres Geschlechts nicht mithalten kann. Und in den Bergen ist es sowieso ein absolutes No-Go, seinen Partner alleine zu lassen. Wobei das, was deinem Bekannten widerfahren ist, ja noch schlimmer ist. Wenn bei einem Strömungstauchgang der Partner abhandenkommt, nur weil der eine viel fitter ist und nicht warten will, ist das doch saugefährlich. Unglaublich, was für Hohlfritten es auf der Welt gibt.«

Siebzehntes Kapitel

»Wo zum Teufel stecken Sie denn die ganze Zeit? Ich warte hier schon seit Stunden auf Sie.«

Irritiert sah Laura den Anwalt an, der, offensichtlich nervös, auf ihrer Terrasse hin und her lief, als sie sich aus den Pedalen ausklickte und ihr Rad an den großen Holztisch lehnte.

»Korrigieren Sie mich«, sagte sie verwundert, während sie sich die Handschuhe und Helm auszog. »Aber ich kann mich nicht erinnern, dass wir eine Verabredung hatten.«

Brechtinger hielt inne. »Nein, das hatten wir auch nicht. Aber nachdem ich Sie den ganzen Vormittag über telefonisch nicht erreichen konnte, bin ich hier rausgefahren.«

Laura schloss die Haustür auf und sah sich suchend um. Dann entdeckte sie ihr Handy auf der Küchenablage. Tatsächlich. Zwölf Anrufe in Abwesenheit. Sie blickte Brechtinger fragend an: »Und was gibt es so Dringendes?«

»Das erkläre ich Ihnen unterwegs.«

»Unterwegs? Wohin denn?«

Aber Brechtinger schob sie ohne eine weitere Erklärung in sein Auto und fuhr mit überhöhter Geschwindigkeit die Privatstraße nach Rottach-Egern hinunter. Lediglich dass sie sich etwas anderes anzog, hatte er ihr zugestanden. Für eine Dusche sei jedoch keine Zeit, mahnte er.

»Und was wollen wir am Tegernsee?«, verlangte sie eine Erklärung. »Wenn Sie mich schon entführen, ohne dass ich mich zumindest waschen darf, dann würde ich wenigstens gerne den Grund erfahren. Wollen Sie Lösegeld?«

»Das ist nicht witzig«, antwortete er einsilbig und bog in Gmund Richtung Hausham ab. Auch als er zehn Minuten später seinen Wagen am Parkplatz des Krankenhauses von Agatharied abstellte, war er noch immer nicht gesprächiger. Einzig ein »Wir machen einen Besuch« konnte er sich abringen.

»Es geht ihr stündlich schlechter, tut mir leid«, sagte eine blond gelockte, dralle Krankenschwester zu dem Anwalt, als er gemeinsam mit Laura die Intensivstation der neurologischen Abteilung betrat. »Wir rechnen mit dem Schlimmsten.«

Bevor Brechtinger Laura an der Hand in das Zimmer

schleppen konnte, blieb sie, mal wieder stur wie ein Maulesel, stehen. »Ich gehe keinen Schritt weiter, bis Sie mir endlich sagen, was hier gespielt wird.«

»Können Sie sich das denn nicht denken?«, fragte er leise.

»Nein, ich kann auch nicht hellsehen, seit mir meine Kristallkugel runtergefallen ist, tut mir leid.« Ihre Befürchtung, dass ihren Berliner Freunden etwas Schlimmes zugestoßen war, hatte sie schon, wenige Minuten nachdem Brechtinger sie ins Auto verfrachtet hatte, über Bord geworfen. Es wäre nicht der Anwalt gewesen, der sie darüber informiert hätte. Einzig und allein bestand die Möglichkeit, dass ein weiterer Erbe aufgetaucht war und seinen Anteil für sich beanspruchte. Aber wieso der auf der Intensivstation lag, war ihr ein Rätsel.

»Ihre Tante ist von der Leiter gestürzt und hat sich einen Lendenwirbel gebrochen. Das Rückenmark ist durchtrennt und dazu hat sie innere Blutungen. Die Ärzte können nicht operieren, weil es keine Chance gibt, dass sie das überlebt.«

Mit wachsender Verwirrung lauschte Laura den Worten des Anwalts. Jetzt starrte sie ihn mit offenem Mund an. »Meine Tante?«, fragte sie hilflos, während tausend Gedanken gleichzeitig durch ihren Kopf jagten. »Aber die ist doch schon tot.«

»Leider nicht. Äh, natürlich nicht leider. Aber nein, sie lebt. Und wenn man den Ärzten Glauben schenken darf, nicht mehr lange.«

Zögernd hatte sich Laura dem viel zu großen Bett genähert, in dem die zarte Gestalt fast verschwand. Nun starrte sie mit immer größer werdenden Augen auf die alte Frau.

»Das glaub ich jetzt nicht«, sagte sie leise zu sich selbst. Dann, lauter: »Agnes?«

Die kleinen Äuglein der alten Dame flatterten. Dann riss

sie sie mit einer übermenschlichen Willensanstrengung auf. »Laura!« Ein Seufzer der Erleichterung. »Endlich bist du da.«

»Aber …« Hilfe suchend sah sich Laura nach dem Anwalt um. »Ich versteh das nicht.«

»Es tut mir leid«, flüsterte Klara Agnes Herzog. »Das ist allein meine Schuld. Der Rechtsverdreher da drüben kann nichts dafür. Alfred?«, erhob sie die Stimme und winkte den Anwalt mit einer kleinen Handbewegung zu sich her. »Verschwinden Sie und warten Sie draußen. Ich möchte mit Laura alleine sein.« Sie ignorierte seinen Protest und wedelte ihn schwach mit der Hand nach draußen.

»Es tut mir leid«, wiederholte sie, als sie alleine waren. »Ich hätte gern mehr Zeit mit dir verbracht und dich kennengelernt. Leider ist mir das nicht vergönnt.«

»Aber was, wieso?«, war das Einzige, was Laura über ihre Lippen brachte.

»Ich hatte dich schon einige Zeit beobachten lassen, das hat dir Dr. Brechtinger doch sicher mitgeteilt?«

Als Laura nickte, fuhr Agnes fort: »Ich wollte einfach wissen, ob du genauso ein Sturkopf bist, wie es deine Großmutter war. Und ich habe nie in Erfahrung bringen können, ob sie dir irgendwelche alten Geschichten erzählt hat und dich gegen mich eingenommen hat.«

»Das hat sie nicht. Ich meine, sie hat mir nie von dir erzählt. Ich wusste nicht mal, dass sie in ihrer Jugend ein paar Jahre hier gelebt hat.«

Agnes nickte schwach. »Brechtinger hat mir davon erzählt. Jedenfalls hatte ich Angst davor, dass du mich und alles, was mit mir zu tun hat, einfach ablehnen würdest. Und da hab ich mit ihm den Plan ausgeheckt, dass wir mich für tot erklären und wir beide uns nach und nach kennenlernen und uns näherkommen können, falls du das Angebot annehmen würdest.«

Laura dachte eine Weile nach, bevor sie antwortete. »Das habt ihr euch ja fein ausgedacht.«

»Ja, nicht wahr?«, sagte Agnes, ohne auf den Spott einzugehen, der in Lauras Worten mitschwang. »Immerhin hat es funktioniert.«

Das hatte es in der Tat. Und wie!

»Und dann dachtest du, du schneist einfach ab und zu bei mir herein und siehst dir mal an, ob wir uns vertragen und ob ich deinen Gefallen finde.« Obwohl es ihr widerstrebte, die schwer verletzte alte Frau so hart anzugehen, konnte sie nicht anders, da sie das eben Gehörte zutiefst kränkte. »Und falls nicht, hättest du mich ja, ätsch, einfach wieder vor die Tür setzen und nach Berlin zurückschicken können.«

»Das hätte ich nie getan. Egal, wie wir uns verstanden hätten. Ich bin zu alt, um noch auf der Hütte zu leben. Es existiert eine Schenkungsurkunde auf deinen Namen. Die einzige Bedingung darin ist, dass du sie nie dem Oberhofer-Clan hättest verkaufen dürfen.«

Nervös stand Laura auf und ging in dem Zimmer auf und ab, soweit es die Geräte zuließen, die ihr den Weg versperrten.

»Und dann? Du hast doch gesehen, dass Anton und ich nicht länger gewillt sind, eine Fehde weiterzuführen, die nie die unsere war. Wir haben unseren Frieden damit geschlossen. Wir sind nämlich der Meinung, dass sich schon genügend Menschen mit diesem Blödsinn gegenseitig das Leben schwer gemacht haben.«

»Anton …« Agnes Herzog griff nach dem Bettaufrichter, der über ihrem Kopf baumelte, und versuchte ergebnislos, sich in eine aufrechte Position zu ziehen. »Anton, das Kuckuckskind.« Sie lachte auf. Ein Lachen, das kurz darauf in einen bellenden Husten überging.

Als sie das Taschentuch vom Mund nahm, sah Laura, dass

Blut daran war. Erst jetzt wurde ihr mit voller Wucht bewusst, dass eine sterbende Frau vor ihr lag.

»Agnes … Tante Agnes.« Sie setzte sich dicht zu der alten Frau und nahm ihre Hand vorsichtig in ihre. »Es tut mir so leid! Du bist so schwer verletzt und alles, woran ich denke, ist meine eigene Eitelkeit.« Zögernd strich sie über die sorgfältig frisierten, fast schneeweißen Haare. »Was musst du nur von mir denken!«

»Ach Kindchen, du musst dich nicht entschuldigen. Du bist in etwas hineingeraten, das man keinem Menschen zumuten sollte. Aber sag mir, was ist denn nun zwischen Anton und dir?«

Als Laura zögerte, diese Frage zu beantworten, lächelte Agnes Herzog altersmilde. »Mach dir keinen Kopf. Du hast schon recht, unser alter Streit geht euch nichts an. Wenn ihr miteinander glücklich werden könnt, dann habt ihr meinen Segen.«

Laura nahm die linke Hand der alten Frau und verschränkte deren Finger mit ihren. Dann zog sie die von Gicht gezeichnete Hand an ihr Gesicht.

»Bist du dir sicher?«

»Ganz sicher«, bestätigte die. »Ich fand ihn ja auch immer nett«, gestand sie. »Und so gut aussehend. Und na ja, er ist ja sowieso kein echter Nachfahre des alten Oberhofers. Das ändert die Sache natürlich.«

Laura blieb noch eine ganze Stunde an Agnes Herzogs Bett sitzen. Dann wurden die Worte der alten Dame immer leiser und schwerfälliger. Als der behandelnde Arzt hinzukam, bat er Laura hinaus.

»Wir haben ihr genügend Medikamente gegeben, um einen Ochsen ruhigzustellen. Das ist leider das Einzige, was wir für sie tun können. Ich kann nicht sagen, wie lange sie durchhält, aber lange wird es nicht dauern. Wenn Sie möchten, können wir ein Bett für Sie ins Zimmer stellen. Als Angehörige haben Sie ein Anrecht darauf.«

Bevor Laura sich dazu äußern konnte, räusperte sich Brechtinger, der sich bislang im Hintergrund gehalten hatte, und trat zu den beiden. »Ich finde, es ist eine gute Idee, wenn Sie Ihre Tante beim Sterben begleiten. Lassen Sie sie nicht allein in ihren letzten Stunden. Das ist alles, was sie sich noch wünscht.«

Und so verbrachte Laura den restlichen Tag und noch drei weitere an dem Bett der ehemals engsten Freundin ihrer Großmutter. Als alle Fragen beantwortet waren, die Worte der Sterbenden immer weniger wurden und ihre Antworten immer karger ausfielen, erzählte Laura von ihrer Kindheit. Sie erzählte davon, wie sie Schwimmen gelernt hatte, vom Rad gefallen war und in ihrem einzigen Skiurlaub in Österreich mehr Schnee geschluckt als in ihrem ganzen Leben Wasser getrunken hatte. Keine einzige Minute davon ließ sie die Hand der alten Frau los. Selbst als Agnes' Freunde ihre Aufwartung machten, wollte die nichts davon wissen, dass Laura so lange draußen warten wollte. Für längere Besuche war sie zu schwach und einzig Dr. Brechtinger und ihre engste Freundin bat sie, gemeinsam mit Laura bei ihr zu bleiben. Und so halfen der Anwalt und die beiden so unterschiedlichen Frauen der alten Dame über ihre letzten Stunden hinweg. Sie streichelten über die Adern am Handrücken, die dick durch die papierdünne Haut traten, wischten abwechselnd mit einem kühlenden Lappen über die Stirn und fütterten sie mit einer klaren Hühnerbrühe, als sie danach verlangte, das letzte Mal in ihrem Leben etwas schmecken zu wollen.

Und dann war es plötzlich vorbei. Wie ein Schmetterling im Wind entwich die Seele aus dem Körper der alten Frau. Der leise Druck der Finger ließ nach, dann erschlaffte die ganze Hand. Im gleichen Augenblick fielen die blassen Wangen ein, der Mund öffnete sich leicht und ein feines Rinnsal sickerte aus den Mundwinkeln. Zärtlich strich Laura über die silbernen Haare, dann gab sie einem Impuls nach, beugte sich nach vorn und küsste Agnes auf die Wange.

Laura blieb noch eine Stunde sitzen, nahm Abschied und ließ ihren Gefühlen freien Lauf. Bilder aus ihrem eigenen Leben drängten nach oben und mahnten die Vergänglichkeit an. Sie sah sich mit ihrem ersten festen Freund, mitsamt all den Sorgen und Nöten, die eine Sechzehnjährige zu haben glaubte. Unter Tränen lächelte sie über ihre eigene Naivität, die, wie sie heute wusste, wohl den meisten Menschen eigen war. Man betrachtete sich selbst so lange als Nabel der Welt, bevor man begriff, dass man nur ein kleines Rädchen unter vielen anderen war. Irgendwann kam die Krankenschwester ins Zimmer und schob sie sanft hinaus. Draußen traf sie Brechtinger. Der Anwalt hatte geduldig gewartet, bis Laura fertig war.

»Geht es?«, fragte er nach einem Blick auf ihre geröteten Augen.

»Hmmm«, schniefte sie. »Ich verstehe gar nicht, dass mir das so nahegeht. Schließlich kannte ich Frau Her... Tante Agnes überhaupt nicht. Das muss wohl an meinem Sternzeichen liegen.« Mit Mühe gelang ihr ein schiefes Lächeln.

»Vielleicht liegt es auch daran, dass Sie durch Frau Herzog eine letzte Verbindung zur Vergangenheit Ihrer Großmutter hatten. Abgesehen davon, dass Agnes eine wirklich großartige Frau war.« Diese Worte, und dass er die alte Frau auf einmal mit Vornamen nannte, bestätigten Laura ihre insgeheime Vermutung, dass es zwischen Agnes und dem Anwalt mehr als nur eine geschäftliche Verbindung gegeben hatte.

Und die Tränen, die erneut mit aller Macht ans Licht drängten, zeigten ihr, dass Brechtinger richtiglag.

»Hören Sie, Frau Wagner. Das, was wir zu besprechen haben, eilt nicht. Sie können mich auch die nächsten Tage anrufen.«

»Zu besprechen?«, fragte Laura verwirrt und wischte sich mit dem Ärmel ihrer Bluse die Tränen aus dem Gesicht. »Was gibt es denn zu besprechen?«

»Ihr Erbe zum Beispiel. Und die Beerdigungsfeierlichkeiten. Selbstverständlich unterstütze ich Sie dabei in jeder Hinsicht«, beeilte er sich zu sagen. »Frau Herzog hat diesbezüglich schon vor Jahren vorgesorgt. Schließlich wusste sie damals noch nicht, ob es irgendwann wieder jemanden geben würde, der sich darum kümmern kann. Oder möchte.« Bei dem letzten Satz sah er sie fragend an.

Laura überlegte einen Augenblick. Dann gab sie sich einen Ruck. »Doch ja, das möchte ich. Sehr gern sogar.«

Nachdem sie eine Weile förmlich in ihrer Trauer um eine ihr fast unbekannte Person gebadet hatte, hatte ihr der Anwalt einen großen Karton vorbeigebracht. Und obwohl Anton ihr seine Unterstützung anbot, wollte sie das lieber alleine erledigen. Jetzt saß sie mit einer großen Box Kosmetiktücher, einem halb vollen Papierkorb und einer vom vielen Schnäuzen wunden Nase auf dem Boden, mit dem Rücken zu ihrem Sofa. Im Kamin flackerte ein behagliches Feuer und neben ihr stand eine Flasche schwerer Rotwein. Sie blätterte durch einen Stapel Schwarz-Weiß-Fotografien, als ihr erneut die Tränen kamen. Ihre Oma und Tante Agnes, Hand in Hand, beide im gleichen Dirndl und etwa acht Jahre alt. Oma auf dem Rücken eines gutmütigen Berner Sennenhundes, den Tante Agnes am Halsband festhielt. Beide Mädchen in weiten Hosen auf kurzbeinigen Haflingern sitzend, ohne Sättel und nur mit den Mähnen als Halt. Und auf fast jedem Foto in den gleichen Kleidern. Meist Händchen haltend. Allen Fotos eigen war eine greifbare Vertrautheit der beiden Mädchen, ganz so, als wären sie Zwillingsschwestern gewesen. Diese Verbundenheit erklärte auch, wieso sie eine Vorliebe dafür hatten, gleich angezogen herumzulaufen.

Weiter unten in dem Stapel fand Laura einen durchnummerierten Stapel Tagebücher. Scheu strich sie mit dem Finger darüber. Es kam ihr nicht richtig vor, darin zu lesen. Und doch musste es Agnes' Wille gewesen sein, dass sie sie bekam. Schließlich hatte der Anwalt ausdrücklich betont, dass der gesamte Inhalt des Kartons für sie bestimmt war.

Während sich die ersten Bände auf die gemeinsam verbrachte Kindheit konzentrierten und in einer kindlichen Schrift geschrieben waren, die leicht, aber auch amüsant zu lesen waren, änderte sich der Tonfall nach und nach, als Agnes in die Pubertät kam. Wie bei allen jungen Mädchen wurden plötzlich Jungs interessant, sie erzählte von ihrem ersten heimlichen und in der damaligen Zeit höchst verbotenen Kuss. Und dann kam der Zeitpunkt, an dem Agnes dem ebenso attraktiven wie liederlichen Martin Oberhofer begegnet war. Und erneut änderte sich der Tonfall. Diesmal jedoch schlagartig.

Sie beschrieb, wie der schöne und deutlich ältere, dem Vernehmen nach weltgewandte Mann dem naiven und völlig unbedarften Mädchen schöne Augen gemacht hatte, ihr mit kleinen Geschenken und großen Worten den Kopf verdreht hatte. Wie es zu dem ersten Kuss kam und wie urplötzlich die Ereignisse aus dem Ruder gelaufen waren. Dumm nur, dass sie sich nicht einmal ihrer besten Freundin Agathe anvertrauen konnte, da ihr der Mann, den sie mittlerweile über alles liebte, das Versprechen abgenommen hatte, Stillschweigen zu bewahren, bis sie volljährig und damit im heiratsfähigen Alter sei. Auch und sogar besonders ihrer besten Freundin gegenüber.

Funktioniert hatte der Pakt gerade mal so lange, bis diese Freundin völlig aufgelöst zu ihr kam und sie bei Gott schwören ließ, dass sie niemandem, wirklich keiner Menschenseele, davon erzählen durfte. Die Freundin war nämlich schwanger. Vom schönen Martin Oberhofer. Was folgte, war der Unglaube der Beichtschwester. Wie konnte Agathe von dem Mann schwanger sein, der doch ihr seine Liebe, ewige Treue und was auch immer geschworen hatte. Als die Freundin mitbekam, dass Agnes ihr überhaupt nicht mehr zuhörte, und sie sie so lange unter Druck setzte, bis auch Agnes sich, aufgrund der sich überschlagenden Ereignisse nicht mehr zu ihrem Stillschweigen verpflichtet fühlte, kam alles ans Tageslicht. Und damit war die Freundschaft der beiden Geschichte. Lauras Großmutter fühlte sich hintergangen, unterstellte Agnes, dass die nur eifersüchtig auf ihr Glück sei und es überhaupt nicht stimmen konnte, dass Martin, ihr großherziger, über alles ehrlicher Martin auch mit der Freundin eine Liebschaft hatte. Da der Krieg längst vorüber und Berlin, wenn auch in Schutt und Asche liegend, wieder sicher war, brach sie umgehend ihre Zelte in den bayerischen Bergen ab, packte ihre Koffer und zog zurück in die große Stadt. Wie sehr Agnes unter dem Verlust der Freundin litt, bekam diese jedoch nie mit. Schließlich öffnete sie keinen der unzähligen Briefe, sondern schickte sie samt und sonders ungelesen zurück.

»Ach Oma«, seufzte Laura, einen dicken Packen Briefe in der Hand, die allesamt den Vermerk *Zurück an den Absender* trugen. »Was hast du dir nur dabei gedacht!«

Eine Stunde später, die Laura damit verbracht hatte, in das Kaminfeuer zu starren, ging ohne Vorwarnung die Haustür auf.

»Wieso sperrst du nicht ab?«, fragte Anton.

»Du könntest das nächste Mal anklopfen«, erwiderte Laura, ohne seine Frage zu beantworten.

»Hab ich.« Bevor er ihr jedoch die Leviten lesen und einen Vortrag darüber halten konnte, dass es heutzutage selbst in der Einsamkeit der oberbayerischen Berge wenig ratsam war, die Tür nachts offen zu lassen, spürte er die Traurigkeit, die von ihr Besitz ergriffen hatte. Er streifte seine Schuhe ab, kniete sich hinter sie und massierte mit leichtem Druck ihre vom stundenlangen Lesen völlig verspannten Schultern.

»Was liest du denn da?«, fragte er leichthin.

»Die Geschichte unserer Vorfahren«, murmelte sie düster. »Ich kann nicht verstehen, weshalb sich die beiden derart das Leben schwer gemacht haben.«

»Wenn ich das alles richtig verstanden habe, war es doch deine Oma, die dafür verantwortlich war, dass der Kontakt abbrach, oder hast du etwas anderes in dem Stapel da gefunden?«

»Nein. Aber das hätte mich auch gewundert. Schließlich ist das hier alles Agnes' Version der Dinge. Die andere Seite habe ich nie kennenlernen dürfen«, entgegnete Laura traurig. Es war schwer für sie, der Person, die sie über alles liebte, die alleinige Schuld für etwas zu geben, das sie nicht verstehen konnte.

»Wenn sie doch wenigstens ein Tagebuch hinterlassen hätte! Oder zumindest eine Erklärung, einen Brief, irgendetwas, das es mir leichter machen würde, sie zu verstehen.« Laura schüttelte traurig den Kopf. »Aber sie hat ja nicht mal erzählt, dass es da überhaupt eine Geschichte zu erzählen gab. Das will mir einfach nicht in den Kopf! Sie hätte sich doch denken können, dass ich all das eines Tages erfahren würde. Und dass sie das dann in ein viel schlechteres Licht stellt, als es vermutlich war. Und dass ich jetzt damit kämpfen muss.«

»Geh nicht so hart mit ihr ins Gericht.« Anton schlang seine Arme um sie, zog sie zu sich her und vergrub sein

Gesicht in ihren Haaren. »Sie konnte sich der Geschichte vermutlich nie stellen, weil es sie all ihre Kraft gekostet hätte. Es war schon schwer genug, in der damaligen Zeit ein uneheliches Kind großzuziehen. Und anschließend auch noch deren Tochter. Sie konnte wohl nicht ahnen, dass du die Geschichte irgendwann erfährst.«

»Eigentlich …« Laura blieb an ihrem Gedanken hängen, dann fing sie an zu kichern. »Eigentlich war Agnes eine echt coole Socke. Überleg mal, wie sie das ganze Kaff hier zum Narren gehalten hat. Keiner von euch hat auch nur ansatzweise gemerkt, dass sie euch für dumm verkauft hat. Sie hat in der ganzen Zeit darauf verzichtet, nach Schliersee zu fahren, um ihr Projekt nicht zu gefährden, und auch ihre Freunde haben die ganzen Monate über dichtgehalten. Und all das, um mir das halbe Jahr auf der Alm so unbefangen und unbeschwert wie nur irgendwas zu ermöglichen, nur damit ich nicht lieb Kind vor ihr machen muss. Dabei hätte ich mich nie verstellt, um an ihr Geld zu kommen!«

»Das konnte sie aber nicht wissen«, sagte Anton sanft. »Egal, wie viel sie im Vorfeld recherchiert hat, sie hatte keine Ahnung davon, was für ein sturer Esel du sein kannst und dass du dich um nichts in der Welt verbiegen würdest. Es heißt ja nicht umsonst, dass Geld den Charakter verdirbt, und vermutlich hatte sie davor ein wenig Angst.«

Laura ließ seine Worte eine Weile auf sich wirken, dann lachte sie erneut. »Und dann die Geschichten, die sie erfunden hat, damit nichts auffliegt, einfach unglaublich! Brechtinger, dieses alte Schlitzohr, hat behauptet, dass es keine aktuellen Bilder von ihr gibt, weil sie sich nicht fotografieren lassen wollte, deswegen habe ich sie nicht erkannt, als sie auf der Alm aufgetaucht ist. Dazu noch die Story mit dem Friedwald, nur damit ich nicht weiter nachbohren konnte, wo sie beerdigt ist.« Sie legte ihren Kopf an seine Schulter und ließ sich treiben. Dann dachte sie daran, dass sie nun keine Gelegenheit mehr haben würde, die alte Dame näher kennenzulernen, und wurde traurig. »Ich hab sie sofort gemocht, als sie vor mir gestanden ist. Sie war lustig, empathisch und konnte tolle Geschichten über ihre Reisen erzählen. Mein Gott, hätten wir doch nur mehr Zeit miteinander gehabt!«

Eine Weile hingen beide ihren Gedanken nach und starrten in das Flackern des Holzfeuers.

»Kommst du zur Beerdigung?«, fragte Laura plötzlich.

»Ich?«, lachte Anton überrascht. »Du fragst mich tatsächlich, ob ich zur Bestattung meiner größten Feindin komme? Du Scherzkeks.«

»Hör auf zu lachen. Ich meine das ernst. Schließlich hat sie sich auf ihrem Sterbebett mit dem Gedanken vertraut gemacht, dass ich dich liebe. Und sie hat uns ihren Segen dazu gegeben. Denkst du nicht, dass es an der Zeit ist, dass auch du vergibst und deinen Frieden mit ihr machst? Selbst wenn es posthum ist?«

Und so kam es, dass Anton, seine Schwester Maria, sein Neffe Stefan und sogar weitere zwölf seiner Freunde aus der Anti-Herzog-Liga mitsamt Gattinnen Klara Agnes Herzog die letzte Ehre erwiesen und damit ein nachhaltiges Zeichen zur Versöhnung setzten.

Obwohl Anton größte Bedenken gehabt hatte, als er am Morgen seinen schwarzen Anzug mitsamt dunkelgrauer Krawatte anzog, zerplatzten diese wie eine Seifenblase. Keiner der Trauergäste sah ihn oder seine Freunde schief an. Im Gegenteil. Die Anwesenheit der Oberhofers entlockte dem ein oder anderen sogar ein kleines, verständnisvolles Lächeln. Und beim anschließenden Leichenschmaus verhinderten es die Herzog-Freunde erfolgreich, dass sich die ehemalige Gegenseite an einem Tisch zusammensetzte und sich absonderte.

Laura nahm die Unterstützung dankbar an. Sie hatte im Vorfeld die meisten Trauergäste persönlich gesprochen und ihnen von dem letzten Gespräch mit Agnes erzählt. Und wenn selbst die es geschafft hatte, Frieden mit ihrem größten Feind zu schließen, dann sollten es alle anderen auch hinbekommen. Schließlich war es ja auch nie ihre Fehde gewesen.

Und so saß Anton links neben ihr, um ihr Halt zu geben, und neben ihm saß Agnes' älteste Freundin, die sich nach einem nur kurz dauernden Moment der Befangenheit einen Ruck gegeben hatte und nun sogar mit dem dreißig Jahre jüngeren Anton Oberhofer auf eine lockere und sehr pietätvolle Art flirtete, was Laura ein Lächeln entlockte.

»Muss ich jetzt schon aufpassen, dass du nicht in ein anderes Lager wechselst?«, neckte sie ihn. Insgeheim war sie froh, dass alle einander symbolisch die Hand reichten. Und die Trauerfeier war, soweit man das von einem so traurigen Ereignis überhaupt sagen konnte, ein voller Erfolg. Durch die Gespräche, die Laura im Vorfeld geführt hatte, hatte sie viele weitere Details aus dem Leben von Agnes Herzog erfahren, hatte die lustigsten und interessantesten Details zusammengetragen und Brechtinger und drei weitere enge Freunde darum gebeten, sie nach dem Essen vorzutragen. Bis auf Agnes' engste Freundin, die es sich nicht zutraute, waren alle Lauras Wunsch gerne nachgekommen.

Und auch die Fehde zwischen Agnes Herzog und den Oberhofers wurde auf eine Art und Weise berührt, die keinen der Anwesenden mehr verletzte. Die größte Überraschung aber war, dass Anton Oberhofer selbst aufstand und eine Geschichte erzählte, die noch niemand kannte:

»Mein Vater hat sich jahrelang einen Spaß daraus gemacht, die Schlösser aufzubrechen, die Agnes Herzog an ihren Toren anbrachte. Anschließend trieb er seine Rinder über ihr Grundstück, wenn sie nicht zu Hause war, die dann ihre Hinterlassenschaften großzügig in ihren Beeten verteilten. Eines Tages hat sie sich auf die Lauer gelegt und ihn erwischt. Da sie eine bekanntermaßen gute Jägerin war, hat sie wohl absichtlich danebengeschossen, aber ein paar Schrotkörner haben einen passenden Platz in seinem Allerwertesten gefunden. Jedenfalls konnte er danach ein paar Wochen lang nicht sitzen.«

Er wartete, bis das Gelächter wieder verstummte, dann fuhr er fort: »Danach blieben die Schlösser heil und irgendwann vergaß er die Angelegenheit, nachdem er allerdings fast zwei Jahre lang befürchtet hatte, dass sie sich revanchieren würde. Als nichts passierte, dachte er offensichtlich, dass sie quitt waren. Schließlich hatte er von dem letzten Vorfall ein halbes Dutzend Narben am Hintern. Doch Agnes dachte gar nicht daran, ihre zertrampelten und vollgeschissenen Blumen zu vergessen. Und die Schlösser, die er aufgebrochen hatte, auch nicht. Allerdings hatte sie es offensichtlich überhaupt nicht eilig. Sie wartete einfach geduldig, bis sich eine passende Gelegenheit ergab. Und die kam drei Jahre später.« Oberhofer machte eine kunstvolle Pause und trank einen Schluck Wasser, bevor er weiterredete.

»Mein Vater hatte einen großen Forellenteich vor seinem Haus und einen kleineren etwas oberhalb am Hang. In dem höher gelegenen befanden sich ganze Schwärme von Jungfischen, doch die großen, schlachtreifen Tiere waren in dem Tümpel, der direkt vor seinem Schlafzimmer lag. Jedes Jahr im Oktober zu seinem Geburtstag lud er Freunde und Geschäftspartner zu sich zum Fischessen ein, dann holte er am Nachmittag die Forellen aus dem Wasser und verköstigte seine Besucher. Zu seinem sechzigsten Geburtstag hatte er allerdings zusätzlich ein paar ganz besondere Gäste geladen. Der bayerische Ministerpräsident kam mit seiner Frau, der Vizekanzler stellvertretend für den Kanzler, weil der im

Krankenhaus lag, und sogar ein Vertreter der Hohenzollern. Was er aber nicht wusste, war, dass Agnes an dem gleichen Wochenende ebenfalls zu einem Fischessen eingeladen hatte. Und was er nicht mal im Traum ahnte, war, dass Agnes vorhatte, ihren Gästen seine Fische zu servieren.« Oberhofer blickte auf und sah in lauter ungläubige Gesichter. Obwohl jeder ahnte, wie die Geschichte ausging, mochte es keiner so recht glauben.

»Ja und dann bekam mein Vater am Vormittag einen dringenden Anruf, der ihn nach Rottach-Egern beorderte. Als er drei Stunden später wiederkam, war sein Fischteich leer. Damals schlossen die Läden samstags noch um zwölf Uhr mittags und er hatte keine Chance, etwas einzukaufen. Das Einzige, was ihm übrig blieb, war, in einer Gaststätte etwas zu bestellen – was man heute Catering nennt. Oder Agnes zu bitten, ihm die Fische zurückzugeben. Aber dazu war er viel zu stolz.«

Anton blickte auf die Trauergemeinde, die den Atem angehalten und wortlose Blicke gewechselt hatte, unsicher, ob es angesichts dessen, dass es sein Vater gewesen war, der auf so hinterhältige Art hereingelegt worden war, angebracht war zu lachen. Dann kam aus den hinteren Reihen ein Kichern, und als auch Anton endlich anfing, breit zu grinsen, konnte niemand mehr an sich halten und manche klatschten sogar Beifall.

Achtzehntes Kapitel

Die nächsten Wochen vergingen wie im Traum. Anfangs war Laura noch voller Scheu, sich Anton gegenüber ganz und gar fallen zu lassen, und auch er sah sie immer wieder überrascht an, überwältigt von den Gefühlen, die sich da Bahn brachen. Und es gab so viel, das sie übereinander erfahren konnten. Nach und nach wichen die ersten Verliebtheitsgefühle etwas, das tiefer ging. Sie wachten nicht mehr jeden Morgen auf, mit der ängstlichen Spannung, ob es dem anderen vielleicht bereits zu viel wurde, oder gar zu langweilig. Sie spürten mehr und mehr, dass die Gefühle auf beiden Seiten gleich intensiv waren, und je näher sie sich kennenlernten, umso stärker fühlten sie sich voneinander angezogen.

»Ich kann das alles noch immer nicht glauben«, erzählte Laura Helene am Telefon. »Ich hab das erste Mal in meinem Leben das Gefühl, dass ich so sein kann, wie ich bin. Ich muss nicht perfekt sein, damit er mich mag.«

Leider konnte sie nicht sehen, wie Helene bei ihren Worten zu strahlen anfing. Viele Jahre hatte sie immer wieder versucht, Laura ihren Perfektionswahn auszutreiben. Immer wie aus dem Ei gepellt, immer perfektes Benehmen, immer etwas unnahbar und kühl. Obwohl Laura das nie verstanden hatte. »Unnahbar? Ich? Das kapier ich nicht.« Verständnislos hatte sie den Kopf geschüttelt. »Ich bin doch voller Emotionen und kein Mensch heult öfter als ich. Wie kannst du da sagen, ich bin kühl und unnahbar?«

Helene konnte es ihr nicht erklären, weil sie es selbst nicht verstand. »Dass du nicht so bist, das weiß ich doch. Aber du wirkst so. Deswegen haben auch so viele Männer vor dir Angst. Sie befürchten, dass sie nicht mit dir mithalten können. Und den Frauen bist du zu schön, deswegen mögen dich viele einfach nicht.«

Doch offensichtlich taten die Berge ihr richtig gut, stellte Helene fest. Die Unnahbarkeit wich mehr und mehr einer Offenheit und Unbekümmertheit, die Laura früher nicht an den Tag gelegt hatte. Und dass sie ihre Scheu abgelegt hatte, sich so zu zeigen, wie sie wirklich war, war für sie eine Meisterleistung. Vor allem, wenn man bedachte, dass ihr Gegenüber der attraktive Pferdedoktor war. Vermutlich war Laura in ihrem tiefsten Inneren ganz einfach klar, dass der sie schon in einer Situation erlebt hatte, wie sie schlimmer nicht mehr werden konnte. Krank, fiebrig und mit völlig verfilzten Haaren. Und dass ihn das nicht abgeschreckt hatte, war Balsam für Lauras Seele.

Nur vor einem hatte sie noch immer richtig Angst: vor dem ersten richtigen Streit. Und der ließ dann auch nicht lange auf sich warten. Es war ein windiger, aber sonniger Freitag und sie hatten sich am Nachmittag in Schliersee im Hotel Terofal getroffen. Da an dem Abend Seefest war, fand Anton es durchaus vernünftig, nach einem aller Voraussicht nach ausschweifenden Alkoholkonsum nicht mehr Auto zu fahren. Selbst wenn es nur ein paar Kilometer den Berg hinauf waren, wo, wie sie dachte, sich doch eh keine Polizei auf die Lauer legen würde.

Anton hatte sie nur ausgelacht. »Was denkst du denn, was da oben jedes Wochenende los ist? Hast du noch nie vom Spinnradl gehört?« Als sie den Kopf schüttelte, erklärte er ihr, dass die Diskothek am Spitzingsee den Ordnungshütern seit jeher ein Dorn im Auge war. Schon zu oft hatten sie schwer alkoholisierte, gerade dem Teenageralter entwachsene Autofahrer von der Straße klauben müssen. Insbesondere die lang gezogenen Kurven der gut ausgebauten Spitzingstraße verleiteten die Möchtegern-Vettels zum Rasen, nachdem sie einen über den Durst getrunken hatten.

Und außerdem. »Ich habe beim Wirt noch etwas gut«, grinste Anton auf Lauras Argument, dass ein Hotelzimmer hinausgeworfenes Geld sei. »Wir bekommen die Hochzeitssuite und die kostet noch nicht mal was.«

Und frisch wie ihre Beziehung noch war, dauerte es nicht lange und sie landeten in dem überdimensionierten Bett und fielen übereinander her. Völlig losgelöst hatte Laura hinterher nur Blödsinn im Kopf und brachte ihn mit ihren Faxen zum Lachen. Es nahm ein wenig die Spannung, die sich in den letzten Tagen in ihr aufgebaut hatte. Er würde am nächsten Tag für zwei Wochen zu einem Tierärztekongress in die USA fliegen und ihr graute schon jetzt davor, da sie nicht wusste, was sein würde, wenn er wiederkam. War ihre Beziehung jetzt schon stark genug, um eine Trennung zu überstehen? Oder würde er merken, dass ihm seine Freiheit doch wichtiger war als eine feste Beziehung mit einer Städterin, deren Lebensphilosophie er im Grunde überhaupt nicht verstand? Vorerst überspielte sie ihre Unsicherheit und sprach mit ihm über einen Urlaub, den er vorgeschlagen hatte: Mallorca im März. Zuerst war sie enttäuscht gewesen. März, das war noch mehr als ein halbes Jahr hin und sie wusste noch immer nicht, was bis dahin mit ihr und ihrem Erbe werden sollte. Sah Brechtinger, dass sie Agnes Herzogs Ansprüche auf eine Erbschaft erfüllte, oder würde er zu dem Schluss kommen, dass sie das Geklüngel mit dem früheren Feind automatisch von der Erbschaft ausschloss, ungeachtet dessen, dass Agnes noch auf dem Sterbebett ihren Frieden damit geschlossen hatte? Schließlich war es mit Sicherheit zu keiner Testamentsänderung mehr gekommen. Aber da es bis zu einer Entscheidung noch dauern würde, konnte sie ebenso gut Urlaubspläne schmieden.

Da sie sich auch nach längerem Überlegen nicht auf ein genaues Datum einigen konnten, schlug Laura schließlich vor: »Dann bleiben wir halt drei Wochen.«

»Gute Idee«, witzelte Anton. »Da komme ich gerade aus Neuseeland zurück und dann drei Wochen Malle. Da wird mein Partner sicher voll begeistert sein.«

»Neuseeland?«, echote sie. »Wieso denn Neuseeland?«

»Ich fliege mit Mick und zwei Kumpels im Februar für vier Wochen zum Motorradfahren dorthin.«

Diese Neuigkeit fühlte sich an wie eine kalte Dusche und Laura machte innerlich einen großen Satz nach hinten. Als Anton sah, dass sie plötzlich Tränen in den Augen hatte, verstand er die Welt nicht mehr.

»Ach komm, Laura, du kannst doch nicht erwarten, dass ich kein Leben vorher hatte. Und ich kann doch jetzt nicht alles aufgeben, nur weil wir uns ineinander verliebt haben.«

»Natürlich nicht«, gab sie unter Tränen zu. »Aber ich verstehe nicht, dass du mir das ausgerechnet jetzt sagen musst. Während wir noch miteinander im Bett liegen und du morgen für zwei Wochen abhaust.«

Verständnislos sah er sie an. »Aber es macht doch keinen Unterschied, ob ich es dir jetzt oder in drei Wochen sage.«

»Natürlich macht es das!« Am liebsten hätte sie ihm ein Nudelholz über den Kopf gezogen. »Du fährst morgen weg und es wird ewig dauern, bis wir uns wiedersehen. Ich wollte den letzten Abend mit dir genießen und da trägt diese Information wirklich nicht dazu bei.«

Hilflos sah er sie an. Er konnte beim besten Willen nicht verstehen, was in ihrem Kopf vorging. »Du wusstest doch, dass ich jedes Jahr mit den Jungs wegfahre?«

»Dann stell dir doch einfach mal vor, die Situation wäre andersherum. Ich hätte dir gesagt, dass ich im Februar vier Wochen mit meinen Freunden verreise.«

»Ja und?«, fragte er unschlüssig. »Ich habe doch gar kein Recht, dir das zu untersagen.«

Zu dem Nudelholzwunsch gesellte sich nun auch noch

das Verlangen nach einem Strick. Erdrosseln wäre auch nicht schlecht, dachte sie. »Es geht doch nicht darum, etwas zu verbieten oder zu erlauben, verdammt. Es geht darum, wie es sich heute für mich anfühlt. Gerade in diesem Moment. Versetz dich doch mal da hinein.« Sie tippte ihm mit dem Zeigefinger auf die Brust. »Ich sage dir, dass ich mit meinen Mädels vier Wochen mit der AIDA auf Kreuzfahrt gehe, Party machen. Wie findest du das?«

»Das kann man doch überhaupt nicht vergleichen«, protestierte er. »Neuseeland hat nix mit Partymachen zu tun, sondern –«

»Halt sofort den Mund«, funkelte sie ihn wütend an. »Hör auf, irgendwas miteinander zu vergleichen. Sag mir nur, wie sich das da drin anfühlt, wenn ich vier Wochen auf einem Partyschiff sitze.«

»Nicht gut«, gestand er zögerlich. »Aber …«

Erneut unterbrach sie ihn. »Kein Aber. Nur nicht gut?«

»Nein. Mehr. Es fühlt sich beschissen an«, sagte er schließlich leise.

»Eben. Und die Eröffnung einer solchen Scheißnachricht hätte es heute an unserem letzten Abend echt nicht gebraucht.«

Später liefen sie nach Schliersee auf das Waldfest. Laura trug ihr hübsches Dirndl, und dass sie ihm darin ausnehmend gut gefiel, versöhnte sie einigermaßen mit der schlechten Nachricht von vorhin. Auf dem Fest unterhielt sich Anton mit seinem Partner und Laura erzählte Gerti von ihrem Streit. Im Gegensatz zu Anton verstand die Freundin sie blind.

»Was für ein Armleuchter! Aber das ist typisch Mann. Sie kapieren es einfach nicht, dass Nuancen sehr wohl einen Unterschied machen. Und dabei ist euer Abschied morgen für zwei Wochen doch schon schlimm genug!«

Ihr Gespräch dauerte keine zehn Minuten, und als sich Laura umdrehte, waren Anton und sein Partner in der Menge verschwunden. Sie holte sich und Gerti einen Sekt mit Aperol und trank viel zu schnell. Und ihre Hoffnung, dass Anton nach einer Weile wieder zu ihr kam, zerplatzte wie eine Seifenblase im Wind.

Als ihre Laune schließlich auf den Nullpunkt gesunken war, schnappte sie sich Gerti. »Ich würde das Arschloch am liebsten so was von eifersüchtig machen, dass ihm ganz schwindlig wird. Aber siehst du hier irgendeinen geeigneten Kandidaten?«

Gerti verneinte. »Das ganze junge Gemüse hier kannst du vergessen. Die beiden einzigen aussichtsreichen Vögel, Max und Gerhard, sind heute leider in München unterwegs. Und alle anderen sind mit ihren Mädels hier.«

Über Max' Abwesenheit war Laura weniger traurig. Der würde sicher nur Öl ins Feuer gießen. Sie schnappte sich einen weiteren Aperol Spritz und zog Gerti mit sich. Die beiden Frauen drehten eine Runde durch die Menge. Dann blieben sie kurz an der Tanzfläche stehen, bis Laura sah, dass der werte Herr Oberhofer mit einer ihr unbekannten Blondine tanzte. Ihre Wut auf ihn wuchs in einem Maß, das ihr völlig fremd war. Am liebsten hätte sie sich in ihrem Kämmerlein vergraben und geheult. Aber so viel Genugtuung wollte sie ihm nicht bieten. Sie zog weiter ihre Runden, bis sie zwei Männer sah, die sich alleine und ohne Frauen miteinander unterhielten, und sie sofort ansprach. Leider hatte keiner der beiden Lust, mit ihr zu tanzen, und auch das Gespräch war nicht sonderlich ergiebig.

Als schließlich ihr Lieblingssong gespielt wurde, ging sie auf die Tanzfläche, aber schon nach der Hälfte des Liedes wurde es ihr alleine zu blöd und sie stolperte zur Toilette. Anschließend holte sie einen weiteren Drink, dann verabschiedete sie sich von Gerti und lief mit leichter Schlagseite zum Hotel. Kaum dass sie die Tür aufschloss, hoffte sie, dass er hinterherkam und sie um Verzeihung bat. Sie tapste ins Bad, versuchte erfolglos, die Wimperntusche mit ihrer Gesichtscreme abzubekommen, und putzte sich schließlich die Zähne. Als sie aus dem Badezimmer kam, sah sie sich um. Kein Oberhofer.

Scheiße, verdammte, dachte sie. Nun würde er irgendwann mitten in der Nacht hier auftauchen. Sie schnappte sich ihr Handy und tippte nach dreimaligem Anlauf: »Was für ein toller letzter Abend. Vielen Dank auch. Wirklich ein Traum. Genau so hatte ich mir das gewünscht.«

Nachdem sie minutenlang auf das Display gestarrt hatte und feststellen musste, dass er die Nachricht nicht öffnete, schrieb sie eine weitere WhatsApp an Franzi, die wegen einer Familienfeier nicht zum Waldfest hatte kommen können: »Was für ein scheiß letzter Abend. Sei bloß froh, dass du nicht da warst! Ich könnte kotzen! Schade, dass ich kein Nudelholz dabeihatte!«

Dann legte sie sich ins Bett, nur um eine Minute später wieder aufzustehen. Sie packte ihr Bettzeug und trat auf die kleine Terrasse vor dem Schlafzimmer. Kurz setzte sie sich auf eine der beiden Liegen und stellte fest, dass es zu kalt und zu feucht war, um draußen zu schlafen. Außerdem, so blöde konnte sie gar nicht sein, wegen dem Idioten im Freien zu schlafen und sich eine Erkältung zu holen! Kurzerhand drehte sie um, schleifte die Bettdecke weiter den Boden entlang bis ins Wohnzimmer der Suite. Statt einem Laken mussten es zwei Saunahandtücher tun, die sie im Schrank fand. Sie breitete sie auf dem Sofa aus und ließ sich drauffallen. Kurz bevor sie jedoch in einen gnädigen Schlaf fiel, hatte sie noch eine brillante Idee.

Sie hätte nicht sagen können, wie viel Zeit vergangen war, bis die Tür ins Schloss fiel. Dann hörte sie, wie er ins Schlafzimmer ging, stutzte und weiter zu der geöffneten

Terrassentür lief. Im gleichen Augenblick musste sie wieder eingeschlafen sein, denn sie erschrak sich fast zu Tode, als er sie an der Schulter rüttelte.

»Was ist denn los, mein Schatz?«, fragte er sanft. »Wieso bist du einfach gegangen und weshalb liegst du auf dem Sofa?«

»Was für eine blöde Frage«, fauchte sie. »Dreimal darfst du raten.«

Unschlüssig stand er vor ihr und unbeholfen, als wüsste er nicht, was er tun sollte. »Und wieso liegt mein Bettzeug draußen auf der Terrasse? Es ist total kalt und feucht.«

»Wärst du nicht stundenlang verschwunden gewesen, dann wär jetzt nix kalt und feucht.«

»Wieso denn verschwunden?«, fragte er. »Ich hab dir doch gesagt, dass ich zu den Jungs von der Bergwacht gehe. Du wusstest doch, wo ich bin!«

»Das stimmt doch überhaupt nicht. Du hast nichts gesagt und ich hab dich nirgendwo mehr gesehen. Außer als du getanzt hast.« Für einen Moment, einen sehr kurzen Moment, dachte Laura daran, zuzugeben, dass sie ihn sehr wohl gesehen hatte. Aber letztlich entschied sie sich, weder sich eine Blöße noch ihm die Genugtuung zu geben, dass sie ihn die ganze Zeit über beobachtet hatte.

»Das verstehe ich nicht. Außer dir hat mich jeder gesehen und so klein, dass man mich übersieht, bin ich ja auch wieder nicht. Und ich hatte dich die ganze Zeit im Blick.«

»So ein Blödsinn. Du warst doch gar nicht mehr da.«

»Natürlich war ich da. Und ich habe auch mitbekommen, wie du bei den beiden Männern gestanden bist und sie angetanzt hast. Dem älteren und dem Schwarzen. Und als du bei unserem Lied auf die Tanzfläche gegangen bist, hab ich sogar mit dir getanzt. Nur leider bist du gleich wieder abgehauen, als ich zu dir kam.«

Endlich ließ sie sich dazu herab, den Kopf zu heben. »Ich habe was? So ein Quatsch. Du warst doch überhaupt nicht auf der Tanzfläche.«

»Kein Quatsch. Ich war genau hinter dir.«

»Hinter mir? Und wie bitte hätte ich dich da sehen sollen? Hab ich eine Kamera im Hintern oder was?«

»Das hoffe ich nicht«, lächelte er. »Aber normalerweise spürst du mich doch, wenn ich in deiner Nähe bin.«

»Ich hab überhaupt nix gespürt. Ich war nur noch sauer.«

»Das habe ich gemerkt«, sagte er und zog sie in seine Arme. »Ich verstehe bloß nicht, wieso du den ganzen Abend herumrennst wie eine Hornisse, statt einfach herzukommen.«

»Wo hätte ich denn hinkommen …« Sie unterbrach sich selbst. Das Spiel hätten sie noch stundenlang spielen können, aber allmählich wurde es ihr selbst zu blöd. Schließlich packte sie ihre Decke und das Kopfkissen und folgte ihm ins Schlafzimmer.

»Scheiße«, fluchte er, als er unter sein Bettzeug kroch. »Total nass. Welcher Teufel hat dich bloß geritten, das Zeug auf den Balkon zu werfen?«

Nun konnte Laura ein Grinsen nicht mehr verbergen. Er war zurückgekommen, ganz offensichtlich tat es ihm leid und er wollte einfach nur bei ihr sein. Der Eisklotz in ihrem Herzen schmolz und sie bot ihm an, dass er mit unter ihre Decke kommen und sich an ihr wärmen konnte.

Die nächsten beiden Wochen fühlte sich Laura wie die sprichwörtliche Kuh auf dem Eis. Sie hatte lange darüber nachgedacht, ob sie Anton zum Flughafen bringen sollte, hatte aber eine Heidenangst davor, auf dem Rückweg eineinhalb Stunden lang allein im Auto zu sein, weil sie befürchtete, dass sie den Trennungsschmerz nur schwer ertragen konnte. Als er dann weg war, überprüfte sie gefühlte hundert Mal am Tag ihr Handy, hypnotisierte das Display, wenn zu lange nichts kam, und verfluchte die Zeitverschiebung, die jegliche Kommunikation zusätzlich erschwerte.

»Ach Süße, das ist ja echt schlimm«, stellte Helge seufzend fest. »Wieso verliebt sich niemand so bedingungslos in mich? Aber du solltest aufhören, dich selbst zu zerfleischen. Das bringt doch nichts, außer dass du überempfindlich reagierst, wenn du mit ihm sprichst und jedes seiner Worte auf die Waagschale legst. Dann hörst du die Mäuse husten und ihn Dinge sagen, die er nicht mal denkt. Außerdem verdient Kleenex mit dir ein Vermögen bei deinem Taschentuchkonsum und ich bin mir sicher, die haben auch so schon genug Schwierigkeiten, ihr ganzes Geld auszugeben.«

Laura lachte unter Tränen auf. »Du bist echt süß«, stellte sie fest. »Mein Kopf weiß das auch alles, aber mein Herz hört nicht auf, mir Steine in den Weg zu legen.«

Als Franzi sie am nächsten Tag zum Mountainbiken abholte, war sie bereits nach einer Viertelstunde entsetzt.

»Was ist denn los mit dir? Du bist ja total unkonzentriert«, schimpfte sie. »So fahre ich keinen einzigen Trail mit dir. Das ist ja lebensgefährlich!« Fassungslos fuhr sie hinter Laura her und stellte mit Kennerblick fest, dass die Freundin völlig verkrampft auf dem Rad saß.

»Ich hab einfach keinen guten Tag«, gab Laura zu. »Ist aber nicht schlimm. Lassen wir es einfach ein bisschen langsamer angehen, okay?«

»Nein, das kommt nicht infrage. Wir kehren um, trinken einen Kaffee bei dir, dann leihst du mir ein Paar Turnschuhe und wir gehen wandern«, änderte Franzi ihren ursprünglichen Plan. »Wenn du weiter wie Quasimodo auf dem Bock sitzt, dann tut dir in einer halben Stunde alles weh und dann wird der Rückweg die Hölle.«

Als sie vier Stunden nach der Planänderung auf dem Gipfel der Rotwand saßen und die mitgebrachte Brotzeit auspackten, kamen Laura die Erinnerungen an jenen unglückseligen Tag, als Anton sie gerettet hatte.

»Wahnsinn. Das ist grade vier Monate her und seitdem hat sich mein gesamtes Leben verändert. Und dabei habe ich das Gefühl, das war in einem anderen Jahrhundert. Lass uns den Forstweg nehmen, wenn wir runterlaufen. Vielleicht finde ich den Holzstapel wieder, unter dem ich mich verkrochen habe.«

Als Laura am Abend Wiener Schnitzel briet, hatte die Rotwand ihren Schrecken verloren. Die wirklich bequemen Wanderschuhe hatten die richtige Größe, die Socken waren weich und kuschlig und selbst bei einem herannahenden Gewitter hätte sie sich in angemessener Zeit in Sicherheit bringen können.

»Du hast eben viel gelernt in den letzten Monaten«, stellte Gerti fest, die nach der Arbeit mit dem Auto zur Alm hochgefahren war und Franzi und Laura nun Gesellschaft leistete. »Ich kann nicht mehr«, stöhnte sie und rieb sich ihren Bauch. »Aber es schmeckt höllisch gut. Ist noch was da?«

Zu dritt ließen sie den Abend bei einer Flasche eiskaltem Weißwein ausklingen und Laura war froh, dass die beiden Freundinnen nur zu gern bei ihr übernachteten. Platz war in der Hütte genug und sie fühlte sich auf eine merkwürdige Art und Weise in ihre Jugend zurückversetzt, die sie allerdings auf diese Art nie gehabt hatte.

Die beiden Wochen, bis Anton aus Kalifornien zurückkehrte, vergingen quälend langsam und wie im Flug zugleich. Der Roman wuchs täglich und näherte sich einem sehr spannenden und überraschenden Ende. Eigentlich hatte sie gehofft, die erste Version fertig zu haben, bis er wiederkam, um ihn zu überraschen. Aber nach sieben Tagen war ihr klar, dass sie es nicht schaffen würde. Und obwohl ihr

Ehrgeiz ihr einen Strich durch die Rechnung machte, hätte sie keinen Tag länger ohne ihn sein wollen.

Am Tag vor seiner Rückreise hatte er sie angerufen und gefragt, ob sie am Abend schon etwas vorhatte. »Nein? Dann würde ich dich gern zum Essen einladen. Wenn du Lust hast?«

Ihr Herz machte einen Freudenhüpfer. Konnte es etwas Schöneres geben, als wenn der Mann, in den man bis über beide Ohren verliebt war, einen sofort nach seiner Rückkehr sehen wollte? Bestimmt nicht!

Neunzehntes Kapitel

Es war ein Samstagvormittag Mitte September, an dem Laura völlig fassungslos aus dem Fenster starrte. »Das glaube ich jetzt nicht. Sag mir bitte, dass ich Halluzinationen habe.«

Anton trat hinter sie, schlang die Arme um sie und küsste sie in den Nacken. Das leichte Kratzen seines Dreitagebarts verursachte ihr Gänsehaut und sie begann zu schnurren wie ein Kätzchen.

»Das sind keine Hallos, mein Schatz. Das ist der erste Schnee in diesem Jahr.«

»Du spinnst ja. Das kann gar nicht sein. Wir haben doch erst September!«

Anton lachte. »Daran gewöhnst du dich auch noch. Seltsamerweise schneit es immer wieder mal im Sommer für ein bis zwei Tage. Aber das vergeht genauso schnell wieder, wie es kommt. Du wirst sehen, in drei bis vier Tagen kannst du mit deinem Notebook wieder auf deiner Terrasse sitzen und unschuldige Menschen umbringen.«

Das einzig Angenehme an der Situation war, dass es wirklich urgemütlich in der Hütte geworden war. Ganz anders als die Tage, die nur kühl gewesen waren und an denen Laura den Kamin angeheizt hatte, weil sie es einfach heimelig fand. Jetzt, mit Anton neben sich und dem eilends aus Rotwein, Nelken und frischen Orangen zusammengemischten Glühwein, lagen sie vor dem Feuer und konnten die Finger nicht voneinander lassen.

Später lag Laura andächtig auf dem Bauch und sah den dicken Flocken zu, die die Landschaft allmählich wie mit Zucker überzogen. Fast fand sie es schade, dass Frau Holle nur ein kurzes Gastspiel gab, denn der erste Eindruck, den sie mitten im Sommer vom herannahenden Winter bekam, war einfach überwältigend. Ganz anders als der grässliche Matsch, der die Straßen Berlins meist nur in eine ekelhafte und gefährliche Rutschbahn verwandelte, erschuf die hiesige weiße Pracht das so oft beschriebene Winterwunderland.

Es war kurz nach Mitternacht, als AC/DC blechern, aber in voller Lautstärke »Highway to Hell« spielten. Anton stöhnte im Schlaf, wachte aber nicht auf. Erst als Laura ihn an der Schulter rüttelte, schreckte er hoch. »Was ist denn?«, brummte er unwillig.

»Dein Telefon. Kannst du das nicht zumindest nachts auf lautlos stellen?«

»Scheiße.« Er sprang mit einem unbeholfenen Satz aus dem Bett und polterte die Treppe hinunter ins Erdgeschoss. Drei Minuten später kam er hellwach zurück ins Zimmer und setzte sich zu Laura ans Bett.

»Um deine Frage zu beantworten: Das kann ich leider nicht. Zumindest nicht immer.«

»Welche Frage denn?« Laura war in dem Augenblick wieder eingeschlafen, als die Rocker ihren Höllenritt beendet hatten, und war für einen Moment völlig desorientiert.

»Die Frage mit dem Handy. Ob ich es nachts ausschalten kann.«

»Ach so. Ja. Und?«

Er beugte sich zu ihr und knabberte an ihrem Ohr. »Leider kann ich das nicht. Ich habe Bereitschaft. Das war die Bergrettung. Irgendein leichtsinniger Tourist ist am Morgen zu einer Wanderung aufgebrochen und bis jetzt nicht ins Hotel zurückgekehrt. So gern ich dieses Ohr auch weiterbearbeiten würde, ich muss leider los.«

»Och, nöö. Das geht nicht.« Laura schlang die Arme um seinen Hals und zog ihn zu sich herunter. »Du kannst hier nicht weg. Ich bin auch ein Notfall.«

Anton ließ sie ein paar Minuten gewähren, dann machte er sich von ihr los. »Du bleibst einfach so lang im Bett, bis ich wiederkomme, du Notfall. Drück mir einfach die Daumen, dass wir ihn schnell finden.«

Am nächsten Morgen war Laura früh auf den Beinen. Nachdem Anton weggefahren war, hatte sie mehr schlecht als recht geschlafen, und wach zu liegen und auf ihn zu warten, hatte sie so nervös gemacht, dass sie schließlich mit den Hühnern aufgestanden war. Nun stand sie mit einer Tasse Tee vor dem Küchenfenster und sah hinaus in den schiefergrauen Himmel, aus dem nach wie vor beharrlich dicke Flocken fielen. Der Hubschrauber, der seit Anbruch der Morgendämmerung über der Brecherspitz kreiste, trug auch nicht dazu bei, dass sie sich besser fühlte. Offensichtlich war der Wanderer noch immer nicht gefunden worden, sonst wäre Anton längst zurück oder hätte sich zumindest gemeldet. Aufgewühlt sah sie zum bestimmt hundertsten Mal in der letzten Stunde auf ihr Telefon. Nichts. Und auch auf ihre Anrufe reagierte er nicht. Als sie es am frühen Nachmittag nicht mehr aushielt, rief sie Helene an, schaffte es aber nicht, ihrer Freundin zuzuhören, die von einem tollen Konzert erzählte, das sie drei Tage zuvor mit einem neuen Verehrer besucht hatte.

»Sag mal, hörst du mir überhaupt zu? Laura? Hallo? Hallooo?«

»Was? Ach, Helene, entschuldige bitte. Es tut mir leid. Nein, ich hab nicht zugehört. Ich mache mir solche Sorgen!«

Dann brach es aus ihr heraus. Der Wortschwall, mit dem sie die Freundin überschüttete, ließ dieser keine Sekunde Zeit, etwas zu verstehen, geschweige denn zu erwidern.

Und dann sagte Laura überhaupt nichts mehr. Als Helene vorsichtig nachfragte, machte sie »Pscht« und sagte kurz darauf. »Ach, Gott sei Dank, da kommt er. Ich ruf dich wieder an.«

Helene betrachtete den Hörer in ihrer Hand wie ein Unikum aus einer anderen Welt, schüttelte den Kopf und schnappte sich das Buch, in dem sie gelesen hatte, als das Telefon geklingelt hatte.

Laura lief indessen zum Eingang, zog ihre für das Wetter viel zu dünnen Turnschuhe an und rannte zur Tür hinaus. Das Brummen, das sie schon von Weitem gehört hatte, wurde lauter, dann schob sich das grimmige Antlitz des schwarzen X6 in ihr Blickfeld. Sie stürzte aus dem Haus, kaum dass der Wagen zum Stehen gekommen war, und lief ihm entgegen. Dann stutzte sie. Irgendetwas stimmte nicht.

Als sich die Wagentür öffnete, war es nicht Anton, sondern Mick, der aus dem Auto stieg. Ihn hatte sie nicht mehr gesehen, seit er ihr die Bergschuhe verkauft hatte, die ihr beinah den Tod gebracht hätten. Nun stand er verlegen vor ihr und wusste nicht, was er sagen sollte.

»Was ist los?«, fragte Laura unfreundlicher als beabsichtigt. Irgendetwas stimmte hier ganz und gar nicht und eine eisige Hand griff nach ihrem Herzen. »Was willst du hier und weshalb kommst du mit Antons Wagen?«

»Ja. Hallo Laura«, stammelte Mick zusammenhanglos. »Wir können Anton nicht erreichen. Wir haben uns am Berg getrennt, um nach dem Touristen zu suchen.«

»Ja, und?«

»Ich weiß es nicht«, sagte Mick mit betretener Miene. »Den Touristen haben wir in einer Schutzhütte gefunden.«

»Der dämliche Touri interessiert mich nicht«, schrie Laura und packte Mick am Revers. »Ich will wissen, was mit Anton ist!«

Mick machte Lauras Hände los, die wie besessen an seiner Jacke rissen, und zog sie in seine Arme. Erst als ihre Fäuste aufhörten, auf seinen Rücken zu trommeln, ließ er sie wieder los und bugsierte sie ins Haus.

»Hast du vielleicht einen Kaffee für mich?« Instinktiv spürte er, dass er ihr etwas zu tun geben musste. Ablenkung war das beste Mittel, damit sie nicht völlig durchdrehte.

Während sie das Kaffeepulver in das Sieb der Bialetti füllte, erzählte er ihr, was geschehen war.

Die fünf Männer, die in der Nacht Bereitschaft hatten, waren noch vor Anbruch der Dämmerung, ausgehend von der Annahme, dass der vermisste Tourist auf die Brecherspitz wollte, mit Stirnlampen ausgerüstet vom Parkplatz der Unteren Firstalm in verschiedene Richtungen gestartet.

Als Schorsch Greim den Vermissten bereits eine Stunde später unter einem kleinen Schutzdach gefunden hatte, hatte er die anderen umgehend per Funk verständigt. Nach und nach trudelten alle wieder bei den Fahrzeugen bei der Alm über dem Spitzingsee ein. Nur Anton kam nicht. Die Freunde klingelten den Wirt aus dem Bett und warteten noch eine Stunde, während der sie ununterbrochen versuchten, Anton anzufunken. Dann marschierten drei von ihnen erneut los, diesmal um den vermissten Kameraden zu suchen. Nur der Schorsch blieb auf der Hütte, da er zu erschöpft war, ein weiteres Mal aufzusteigen, nachdem er den Hamburger Feriengast mehr oder weniger hatte hinuntertragen müssen.

Und dann mussten die anderen die Suche abbrechen. Der unablässige Schneefall hatte längst alle Spuren verwischt und machte es in der Dunkelheit immer gefährlicher, weiterzusuchen. Als der neue Tag anbrach und es endlich hell genug geworden war, war der Hubschrauber aufgestiegen und hatte angefangen zu suchen.

»Du meinst –« Beklommen schaute Laura mit weit aufgerissenen Augen in die Richtung, in der sie den Helikopter hören konnte. »Die suchen gar nicht den Touristen? Die suchen –«

Mick nickte stumm.

Später saßen sie stundenlang nebeneinander auf dem Sofa. Mick hatte irgendwann ihre eiskalten Hände genommen und nicht mehr losgelassen, als Laura so heftig zu zittern anfing, dass er richtiggehend Angst bekam.

Den ganzen Tag über hielten die Schneefälle weiter an. Obwohl Mick beharrlich versuchte, Optimismus zu verbreiten, scheiterte er mit seinem Vorhaben kläglich. Seine Beteuerungen, dass Anton sich in den Bergen auskannte wie kaum ein Zweiter, halfen nur wenig, und erst als auch Maria auftauchte, wurde Laura für einen Augenblick ruhiger. Was nur zum kleinen Teil an Marias Anwesenheit an sich lag, als vielmehr daran, dass Antons Schwester eine eigentümliche Ruhe ausstrahlte.

»Ach, Schatz, warum machst du dir Gedanken über etwas, das noch gar nicht eingetreten ist? Ich bleibe so lange optimistisch, bis ich einen Grund habe, etwas anderes anzunehmen.«

»Hast du denn überhaupt keine Angst um ihn?«, fragte Laura leise.

»Ich kenne doch meinen Bruder. Wenn einer es schafft, da heil wieder herauszukommen, dann er«, umschiffte Maria Lauras Frage leichthin. »Und ich habe in meinem Leben gelernt, dass die meisten Dinge, die einem schlaflose Nächte bereiten, völlig unbegründet sind.«

»Was denkst du wirklich?«, fragte Maria Mick, als Laura für einen Augenblick auf der Toilette war.

»Dass es nicht gut aussieht«, antwortete er mit einem betretenen Blick. »Und du? Wie sieht es in dir drin aus?« Er tippte mit dem Finger auf ihre Brust. »Bist du wirklich so ruhig, wie du dich gibst?«

Maria lachte kurz auf. »Als wenn du das nicht genau wüsstest! Niemand außer Anton kennt mich so gut wie du.« Sie zögerte einen Moment, dann lehnte sie ihren Kopf an seine Schulter und schloss die Augen. »Ich habe eine Scheißangst«, wisperte sie. »Aber das dürfen wir Laura nicht spüren lassen, solange wir nichts Genaueres wissen. Die dreht sonst noch völlig durch.«

Als die Suche auch am späten Nachmittag keinen Schritt weitergekommen war, verabreichte Dr. Huber, der auf Marias Bitte vorbeigekommen war, Laura fast schon gegen ihren Willen ein Beruhigungsmittel. Zuerst hatte er sich vehement dagegen gesträubt. »Es tut mir leid, Maria, aber Frau Wagner ist eine mündige und erwachsene Person. Ich kann ihr nichts spritzen, wenn sie das nicht möchte.«

»Dann wird dir vermutlich nichts anderes übrig bleiben, als sie nach Agatharied ins Krankenhaus bringen zu lassen.« Maria hatte die Arme in die Seiten gestemmt und blitzte ihn wütend an. »Sieh sie dir doch erst einmal an, bevor du eine Entscheidung triffst.«

Als Dr. Huber der Berlinerin dann gegenüberstand, erschrak er. Sie sah viel schlimmer aus als vor ein paar Wochen, als sie wirklich todkrank gewesen war. Ihre Augen waren tief in ihre Höhlen gesunken, das Gesicht war wachsweiß und ein ungesunder Schweißfilm stand auf ihrer Stirn.

»Sie steigert sich völlig hinein«, sagte Maria leise zu ihrem Hausarzt. »Seit einer Stunde fiebert sie, und wenn Anton nicht bald gefunden wird, dann dreht sie komplett durch. Also tu etwas!«

Letztlich hatte der Arzt entschieden, dass es wirklich besser war, der Patientin ein leichtes Mittel zu spritzen, auch wenn sie das nicht wollte. Als Laura endlich ruhiger wurde und zugedeckt auf dem Sofa vor sich hin dämmerte, besprachen die drei Freunde, was sie in den nächsten Stunden tun wollten.

»Es hat aufgehört zu schneien«, sagte Maria mit einem Blick aus dem Fenster. »Das erleichtert die Suche, oder, Mick? Sag doch was!«, bat sie, als er nicht reagierte. Und schließlich aufgebracht: »Es kann doch nicht so schwer sein, einen Menschen zu finden, von dem man genau weiß, wo er hingelaufen ist. Er kann doch nicht weit weg sein, oder?«

»Ich weiß es nicht«, sagte Mick schließlich leise. »Klar ist es besser. Aber wir suchen doch eh schon seit Stunden. Sieben Mann, zwei Hunde und ein Hubschrauber. Ich versteh das nicht!« Erschöpft fuhr er sich durch die Haare. »Wir sind alle Wege abgelaufen, die er genommen haben kann. Aber da war er nirgendwo. Die einzige Möglichkeit, die noch bleibt, ist, dass er fehlgetreten und irgendwo abgestürzt ist. Und das ist eine Katastrophe.«

»Aber dann muss man ihn doch finden können!«, beharrte Maria.

»Das Problem ist, dass er bewusstlos sein muss, sonst hätte er sich längst über Funk gemeldet. Und das heißt, dass er auch noch die nächste Nacht da draußen bleiben muss.« Mick warf einen Blick auf die Uhr. »In dreißig Minuten wird es dunkel und dann müssen wir die Suche bis morgen früh einstellen.«

»Das könnt ihr nicht machen«, protestierten Maria und Huber gleichzeitig.

»Wir müssen es sogar«, sagte Mick resigniert. »Die Männer sehen nichts mehr; sie sind, genau wie die Hunde, erschöpft und brauchen eine Ruhepause, damit nicht noch mehr passiert.« Er warf einen Blick auf Laura, die teilnahmslos auf die Holzscheite im Kamin starrte. »Ich bleibe hier bei ihr, dann kannst du wenigstens deinen Sohn von den Nachbarn abholen.«

Später hatte Mick das Bettzeug aus dem ersten Stock nach unten gebracht, hatte Laura fürsorglich zugedeckt und für sich selbst ein behelfsmäßiges Lager neben dem Sofa auf dem Boden errichtet. Er ertappte sich dabei, dass ihm die Situation einen Stich versetzte, und fast beneidete er den Freund, um den sich eine solch schöne und eigensinnige Frau so große Sorgen machte. Er selbst hatte sich nie fest binden wollen, war allen Beziehungsversuchen erfolgreich aus dem Weg gegangen und hatte lieber reihenweise Touristinnen flachgelegt, die nur kurz in der Gegend und im Idealfall sogar verheiratet waren. Das war einfach, unverbindlich und brachte außer gelegentlichen sehnsüchtigen Briefen und Wünschen nach Wiederholung seitens der Frauen keinerlei Scherereien mit sich. Im Gegensatz zu einer festen Beziehung, die in den meisten Fällen ausschließlich daraus bestanden.

Jetzt strich er Laura die feuchten Haare aus dem Gesicht, wischte ihr mit einem kalten Waschlappen den Schweiß von der Stirn und störte sich kein bisschen daran, dass die Frau vor ihm im Augenblick weder hübsch anzusehen war, noch sonderlich gut roch. Im Gegenteil, sein Herz tat ihm weh, auf eine Art und Weise, die er noch nie erlebt hatte.

»Alles wird wieder gut«, flüsterte er und flößte ihr mühevoll von dem Tee ein, den Huber mit einem weiteren Beruhigungsmittel versetzt hatte. »Du musst nur daran glauben und durchhalten.«

Als Mick am nächsten Morgen aufwachte, saß er mit dem Rücken ans Sofa gelehnt und hatte unbeschreibliche Rückenschmerzen. Er drehte sich zu Laura um und stieß einen halb erstickten Schmerzenslaut aus.

Auch der neue Tag verlief ergebnislos, obwohl die Suchmannschaft durch zusätzliche Rettungskräfte aus der Chiemseeregion verstärkt worden war. Maria löste Mick ab, sobald sie ihren Sohn in die Schule gebracht hatte, und blieb bis zum späten Nachmittag ständig in Lauras Reichweite. Nur mit Mühe schaffte sie es, Laura, die zwischen Hysterie und Teilnahmslosigkeit hin- und herpendelte, dazu zu überreden, eine leichte Mahlzeit zu sich zu nehmen. Am Nachmittag kam Mick zurück und übernahm wieder die Nachtschicht. Auch sein Gesicht war mittlerweile grau und eingefallen vor Sorge, die er um seinen Freund hatte. Auch wenn Maria und er es vermieden, erneut über die Situation zu sprechen, war doch beiden klar, dass die Chance, Anton lebend und gesund zu finden, auf ein Minimum gesunken war.

Es war frühmorgens am dritten Tag, als einem der mittlerweile völlig verzweifelten Bergretter beim Blick durch ein Fernglas ein winziger roter Fleck auffiel. Und zwar an einer Stelle, wo eigentlich nichts hätte sein dürfen. Er zog mit der rechten Hand sein Funkgerät aus der Gürtelhalterung, ohne das Fernglas in der Linken abzusetzen.

»Hansi? Da ist etwas, ungefähr sechzig Meter links und dreißig Meter oberhalb von euch.« Er ließ den Sprechknopf los und wartete darauf, dass der Angefunkte bestätigte, dass er verstanden hatte. Da die Suchmannschaft zu weit entfernt war und er nicht sehen konnte, ob sie mit dem Gesicht zum Berg oder zum Tal standen, musste er seine Richtungsangabe revidieren, als er sah, dass die Männer sich nach rechts bewegten. Als er sie bis zu der Stelle dirigiert hatte, über der der rote Fleck nach wie vor bewegungslos prangte, ließ er sie anhalten.

»Ihr seid jetzt genau darunter.«

Hilflos blickten die Männer nach oben und sahen – nichts.

»Scheiße«, rauschte es aus dem Funk. »Direkt über uns ist ein Überhang. Da kommen wir nicht hoch. Kannst du sagen, ob wir über die Flanken hinaufkommen?«

»Nein, mir verstellt eine Baumgruppe die Sicht nach rechts. Ihr müsst es selbst versuchen. Links von dir ist nur ein zugeschneiter Abhang, das könnt ihr vergessen.«

Eine Stunde lang versuchten die Männer erfolglos, zu der Stelle zu gelangen, die der Bergführer noch immer im Blick hatte. Dann mussten sie die Sinnlosigkeit des Unterfangens einsehen. Und auch von oben war es ein Ding der Unmöglichkeit. Bei dem ganzen Neuschnee war es viel zu gefährlich. Und obwohl es mittlerweile mit aller Macht taute, konnten sie nicht warten, bis die Sonne ihnen den Weg so weit freilegte, dass sie klettern konnten.

Gott sei Dank war der Hubschrauber, nachdem er für eine weitere Rettungsaktion bei Anbruch der Dämmerung kurzfristig abgezogen worden war, wieder frei und zurück auf dem Weg zum Spitzingsee. Nachdem er kurz aufgetankt hatte, schwebte er bald darauf oberhalb der roten Stelle, die nun, dank dem weiter abgetauten Schnee auch von oben zu sehen war.

Zwei Mann seilten sich an einer Winde ab und waren nach weniger als einer Minute an der besagten Stelle. Das kleine Plateau bot den Männern genügend Platz, dass sie sicher stehen konnten. Während der eine die Leinen losmachte, die die beiden noch mit dem Helikopter verband, war der zweite bereits in die Knie gesunken und hatte begonnen, die zusammengesunkene Gestalt vom restlichen Schnee zu befreien.

»Wir haben ihn!«, rief der Retter aus, zog seinen Handschuh aus und suchte mit zwei Fingern am eiskalten Hals des Verunglückten nach einem Puls. Kurze Zeit merkte er überhaupt nichts, dann fühlte er plötzlich wie aus weiter Ferne ein ganz langsames Pochen. Kaum wahrnehmbar und nur alle paar Sekunden schlug das Herz Anton Oberhofers in einem zähen Überlebenswillen.

»Er lebt. Puls unter dreißig!«

In Windeseile ließ der im Hubschrauber wartende dritte Bergretter ein Liegetuch herab. Die beiden Männer am Boden wickelten Anton Oberhofer geschickt in die Plane ein, Schorsch Greim klinkte sich zu dem Verletzten und gab dem Piloten ein Zeichen. Es gab einen kurzen Ruck und das Gespann aus Verletztem und Bergretter hob vom Plateau ab. Der andere Kamerad würde warten, bis der Heli seine Last am Krankenhaus abgeladen hatte und zurückkam, um auch ihn zu bergen.

Vorsichtig erhöhte der Pilot die Geschwindigkeit. Angesichts der Nähe zum Krankenhaus Agatharied und des guten Flugwetters hatten sie einvernehmlich darauf verzichtet, den Verletzten in die Kabine zu bergen und damit weitere Zeit zu verlieren.

Die Kameraden hatten die erfolgreiche Aktion mit Spannung verfolgt. Als der Hubschrauber mit seiner Beute abhob und Kurs Richtung Norden nahm, brachen sie in lauten Jubel aus. Dann griff einer von ihnen in seine Jackentasche und zog sein Funkgerät heraus.

Mick überlegte nicht lange. Mit polternden Schritten lief er in den ersten Stock, riss, ohne zu klopfen, die Tür auf und stand vor der Badewanne, in die Maria Laura kurzerhand als Allheilmittel gesteckt hatte.

Als die beiden Frauen erschrocken aufblickten, sahen sie in zwei unglaublich blaue Augen, die strahlten, als würde ein Licht in ihnen brennen.

»Sie haben ihn. Und er lebt!«

Epilog

Laura streckte sich wohlig in der Märzsonne. Noch waren die Strahlen nicht kräftig genug, um den Schnee vollends zu schmelzen, doch hinter dem Haus rauschte der Bach schon gewaltig und hier und da blinzelten die ersten Krokusse ins Licht. In den Blumenkästen, die gut geschützt an der Hauswand standen, grünte es schon recht fröhlich, die Narzissen, die Maria im Spätherbst eingepflanzt hatte, kämpften sich durch die Erde und einige vorwitzige Knospen reckten sich hungrig der Sonne entgegen. Nun galt es nur noch, den Winter auch aus der Almhütte zu vertreiben. Laura lief durch die Räume, riss alle Fenster weit auf und lud den Frühling ein, hereinzukommen und sich breitzumachen.

Angesichts der besonderen Umstände war es ihr klüger vorgekommen, den Winter nicht auf dem Berg zu verbringen, und die zu erwartenden Schneemassen hätten es sowieso unmöglich gemacht, mit dem Golf zum Haus zu kommen. Alles, was nicht wirklich geländegängig war, hatte keine Chancen, sich durch den teils meterhoch angewehten Schnee zu kämpfen. Und das Gespräch, das sie mit der Straßenwacht geführt hatte, hatte ihre schlimmsten Befürchtungen bestätigt.

»Wir räumen nur die Mautstraße, damit der Bus fahren kann. Ihren Privatweg müssen Sie schon selber frei machen.«

Letztlich hatte sie das Angebot angenommen, die Wintermonate in dem Haus am Schliersee zu verbringen. Es lag auch günstiger, um schnell im Krankenhaus zu sein.

Gerti kam im selben Moment die Auffahrt hoch, als Laura mit einer Kanne Tee aus dem Haus trat. Die Frauen waren sich über den Winter noch nähergekommen und mittlerweile war eine richtige Freundschaft entstanden.

»Wie geht es Toni?«, fragte Gerti, als sie Laura umarmte.

»Prima«, lächelte Laura. »Das Schlimmste haben wir überstanden und langsam, aber sicher kann ich wieder besser schlafen.«

»Das ist schön«, sagte Gerti leise. Sie wusste, dass noch ein langer, weiter Weg vor ihrer Freundin lag. Gern hätte sie sie noch mehr unterstützt, doch nach den schweren Monaten war schließlich die alte Laura mehr und mehr zum Vorschein gekommen, die darauf bestand, alles alleine zu schaffen. »Mein süßer sturer Maulesel«, so hatte Anton sie immer genannt. Gerti beobachtete, wie Laura den Rücken durchstreckte und die Schultern zurückzog.

»Möchtest du Tee? Und kann ich dich danach eine halbe Stunde mit meinem Schatz alleine lassen?«

Es war einer der schönsten Herbstabende gewesen, an dem Anton seinen letzten Kampf verlor. Nachdem der Hubschrauber ihn drei Tage nach seinem Absturz geborgen hatte, stellte man im Krankenhaus eine schwere Gehirnerschütterung, diverse Knochenbrüche und Erfrierungen am ganzen Körper fest. Eine Rippe hatte die Milz durchbohrt, eine andere die Leber. Tagelang kämpften die Ärzte um sein Überleben, bis sich sein Zustand endlich besserte und nach einer Woche sogar so stabilisierte, dass die Mediziner ihm eine gute Überlebenschance bescheinigten. Doch nach weiteren zehn Tagen verschlechterten sich die Werte mit einem Schlag dramatisch. Laura, die die ganze Zeit nicht von seiner Seite gewichen war, trat verstört zurück an die Wand, als die seltsamen Geräte, die sein Bett umgaben, in Alarm ausbrachen.

Zuerst versagte die Leber, dann die Nieren, und schlussendlich gab auch das Herz auf, das so unermüdlich geschlagen hatte. Fassungslos blickte Laura auf die weiß gekleideten Gestalten, die das Bett umringten, kurze und klare Anweisungen gaben, mit geübten Handgriffen Medikamente direkt in den Zugang injizierten und noch einmal alles Menschenmögliche unternahmen, um den Patienten am Leben zu erhalten, der so lange so tapfer gekämpft hatte. Als der Arzt mit den klugen braunen Augen schließlich seinen Assistenten anblickte und nur leicht den Kopf schüttelte, fühlte Laura, wie eine eiserne Hand ihr Herz ergriff und sich dort zur Faust ballte. Als hätten sich ihre Beine in weiches Wachs verwandelt, gaben sie unter ihr nach und sie rutschte mit dem Rücken an der Wand entlang zu Boden. Erst als ein Schrei ihrer Kehle entfuhr, leise zuerst, wurde den Ärzten ihre Anwesenheit wieder bewusst. Sie versuchten, die schreiende und um sich schlagende Frau zurückzuhalten, die mit aller Macht zu dem Bett drängte, in dem der Verstorbene lag. Als sie versuchten, sie von ihm wegzuziehen, krallte sie sich so an dem Gestell fest, dass es unmöglich war, ihre Finger zu lösen, ohne sie ihr zu brechen. Erst als ihr eine Krankenschwester ein Beruhigungsmittel in den Oberarm spritzte, löste sich der Krampf, Lauras Hände glitten wie in Zeitlupe nach unten und sie stierte mit leerem Blick aus rot unterlaufenen Augen vor sich hin.

Es war zugleich der erste von vielen Tagen, die noch kommen sollten, an denen sich Laura erbrach. Ihr Herz schmerzte unerträglich und überhaupt war ihr so elend, dass sie selbst nur noch sterben wollte.

»Kann es sein, dass Sie schwanger sind?«

Fassungslos starrte Laura minutenlang auf den Boden vor der Krankenschwester, die geduldig auf eine Antwort wartete. Dann hob sie den Blick und schüttelte den Kopf. »Nein.«

Als sie die Schwester, die sie mitfühlend ansah, zum ersten Mal richtig wahrnahm, schwammen ihre Augen in einem Meer von Tränen. Hilflos zuckte sie mit den Schultern und drehte den Kopf zur Seite. »Nein. Ich weiß es nicht«, flüsterte sie. Der Schmerz in ihrem Inneren loderte in einer so heißen Flamme, dass sie daran zu verbrennen drohte.

Fünfzehn Minuten später kam Schwester Ingrid zurück und streichelte vorsichtig Lauras Schulter. Ihr tat das Herz weh, als sie ihre Patientin ansah, die sich nicht mehr gerührt hatte, seit sie aus dem Zimmer gegangen war.

»Kommen Sie, Kindchen.« Liebevoll strich ihr Schwester Ingrid über die tränennasse Wange. »Ich hab einen Teststreifen für Sie. Sie müssen nur kurz ins Bad gehen und darüberpinkeln.«

Zunächst hatte Laura sich geweigert. »Ich will nicht.« Mit einer langsamen und unendlich schwachen Bewegung schob sie die Hand der Schwester weg. »Ich will sterben.«

»Ach, Kindchen, das alles tut mir so leid.« Bekümmert setzte sich die Schwester zu Laura auf das Bett und blickte auf das Häufchen Mensch, das so sehr litt. In all den Jahren als Oberschwester hatte sie schon so viel erlebt und trotzdem nahm das Schicksal der jungen Frau sie ganz besonders mit. »Geben Sie sich einen Ruck«, sagte sie sanft. »Wenn da ein kleines Menschlein in Ihnen heranwächst, dann müssen wir dafür sorgen, dass es gesund und munter auf die Welt kommt.«

Widerwillig ging Laura schließlich ins Bad. Dort setzte sie sich auf die Toilette und schaute den Teststreifen eine halbe Ewigkeit lang unentschlossen an. Bis sie merkte, dass sie das erste Mal in den letzten Wochen an etwas anderes dachte als an den Mann, den sie mit jeder Faser ihres Herzens liebte und den sie gerade so viel zu früh verloren hatte.

Nun war es Laura, die wochenlang in Agatharied in einem Zweibettzimmer lag. Die umsichtige Schwester Ingrid wachte mit Argusaugen darüber, dass die jeweils wechselnden Zimmernachbarinnen Frauen waren, die mit Empathie und genügend Weitblick gesegnet waren, um der schwer kranken Frau zwar kein Trost, aber doch eine Stütze in der Not sein zu können.

Und auch die Feuerwehr war gekommen, um der Freundin Beistand zu leisten. Wochenlang wechselten sich Gabi, Helene und Helge mit Maria, Franzi und Gerti an Lauras Bett ab, um für die Freundin da zu sein. Einzig als der Tag der Beerdigung kam, erwachte für einen kleinen Augenblick ihr alter Kampfgeist. Sie würde hingehen; wenn es sein musste auch mit Gewalt, egal, wie vehement ihre Freunde und auch die Ärzte sich dagegen aussprachen.

»Ich könnte es mir nie verzeihen, wenn ich ihn auf seinem letzten Weg nicht begleiten würde.« Laura saß mit weit aufgerissenen Augen im Bett, bockig und gegen jedes vernünftige Argument resistent. »Ich muss da einfach hin, versteht ihr das denn nicht? Ich kann ihn doch nicht einfach so gehen lassen!« Ihre Augen schwammen in einem Meer von Tränen, als sie sich an den Arzt wandte. »Geben Sie mir irgendetwas, damit ich den Tag überstehe. Und jetzt will ich keinen Ton mehr dagegen hören. Ich gehe zur Beerdigung. Und damit basta!«

Als es so weit war, wäre sie trotz des leichten Beruhigungsmittels, das ihr Dr. Huber gespritzt hatte, doch fast zusammengebrochen, als sie an der Seite ihrer Freunde den hübschen kleinen Friedhof betrat, der im weichen Licht der Herbstsonne lag. Während des Gottesdienstes schaffte sie es nicht, die Augen von dem hellen Eichensarg zu lassen, und konnte es nicht glauben, dass sie den Mann, der darin lag, nie wiedersehen würde. Die warmen Worte des Pfarrers dagegen hörte sie kaum. Später stemmte sie mühsam einen

Schritt vor den nächsten, und als sie an dem offenen Grab stand, hing sie schwer an den Armen ihrer Freunde, während sie die große fremde Frau nur am Rande wahrnahm, die an Marias Seite voller Mitgefühl zu ihr herübersah und die der Freundin wie aus dem Gesicht geschnitten war. Andra Oberhofer war am Vortag aus Mallorca hergeflogen, um ihren einzigen Sohn auf seinem letzten Weg zu begleiten, und war bereits im Bilde, dass sie in einem Dreivierteljahr erneut Oma werden würde. Als sie das Leid der jungen Frau sah, brach ihr fast das Herz und sie spürte instinktiv, dass jetzt nicht der richtige Zeitpunkt war, sich mit der Frau ihres einzigen Sohnes bekannt zu machen. Dafür war später noch genügend Zeit. Sie kam nur kurz herüber, nahm Laura für einen Augenblick in den Arm und versprach, bald wiederzukommen. Dann sah sie dem kleinen Trupp noch lange hinterher, der Laura mehr trug als führte und sie zurück ins Krankenhaus brachte.

Auch Mick ließ sich nicht davon abhalten, sie dort jeden Tag zu besuchen. Geduldig saß er an ihrem Bett, tröstete, hörte zu und redete, wenn sie Fragen nach Antons Kindheit, seiner Jugend und seinem Leben vor ihr stellte. Anfangs kam er, weil er dachte, es seinem besten Freund schuldig zu sein. Später, weil er noch immer ein schlechtes Gewissen ihr gegenüber hatte. Doch nach einer Weile wurde ihm klar, dass er das Zusammensein mit ihr einfach genoss, egal, wie schlecht es ihr ging und wie anstrengend es für ihn war, die immer gleichen Fragen zu beantworten. Das erste Mal in seinem Leben erfuhr er, dass ein Mann auch mit einer Frau befreundet sein kann. Ohne Hintergedanken, ohne zu flirten und so ganz ohne die üblichen und immer gleichen, auf Dauer so ermüdenden Spielchen. So lernte er eine ganz neue Seite an sich selbst kennen. Auch wenn er, egal, wie fürchterlich sie aussah, nie vergaß, dass eine Frau vor ihm saß.

Und auch Laura lernte, ihm zu vertrauen. Anfangs war sie skeptisch gewesen, auch wenn er ihr schon tagelang Beistand geleistet hatte, als Anton noch vermisst wurde. Sie war auf der Hut, wusste nicht, wie sie mit ihm umgehen sollte. Bis sie schließlich merkte, dass er einzig um ihr Wohl besorgt war. Er forderte nichts, war zufrieden, nur neben ihr zu sitzen, und antwortete auf alle möglichen und unmöglichen Fragen, die sie ihm stellte. Nie verlor er die Geduld, über Anton zu erzählen, und als sie ihn eines Tages fragte, ob er Geschwister hatte und ob seine Eltern noch lebten, war er ehrlich überrascht.

Dass Laura begann, sich für die Menschen um sich herum zu interessieren, wertete nicht nur Mick als gutes Zeichen. Auch ihre Freunde wie auch die Schwestern, die die traurige junge Frau in ihr Herz geschlossen hatten, waren erleichtert und froh, dass sie endlich wieder Interesse an Dingen zeigte, die nichts mit Anton zu tun hatten. Und schließlich hatte sich ihr Zustand so weit gebessert, dass sich Ärzte wie auch Krankenhauspsychologen einig waren, dass man die Patientin entlassen konnte.

»Nein, ich will nicht mehr sterben«, sagte Laura zu Helene. »Zumindest im Moment nicht. Aber nagle mich nicht darauf fest, dass sich das nicht ganz schnell wieder ändern kann.«

Als sie das Krankenhaus verließ, war die dritte Jahreszeit in vollem Gange. Die Blätter der Laubbäume verfärbten sich in einem Farbenrausch, der dem Namen Goldener Herbst alle Ehre machte, und die ersten Nachtfröste kündigten das Herannahen des Winters an. An einem sonnigen und milden Montagmorgen begleitete Helene, die mit der Drohung, andernfalls zu kündigen, ihrem Arbeitgeber drei Monate unbezahlten Urlaub abgerungen hatte, Laura nach München zur Kanzlei Brechtinger & Partner, damit dort nun endlich die Testamentseröffnung stattfinden konnte.

»Sie erben außer der Alm eine Dreizimmerwohnung in Schliersee und eine Vierzimmer-Dachterrassen-Wohnung in Rottach-Egern«, eröffnete Brechtinger die Testamentsverlesung. »Es ist die Wohnung, in der Klara Agnes Herzog die letzten Jahre verbracht hat, nachdem sie der Meinung war, dass sie für das Leben auf der Alm zu alt sei. Außerdem befinden sich diverse Schmuckstücke im Nachlass sowie ein Barvermögen von hundertzwanzigtausend Euro.«

Von dem eben Gehörten völlig überfordert, saß Laura auf dem Stuhl vor Brechtingers Schreibtisch, in keinster Weise in der Lage, die Tragweite des Testaments zu begreifen.

»Es wird eine nicht unerhebliche Forderung des Finanzamts auf Sie zukommen«, setzte Brechtinger nach. »Da Sie mit Frau Herzog nur sehr entfernt verwandt sind, beläuft sich die Erbschaftssteuer für eine Hinterlassenschaft bis zu sechs Millionen Euro auf dreißig Prozent. Der Schätzwert der Immobilien beläuft sich auf anderthalb Millionen Euro. Barvermögen und Schmuck ergeben etwa weitere fünfhunderttausend Euro. In Summe also zwei Millionen Euro. Davon dreißig Prozent ergibt sechshunderttausend Euro. Ich gehe davon aus, dass Sie diese Summe nicht aufbringen können?«

Das war mehr Feststellung denn Frage. Doch Laura reagierte nicht. Sie hatte keinerlei Interesse an der Erbschaft.

Helene reagierte besonnener. »Kann Frau Wagner einen Teil davon ablehnen? Und nur das Geld und die Immobilien behalten, die sie gerne haben möchte?«

»Ich will überhaupt nichts davon haben«, murmelte Laura.

Helene tat ihren Einwand mit einer Handbewegung ab. »Ist es möglich, die Entscheidung um ein paar Wochen oder Monate zu verschieben?« Mit einem raschen Seitenblick auf ihre Freundin, die weder ihr noch dem Anwalt länger zuzuhören schien, sagte Helene leise: »Ich glaube nicht, dass Frau Wagner derzeit in der Lage ist, eine vernünftige Entscheidung zu treffen.«

Der Anwalt stimmte Helenes Einschätzung zu. »Ich werde beim Gericht eine einstweilige Rückstellung der Angelegenheit beantragen. Angesichts der Schicksalsschläge, die Frau Wagner in letzter Zeit erlitten hat, wird das Erbschaftssteueramt die Entscheidung aussetzen und damit gewinnen wir Zeit.«

Und so kam es dann auch. Als die Tage kürzer und die Schneestürme heftiger wurden, kam auch der Rest der Feuerwehr für ein langes Wochenende zum Schliersee und half, unterstützt durch Antons Freunde, allen voran Mick, die Hütte winterfest zu machen und Lauras persönliche Sachen in die Wohnung in Schliersee zu schaffen. Nachdem der grelle Schmerz ihres Verlusts allmählich weniger hell loderte und Laura nachts zumindest wieder stundenweise ohne das gut verträgliche Beruhigungsmittel schlafen konnte, war es plötzlich ein anders gearteter Schmerz, der sie aus dem Schlaf riss. Helene, die neben ihr im Bett schlief, war bei Lauras Schrei sofort hellwach.

»Was ist los?«, fragte sie erschrocken und desorientiert und sah Laura, die einem unhörbaren Geräusch zu lauschen schien, angstvoll an.

Mit einem »Psst«, brachte Laura die Freundin zum Schweigen. Und dann nahm sie Helenes Hand und zog sie auf ihren Bauch. Später schliefen die Freundinnen Arm in Arm ein, jede eine Hand auf dem leicht gewölbten Unterleib, in dem das neue Leben sich gerade zu rühren begonnen hatte.

Und dann ging plötzlich alles rasend schnell. Je mehr das Ungeborene trat und strampelte, desto stärker wurden Lauras Mutterinstinkte. Und auch der Wille, ihrem Leben einen neuen Sinn zu geben, wuchs.

»Wie ist das nun mit dem Erbe?«, fragte sie Brechtinger

zwei Monate, nachdem sie den Nachlass zuerst hatte ablehnen wollen. »Kann ich nur einen Teil davon annehmen?«

»Nein, das geht leider nicht.« Brechtinger schüttelte den Kopf. »Aber Sie sollten darüber nachdenken, eine der Immobilien zu verkaufen. Den höchsten Wert hat die Wohnung in Rottach-Egern und ich vermute, dass Sie mit dem Erlös die gesamte Erbschaftssteuer bezahlen können. Die Alm lässt sich sicher auch gut veräußern –«

»Nein«, unterbrach ihn Laura bestimmt. »Die Alm steht nicht zum Verkauf. Im Moment weiß ich zwar nicht, ob ich jemals wieder einen Fuß dort hineinsetzen kann, aber bevor ich das nicht ausprobiert habe, werde ich sie behalten. Schließlich ist sie der Grund, weshalb ich überhaupt hier bin, oder nicht?«

Als Brechtinger nur wortlos nickte, fuhr sie, mehr zu sich selbst, fort: »Vielleicht bringen mich die Erinnerungen auch um den Verstand, aber ich möchte, dass Toni sie eines Tages bekommt.«

»Toni?« Das Gesicht des Anwalts war ein einziges Fragezeichen.

»Mein Kind«, lächelte Laura unter Tränen. »Es wird nach seinem Vater heißen.«

Das Ergebnis des Teststreifens war eindeutig gewesen. Und es räkelte sich nun selig in dem mit dicken, warmen Tüchern gefütterten Weidenkorb, der auf dem Tisch stand.

»Antonia«, flüsterte Gerti entzückt, als das kleine Bündel bei ihrer Grimasse aus vollem Herzen zu lachen anfing. »Du kleiner süßer Sonnenschein. Meinst du, wir beide halten es eine Stunde ohne deine Mama aus?« Dann nickte sie Laura mit einem Lächeln zu. »Geh nur.«

Zeitweise versank Laura bis zu den Knien im Schnee. Doch sie kämpfte sich tapfer weiter, bis sie zu der Stelle kam, die ihr Mick ein paar Tage zuvor gezeigt hatte. Erst hatte er sich gesträubt, aber als sie, stur wie ein Maulesel, nicht nachgab, führte er sie zu der Stelle.

»Dort oben ist es«, sagte er, legte einen Arm fest um ihre Schulter und deutete mit der anderen Hand auf einen fast weißen Fleck. »Siehst du den hellen Stein?«

Als sie beklommen nickte, fuhr er fort: »Das ist der Felsen, der unter ihm abgebrochen ist. Dreißig Meter darunter haben wir ihn gefunden.«

Nun stand sie allein auf der schneebedeckten Wiese, einen bunten Blumenstrauß in der Hand. Es würde Jahrzehnte dauern, bis die Bruchstelle verwittert war und die gleiche Farbe angenommen hatte wie der Rest des Gesteins. Und so lange würden sie einen Ort haben, an dem sie seiner gedenken konnten. Sie des Mannes, den sie über alles geliebt hatte, und Antonia eines Vaters, den sie nie kennengelernt hatte.

Sie wickelte das Band ab, das den Blumenstrauß zusammenhielt, zögerte kurz und warf den Strauß in die Luft. Am höchsten Punkt verharrte er für einen Moment, dann lösten sich die Blumen wie in Zeitlupe voneinander und fielen zu Boden. Es war ein wunderschönes Bild, als die bunten Blüten farbige Kleckse in den Schnee malten.

»Leb wohl, mein Geliebter.«

Eine herrliches Buch über einen Neuanfang auf dem Land

* Cover- und Preisänderungen vorbehalten

Mary Lewis

Schlussstriche zieht man nicht mit Bleistift

Roman

Aus dem Englischen
von Ursula C. Sturm
Piper Taschenbuch, 480 Seiten
€ 9,99 [D], € 10,30 [A]*
ISBN 978-3-492-30211-1

Schlussstriche zieht man nicht mit Bleistift. Das ist auch Molly Taylors neue Devise. Als ihr Mann sie für eine Frau mit ausgeprägter Vorliebe für pinkfarbene Jogginganzüge verlässt, zieht sie kurzerhand mit ihren drei Söhnen in das Bed and Breakfast ihrer verstorbenen Tante Helena. Aller Neuanfang ist schwer. Doch dann beginnen die Rosen im Garten zu blühen und erfüllen die Luft mit dem Duft von Sommer und Liebe …